新潮文庫

慈雨の音

流転の海 第六部

宮本 輝著

新潮社版

9904

慈雨の音

流転の海　第六部

第一章

速度の遅い列車が山陰本線の豊岡《とよおか》駅を過ぎて日本海のほうへと少し北上すると、車窓の右側に、豊かな水量の円山川《まるやまがわ》の澄んだ流れと、川畔に桜と柳の木々が不揃《ふぞろ》いな間隔でどこまでもつづく光景が展《ひら》ける。

松坂熊吾《まつざかくまご》は、その景色の始まる瞬間が好きで、城崎《きのさき》温泉に行くときは、列車が豊岡駅を出たときから車窓に顔をすりつけるようにして見入るのだが、

「きょうは、いばってはいけない日だ」

と国語の教科書を朗読する口調で伸仁《のぶひと》に言って、和田山駅で買った駅弁をさっさと食べてしまうよう促した。

「お前のおじいちゃんの松坂亀造《かめぞう》が、まだ子供じゃったわしに言うた言葉じゃ。お前の伯母さんが十七で死んだときの葬式の日にのお。わしは、親戚《しんせき》や近在の人らと行列を作って焼き場から帰って来るとき、なんでかわからんが、ひとりではしゃいだんじゃ。暗い行列を明るうしようと思うて、えらそうに先頭を歩こうとしたのかもしれん」

真新しい、少し大きめの中学校の制服を着た伸仁は、駅弁のご飯もおかずも半分近く残して、熊吾がすでにたいらげてしまった駅弁の箱と一緒に足元の床に置いた。

きのう、伸仁の関西大倉中学校の入学式を終えてシンエー・モータープールに帰ってすぐに、熊吾は、谷山麻衣子からの長距離電話で浦辺ヨネの死をしらされた。よくもってあと二、三日であろうから、しらせたい人がいればしらせるようにと医師に告げられて三日後だった。

円山川があらわれて、まだ三分咲きといった桜の並木と葦《あし》の群生と、その周りに浮かぶ水鳥たちが見えた。

去年の六月、浦辺ヨネは検査設備の整った大学病院で診てもらうために上阪し、余命一年の乳癌《にゅうがん》と診断されたが、そのことはヨネには秘したままだった。

三ヵ月前には、癌細胞が脳にも移っていると判明し、それ以来、城崎の病院で入院生活をおくってきた。熊吾も麻衣子も千代麿《ちよまろ》も覚悟を決めて、ヨネ亡《な》きあとのことについて何度も電話で話し合ってきたが、結論はまだ出ていなかった。ヨネが作った小料理屋「ちよ熊《くま》」が繁盛《はんじょう》していて、店を閉めてしまうのが惜しかったし、麻衣子は、自分が正澄を育てると言い張ってきかなかったのだ。

だが、去年、転んで大腿骨《だいたいこつ》を折った九十三歳のムメばあちゃんは、それきり寝たきりとなってしまい、「ちよ熊」の切り盛りと、入院中のヨネと、ひとりで便所にも行けなくなったムメばあちゃんと、六歳の正澄の面倒を、二十四歳の麻衣子がひとりでやりきるのは不可能だった。

麻衣子は、去年の暮れに「ちよ熊」を一時休業にして、温泉町のはずれにあった借家から円山川沿いの一軒家に引っ越した。温泉客の下駄《げた》の音や話し声をヨネがいやがるようになったからだった。

城崎温泉に来る客の多くは、旅館の風呂《ふろ》を楽しむだけでなく、外湯と呼ばれる七つの風呂場巡りも目当てで、雪のない季節は、旅館から外湯へ、外湯から別の外湯へと歩く人が列を成す。病状が進行し、耐え難い痛みに襲われるようになったヨネの神経には、それが何か不穏な幻聴をもたらす呼び水となったのだ。

「ここの桜が満開になるのはいつかなァ。皇太子さんと正田美智子《みちこ》さんの結婚式の日くらいやろか」

と伸仁が言い、熊吾が大阪駅で買った朝刊をひろげた。昭和三十四年四月十日は、日本の歴史上、重要な意味を持つ日となるであろうという評論家の言葉が載っていた。

「きょうは四月二日か……。あと八日では満開にはならんじゃろう。こっちは大阪よりもはるかに寒いけんのお。日本海はもうそこじゃ。円山川がだんだん大きゅうなっていきよるじゃろう。河口に近づいてきちょるんじゃ」

その熊吾の言葉で、伸仁は、なぜそんなに城崎のことをよく知っているのかと訊《き》いた。

温泉町のなかのことだけでなく、近くの村の名もよく口にするので、どうしてそんなに詳しいのかが不思議だったのだ、と。

「そんなにしょっちゅう城崎の温泉につかりに行ってたん？」

熊吾はどう答えようかと少し思案したが、

「温泉町からちょっと外れたとこで、わしは、じつはにせ医者をしちょったんじゃ。若いころ、商売に失敗して大阪から逃げにゃあいけんようになってのお」

伸仁が、えっと大声をあげたので、同じ車輛《しゃりょう》の乗客たちが見つめた。

「にせ医者？　お父ちゃん、城崎でにせ医者をやってたん？」

「大きな声を出すな。他の人らに聞こえるじゃろうが」

「にせ医者て、やったらあかんことやろ？」

「当たり前じゃ。人の命にかかわるんじゃぞ。立派な犯罪行為じゃ。ばれそうな気配で逃げだして大阪に戻ったんじゃが、お尋ね者として、まだ手配書が廻っちょるかもしれん」

伸仁は黙したまま、自分の父親を見つめつづけていた。

「心配せんでもええ。犯罪には時効っちゅうもんがある。もう時効じゃ」

熊吾は声を潜めて言い、伸仁のほうに体を近づけた。

「犯人は現場に戻って来る、っちゅう言葉があるそうじゃが、それは真実じゃ。ヨネが城崎に店を持つと決まったとき、わしはその言葉を思い出して、なるほどと膝《ひざ》を打ったぞ」

入学式の前々日に理髪店で丸刈りにした頭を両手で掻《か》きむしりながら、伸仁は噴き出すように笑った。

「お父ちゃんに診てもろて、誰も死ねへんかった？」

「もうええじゃろう、昔のことじゃけん。なんで親父《おやじ》の古傷を暴《あば》こうとするんじゃ。わしの治療で元気になった人がぎょうさんおるんじゃ」

「やっぱり、誰か死んだんや」

黙っているわけにはいかなくなり、熊吾は少女の破傷風を見抜けなかった一件を話して聞かせ、

「富山で、お前とサイクリングに行って、大きな農家の女の子が破傷風にかかっちょると気づいたことがあったじゃろう。あれは苦い経験のお陰じゃ」

と言った。

伸仁が釈然としない表情で父親の顔を見つめつづけるので、熊吾は話題を変えようと思い、

「お前は去年の夏休みから、ほんまによう勉強した。小学校のあの日教組の担任が、絶対に受からんと鼻で笑いながら断言しよったが、お前は見事に合格してみせた。えらい。

立派じゃ。ようやった」

　と周りの乗客にも聞こえるように言った。

「岸田先生も、ぼくの担任の先生の言葉で意地になりはってん。ぜったいにノブちゃんを受験に合格させるって」

「岸田先生は建築家になるよりも、学校の教師になったほうがええぞ。あの大学生に、お前の家庭教師を頼んだわしの眼力もたいしたもんじゃが、まことに、仰げば尊し家庭教師の恩じゃのお」

　列車が速度を落とし、車掌の、間もなく城崎駅に到着するという車内放送が聞こえてすぐに、駅の手前の踏み切りのところに立っている千代磨と正澄の姿を伸仁がみつけた。

　浦辺ヨネと上大道《わうどう》の伊佐男のあいだに生まれた正澄も、きのう小学一年生になったが、母親の臨終に立ち会ったために入学式は欠席したのだ。

　熊吾は、踏み切りのところから列車内の自分たち親子を捜していた正澄の顔や体つきが、六歳のころの伊佐男と酷似していたことに驚きながら、網棚に載せてある風呂敷包みを降ろした。喪服と冬物のコートが包んである。こんな厚いコートなど要らないという熊吾の言葉に、城崎は予想以上に寒いだろうからと、房江《ふさえ》が風呂敷で包んだのだ。

　旅館の客引きたちが並んでいっせいに声をかけてくる改札口を出て、鉄路に沿った左側の道を歩きながら、円山川のほうから吹きつけてくる風の強さと冷たさに、

「真冬みたいじゃのお。わしのコートを着るんじゃ。ここから十五分ほど歩くぞ」

と熊吾は言い、風呂敷包みをほどいた。

「地蔵湯の裏側とちがうんのん？」

「麻衣子が借りちょった家に引っ越ししたんじゃ。借りたままで長いこと誰も住んじょらんかった」

伸仁が熊吾のコートを着て歩きだすと、正澄の手を引いた千代麿が踏み切りのほうから歩いて来ながら手を振った。幅広い円山川の畔《ほとり》の県道と山陰本線の鉄路と、温泉客のためではない小さな商人宿がまばらに並ぶ土の細道には、日本海のほうからの風を遮るものがなく、熊吾は土埃《つちぼこり》に目をしかめ、ソフト帽を手で押さえながら、片方の腕で正澄を抱きあげた。

「千代麿のおっちゃんもおる。麻衣子ねえちゃんもおる。この熊おじちゃんもおる。みんな、お前の味方じゃ。なんの心配もないぞ」

その言葉を聞いているのか聞いていないのかわからないような表情で、正澄は熊吾の肩越しに伸仁を見ながら、

「ノブちゃん、ここがぼくの小学校やでェ」

と言った。真横に、城崎小学校の木造校舎と校庭があったが、生徒の姿はなかった。

花壇に植えられたチューリップの茎はまだ短く、学校の裏に突き出ている小さな山には

根雪の斑《まだら》な白が見えた。

母親の死後、何度も泣いたらしく、正澄の瞼《まぶた》は腫《は》れていたが、初めて目にした坊主頭《ぼうず》の伸仁がおとなっぽく見えるのか、

「ぼくも中学生になったら、坊主にすんねん」

と正澄は言った。

伸仁とさして体重が変わらないのではないかと思える正澄の固太りの体を降ろし、その手をつないで、熊吾は線路沿いの道を踏み切りへと歩き、そこから狭い三叉路《さんさろ》を右に向かった。

昨夜、自分の自動車に妻と美恵を乗せて城崎へと向かったが、姫路からの道が工事中だったために迂回《うかい》をしたので、着いたのは朝の八時過ぎだったと千代麿は言った。

「あのシボレーは山道には向きまへん。ダットサンのええ中古があるよってに、それに換えます」

民家が軒を並べる土の細道は、ゆるやかにS字状に曲がりながら、山の端《は》を縫うようにつづいていた。熊吾は、これから何度もこの道を歩くことになるような気がした。

「冬は、この道はとんでもない雪と風の吹きっさらしでっせ。ことしの二月には、ひと晩で三尺ほど積もった日もあったそうです」

千代麿は言って、熊吾と手をつないで歩いている正澄に、ノブちゃんと一緒に来るよ

うにと促し、少し速足になった。そして、子供ふたりとの間隔が開いたのを確かめてから、

「大将、正澄のお父ちゃんのこと、麻衣子ちゃんにはどんな説明をしてありましたんや」

と小声で訊いた。

「御荘《みしょう》の漁業組合におったと言うたはずじゃが……。役場に勤めちょったと口裏を合わせにゃあいけんのじゃのお」

「何を言うてはりまへんねん。大将は麻衣子ちゃんに、正澄のお父さんは愛媛や広島で手広う商売をしとったんやて説明したそうでんがな。麻衣子ちゃんにそう言われて、わし、ほんまに慌《あわ》てましたで。ヨネさんも、正澄にそう教えてましたんや」

「あれ？　そうじゃったかのお……。いろんな嘘《うそ》をついちょるけん、どれがほんまで、どれが嘘やったのか、わからんようになっちょるんじゃ」

「母親の言葉がいちばん正しいんでっさかい、御荘の役場勤めやったっちゅうのは、この千代麿の勘違いで、愛媛や広島で手広う商売をしてた人やっちゅうことで押し通しまっせ。これからは絶対に間違えんようにしておくれやっしゃ」

「わかった、わかった。で、どんな商売を手広うやっとったんじゃ？」

「そんなこと、わしが知ってるはずおまへんやろ」

あきれ顔で熊吾を見つめた千代麿の目が充血していた。城崎に着いてからも、葬儀屋との打ち合わせなどで一睡もしていないのであろうと熊吾は思った。

「愛媛と広島を股《また》にかけてじゃけん、海産物の仲買人っちゅうことにしとこう」

行き止まりかと思った道は、山のほうへと曲がっていた。麻衣子が借りた二階屋には、熊吾はいちども訪ねたことはなかったのだ。

「大将、正澄のお父さんは、ほんまはどんな人でしたんや。わしには本当のことを喋《しゃべ》っておくれやす」

さらに急ぎ足になって、正澄から遠く距離をとりながら、千代麿は訊いた。

「愛媛と広島で手広う海産物を扱うちょった。真面目《まじめ》な、まことに立派な男じゃ」

「大将がそう言い張るたびに、わしにはそれとはまったく別の男の顔が浮かんできませんねん。ほな、ヨネさんは何をしてはりましたんや？　ヨネさんの親は両方とも死にましたんか？　兄弟はひとりもいてまへんのか？　死んだことをしらせる親戚《しんせき》も友人知人もひとりもいてまへんのか？　どこで生まれて、どんなふうに生きてきはったんです？　わしは、あしたヨネさんの葬式が終わったら、正澄をつれて大阪へ帰りまんねん。女房もそのつもりです。麻衣子ちゃんにも、わしらの考えは伝えてあります」

「麻衣子は承知したのか」

「承知させます。九十三歳の寝たきりになってしもたばあちゃんと、六歳の正澄をかかえて、麻衣子ちゃんが城崎で食堂を営んでいかなあかん理由がどこにおまんねん。麻衣子ちゃんにとったら、城崎は仮の宿でんがな」

「それも、麻衣子は承知したのか」

熊吾の問いに、千代麿は黙り込んだ。細道は山の下を右に曲がっていて、洗濯物を干してある物干し竿《ざお》の向こうで、葬儀屋の男が提灯《ちょうちん》を吊《つ》るしていた。

「わしら夫婦が承知させせます」

と歩を緩めながら千代麿は言った。

「そやから、大将、ほんまのことを教えてくれまへんか。わしら夫婦は、これから正澄の親になりまんねんで」

熊吾は麻衣子の家の十メートルほど手前で歩を停め、伸仁と正澄に、先に家に入っておくようにと促してから、道を少しあと戻りしながら、

「すると何か？　もし正澄の父親が、じつは極悪非道ならず者じゃったら、お前は養子縁組を考え直すっちゅうのか？」

と千代麿に訊いた。千代麿が何か言いかけたのを制し、熊吾はさらに訊いた。

「お前は、正澄っちゅう人間が生まれて間もないときから、しょっちゅう城崎に足を運んで正澄を見てきたんやないのか？　六年も見てきたんじゃぞ。その六年間で見た正澄が、父親がどうじゃった、母親がどうじゃったで、変わるのか？　正澄っちゅう六歳の

子は、お前の目にはどんな人間として映っちょるんじゃ。ええか、ここは大事なところじゃけん、正直な思いを言え。正澄は、おぎゃあと生まれたときから、ヨネとムメばあちゃんと麻衣子に育てられてきたんじゃ。あとから美恵っちゅう姉も加わった。みんな優しい人間じゃ。荒だった声で怒ることもない。男を引っぱり込んで、だらしない姿を見せることもない。お互いを思いやって、寄り添うように仲良う暮らし、年寄りを大切にし、朝早ようから夜遅うまで正直に働き、正澄と美恵に、その年齢に合《お》うた躾《しつけ》をしてきたんじゃ。ええか、生まれてからずっとじゃぞ。子供がまっとうに育っていくのに邪魔になる夾雑物《きょうざつぶつ》は、まだ正澄にはひとかけらも入っちょらせんのじゃ。お前はそれでも、父親がどんなやつじゃったか、母親の生まれや来歴はどうかとわしに訊くのか？　それなら、わしもお前ら夫婦に訊きたい。お前らは、どんな立派な生まれで、どんな高い教育をお受けあそばしたのかとなァ。わしがこれまでいちどでも、丸尾千代麿の氏素性を訊いたことがあったか？」

千代麿は熊吾の背後に濃い緑色の壁を作っている山の急な斜面に見入りながら、しきりに自分の不精髭《ぶしょうひげ》を撫《な》でた。

歪《ゆが》んで波打っている格子《こうし》の桟の戸があいて、麻衣子が出て来た。まだ喪服には着換えていなかったが、濃紺のカーディガンに濃い灰色のスカートを穿《は》いている麻衣子は、典型的な蘇州《そしゅう》美人の顔立ちを常日頃よりも露《あら》わにしているかに見えた。

「いつまでも入ってけえへんから、どうしたんかと思た……」

と麻衣子は言い、熊吾に、通夜《つや》と葬儀のために遠路足を運んでくれたことへの礼を丁寧に述べた。

「麻衣子はさぞかし疲れたことじゃろう。房江も行きたがったが、わしらはいまモータープールの管理人として給料を貰《もら》う身でのお、留守にするわけにはいかんけん、わしと伸仁だけで来た」

そう言って、熊吾は家に入ると、東側の八畳の間に安置されている浦辺ヨネの遺体の枕辺《まくらべ》で正坐《せいざ》し、顔を覆《おお》っている白い布を取った。瘦《や》せて、こめかみのところの肉が深くえぐれるように減っていたが、ヨネの死顔は穏やかだった。

癌《がん》という病気と真っ向から戦い抜いた顔だと熊吾は思った。

台所では、千代麿の妻が、通夜の客たちのための料理を作っていて、伸仁と正澄と美恵は、二階で臥しているムメばあちゃんのところにいるという。

「下に降りたいって言うんですけど、下手に動かしたら、やっとこさくっついてる骨が、また折れへんかと思て……」

と千代麿の妻が菜箸《さいばし》を持ったまま八畳の間にやって来て言った。熊吾は、ムメばあちゃんを二階から降ろしてやりたくて、その方法を千代麿と相談していると、葬儀屋の者たちの、八畳の間に幕を張る作業が始まった。

「二階は、午前中は日当たりがええねん」

と言いながら、麻衣子は熊吾を二階に案内した。正澄のおもちゃの散乱する四畳半の隣に、小さな物干し台とつながっている六畳の間があり、そこに敷かれた蒲団《ふとん》にムメばあちゃんがいた。

こんな動けない年寄りが生きていて、まだ若いヨネさんが死ぬとは、なんと理不尽なことであろうという意味の言葉を、ムメばあちゃんは、入れ歯を外している口を手で隠しながら言った。

そして、さらに、伸仁の私立中学への入学の祝いを述べ、美恵が千代麿の妻になって、自分の母親として接するようになったことを神仏に感謝しているのだと言葉をつづけた。

以前よりも声に力が失《な》くなってはいたが、九十三歳という年齢を考えれば無理からぬことで、それよりも何よりも頭脳は明晰《めいせき》なままだけに、ヨネの死後へのさまざまな不安が、このムメばあちゃんの胸に覆いかぶさっていることであろうと熊吾は思った。

櫓炬燵《やぐらごたつ》に脚を突っ込んで、正澄のクレヨンで鉄腕アトムの絵を描いてやっている伸仁に、しばらくふたりをつれて下に降りていろと言い、熊吾はムメばあちゃんの耳元に顔を近づけた。

「あの食堂を、麻衣子ひとりでやっていけますかのお。ヨネやから出来たことで、二十四の麻衣子には難しいとは思いませんかのお」

熊吾の問いに、ムメばあちゃんはなぜか両手を合掌させて目を閉じたあと、

「ええ人をみつけて、早よう結婚させるのがええんやねェ」

と答えた。

「千代麿夫婦は、正澄を自分の子として育てたいと言うちょります。そのことについては、ムメばあちゃんはどう思いますかのお」

「なんとありがたいことを……」

ムメばあちゃんは目尻《めじり》から涙を伝わらせながら、合掌している手を震わせた。

熊吾はその手を両手で包み、

「わしを拝んだりしちゃあいけません。わしはいまは何のお役にも立てん甲斐性《かいしょう》なしでして」

と言った。そして、この天涯孤独な老人に、残り少ない余生をどのようにすごさせればいいのかと考えた。

「ええ男っちゅうてものお、そう簡単にはみつかりません。ろくでもない男は、そこいらに掃いて捨てるほどおりますが……。麻衣子はいっぺん結婚に失敗して離婚しちょるので、わしは焦《あせ》ってまたつまらん籤《くじ》を引かせちょうないんです。ことにこんないなかの温泉町では、麻衣子に合《お》うた男と出会うなんちゅうことは無理やあらせんのかと。麻衣

子が多少は好意を持っちょりそうな男はおりますかのお」

ムメばあちゃんは少し微笑《ほほえ》んで、麻衣子ちゃんは身持ちの固い女だから、そんな相手はいないはずだと言った。最初の結婚で、男というものに懲《こ》りてしまったのであろう、と。

「わしは、家庭のある男のしつこい誘いを心配しちょります。そういう男の口説き文句は、都会じゃろうがいなかじゃろうが、百人が百人、おんなじじゃ。女房とは長いことうまいことといっちょらんので、近々離婚することになっている。女房も同意しているが、いろんな事情があって正式な離婚には少し時間がかかる。それまでは辛棒してくれ……。賢そうな女も、みんなこの言葉に騙《だま》されますんじゃ。男がそう言うたからという一種の免罪符みたいなものが、女の心に穴をあけさせるのかもしれませんなァ。この人は妻や子を捨ててまでも私と一緒になろうとしてくれているっちゅう甘い気分で我を忘れてつっぱしってしまいよる。だいたい長《など》うて五年か六年で、そんな関係は終わるしかなくなりよる。男は、なんやかんやと事情を並べて、女房とは離婚せんのです。当然じゃ。男は離婚する気なんか初めからないからです。そのうち、ふたりのことは女房の知るところとなる。男はどっちを選ぶか。百人のうち九十九人は、妻のおる家に帰りよる。残りのひとりは、よほどの馬鹿《ばか》か、ひとでなしじゃ。九十九人の女は、ただ泣きを見るだけです。男とのことで疲れ果てて、歳《とし》を取って……。男に経済力があれば、別れるときに幾分かの慰謝料も払いよるじゃろうが、そんな金では、失なった時間は取り戻せんのです」

そう語りながら、熊吾は、麻衣子にそんな相手はいないだろうなという意味を込めた目でムメばあちゃんを見つめつづけた。ムメばあちゃんの表情には、わずかな曇りも生じなかった。


通夜に訪れた弔問客は意外なほど多くて、熊吾は、ヨネが城崎で食堂を営んでいた六年弱のあいだに、こんなにも多くの友人知己を得ていたのかと感嘆の思いを抱いた。

ヨネは、この小さな温泉町に突然やって来たよそ者なのに、人怖《お》じしないあけすけな性格と、さまざまな世界で揉《も》まれることで得た世法の機微を上手に活《い》かして、地元の人たちに疎外《そがい》されることなく溶け込んでいったのだと知ったからだった。

弔問に訪れた人たちは、喪の着物を着た麻衣子と並んで坐《すわ》っている熊吾を、いったい何者かといった表情で窺《うかが》っていた。

温泉町の旅館に勤める仲居たち一団は、七時からの通夜の法要が始まる二時間ほど前に訪れて、自分たちはこれから仕事なのでと謝罪しながら帰って行った。

「大将が麻衣子ちゃんの横に坐ってはるのは、ちょっと具合が悪いでっせ」

と千代麿が耳打ちした。

「なんでじゃ」

「来てくれた人らが、なんや怖そうにしはりまんがな。大将はねェ、他の人とはちょっと毛色が違いまんねん。何ちゅうのかなァ、目立ちまんねや。お通夜の席にそぐわんというのか……」

「いばっちょるように見えるのか？」

「いや、そんなんやおまへんねん。悲しい空気が、どっかに行ってしまうっちゅうのか……」

そうか、わしは生まれついて葬式には向かない人間なのか。父の亀造の「きょうは、いばってはいけない日だ」という言葉には、我が子にそのようなところを気づかせる意図もあったのかもしれないと熊吾は考えた。

遠縁の者のように見られるためには、麻衣子から離れたところにいなければならないし、弔問客の目を見ないためには、目を伏せて、代わりに畳の目を数えているしかあるまい。

熊吾がそう思って居場所を玄関に近いところに変えると、七歳の美恵が、台所の黒ずんだ柱に凭《もた》れて、焼香の煙の充満する部屋の一角を見入っていた。その美恵の視線の先には、白い布で覆われたヨネの顔があった。

自分は大切なことに気づかなかったと熊吾は思った。美恵は、生みの母親のことは覚えていない。美恵はヨネを母と思って育ってきたのだ。いまは千代麿夫婦の正式な子となり、ミヨという新しい母をごく自然に「お母ちゃん」と呼んで甘えられるようになったが、美恵にとって浦辺ヨネは、これから先もずっと母でありつづけるのだ。だが、美恵は遠慮している。七歳の子が、千代麿とミヨという自分の両親に遠慮して、ヨネの遺体から身を遠ざけている……。

熊吾は、美恵と目が合うまで無言で待ちつづけ、美恵がその視線に気づくと同時に小さく手招きしながら自分の膝《ひざ》を軽く叩《たた》いた。

しばらくためらっていたが、美恵は台所の柱から格子戸へ、格子戸から葬儀用の白い幕の陰へと少しずつ場所を変えながら近づいて来て、熊吾の膝の上に坐った。

お母さんの傍に行け、と言いかけた言葉を既《すん》でのところで止め、

「お前にはお母さんが三人もおった」

と熊吾は耳元でささやいた。

「たったひとりのお母さんも見たことがないっちゅう子もおるのに、お前には三人もおったんじゃ。なんと贅沢《ぜいたく》で幸福な子じゃのお。ヨネという名のお母さんの顔を忘れんように、いましっかりと見ちょくんじゃ。この熊おじちゃんと一緒に見るか？」

美恵は頷《うなず》き返して、熊吾の黒いネクタイを摑《つか》んだ。熊吾は美恵を伴なってヨネの枕辺に行き、白い布を取った。

「つらい病気と長いあいだ戦うたけん、瘦せて別の人みたいになっちょるが、根性むき出しの顔は生きちょったときとおんなじじゃ。浦辺ヨネという、お前が一歳になるかならんかのときから五歳までのあいだのお母さんは、お前のことが好きで好きで、目のなかに入れても痛うなかったそうじゃ。この人は死んだから、お前の目にはもう見えんところに行くが、お前がどこにおろうとも、草の根をわけても探し出して、お前を守りつづけてくれるぞ」

美恵にだけ聞こえる声でそう言ったとき、熊吾は自分の手の甲に美恵の涙が落ちたことを知った。幼い子の心というものを舐《な》めてはならないのだな、と熊吾は思い知らされる心地に浸った。

ヨネの遺体を挟むようにして熊吾と向かい合っている麻衣子と目が合った。

「あした、お骨上げは四時くらいやそうやねん」

と麻衣子は言い、立ち上がると台所に行き、茶を淹《い》れた。そして、何か話をしたそうな目を熊吾に向けた。二階で喪服に着換えているらしい丸尾ミヨが美恵を呼んだ。

「美恵、お母ちゃんの帯留で遊んでたやろ？　どこにやってしもたん？」

美恵は、ヨネの遺体をまたぐようにして、階段ののぼり口のところに走り、

「あれはお葬式が終わったら、私にくれるんやろ？」

と訊《き》いてから、勢いよく階段を駈《か》けのぼって行った。

「あいつ、ヨネをまたいで行きよったぞ」

笑って言いながら、熊吾は台所に行くと、立ったまま熱い茶を飲んだ。

ヨネさんに頼まれたことがあるのだが、そんなことをしていいものかどうか躊躇《ちゅうちょ》していると麻衣子は言った。

「法律違反かもしれへんねん」

ヨネは、自分の遺灰を海に撒《ま》いてくれと頼んだのだ。撒く場所も指定した。余部《あまるべ》鉄橋の上からだ。

「あそこでは、汽車はのろのろと走るから、汽車の窓から撒ける時間がある、って」

「余部鉄橋？　手前の駅で降りて、余部鉄橋の下から撒いたらどうじゃ。鉄橋の上で汽車の窓から撒いたら、日本海からの風にあおられて、遺灰は陸のほうに飛んで行くぞ」

その熊吾の言葉に、首を横に振り、

「鉄橋の上からやで、って何遍も念を押されてん」

と麻衣子は言った。

遺灰の扱いについて、日本の法律がどのように定めているのか、熊吾は知らなかったが、本人の希望であるなら、その旨《むね》を役場に届け出れば済むのではないかと思った。

「そのときに、遺灰と一緒にもうひとつ撒いてほしいもんがあるそうやねん」

麻衣子は言って、通夜の式のために一時的に八畳の間から台所へと移した和《わ》簞《だん》笥《す》の抽《ひき》斗《だし》をあけ、朱色の漆を塗った小さな箱を出した。

「このなかに入ってる四つ折りの和紙を鋏《はさみ》で細かく切って、それと一緒に遺灰を撒いてくれって……。自分が死ぬまでは、その紙は見んといてほしいって……。ヨネさんが息を引き取ってから、私、何回かこの箱をあけようとしてんけど、なんか怖いねん。怖いもんを見る気がして、自分ではようあけんねん」

熊吾は煙草《たばこ》に火をつけ、それを一服してから灰皿に置き、名刺の倍くらいの大きさの木の箱をあけた。四つ折りにされた和紙だけが納められていた。その上質の和紙をひろげると、達筆な女文字で俳句が一句したためられていた。

――遊女の墓　みなふるさとに背をむけて――。

そしてその横の下のほうに「王鞍知子」という名が書き添えてある。

いわゆる自由律俳句という分野の句であり、王鞍知子はこの句の作者なのであろうと熊吾は考えた。

太平洋戦争が始まる五年ほど前にいちど汽車に乗って渡ったことのある余部鉄橋からの風景が、熊吾の心のなかに甦《よみがえ》った。

城崎のほうから山陰本線で向かえば、余部鉄橋の真ん中で見えるものは、右側は日本海、左側は山だ。山側に民家はあっただろうか。何もなかったような気がする。そこに小さな墓が並んでいても不思議ではない寂しい山の端《は》だったと記憶している。

もしヨネが何かの折りに余部鉄橋を渡りながら、ふと山側の一角に自らの墓を思い描いたとしたら、その墓は、日本海を向いていなければならなかったのか……。

熊吾は何度もその句を読み返し、浦辺ヨネの望みどおりにしてやろうと思った。

「麻衣子が怖がるようなもんやなかったのお」

熊吾はそう言って、俳句の書かれた和紙を麻衣子に手渡した。麻衣子は長いあいだ無言でそれに見入っていたが、ふいに烈《はげ》しく嗚咽《おえつ》しながら片方の手で顔を覆《おお》って泣いた。

ヨネの店のすぐ近くにある寺の住職が通夜《つや》の法要を終えて帰って行き、最後まで残っていたみやげ物店の嫁も言葉少なに姿を消すと、風の音がにわかに大きく聞こえてきた。

麻衣子は、これから訪れるかもしれない弔問客はほとんど男であろうからと酒の用意をして、伸仁に、正澄と一緒に外湯に行って来たらどうかと勧めた。

「自転車やったら、十分ほどで一の湯に行けるで。正澄はきのうもお風呂《ふろ》に入ってへんから、きょうは入らなあかん。お風呂に二日も入れへんかったら、お母さんに叱《しか》られたやろ？　千代麿のおじさんも一緒に行って来たら？　うちには自転車が二台あるから。私のとヨネさんのと」

麻衣子はそう言って、燗《かん》をした酒を熊吾の前に運んだ。ミヨも、そうするようにと男たちに勧めた。

通夜だというのに温泉町の外湯につかりに行っていいものかと思案顔で父親の表情を窺っている伸仁に、熊吾は行ってこいと促した。

「きのうも風呂に入っちょらんのは麻衣子もおんなじじゃろう？　美恵もつれて、みんなで行ってこい。わしがここにおって、来てくれた人の相手をするけん」

熊吾の勧めに、麻衣子もミヨも首を横に振り、喪の着物を着て外湯には行けないと言った。

「あいつら、お通夜やというのに温泉につかりに来とるでって笑われますがな。大将こそ、みんなと行って来はったらどうです？」

丸尾ミヨの、いつにも増した柔かい口調が、熊吾に、正澄の将来にとって最も肝要なことが何であるかを気づかせた。自分はなぜこれほどに大事な問題をなおざりにしていたのであろうという恥かしさでいたたまれなくなってしまい、ミヨの前からしばらく姿を消したい衝動に駆られた。

「よし、わしは子供らを風呂につれて行くぞ。女の子を風呂に入れるのは、わしは初めてじゃ。六十二年間生きてきて、初めてじゃ」

熊吾は笑いながら言い、伸仁に着換えの下着を持って来させると、美恵と手をつないで外に出て、自転車の荷台に乗せた。もう一台の自転車に、伸仁と正澄が乗った。千代麿は、ムメばあちゃんを階下に降ろしてやりたいので家にいるという。

送りに出て来た麻衣子は、あの俳句のことは誰にも喋《しゃべ》らないでくれと熊吾に小声で言った。

「千代麿夫婦にもか？」

「うん、熊吾おじさんも、あの俳句は読めへんかったことにして」

熊吾は頷き返したが、余部鉄橋から遺灰を撒くときは、自分も一緒だと言った。

六歳の正澄に一の湯までの近道を教えてもらいながら、熊吾と伸仁は風の渦巻く夜道に自転車を走らせた。

正澄が、あっち、こっちと指示する道は、点在する民家の横から竹藪《たけやぶ》の一角を抜けたり、切れかかっている裸電球の黄色い光がかろうじて照らす幅の狭い橋を渡ったり、ぬかるみにタイヤを取られそうな畑に沿った道をジグザグに進みながらも、城崎駅から温泉町の中心部へと一直線に延びる通りのほうへと斜めに向かっているようだった。

「ここは冬はどんなんやろ。富山よりも寒そうや」

と伸仁が大声で言った。

「冬は自転車なんか使えるかや。蓑笠《みのかさ》を頭からかぶって、藁靴《わらぐつ》を履いて、温泉につかるのも命懸けじゃ。しかし、城崎温泉に来る客は、活きのええ松葉《まつば》蟹《がに》を食べるのも楽しみじゃけん、冬がいちばん混むんじゃ。外湯巡りも旅館の下駄《げた》では道を歩けんから、丹前浴衣《ゆかた》にゴム長じゃ」

その熊吾の言葉に、

「詳しいなァ。地元の人みたいや」

と伸仁がひやかすように言い返した。

「冬の往診は難儀やったぞ」

熊吾がそう言うと、伸仁は声をあげて笑った。

城崎は、兵庫県の日本海沿いの、円周の小さい出臍《でべそ》のような山が幾つか突き出た地に出来た温泉町なのだと熊吾が説明したとき、大きなみやげ物店の横から愛宕《あたご》橋のたもとへと出た。

そこから西へ百メートルほどは大谿川《おおたにがわ》に沿った、いわば城崎温泉の目抜き通りで、柳並木と幾つもの橋がつづく。その川に面して、旅館がひしめき合うように並んでいる。ほとんどは棟つづきの長屋状の木造なので、ひとたび火事が起これば、温泉町の中心部は全滅しかねない。

熊吾は、大谿川沿いの道を散策している温泉客の、旅館名が染められた丹前姿を見ながら、酔った客の寝煙草で、よくも大火が起こらないものだと思った。

帰路に湯冷めすることを恐れ、熊吾は正澄と美恵に、百かぞえるまで湯から出てはならぬと命じて一の湯に入った。

温泉につかり、まず先に美恵の体を洗ったが、幼い女の子の体にいささかたりとも失礼な扱いはしてはならぬと神経を集中したために、妙に疲れてしまって、一の湯を出たとき、熊吾は軽い湯あたりを感じた。正澄も美恵も、顔を赤くさせて、心なし息遣いが荒かった。

「熱いお湯のなかで百もかぞえさせるからや」

と伸仁は自転車を押して歩きながら、熊吾のほうを振り返って言った。

「わしもちょっとのぼせた。コップに半分の燗酒が体中を走り廻っちょる。どこかで冷たいもんでも飲まんか。喫茶店みたいなのはないか」

正澄と美恵は走って橋を渡り、あそこにソフトクリームがあると声を揃《そろ》えて叫んだ。

「お前ら、初めからそれを狙《ねろ》うちょって、この熊おじちゃんをはめよったんじゃあるまいなァ。どうもお前らは、湯にのぼせたふりをしちょるような気がするのお」

熊吾は笑いながら言い、旅館と旅館に挟まれた間口の狭い喫茶店のドアをあけた。川の向かい側の旅館の二階から、団体客の嬌声《きようせい》と、どうにも繊細とは言いかねる三味線の音が聞こえていた。

子供たちはソフトクリームを食べ、熊吾はミックスジュースを飲み、喫茶店から出ると射的屋で遊び、本屋で正澄には漫画本を、美恵には少女用の絵本を買ってやって、麻衣子の家に戻ったのは十一時だった。美恵が気に入った絵本を選ぶのにひどく時間がかかったからだ。

「わしは、もう女とは一緒に買い物はせんぞ。女っちゅうのは、七歳じゃろうが二十歳じゃろうが五十歳じゃろうが、みんなおんなじじゃ。あれこれ迷うのが楽しいんじゃ。これはのお、女っちゅう生き物の本能じゃっちゅうことを、わしは今晩やっとわかったぞ」

あまりにも帰りが遅いので心配していたらしい千代麿夫婦にそう言いながら、棺《ひつぎ》に納められたヨネの顔を見つめ、その近くに蒲団《ふとん》ごと移されたムメばあちゃんの清澄《せいちょう》な顔に微笑《ほほえ》みかけて、熊吾は喪服の胸ポケットから黒いネクタイを出した。

「ネクタイなんか、もうしめはらんでもよろしおまんがな」

と千代麿は言い、一升壜《びん》を持って来ると、熊吾のコップに酒をついだ。

二階で子供たちの蒲団を敷いていた麻衣子に呼ばれて、伸仁が正澄と美恵をつれて階段をのぼりかけたので、熊吾は、お前はここにいるようにと言った。

「このへんの人は、夜が早いから」

ヨネの遺体の傍に戻って来ると、麻衣子はそうつぶやき、新しい線香に火をつけた。今夜、これから訪れる人はもういないであろうという意味を込めた言葉だったので、千代麿は喪服の上着を脱ぎ、ネクタイも外すと、カーディガンを着た。

ミヨが大きな皿に巻き寿司《ずし》を盛って運んで来て、それを小皿に取り分け、千代麿が手酌で冷や酒を飲み始めた。

何か重要な事柄がこれから話し合われるという気配を感じたらしく、伸仁は、自分がここにいてもいいのかと訊く目で熊吾を見やった。

「お前はきのう中学生になって、おとなの世界の隅っこに坐《すわ》ったんじゃ。血の繋《つな》がりはないが、正澄を自分の弟と思うて、あの子がこれからどう育つのがいちばんええのか、お前なりに考えるんじゃ。しかし、お前は自分の意見は口にしちゃあいけん」

熊吾はそう言って、火鉢に炭をついだ。結局はこうやって自分が誘い水を作ってやらねばならないのだと思いながら、ミヨを見つめた。

この女の芯《しん》の強さは並大抵のものではない。地味で平凡なたたずまいの奥に、いったん決めたら最後までやり抜く強い意志を秘めている。いつどこで、このような女となる人間修業を積んできたのか。

自分も千代麿も、麻衣子の気持ばかり慮《おもんぱか》っていたが、正澄をどうすべきかを決めるのは、この丸尾ミヨだったのだ。ミヨの心ひとつで、すべては変わるのだ。自分は誰よりも先に、ミヨの心と語り合わなければならなかったというのに、そのことをあと廻しにした。

そして、あと廻しにされていることを、ミヨはよく知っているのだ。

熊吾は、畳に額を擦りつけてミヨに謝罪したかったが、そんな猿芝居と紙一重のような行為でミヨを追い詰めたくなかった。

ヨネがよくもって一年と宣告された日から今日までのあいだに、千代麿夫婦も熟考を重ね、麻衣子の考えにも耳を傾け、三人は何度も話し合ってきたはずで、結論はすでに出しているであろうに、この重苦しい空気は何であろう。

熊吾は、頑迷なところのある麻衣子が、正澄を育て、ムメばあちゃんの世話をしながら「ちよ熊」をひとりで切り盛りしてみせるという、意地に似たものに縛られつづけているのではあるまいかと考えたが、この件に関してだけは、自分が針路を差し示すわけにはいかないと口を閉じつづけた。

「やっぱり、ミヨも麻衣子ちゃんも、風呂に入って来たらどうや？　わしが車で送るがな」

脂《あぶら》の浮いた顔で千代麿が言った。そのとき、階段のほうから足音が聞こえ、寝巻姿の正澄が玄関と八畳の部屋のあいだにある廊下に立ち、無言で母親の遺体が納められている棺を見つめた。

ミヨが立ちあがり、正澄のところに行くと、うしろから背を押すようにして棺の側《そば》につれて来て、

「あした、このお棺に蓋《ふた》をした瞬間から、この私がお母ちゃんになるねんで。正澄は、丸尾正澄という名前に変わって、美恵と一緒に大阪で暮らすんや。そやから、正澄を生んでくれはったお母ちゃんの顔をよう見ときなさい」

と言った。

正澄は不安そうな顔で麻衣子を見た。麻衣子は、うなだれていた顔をあげ、微笑を浮かべて、

「美恵とまた一緒に暮らせるなァ。ときどき城崎に遊びにおいでな」

と正澄に言った。

どう応じ返せばいいのかわからないといった表情で、正澄は棺の縁を両手で摑《つか》み、母親の死顔を覗《のぞ》き込むと、長いこと見つめつづけた。

「わしはまだ素面《しらふ》じゃ。わしが運転して一の湯まで送ってやるけん、千代麿も風呂に入って来い。とにかく、お前は今夜は寝にゃあいけん。あしたはまた車を運転して大阪まで帰るんじゃけんのお」

熊吾がそう言って、車の鍵《かぎ》を渡せと手を突き出すと、ミヨは、たとえわずかな時間であっても、この家をムメばあちゃんと子供だけにさせるわけにはいかないので自分は残ると言い張った。今夜はお通夜なのだから、と。

外湯はもう閉まる時間だが、懇意にしている旅館の人に頼めば、そこの岩風呂に入らせてくれると麻衣子は言い、風呂支度を始めた。自分が同行して旅館の人に頼まなければならないという。

「家にはお風呂がないから、私もヨネさんも、店を閉めたあと、いっつもそうさせても

ろててん」

「そんなら、お前もついでに入りゃあええ」

熊吾に強く促されて、麻衣子と千代麿は山鳴りの低い音の響く夜道に出た。中古のシボレーは線路沿いの畑の横に停めてあった。風とは逆の方向に流れる雲の切れ目から月があらわれるたびに、円山川の穏やかなさざ波が明滅した。

その旅館は温泉街の南のはずれの消防署の近くにあった。顔見知りらしい中年の仲居としばらく話をしたあと、手招きして千代麿を呼び、その姿が廊下の向こうに消えるのを待ってから、麻衣子は戻って来て、運転席に坐っている熊吾に言った。

「あした、お葬式に間に合うかどうかわかれへんけど、金沢からお母ちゃんが来てくれるねん。娘がこんなにお世話になった人のお葬式に行けへんかったら罰が当たるって」

「お母さんには、お前の身の振り方を相談したのか。お前は、ほんまは正澄を自分で育てたかったたんじゃろう？」

その熊吾の問いには答えず、

「私はこれからお母ちゃんと一緒に暮らすことになると思うねん。お母ちゃんは若いころからずうっと料理屋で働いて来たから、食べ物商売のことは私よりもよう知ってるし」

と麻衣子は言った。その喋り方には、長く心を覆《おお》っていたものが晴れたといったところが感じられた。

「千代麿夫婦の口からは、これまでいちどもお前のお母さんのことは出んかったぞ。そんなことはいつ決めたんじゃ」

喪服姿で洗面器を持ち、

「さっき」

と言い、一瞬怒ったような目を熊吾に注ぐと、麻衣子は旅館のなかに入って行った。着ているものが異なるだけで、暑い盛りの金沢で初めて逢《あ》った高校生のときの麻衣子と少しも変わっていないと熊吾は思った。

乗り慣れない左ハンドルの大きな外車を運転して、閑散とした城崎駅の前を右折し、熊吾は、城崎大橋のたもとまで行くと車を停めた。風は少し弱くなっていた。

車から降りて、川の堤を歩き、葦《あし》の茂る湿った場所の近くで熊吾は煙草《たばこ》を吸った。人間は変われないものなのだなという思いは、ふいに何物かへの怒りとなって、熊吾の心を乱した。

何に対して怒っているのかわからないまま、ふるさとに背をむけてだと？　と胸のなかでヨネに言った。

あのうら寂しい鉄橋から遺灰を撒《ま》いてくれだと？　それならば、ヨネ、お前はふるさとをあとにした姿と変わらないまま生を終えたことになるではないか……。

ヨネ、それは間違っている。お前は小なりといえども一国一城の主《あるじ》となって「ちよ態」を繁盛《はんじよう》させ、己の子と美恵を愛情を注ぎ切って育て、麻衣子を守り、ムメばあちゃんに安住の家を与えて、業病《ごうびよう》と戦い抜いて生を終えたのだ。

人間は変われない生き物だ。悪く変わって行くのはたやすいが、良く変わることは至難の業だ。俺は、ヨネがどこでどのように生まれ育ったのか知らないが、良い方向へと変わって行った姿を見たのだ。その軌道は、きっと正澄へと継承されるはずだ。それが、親と子の永遠性というものだ。

熊吾は葦原のぬかるみが靴下までも濡《ぬ》らしてきたので、堤へと上がり、城崎大橋の真ん中にまで歩くと、短くなった煙草を捨てて、それを靴で踏みつけて消した。橋の下で鳥が濁った鳴き声をあげた。

コンクリートの大き過ぎる水槽には、よく肥えた金魚たちが、長く伸びた水草のあいだを泳いでいて、底にぶあつく敷かれた細かい砂にまで春の光が届いていた。

シンエー・モータープールの事務所の窓から顔を突き出すと、熊吾はいつのまにか三十尾以上に増えた琉金《りゆうきん》の、柔かくうねる襞《ひだ》のような尾ひれを見つめながらも、関という名の中古車バイヤーの長電話に苛立《いらだ》って、ときおり振り返って睨《にら》みつけた。

去年の誕生日に、伸仁は金魚が欲しいと言い、母親から貰《もら》った五百円で、琉金、出目金の二種を五尾ずつ買って来て、防火用水用の水槽で飼い始めた。

それから少しずつ水草も買って植え、カルキ抜きをした水をまいにちこまめに替えていたが、買い加えた最も丈夫なはずの和金が死に、次いで出目金も全滅し、琉金だけが残ったのだ。

理由はわからないが、このコンクリートの深い水槽では琉金しか生きられないのであろうという熊吾の言葉で、伸仁はそれからは琉金ばかり買って数を増やしてきたのだ。

その琉金の卵が知らぬまに孵《かえ》ったが、大半は他の琉金に食べられて、生き残って育った小さいのが十二尾、いま元気に泳いでいる。

伸仁が陰で「タンクさん」と呼ぶエアー・ブローカーの関京三は、電話を切ると、

「長電話ですんまへん」

と謝まって、熊吾に自分の煙草を勧めた。

「いらん。わしは新生なんちゅう労働者の煙草は吸わんのじゃ」

熊吾は、あえて邪険な言い方をして、ズボンのポケットからピースの箱を出した。このあつかましいエアー・ブローカーには「タンクさん」の上に「豆」をつけなければなるまいと思いながら、熊吾は口にくわえたピースに火をつけ、豆タンクの相棒の「デンチューさん」がやって来たら、きょうこそはこのデコボコ・コンビが腰を抜かすほど灸《きゅう》をすえてやると、モータープールの正門に目をやった。

「きょうは東京もええ天気や。皇太子のご成婚パレードは二時半くらいからやそうでっせ。わしはそこの喫茶店のテレビで観《み》るつもりです」

と関京三は言った。

熊吾は腕時計を見て、パレードまではあと一時間かと思いながら、

「この日のために、わしの家でもテレビを買《こ》うたぞ。近所の電気店は大忙しで、テレビだけ届けてアンテナをつけるのは後廻しにしよって……。テレビだけ届けてどうするんじゃ。何にも映りゃあせん。アンテナがついたのはきのうの夜中じゃ」

デンチューさんこと黒木博光が、売り物の中古車を運転してモータープールにやって来ると、かつては女学院の職員室であった場所に車を入れた。そこは、車の出し入れがやりやすく、事務所からも近いので、一時預りの車専用に使っている、いわばシンエー・モータープールの特等席なのだ。

六尺以上ある長身だが、体のどこかを叩《たた》けば折れてしまいそうなほどに痩《や》せている黒木博光も、相棒の関も、熊吾とおない歳《どし》の六十二歳だった。

胃が悪くて、いつも胃薬を手離さない黒木は、事務所に入るなり、すぐに胃薬を口に入れ、

「コップはおまへんか」

と熊吾に訊《き》いた。

熊吾は、コップに水を入れてやり、それを黒木の顔にかけてから、事務所を出ると黒木の車のところへ行った。ボンネットをあけ、プラグのすべてを引き抜き、ネジを緩めてバッテリーをかつぎあげ、それを地面に叩きつけ、次に関の車へと歩いて、同じことをした。

それでも気が済まず、熊吾は事務所に戻って、机の下に常備してある工具箱をあけると、タイヤ交換のためのジャッキとレンチを持った。

関も黒木も蒼白《そうはく》になって、ただ茫然《ぼうぜん》と熊吾を見つめるばかりで、ひとことも発しなかった。

熊吾は、黒木の車のタイヤを外し、それを正門のところまで転がして、市電のレールに向かって蹴《け》り、次いで関の車の下にジャッキを入れた。

「何をすんねん」

やっと声を発して事務所から走り出て来た豆タンクのほうが、熊吾の肩をつかんで止めようとした。熊吾は、その豆タンクの腕を捻《ね》じ上げ、足払いをかけて地面に放り投げた。

「お前ら、このわしを舐《な》めちょるのか。誰に許可を得て、このシンエー・モータープールをてめえらの事務所に使《つこ》うとるんじゃ。中古車のエアー・ブローカーの事務所に使うてもらうために作ったモータープールやあらせんのじゃ。こんなタクシー上がりのボロ車を、車の知識のないやつらに甘言を弄《ろう》して売りさばく詐欺師《さぎし》の片棒をかつぐために、わしがここで管理人をやっちょると思うちょるのか」

そう言いながら、熊吾はこんどは黒木を標的に変えて近づいて行った。黒木は事務所から出て、すんまへん、すんまへんと言いながら逃げまどい、裏門まで追い詰められると、ブロック塀を背にして尻餅《しりもち》をついた。

「車の駐車代は払うてますし、電話を使わしてもろうたら、ちゃんと電話代も払てます」

「当たり前じゃ。恩着せがましゅう言うな。それさえしときゃあ他人の会社の事務所に居坐って、てめえらの事務所代わりに好き勝手に使うてもええというのか」

熊吾は便所掃除用のバケツを黒木の頭に投げつけ、

「あの相棒の豆タンクと一緒に出て行け。二度と来るな」

と言い、事務所に戻った。関は投げられたとき腰か膝《ひざ》を打ったのか、自分の中古車のバッテリーの横に半身を起こしたまま、起きあがれなくて顔を苦痛で歪《ゆが》めていた。

電車通りのほうで市電の警笛が鳴っていたので、熊吾は正門から出て、レールの上に転がっているタイヤを起こし、運転手に謝まりながらモータープール内に戻った。

F建設の社長車の運転手である林田信正がビニール袋を下げてやって来て、緊張した面持ちで、関のほうを見やり、

「怪我《けが》しはったんとちゃいますやろか」

と言った。

「しばらくそこでのたうっちょれ」

熊吾は関に言い、事務所で茶を淹《い》れながら、林田が手に下げているものを見た。

「睡蓮《すいれん》です。ノブちゃんの入学のお祝いに」

と林田は言い、ビニール袋から二株の睡蓮を出すと、水槽に浮かべた。そして、いったい何があったのかと訊いた。電車通りを渡ろうとして信号のところで立っていると、松坂さんが突然男を投げ飛ばしたので、びっくりして、信号が変わっても、歩きださずに様子を窺《うかが》っていたのだという。

「こらあかん。大将、わし、立てまへんわ」

という関の言葉で、趣味のいい背広をみだしなみよく着こなした林田が傍らに行き、手を貸して立ちあがらせると、事務所につれて来てソファに坐《すわ》らせた。

額を赤く腫《は》らした黒木が怯《おび》え顔で戻って来たが、事務所には入らず、自分の車のバッテリーを持ち、それを元の位置に戻す作業を始めた。

「わしはお前に大将と呼ばれる筋合はないんじゃ」

そう言いながらも、骨を折っていたり、腰や背の関節をひどく痛めていたら厄介だなと熊吾は心配になってきて、黒木を呼んだ。

「この裏にカンベ病院ちゅうのがある。歩いて三、四分じゃ。この豆タンクをつれてっちゃれ」

そう言って、千円札を三枚出して黒木に渡し、健康保険には加入しているかとふたりに訊いた。ふたりは無言で首を横に振った。

「保険がのうても、それだけありゃあ足りるじゃろう。なんぼやくざなエアー・ブローカーでも、健康保険には入っとかにゃあいけんぞ」

「ぼくらが、やくざに見えまっか？」

やっと顔に赤味を取り戻した黒木が訊いた。

「中古車のエアー・ブローカーっちゅうものが、そもそもやくざな稼業《かぎょう》じゃと言うとるんじゃ。喫茶店じゃろうが麻雀《マージャン》屋じゃろうが玉突き屋じゃろうが、そこの常連になっていつのまにかてめえらの事務所代わりに使いだす。これをやくざの手口と言わんで何と言う。よりにもよって、このシンエー・モータープールに白羽の矢を立てるとは、お前ら、わしを舐めちょるのか」

熊吾のまた怒りだしそうな気配で、黒木は関に肩を貸して裏門から病院への路地へと向かった。

「あのふたり、親切ですよ」

と林田は言い、睡蓮と一緒に袋に入っていた五尾の和金をバケツに移した。

「奥さんひとりで困ってはるとき、あの人らが車の出し入れをしてくれてますねん。このモータープールの従業員みたいに。大将、あの人らが事務所に居坐ってたら、奥さんはいつでも家事ができるし、大将は昼間でもこれに行けますよ」

林田はいたずらっぽい笑みを浮かべて、麻雀の牌《パイ》を摑《つか》む仕草をした。林田も麻雀が好きで、週に一度、バス停の近くの丸栄という雀荘に同じ社の者たちとやって来るのだ。

「ごきぶりが二匹おったら、一年後には百匹くらいに増えよる」

そう言って、熊吾は、バケツのなかの和金を見ながら、これも伸仁への祝いに買ってくれたのかと訊いた。

「どういうわけか、この水槽では和金は育たんようじゃが」

「最初に死んだ和金は、買《こ》うたときにもう弱ってたんです。そやから元気なのを買《こ》うて来ました」

林田は言って、ソファに坐り、半分に切ったナイロンストッキングで自分の革靴を磨きながら、こう説明した。

ひとつの水槽に同じ種類の金魚ばかり入れておくのは良くない。友人の父親は、昔、羽振りがいいときに錦鯉《にしきごい》の飼育に熱中したが、やがて、色が濁ってむらがあったり、ひれの形がいびつなのが生まれるようになった。同好の人から、そんなときは普通の鯉を五、六尾、金魚も五、六尾、池に放り込めばいいと教えられ、そのとおりにしたら、生まれる錦鯉の色も形も元に戻った……。

　中堅どころというよりも、もっと規模の小さな建設会社の社長の運転手にしては、いつも生地も仕立てもいい背広をこざっぱりと着こなしている二十八歳の青年に好感を抱き、熊吾は和金の入っているバケツを机の下に移した。伸仁が帰って来たら、自分の手でこの和金を水槽に放させようと思った。

「白と赤の睡蓮です。まだ芽が出たとこですけど、夏には咲きます。睡蓮の根からぎょうさんの酸素が出て、金魚はそれを吸うんです」

　それから、林田は思い出し笑いをして、去年の夏休み以降のノブちゃんの顔は、人生に疲れ果てたといった趣きがあったと言った。

「家庭教師の大学生に、ノブちゃんはこの半年のあいだで、小学三年生からの算数と理科と国語をやり直さなければ、どうにもこうにも私学の入学試験には通らんと言われたんじゃ。あれには、あいつもまいったじゃろう。学力は、小学三年生のレベルで止まったままじゃと面と向かって言われたんじゃからのお」

「ぼくも思い起こしてみたら、小学三年生くらいから授業について行かれへんようになったって気がします」

　林田に会社から電話がかかって来た。林田は電話を切り、

「社長のおでかけです。ぼくもご成婚パレードを観たいんやけどなァって笑《わろ》てはりまし

た」

と言って、新型の黒塗りのトヨタ・クラウンを駐車してあるところに行きかけ、机の上にひろげたままの朝刊を指さした。

「絵に描いたような玉の輿《こし》ですねェ。玉の輿なんて生易しいもんやないかなァ」

と言った。

「わしはそうは思わんな」

熊吾の言葉に、林田は怪訝《けげん》そうな表情をした。

「なんでです？　シンデレラ姫はお伽噺《とぎばなし》やけど、美智子さんのは現実ですよ」

「二重橋を渡ったら、味方は少なし敵多し、じゃ。亭主に腹をたてて、腹いせにちょっと二、三日実家に帰る、なんてことはできんのじゃ。妃殿下はどこで息を抜くんじゃ。子供が生まれても、実家の両親に気楽に孫を見せに行くこともままならんじゃろう」

熊吾は、林田が社長車でモータープールから出て行ってしまうと、金曜日だがきょうは短縮授業なので、ご成婚パレードの始まる時間には帰れると伸仁が言っていたことを思い出した。

三日前に、麻衣子とムメばあちゃんと別れて、城崎から大阪市北区の淀川《よどがわ》の畔《ほとり》にある丸尾家へとやって来た正澄にデパートの大食堂でお子さまランチをご馳走《ちそう》するのだと言って出かけて行った房江も、パレードの中継を観るために帰って来るだろう。

熊吾は、いつになく人の出入りの少ないモータープールの事務所で暇を持て余し、入学式の日に目にした多くの新入生たちの姿を脳裏に甦《よみがえ》らせた。

熊吾が驚いたのは、そのなかの何十人もの生徒の体格の大きさだった。体が大きいだけではなく、すでに変声期を迎えている者、あるいはそれだけではなく、産毛《うぶげ》が濃くなった口元にニキビを噴き出させて、肉体はすでにおとなになっていると想像がつく者たちも多かったことだった。

我が子との肉体的成長の差のあまりの開きに、彼等が早熟なのではなく、伸仁が異常なのではあるまいかと不安になったのだ。

人間には晩生《おくて》の者と早熟な者がいて、それは肉体だけでなく精神の領域でも同じだということは理屈ではわかってはいたが、伸仁と同学年の生徒たちを目《ま》のあたりにすると、食が細いせいだけではない何等かの病的疾患が、我が子の成長を妨げているのではないかと考えてしまう。

いちど小谷医師に相談してみたほうがいいかもしれないと思ったが、

「まあ、まだ中学生になりたてのほやほやじゃ」

とつぶやき、ほとんど満車状態に近くなったモータープールの敷地内を見て廻った。

月極《つきぎ》めで駐車場を借りたがっている近辺の商店や企業は多くなり、いまやシンエー・モータープールは順番待ちの盛況だが、柳田元雄は、火事による影響を被《こうむ》らなかった北側の木造校舎を解体しようとはしない。そこを空地にすれば、あと、三、四十台の駐車が可能で、モータープールの収入も大幅に増えることは明白だ。

柳田は、何か他のことに使おうと目論《もくろ》んでいるに違いないのだが、その腹案を熊吾に喋《しゃべ》ろうとはしないのだ。

計画の具体化に松坂熊吾を介入させたくないのであろうということは読み取れたが、熊吾も自分がそれに関わろうとはまったく考えていなかった。

松坂熊吾にシンエー・モータープール開設と、その初期の経営をまかせたのは、自分の、いわば恩返しであって、三年か四年のあいだに新しい商売の道筋をつけて、ここから出て行ってもらいたい……。

そのことは、F女学院が火事で焼けたときに、柳田自身がはっきりと熊吾に言ったのだ。

いったん軌道に乗りかかっていた中古車業者の組合を再構築するには、かなりの資金が必要だ。いまのこの自分には、どの銀行も融資しないであろう。カメイ機工の亀井周一郎は後押しすることを約束してくれたが、自分の跡を継がせようと算段していた専務の不祥事が発覚して、自分が興《おこ》した会社から勇退する機を失してしまった。

専務は、亀井の妻の弟で、大学を卒業して以来、亀井の右腕として働いてきた実直な男だったが、自社に電話交換手として勤める若い女と三年前から深い仲になっていたのだ。

去年の暮れに女が妊娠し、子を堕《おろ》すことを決めたのに、それを知った父親がカメイ機工に乗り込んで来て、大勢の社員たちの面前で専務を罵倒《ばとう》したという。

社員の人望も厚く、次期社長として誰もが認めていた人物だったが、亀井周一郎もこのての不祥事だけはどうにも庇《かば》いようがなく、専務に社から去ってもらったのだ。

亀井が後任の社長をみつけるまでは、自分の事業のことで余計な煩《わずら》いをもたらしたくなくて、熊吾はたまに電話で話をしても、中古車業者の組合に関しての話題は避けていた。

関が黒木のあとから足をひきずりながら裏門を通って帰って来たので、熊吾は事務所に戻った。

「膝の横側の打ち身だけでした。骨にも筋にも異常なしやそうで」

と黒木は言い、熊吾が放り投げたバッテリーのところへ行った。関は、熊吾が渡した三千円を返し、

「診察代は五百三十円でした」

と言って、湿布薬を貼《は》っているらしい膝を撫《な》でた。

「バッテリー液が洩《も》れてるがな。もうこのバッテリーはアウトでっせ」

と黒木は言い、ジャッキを持って事務所に入って来ると、早く「マルコポーロ」へ行

こうと関を誘った。市電の停留所の前にある喫茶店のテレビでご成婚パレードを観《み》るという。

ふたりの顔を見ていると、熊吾はさっきの林田の言葉を思い出した。このデコボコ・コンビは性根は悪くはないと感じて、

「エアー・ブローカーがシンエー・モータープールの事務所を根城にしちょると周りに悟られんようにするなら、お前らがここで時間潰《つぶ》しに将棋をさすのは大目に見ちゃるが、それにはひとつ条件がある」

と話を持ちかけた。

昼間、自分がこの事務所に坐りつづけることは事情があって出来ない。妻も、主婦として何やかやと用事があるうえに自動車の運転が出来ない。息子はまだ中学生だ。運転技術は未熟で、ボロ車の出し入れしかまかせられない。そこでだ……。

熊吾がすべてを語らないうちに、

「お安いご用でんがな」

と関は同意を求めるような目で黒木を見ながら言った。

「一時預りの客が来たときにどうしたらええのかを教えといてくれはったら、昼間は、ぼくらにまかしときはったらよろしおまんがな」

そう黒木も言った。

「仲間を増やさんでくれよ。その約束だけは守ってもらうぞ。ひとりでも増えたら、このモータープールの百メートル以内に近づいても、ただじゃあおかんぞ」

その言葉で、関はときおり熊吾の左の小指に視線を走らせながら、自分たちは同業のエアー・ブローカーのやり方が嫌いで、利は薄くてもまっとうな商いをしたくて、そのためにいつのまにか仲間外れにされてしまったのだと説明した。

子供のときに農馬に嚙《か》みちぎられて失なった左の小指の先が、どうもこの松坂熊吾という人間についてさまざまな憶測をさせるようだと思いながら、学校から走って戻って来たらしい伸仁に、元気な和金の入ったバケツを手渡した。

「林田さんは睡蓮も二株買うてくれたぞ。きちんと丁寧にお礼を言うんじゃぞ」

伸仁は嬉《うれ》しそうに笑顔を浮かべ、掌《てのひら》で金魚を掬《すく》って、一尾ずつ水槽に入れると、二階へ駆けのぼって行き、

「パレード、始まるでェ」

と熊吾を呼んだ。

「おっ、ぼくらも喫茶店で観させてもらおやないか。もう満員かもわかれへんで」

黒木はそう言って関を促し、裏門のほうから出て行った。

熊吾が二階の自分たちの住まいへあがろうとしたとき、房江から電話がかかった。正澄と美恵を淀川の畔の丸尾家に送り届けたが、いまからモータープールへ帰っていたら

パレードは終わってしまうので、自分は丸尾家のテレビで観るという。

「デパートに行くのは生まれて初めてやから、正澄ちゃんがはしゃいでしもうて、あっちへ行き、こっちへ行きしてるうちに迷子になってしもてん。それでこんなに遅うなって」

「千代麿のとこにもテレビが来たのか」

「やっとさっきアンテナを取り付けて、ぎりぎりでパレードに間に合《お》うてん」

熊吾は電話を切り、階段をのぼって行きながら、きょうのパレード中継を観るために、日本中でいったいどれだけテレビが売れたことであろうと思った。

すでにパレードは始まっていた。結婚の儀を終えた皇太子夫妻の乗った四頭立ての儀装馬車は、皇居の正門を出て、皇居前広場に差しかかっていた。沿道には人々が詰めかけて日の丸の小旗を振りながら、若い夫妻に歓声をあげている。

これから馬車は桜田門から三宅坂《みやけざか》へと向かい、皇居の外を半周したあと半蔵門を左折して麴町《こうじまち》大通りを四谷三丁目まで進み、神宮外苑《がいえん》から青山通りを通過して渋谷の東宮仮御所へ入るとアナウンサーは語った。パレードの距離はわずか八・八キロだが、その沿道には五十万人を超えると推定される人々がひしめき合っているという。

朝、房江が作っておいたちらし寿司《ずし》を食べながら、

「美智子さんはきれいやなァ」

と伸仁が言った。

二階の階段の手すりに繋《つな》がれていたムクが、長い鎖をひきずりながら部屋に入って来て、床と座敷の境のところでちらし寿司を見ながらしっぽを振った。

敗戦後、こんなに華やかな祝典がこの国で行なわれることを庶民の誰が予想したであろうと思いながら、同時に熊吾は、テレビ中継の技術に感嘆の念を抱いた。

日本が焼け野原になってたったの十四年でここまで来たのか……。その思いは、満州の凍土に飛散する兵隊たちの、もげて血まみれになった腕や脚や、体のどの部分なのかもわからなくなった肉片を熊吾の脳裏に浮かび上がらせた。

熊吾は、台所から一升壜《びん》を持って来てテレビの前にあぐらをかいて坐《すわ》り、酒をコップに注ぐと、戦地で死んだ数百万人の若者たちに捧《ささ》げる思いでそれを飲んだ。涙が溢《あふ》れてきて、熊吾はそれを伸仁に気づかれないように親指の先でぬぐったが、ムクの腹が膨んでいるのに驚き、コップを持ったまま四つん這《ば》いになって近づくと腹に触れた。こころなしかムクの乳も膨れていた。

「伸仁、えらいことじゃ」

と熊吾は言った。

「パレードを観てんねんから、いまは喋らんとって。お父ちゃんの声、大きいねん」

ちらし寿司を頬張り、テレビの画面から目を離さないまま、伸仁は言った。

「これが黙っちょれるか。一大事じゃ。ムクが妊娠しちょるぞ」

えっと声をあげ、わずかに残ったちらし寿司の載っている皿を持ったまま、伸仁はムクの傍に来て腹をさわった。ムクはちらし寿司をたちまち食べてしまった。

酢を使ったものも平気で食べる犬など他にいないだろうとあきれながら、

「こんな不思議なことがあるかや。ムクは、正門も裏門も閉めてからでないと鎖を解かんのじゃぞ。門を閉めたら、このモータープールには子犬でも入ってはこれんのじゃ。なんで妊娠するんじゃ」

と熊吾は言い、残りの酒を飲み干した。

「食べ過ぎてお腹《なか》が膨れてるんとちゃうのん？」

「これは、お腹に子供がおるんじゃ。おっぱいをさわってみィ。中学一年生にもなって、そんなことがわからんのか」

「パレードが終わってしまう」

そう言って、伸仁はテレビの前に戻った。

シェパードと柴犬《しばいぬ》とのあいだに生まれたムクの大きく尖《とが》るように立っている耳を撫で、

「お前はマリア様か？　箱入り娘が、なんでハラボテになるんじゃ……」

と問いかけて、熊吾もテレビの前に戻り、パレードを観た。馬車は神宮外苑にさしかかり、沿道で旗を振る人々の数はさらに増していた。

五月に入ってすぐに、熊吾はひさしぶりに妹のタネの住まいを訪ねた。尼崎の蘭月《らんげつ》ビルに足を踏み入れるのは去年の十月以来だった。

阪神国道のバス停から信号を渡り、熊吾はあえて蘭月ビルの階下を南北に貫く暗く湿ったトンネル状の通路を避けて、隣の映画館の横から工務店の資材置き場のほうへ向かおうとしたが、盲目の津久田香根《かね》のことが気になって、あと戻りした。

香根は五歳になったのか六歳になったのかと考え、盲学校に通い始めたとしても、あの一家がそのために明石《あかし》に引っ越すとは思えなかった。

相変わらず昼間だというのに裸電球の明かりを必要とする蘭月ビルのなかの土の道には、屋台の支那蕎麦《しなそば》屋が大鍋《おおなべ》で煮る出汁《だし》の臭《にお》いがこもっていたが、津久田清一に包丁で脊髄《せきずい》を切断された並河照美の家に表札はなく、共同便所横の階段に香根の姿はなかった。

躊躇《ちゅうちょ》しながらも、熊吾は階段をのぼって行き、二階の狭い廊下に立った。土井一家が引っ越したことは聞いていたが、あの残酷な事件のあと、津久田の妻も子供たちも、さすがに蘭月ビルに住みつづけることは出来まいと思っていたのだが、ドアには以前と同じ表札があった。

金静子の部屋からはミシンの音が聞こえた。

時代がどう変わろうが、この蘭月ビルだけは変わらない。何があろうともう二度とここに来てはならぬとあらためて伸仁に釘《くぎ》を刺しておこう。熊吾はそう思いながら、階段を降りかけて、いや、以前の蘭月ビルとは何かが異なっていると感じた。

廊下に転がっている子供用の三輪車も、空の牛乳壜も、散乱する新聞のチラシも、発生源不明の饐《す》えた臭いも、金静子の踏むミシンの音も、以前のままではあるが、人間どもの体臭というしかないものが希薄になっている気がして、熊吾は廊下を歩いて行き、金静子の部屋をノックした。

ミシンの音がやんだので、ノックの音が聞こえたはずなのに、金静子は返事もせず、ドアをあけようともしなかった。

「お元気ですかのお。松坂じゃが。伸仁の父親です」

熊吾はドア越しに声をかけた。しばらくなかの気配を窺《うかが》っていると、男物の開衿《かいきん》シャツを着た金静子がドアをあけた。

「部屋にいてるときは、ずっと鍵《かぎ》をかけたままやねん」

と金静子は無愛想に言い、廊下のベニヤ板の壁を顎《あご》で差し示した。

――売国奴に厳罰を与えよ――

と書かれた紙が貼ってあった。

「アパート中、こんな紙だらけけや」

尖った目を貼り紙に向け、上がってもらいたいが散らかっているのでと言った。

「いやいや、お邪魔する気はなかったんじゃ。ミシンの音が聞こえたんで、ちょっと寄ってみただけじゃけん」

熊吾はそう言って、貼り紙に目をやったまま、身に危険を感じるようなことを実際に行なう連中がいるのかと訊《き》いた。

「私は女やからなァ、まだおてやわらかにしてくれてるけどなァ」

と金静子は言った。

「これは、どっちのほうじゃ。総連か？　民団か？」

熊吾の問いに、総連に決まっているではないかと金静子は言った。

ことしの二月に、日本政府は閣議で在日朝鮮人の北朝鮮への帰国を了解し、四月には、スイスのジュネーブで、在日朝鮮人帰還問題に関する日本・北朝鮮両赤十字代表団の第一回会談が行なわれたことは、熊吾も新聞の報道で知っていた。

それは、帰還に向けて具体的に動きだしたのであって、日本に住む朝鮮人たちが、否《いや》応《おう》なくどちらかを選択しなければならなくなったことを意味していた。

「金さんは北へ帰るのか？」

熊吾の問いに、金静子は答え返さず、津久田の部屋には、長男と咲子と香根、それに末の子が暮らしていると言った。

「男たらしの女房は、どっかへ行ってしまいよったわ」

熊吾が行きかけると、金静子は、普段着の感覚で着られる外出用の夏物のワンピースを仕立てたのだが、奥さんによく似合うという気がすると言った。奥さんの体型を思い描いて仕立ててみたのだ、と。

「わしの女房は、いまのところ、この蘭月ビルに来る予定はないがのお」

房江が買ってくれることをあてにして仕立てたのだとわかって、熊吾はズボンのポケットから紙幣を出し、その夏物のワンピースは幾らかと訊いた。

金静子は値段を言い、ミシンの横に積んである箱のなかからひとつを持って来て、蓋《ふた》をあけかけた。熊吾はそれを制し、言い値どおりに払い、

「あんたがわしの女房の好みを考えて仕立てたんじゃ。女房はきっと気に入るじゃろう」

と言って、箱を受け取った。

「ノブちゃんには、もうここへは来たらあかんて言うときや。何が起こるかわからへんから」

階段を降りて行く熊吾に金静子はそう言った。のぼって来るときには気づかなかったが、広場で遊べるようになるまでの津久田香根がいつも腰かけていた場所の壁には、右側の半分が引き剝《は》がされた貼《は》り紙があった。

――北の傀儡《かいらい》アパートを燃やせ――

紙には糊《のり》にセメントを混ぜてあって、簡単には剝がせないようになっていた。熊吾はその念の入ったやり方に、ただのアジテートや脅しだけではないものを感じ、タネの住まいに行くのをやめて通路で踵《きびす》を返し、阪神国道へと出た。

タネには、伸仁が世話になったことへの感謝の思いとして、幾ばくかのまとまった謝礼金を渡すつもりだったのだが、郵便で送ることにしてバスに乗った。ヤカンのホンギこと供引基とも逢《あ》いたかったが、いまは夜の勤務のために寝ているはずだった。

在日朝鮮人の北への帰還を進めることは、日本政府が北朝鮮という国家を承認したに等しい。それは大韓民国にとっては許し難いことであろう。蘭月ビルに住む朝鮮人たちの何人が北朝鮮への帰還を決めたのだろうか。自分の知る限りにおいては、いまは北朝鮮となった地域の出身者はいないのだ。韓国が帰還者を受け入れなければ、祖国に帰ることを切望する者は北朝鮮を選ぶしかあるまい……。

そんなことを考えながら、運転席に近い席に坐っていた熊吾は、バスが以前と比すと頻繁に自動車の渋滞に巻き込まれて停まってしまうことに気づいた。この一年弱ほどで通行するトラックや乗用車やオートバイの数が倍近く増えたのは間違いのない現実だと熊吾は思い、ここ数ヵ月間つねにせきたてられてきた焦《あせ》りに似たものを自分の力で払拭《ふっしょく》しなければならないと己の胸に言い聞かせた。

自分は、亀井周一郎の援助をあてにしてただ待つだけであったが、松坂熊吾よ、それは間違っていると何物かが囁《ささや》きかけているのだ。

人をあてにしてうまく行ったことがあったか。力は足らずとも、自分が懸命に動いたときに、思いも寄らぬ援護者があらわれるものなのだ。

世の中は予想どおりには動かない。人に浮き沈みはつきものだ。亀井の義弟の不祥事も、誰が予想できたであろう。当の本人すら、そのようなことが待ち受けていようとは考えもしなかったであろう。

カメイ機工の受けた打撃は大きい。社長就任を目前に控えていた人間が社から去らねばならなかったのだ。それならば致し方なく、これまでどおり亀井周一郎が社長をつづければそれでいいではないか、亀井はまだ六十代で、体も元気なのだからと部外者は簡単に考えるだろうが、企業の組織というものにはもっと別の力学が絶えず働いているのだ。

急伸をつづける自動車産業の恩恵を被《こうむ》って、カメイ機工も生産量が追いつかず、工場の拡張が急務となっている。部品の受注量が急激に増えたのだ。そのためには設備投資が不可欠で、銀行から多額の融資を受けることになるであろう。

しかし、これは同時に自分で落とし穴を掘ることになる場合が多い。下請け会社の宿命といってもいい危険性を孕《はら》んでいるのだ。

大手自動車メーカーが突然発注を打ち切ったらどうなるのか。その瞬間に、カメイ機工は干あがってしまう。融資を受けた金利付きの金の返済、増やした社員の給料、そして在庫の山、稼動《かどう》していない機械と工場……。

銀行というところがどれほど冷淡かも、大蔵省の役人の腹づもりひとつで、ありとあらゆる金融機関の金庫の開き加減が変わることも、俺はこれまでいやというほど思い知ってきた。

発注する側の大手メーカーは、そのことを熟知している。彼等は自分たちの匙《さじ》加減ひとつで、下請けメーカーの五つや六つは、たちどころに傘下《さんか》に納めることができると知っている。

亀井の義弟の不祥事は、商売とは無関係な、もっと下世話な笑い話ではあるが、ハイエナはそんな些細《ささい》な綻《ほころ》びに牙《きば》を向けるのだ……。

亀井も経験豊かな経営者だから、そんなことは充分にわかっているだろうが、人間というものは貧すれば鈍するで、繕わなくてもいい綻びを繕おうとしたときに新たな綻びを作る……。

熊吾はそんな考えに浸りながら、まだ信号が赤なのに国道を渡りかけている老人を見た。走って来たタクシーがクラクションを鳴らしてハンドルを慌《あわ》てて歩道側に切ったので、自転車とぶつかりそうになった。

「なんじゃ、この車の列は」

熊吾はそうつぶやき、南北に長い渋滞を作っている車の列の先頭はどこかと捜して窓から覗《のぞ》くと、福島西通りの交差点にいることに気づいた。

あと、二、三十メートルで自分が降りる停留所に着くではないか、と熊吾は我ながらあきれて席から立ちあがった。

福島西通りの交差点の北側には、ふたつの踏み切りが並んでいる。阪神電車と国電が並行して走っているので、とりわけ通勤時には「開かずの踏み切り」となる。踏み切りで停まった車の列は、福島西通りからさらに南側の堂島大橋の近くまで数珠《じゅず》繋《つな》ぎになることも多く、シンエー・モータープールを出入りする車は難儀を強いられるのだ。

やっとバスが動いて停留所に停まると、バスを待っている人のなかに、頑丈な箱のような骨格を持つ大男がいた。

「ホンギやないか」

熊吾は、ドアがあくと、供引基にそう声をかけた。ホンギはバスに乗り込んでから熊吾に気づいて、慌ててバスから降りようとしたが、あとから乗って来る人に遠慮しているうちにドアは閉まってしまった。

仕方なく、熊吾は福島西通りのバス停で降りず、ホンギと一緒に梅田のほうへと向かうしかなかった。

ホンギは、いまモータープールに熊吾を訪ねて行ったのだという。

「文の里の会社の近くでアパートを借りました」

そのわかりにくい日本語を耳にした乗客たちがホンギの顔を見上げた。耳に入ってくる日本語のほとんどすべてを理解することはできるのだが、ホンギの口にする日本語を一回で理解するのは熊吾だけだった。

「それを伝えるために、わざわざ来てくれたのか。わしはいま蘭月ビルへ行った帰りじゃ。ホンギは寝とるじゃろうと思うて訪ねんかった」

熊吾の言葉に、自分はきょう初めて松坂の大将の奥さんと逢ったと言った。

「初めて？　そうか、いままで一回も逢《お》うたことがなかったのか」

そう言って、熊吾はホンギの新しい住まいはどこかと訊いた。

「工場から歩いて十分ほどのところです。空きが出来たと会社の人が教えてくれました。便所は共同ですが水洗です」

「蘭月ビルからあの茶室が消えるのか。亀井さんが、いちどホンギさんの茶室に招いてもろうて、茶の点前《てまえ》を見せてもらいたいと言うとりなはったが」

ホンギは熊吾の笑顔に接しても表情を変えず、いつもの眼光の鋭い謹厳な骨張った顔を向けたまま、上着の内ポケットから何かの入場券のようなものを出し、熊吾のきょうの予定を訊いた。バスは浄正橋と出入橋の停留所を過ぎ、桜橋に近づいていた。

予定はない。事務所には留守番役のエアー・ブローカーが常駐するようになったので、自分はこれから行きつけの雀荘《ジャンそう》で麻雀《マージャン》をしながら、いろいろと作戦を練ろうと思っていたのだと熊吾は言った。

「何の作戦ですか」

「次にわしが取りかかる商売のための作戦じゃ」

「麻雀は誰かと約束がありますか」

「いや、わしの打つ麻雀はブー麻雀ちゅうやつで、雀荘にはメンバーが揃《そろ》うのを待っちょるのがいつでもぎょうさんおるんじゃ」

「金を賭《か》けるんですか？」

「金を賭けにゃあ、おもしろうもなんともないじゃろう」

「知らない人たちと金の賭かった麻雀をしてケンカになりませんか」

「半分ならず者みたいな連中じゃが、麻雀にはルールがある。雀荘の親父《おやじ》も、そういう連中の扱いには慣れちょる」

それならば、きょうは自分と一緒に京都で能を観《み》てくれないかと言って、ホンギは持っていた入場券を見せた。

「能？　ホンギはきょうは仕事は休みか？」

「能は五時からです。私は九時に工場に行けるよう、途中で帰ります。この切符は社長さんがくれました。私のために買ってくれたそうです。私は能は観たこともないし、さっぱりわかりません」

　熊吾は入場券を見た。開演は五時で、演目は「井筒」と「羽衣」で、狂言があいだに入っていた。

「『羽衣』は観たことはないが、「井筒」は二回観たと熊吾は言った。

「井筒は世阿弥《ぜあみ》の傑作じゃ。わしが観たのは、最初が昭和十二年で、二回目は昭和十五年じゃ。なんでちゃんと覚えちょるかというとのお、最初に井筒を観た日に、これから自分も日記をつけようと思うて、上等の日記帳を買《こ》うてきて、最初のページに、昭和十二年十月五日、本日、京都にて能観賞、『井筒』なり、と書き出したからじゃ。日記はまさに三日坊主《ぼうず》で終わったがのお。二回目の昭和十五年のことは、このバスのなかでは喋《しゃべ》れん」

「井筒という能は、日記を書く話ですか」

「いや、そんなんじゃあらせん。日記とは何の関係もない」

　初めて能舞台を観るヤカンのホンギに、まったくの白紙の状態で「井筒」と向かい合わせるのには無理があると思い、熊吾は腕時計を見た。いまから急げば、五時開演の前に軽い食事も可能だと思った。

「羽衣のことはわからんが、井筒については解説者の役を務め申そう」

　そう言いながら、熊吾は、ホンギよ、お前もたまには笑顔というものも見せにゃあいけんぞと心のなかで言った。

国鉄の東海道線で京都駅まで行き、そこから中京区の大江能楽堂まではタクシーに乗った。能楽堂の近くの蕎麦屋《そばや》に入ると、熊吾はまず酒を一合註文《ちゅうもん》し、能のワキ方とシテ方、そして囃子方《はやしかた》について説明したあと、

「井筒っちゅうのは、井戸のことじゃが、この井戸にはゆかりがある」

と言った。

「在原業平《ありわらのなりひら》と紀有常《きのありつね》の娘との清らかで烈《はげ》しい恋がかつてあったということを、まず頭に入れとくんじゃ」

熊吾は上着の内ポケットから万年筆と手帳を出し、ふたりの男女の名を書き、それをホンギに見せてから、そうだ、ホンギは漢字は読めないのだと思った。

「この娘はのお、小さいときから業平を好きじゃった。狂おしいほど恋をしちょった。業平もその幼い娘と友だちづきあいをしながら、お互い隣同士家を並べたその門の前の井戸の側《そば》で遊ぶことが多かった。ふたりは井戸を覗き込んで、水に顔を映し合《お》うて……、ここはのお、こういう地謡《じうたい》とシテ方の女との謡いじゃ。『互ひに影を水鏡、面《おもて》を並べ袖《そで》をかけ、心の水もそこひなく、移る月日も重なりて、大人《おとな》しく恥がはしく、互ひに今はなりにけり。その後かのまめ男《をとこ》、言葉の露の玉章《たまづさ》の、心の花も色添ひて……』」

ホンギは、容疑者を威圧する検事のような目で熊吾を見つめたまま、心なしか身を乗

り出して聞き入っていた。

「在原業平は、娘に歌を詠《よ》んで贈るんじゃ。筒井筒、井筒にかけしまろが丈《たけ》、生《お》ひにけらしな、妹《いも》見ざる間に、とな。すると娘も歌を返す。比《くら》べ来《こ》し、振分け髪も肩過ぎぬ、君ならずして誰《たれ》か上《あ》ぐべき、とじゃ」

ホンギは大きく溜息《ためいき》をつき、

「松坂の大将は、全部覚えていますか」

と訊《き》いた。

「ここはええとこじゃけんのお。まあつまりさびのところじゃ。この場合のさびとは、侘《わ》び寂びのさびやあらせんのじゃが。……うまいのお、この酒は」

熊吾は酒をもう一本註文し、出汁《だし》巻《ま》き玉子をひと切れ食べたあと、

「まずこれが、井筒を観るときに、知識として頭に入れとかにゃあいけんことじゃというわけじゃ」

と言った。

それから随分時を経て、いまは亡《な》き在原業平と娘が夫婦として暮らした在原寺を弔うために訪れたひとりの僧の前に女があらわれて、ふたりの純愛物語を語って聞かせたあと、じつは自分はその有常の娘の亡霊だと打ち明けて姿を消す。そしてその夜……。

熊吾がそこまで語ったとき、ホンギは天麩羅《てんぷら》蕎麦を食べ終え、汁も一滴残らず飲み干

して、

「さっきの、ふたりの歌の意味を教えて下さい」

と言った。

「こういう和歌というのはのお、現代文に訳してしまうと味わいが失《の》うなってしもうて……。多少言葉の意味はわからんでも、なんちゅうかこの……、リズムで味おうちょくほうがええんじゃが」

熊吾はそう言ったものの、これから初めて観賞する能舞台について少しでも学んでおきたいのであろうホンギのひたむきさに応《こた》えて説明した。

初めの業平から紀有常の娘への歌は、小さいころ、この井筒と比べた私の背丈も、いつのまにか井筒を越してしまいました。あなたと逢《あ》わないでいるうちに、という意味であり、娘からの返歌は、あなたと比べ合ってきた私の振分け髪も伸びて、もう肩を過ぎました。あなたでなくて誰がこの髪を結い上げるのでしょう、そう訳すのがたぶん正しいと思う、と。

理解できたのかどうか、ホンギの表情だけではわからなかったので、

「日本のこの時代は、西暦でいうと八〇〇年代じゃが、女は成人の儀式で髪上げっちゅうのをやったんじゃ。君ならずして誰か上ぐべき……。あなたでなくていったい誰が私の髪を結い上げるというのでしょう……。ここにはいろんな含みがある」

と言った。

するとホンギは「かのまめ男」というのはどういう意味かと訊いた。

「業平は美男子で、天皇の皇子の五男坊で、母親は桓武《かんむ》天皇の皇女じゃった。まあとにかく、ええとこの子で、男前で、和歌に才がある。女がほっとかんじゃろう」

「女たらしという意味ですか？」

「伊勢《いせ》物語は、このまめ男の行状をかなり誇張して創《つく》ってあるが、『まめ』を今風に解釈するのも正確やあらせんのやないかのお。ただ言葉どおりに『誠実な男』と訳すと、また意味が違うてくる。うーん、『女にまめな男』と『誠実な男』とのあいだかのお」

予備知識としてホンギに教えておかなければならないことはまだある。世阿弥の複式夢幻能について、そして、井筒の意味だ。

熊吾はそう考えたが、もう面倒臭くなり、複式夢幻能については省いて、

「井筒っちゅうのは、在原業平と紀有常の娘が将来を誓い合ったのが五歳のときじゃったということに掛けてある。五歳、つまり五つじゃ」

と言った。

「松坂の大将は、どこでこんなに勉強をしましたか」

ホンギは訊き、蕎麦屋の柱に掛けてある時計に目をやった。開演まであと三十分ほどだった。

「わしの叔父は唐沢っちゅう煙草《たばこ》農家に養子に行って、その家の仕事を継がにゃあならんかったが、家督を捨ててでも都会に出て勉強したいと願いつづけた人じゃった。しかしそれが叶《かな》わんので、宇和島で私塾を開いちょった人のところで、漢学と国学を学んだんじゃ。わしの親父は、乱暴者のわしを、この叔父に預けた。ちょっとでも教養をつけさせにゃあいけんと考えてくれたんじゃろう。叔父の個人授業は『四書五経』から始まったが、ときに横道に逸《そ》れて『平家物語』や『古事記』や『源氏物語』なんかも教えてくれた。『伊勢物語』もそのひとつじゃ。当時は、いやいや叔父の家に通うて、早《は》よう講義が終わってくれんかとうわの空じゃったが、子供のころに耳から入ったのを口で復唱したものっちゅうのは身に染《し》み込むんじゃのお。ホンギに説明しちょるうちに、だんだん思い出してきたんじゃ」

清流が流れ込む山の瀬にあった質素な叔父の家のたたずまいと、生い繁《しげ》る煙草の葉の鮮かな緑が浮かんで来ると同時に、熊吾は自分を乗せて家まで送ってくれたアカという牛の背の感触までを体全身で感じた。

能楽堂の席は、ちょうど真ん中あたりで、熊吾とホンギが指定された席に坐《すわ》ったときには、すでに満席となっていた。

「井筒」が始まった瞬間、ああ、この世界だ、と熊吾は思った。伸仁にこの世界を教えてやりたいものだ、と。

旅の僧の前に女があらわれると、ホンギのそれまで伸ばしていた背筋が鞭《むち》で打たれたように反った。熊吾は、そんなホンギの横顔に見入り、舞台とそれとを交互に見やった。

地謡と四つの楽器が弱く強く絡《から》み合いながら、死後の世界から生きていたときの自分を見る女の、変わらぬ一途《いちず》な愛の底にあるものを高めていった。

終盤における「序の舞」を井筒の女が舞い始めると、熊吾はホンギの耳元で、

「ここからじゃ」

とささやいた。

亡き業平形見の直衣《のうし》を身にまとった紀有常の娘の亡霊が、地謡の「生《お》ひにけらしな」につづいて「老《お》いにけるぞや」と謡った瞬間、熊吾はホンギの腕を摑《つか》み、

「ここじゃ」

と言った。

亡霊は井筒のなかを覗《のぞ》き込み、水に映ったものを見て、

「見ればなつかしや」

と謡い、左の袖と扇で面を隠して膝《ひざ》をついた。

ここだ、俺はこの場面の一瞬の間合いが観たくて、戦前に二回、井筒の舞台に足を運んだのだと熊吾は思った。まさかきょう、蘭月ビルに行った自分が三時間もたたないうちに京都の能楽堂で「井筒」と再会するとは思わなかった。それもこのホンギとともに

……。

熊吾はそう思い、なぜか蘭月ビルの内部のさまざまな場所からの光景が心に浮かんで来そうになるのを阻止しようと、最後の地謡の一節に神経を集中した。

「井筒」が終わり、ホンギは、仕事に行くのでと席を立ち、大股《おおまた》で能楽堂から出て行った。

熊吾は「羽衣」も観るつもりでしばらく席に腰かけていたが気が変わり、入口のところへ行くと何枚かのパンフレットを貰《もら》って能楽堂から出た。

さっきの蕎麦屋に入り、さっきと同じ酒を頼んで、それを飲んだ。店の者に訊くと、伏見の酒で、市販していなくて、特定の料理屋にだけ売っているのだという。

――二人の子、互ひに五歳にして井筒の指出《さしい》でたるに長《たけ》をくらべて、これより高く成《なり》たらん時は、夫婦にならむと契《ちぎ》りけり――

確かこうだったが、そのあとを忘れた。しかし、「さればつつ井つつとは、共に五歳の義なり」とつづくのだ。あれは何という書物であったろう。いずれにしても、教え甲斐《がい》のない十二歳の松坂熊吾に、唐沢の叔父が根気良く教えてくれたのだ。何度も何度も復唱させながら……。

そうだ、あれは間違いなく十二歳のときだ。唐沢の叔父が、十二歳ではまだ難しいだろうがと言ったことを覚えている。俺は、在原業平と紀有常の娘とが詠んだ歌に十二歳のときに初めて触れたのだ。

熊吾はそう思い、同じ十二歳になった伸仁にまず能を観せようと決めて、次の公演はいつかとパンフレットに見入り、その日付を手帳に書いた。隣のページには、浦辺ヨネが好きだったのであろう自由律俳句の「遊女の墓　みなふるさとに背をむけて」が書き写してあった。

第二章

　ヨネが死んだのは四月一日だから、四十九日法要はいつになるのだろうと、松坂房江《ふさえ》はシンエー・モータープールの事務所の壁に掛けてあるカレンダーに見入った。

　死んだ日の前日からかぞえるのだから、五月十八日だ。夫は、余部《あまるべ》鉄橋からヨネの遺灰を撒《ま》くつもりらしいが、そんなことをしていいものだろうか。自分もいちど余部鉄橋を汽車で渡ってみたい。そこから見える風景はどんなものなのであろうか……。

　房江はそう思いながら、いつも午後の二時から三時までのあいだにやって来る郵便配達の自転車を待った。

　きのうもおとといも、そうやって視線を正門に注ぎつづけたが、郵便局の自転車はモータープールの前を通り過ぎて行ってしまったのだ。

　K塗料店の社員である桑野忠治が汚れたワイシャツとズボンに運動靴という年中変わらぬ仕事着姿でやって来ると、洗い場で手を洗ってから笑顔を事務所のなかに向けた。

　中古車ブローカーの関京三と黒木博光はソファに坐《すわ》って将棋を指している。

「いやなやつが来よったで」

と関は言い、半分に切った煙草《たばこ》を自慢の象牙《ぞうげ》のパイプに刺して火をつけた。桑野は、腋《わき》に挟んでいた大きな封筒を房江に差し出し、

「はい、奥さんに」

と言って、デコボコ・コンビの指す将棋の盤面に目をやるなり、噴き出すように笑った。

待ちつづけた郵便物であることを確認しながら、房江はなぜこれを桑野が持って来たのかと思い、頭髪に青いペンキを付けている働き者の青年を見やった。

店の前から通りを渡っていると、郵便配達の青年が、これはモータープールの奥さんにだと言って手渡して行ったのだと桑野は言った。

「あいつ、中学の同級生ですねん」

その桑野の言葉に、

「なんぼ同級生でも、奥さんに来た郵便物をお前に渡したらあかんやろ。そんな無責任な郵便配達がどこにおんねん」

と言い、関は、いまなぜ盤面を見て笑ったのかと訊《き》いた。桑野は、黒木が手に持っている三つの駒《こま》のうちのひとつを取って、それを盤面に置いた。

「5三角、同銀、6三歩成《ふ》で詰みです。子供でもわかるのに、えらい長考してはるか

ら」

「おっ、ほんまや。ぼくの勝ちやがな」

黒木が嬉《うれ》しそうに掌《てのひら》を差し出すと、関は盤上の駒のすべてを手でかき混ぜ、

「クワちゃんに教えてもろて何が勝ちやねん。ジュース代なんか払えへんぞ」

と言って、桑野をにらんだ。

房江は早く二階の自分たち家族の住まいに行って、封筒の中身を見たかったが、さっき関が近くの喫茶店に電話で出前を頼み、房江のぶんのミックスジュースも註文《ちゅうもん》してくれたので、それをご馳走《ちそう》になるまでは事務所にいなければならないと思った。

「ペン習字……。へえ、奥さん、ペン習字を習いはりまんのか？」

と関に訊かれ、房江は驚いて封筒を見た。封筒にはペン習字普及会という文字が大きく印刷されてあった。

恥かしさで顔が赤くなったのを自覚しながら、

「字が下手やから、ちょっとでも上手になれたらと思て……」

そう房江は答えながら、差し出し先の字が見えたからといって、それを無遠慮に口にするような人間に、この事務所を使われたくないと思った。

すると、黒木が舌打ちをして、相棒をたしなめた。

「奥さんに届いた郵便やないか。いらんこと言うな。わしはお前のそういうとこが気に

入らんのや」

　自分の口にしたことが無礼であったとわかったらしく、関は房江に照れ臭そうに謝まり、叱《しか》られた子供のように無口になった。

　喫茶店の女店員が盆に載せたミックスジュースを三つ運んで来ると、関はその代金を払い、二トントラックの荷台の掃除を始めた桑野を呼んだ。

「わしは甘いもんは医者に止められてるから、クワちゃんが飲みィな」

「こんな贅沢《ぜいたく》なもん、ぼく、飲んだことあらへん。ほんまにぼくがいただいてもよろしいのん？」

　桑野は濡《ぬ》れた手をズボンで拭《ふ》きながら、笑うと皺《しわ》だらけになる日に灼《や》けた顔を、結露で覆《おお》われているグラスに近づけながら訊いた。

　このミックスジュースというのは、どうも大阪を中心とした関西圏の喫茶店だけにしかない代物《しろもの》らしいと関は言った。

　つい先日、東京の商売仲間が仕事で大阪に来た際、道頓堀《どうとんぼり》の喫茶店で逢《あ》ったのだが、ミックスジュースという名も知らなかったし、東京の自分の知る喫茶店ではどこもこんなジュースは作らないと断言したという。

「へえ、私、アメリカから来たもんやて思てました」

　と房江は言った。

「わしもそう思てたんですけど、どうもそうやなさそうですねや。日本人が、それも関西のどこかの人間が考案しよったジュースらしいでっせ。わし、これを飲み過ぎて、糖尿病になってしもたんやないかと思いまんねん。多いときには、一日に五杯くらい飲んでましたから」

その関の言葉に、

「お前は食い過ぎや。回転焼きなんか、いっぺんに十個くらい食うがな。コーヒーにも砂糖を五杯も入れよる。まあ、酒が飲めんから、甘いもんでうさを晴らすしかないんやろけどなァ」

と言い、黒木はミックスジュースを舌の上で転がすようにしてうまそうに飲んだ。

「ぼく、作り方は知ってますねん」

と桑野は言った。

中学を卒業して就職したのが製氷会社で、大きな氷の塊りを鮮魚店や料理屋などに配達するのが仕事だったという。

「喫茶店もお得意先でしてん。そやから、ミックスジュースを作ってるのは何回も見ましてん。缶詰の蜜柑《みかん》と黄桃に、シロップ、水、氷、牛乳、砂糖を入れて、ミキサーにかけるんです」

「それだけか？　へえ、この喫茶店はバナナを入れよるで。三分の一本くらいやけど。

なるほど、そやからここのはちょっと高いのか。他より二十円高うても、わしはこの『マルコポーロ』のミックスジュースが日本一やと思うなァ」

そう言って、関京三は桑野のグラスに五分の一ほど残っているのをひったくるようにして飲んだ。

「ご馳走さまでした。ミキサーがあったら私が作ってあげるんやけど、そんなことしたら『マルコポーロ』のご主人に恨まれるから」

笑いながら言って、房江は封筒を持つと二階への階段をのぼった。

五月の連休はきのう終わって、世の中はまた動きだしたが、この界隈《かいわい》の商店や会社のほとんどは連休中も仕事をしていたし、K塗料店の桑野は一日も休んでいない。自分はあんなによく働く青年を久しぶりに見た。

伸仁《のぶひと》の学校からさらに北へ行ったところのアパートでひとり暮らしをしているそうだが、朝は必ず八時にトラックに乗ってこのモータープールを出て行き、夜、帰って来るのは、遅いときは十時や十一時になることもある。滋養のあるものをちゃんと食べていないのではないかと案ずるような体つきと顔色だが、シンナーやテレピン油の一斗缶を何十個も積み降ろし、一枚のぶあつい板を使って、トラックの荷台に重いドラム缶を器用に載せ、冬でも汗みずくになって働きながら、目が合うと笑顔を送ってくる。

いいお嫁さんが来てくれればいいのだが、若い女の気をひきそうなところは、どう贔屓目《ひいきめ》に見ても、あの桑野という青年の外見からはみつからないのだ。

そんなことを考えながら、房江は階段をのぼったところで腹這《はらば》いになってしっぽを振っているムクの腹をさわった。

もはや誰も、肥満のせいにはしないだろうという大きな膨らみに見入り、

「いつ生まれるんやろなァ」

と語りかけてから、房江は十二畳の畳敷きの部屋の真ん中に置いてある大きな漆塗りの和卓の前に坐って郵便物の封を切った。

「初級」と印刷された教科書と方眼紙に似た練習帳、それに練習のやり方を教える小冊子が入っていた。

初級の試験に合格すると中級用の教科書が送られてくる。それに合格すれば上級へと移る。初級では徹底的に楷書《かいしょ》を練習する。楷書、行書、草書というのは漢字のそれぞれの筆法だが、その型に合わせて、ペン字によるひら仮名にも応用される。

すぐにも流麗な崩し文字で手紙でも書きたくなるものだが、まず楷書をきちんと書けるようになるのが、ペン字であろうが筆文字であろうが定跡である。ゆえに当会では、初級、中級、上級と三段階に分けて教科書と練習帳を送付するのである……。

小冊子にはそのようなことが書かれてあった。

房江は、定跡という言葉はしょっちゅう耳にしていたし、その意味もわかっているつ

もりだったが、ならば説明してみよと言われたら明解に言葉にすることはできなかった。

定跡とは、碁や将棋から来た言葉のはずだと思い、房江は教科書などを封筒に戻し、階段を降りて事務所へ行った。二十六歳の桑野忠治が抜きん出て将棋が強いのは、彼が定跡というものを修得しているからだと熊吾《くまご》が言っていたのを思い出したのだ。

もう仕事に出たであろうと思ったが、桑野は黒木と将棋をしていた。関は出かけたらしく、姿はなかった。

「飛車角落ちでも、どないにもなりませんねん」

と黒木は苦笑しながら房江に言った。

房江は、定跡とはどういうことかとふたりに訊いた。

「ぼくは将棋のことしか知りませんけど、つまり何というのか、駒の動かし方の基本で、それには決まり事があるんです」

そう言って、桑野は盤上の駒を並べ変え、将棋には幾つかの戦法のための定跡があると説明を始めた。

「まず棒銀てやつです」

桑野は、先手7六歩、後手8四歩、と言いながら向き合っている両方の駒を動かしていった。

「なんでここに先に銀を持っていけへんねや、なんで後から歩を動かしたらあかんのや、順番が違うだけで、どうせその形になるやないか、って思うんですけど、これが決まり事ですねん。もし相手が飛び道具で、たとえば角を交換して、その手にした角をここに打ってきたら、定跡を間違えてると、銀が死んでしまいますやろ？　身動きがでけへんようになります」

駒の動かし方も知らない房江には、なぜそこで形勢は一気に先手有利となるのかもわからなかった。しかし、桑野が言わんとしているものは理解できた。

「物事には何でも定跡というもんがあるというのは、そういうことやねんねェ。体にしっかりと覚え込まさなあかん基礎やねんねェ」

房江の言葉に笑みを浮かべ、将棋というものについて研究しつくした昔の人たちが到達した型は、百年後も二百年後も崩れないのだと桑野は言った。

「クワちゃんは、誰か先生について習うたんかいな」

その黒木の問いに、

「直接習うたことはないけど、結果として、凄《すご》い師匠に習うたのとおんなじになるんとちゃうかなァ、……なんてえらそうなこと言うてるなァ、ぼくは」

と桑野は毛穴に詰まった汚れをぬぐうように掌で顔をこすった。

家は代々左官屋で、もし父が若くして死ななかったら、自分も跡を継いで左官屋になっていたはずだ。父は自分が生まれる二ヵ月前に病死し、左官業は祖父の代で終わるしかなかった。祖父が死んだとき、自分はまだ五歳で、家業を継ぐことは不可能だったのだ。

祖父の弟子たちはみんな他の左官屋に移り、代々つづいた家業を捨てるしかなくなり、母も姉たちも働きに出て、自分はいつも家でひとりで留守番をするしかなかった。

祖父は名人と称される左官職人だったが、将棋も素人《しろうと》の域を出るほどの腕前で、棋譜の収集家でもあった。

古いものでは、江戸時代の名人たちの棋譜もあったし、明治、大正、昭和の初期の、当時を代表する棋士の対戦譜も柳行李《やなぎごうり》にたくさん残っていた。

その多くの棋譜と、祖父が遺《のこ》した駒と盤が、我が家の唯一《ゆいいつ》の金目の物だったかもしれない。そして自分は、その三つの遺品でひとりで遊んだのだ。

駒の動かし方だけは、近所の高校生に教えてもらったが、それを覚えたあとは、棋譜どおりに盤上で駒を動かし、なぜここで7三歩と指したのか、なぜここで飛車を捨てたのか、などと考えながら、母や姉たちが帰って来るのを待った。

外で近所の子供たちと遊ばなかったのは、自分が吃音《きつおん》だったからだ。うまく言葉が出なくて、友だちにからかわれるのがつらくて、学校から帰ると家に閉じ籠《こ》もっていたので、かつての名人たちの棋譜と駒と、ぶあつい榧《かや》の木の将棋盤で遊ぶしかなかった。

やがて、ひとりの棋士の将棋が好きになり、柳行李のなかからその人の棋譜ばかり探し出し、史上に残る名勝負として語りつがれる盤上の戦いを自分の指で再現していった。

中学の三年間は、そのひとりの棋士の将棋に没頭していたといっても過言ではない。

しかし、その棋譜で展開されていた駒の動きの意味が少しわかるようになったのは二十歳を過ぎてからだ。

桑野は、おおむねそのようなことを話してから、

「向こうはぼくのことなんか知りませんけど、ぼくの師匠はその人ですねん」

と言って、なぜかふいに顔を赤らめた。

黒木がその棋士の名を訊《き》き、桑野は教えてくれたが、房江には無論のこと、黒木も知らないようだった。

「明治から大正にかけての人やから」

と桑野は言った。

「クワちゃん、ちゃんと喋《しゃべ》れてるがな。ほんまに吃音やったんか？」

と黒木は訊き、正門から急ぎ足でやって来た富士乃屋《ふじのや》の従業員を見て立ち上がった。

「いやァ、いまでも緊張したり慌《あわ》てたりしたら、最初のひとことが出てけえへんようになりますねん。もうそないなったら、顔は真っ赤になる、汗は噴き出てくる、心臓はどきどきしてくる……」

富士乃屋のどの従業員がどの自動車の担当かを把握してしまった黒木の、まるでこの

モータープールの管理人のような対応の仕方をありがたく思いつつも、そのことへの心配も生じて、房江は、最近の夫はいったいどこへ行っているのかと腹が立ってきた。モータープールの事務所を根城としてしまったふたりのエアー・ブローカーがいれば、松坂の一家はもう必要ないではないかと柳田元雄は考えるかもしれない。しかも、関と黒木に事務所を使うことを許したのは、他ならぬ松坂熊吾なのだから。

あのデコボコ・コンビに頼ってしまって、自分が家事をこなす時間を多くしたり、営業時間中にペン習字の練習をするのはやめたほうがいい。このモータープールの二階に住んでいるかぎりは、伸仁にも仕事がある。父と母のどちらもが事務所にいられないときは、伸仁が管理人の役を果たさなければならないのだ。そのことは、もう何度も伸仁に言って聞かせてある。

房江はそう思いながら、部屋の板壁に掛けてある時計を見た。もう四時だった。

五時を過ぎるころには、仕事を終えて帰って来る自動車を所定の場所に駐車させるという最も繁忙な時間帯となるのだ。それを決められたとおりにやっておかないと、翌朝の最も忙しいときに、たった一台の軽トラックを出すために、五台も六台もの他の自動車を移動させなくてはならなくなって、この広いモータープール内に出し入れする自動車がひしめき合い、どうにも収拾がつかなくて、熊吾の姿がないときは、運転手たちの何人かは苛《いら》だった怒声を房江に浴びせるのだ。

運転手たちのなかには、こちらは月々の使用料を払って自動車を預けているのだという態度で接してくる者も多いが、熊吾には決して無礼な物言いはしない。うっかり乱暴な言葉で怒鳴ろうものなら、事は穏かにはおさまらないことを知っているからだ。

だから、熊吾がいないとわかると、その反動に似たものがすべて房江に返ってくるのだ。

「おい、おばはん、車の運転もでけへんやつが、ようモータープールの管理人なんかやっとんなァ」

「この車が朝の何時に出庫するっちゅうことはわかってんねんから、きのうのうちから、ちゃんと準備しとけ。それがお前らの仕事やろ」

そういう言葉を、まだ二十代や三十代前半の運転手が口にする。

罵声《ばせい》を浴びせられるのは別段何ということもないのだが、房江が案じるのは、熊吾の耳にそれが入ったときの一騒動だった。

「あんたはわしの女房を、おばはんと呼んで怒鳴ったそうじゃのお」

熊吾は、その運転手に暇がありそうなときを待っていて、懇々と説教を始める。相手が何か言い返すと、その十倍もさらに言い聞かせ、礼儀とはいかなるものであるかについて、さまざまな諺《ことわざ》や故事を引いて語り、

「あんたの会社の社長を呼べ。社員教育の初歩もでけん社長は、まず先に、わしが社長

教育をせにゃあいけん。いますぐ電話をして社長を呼べ。電話代はいらん」

そう言って、電話機を突きつけるのだ。

若くて気の荒い運転手は、顔を怒張させながらも、えらいすんまへん、とか、もうおばはんとは呼べへんがな、とか言って帰って行くのだ。

熊吾がけんか腰ではないこと、青年から見れば、六十を越えた老人であること、さらには引用する故事や諺があまりに豊富で、そのどれもに説得力があること、謝らなければ、いったいいつまでこの説教がつづくのかと一種の恐怖を感じること……。それらが混じり合って、相手は引き下がるしかなくなるのであろうと房江は思うのだが、そのようなことがまったく通用しない相手の場合はどうなるのかも考えてしまう。

房江が夕飯のための買い物の用意をして事務所に降りると、黒木は電話で、いま斡旋《あっせん》できる数台の中古車の説明をしながら、笑顔で大きく二度頷《うなず》いた。それは、自分はまだここにいるから、安心して買い物に行って来てくれというふつもの合図だった。

「三十分もかかりませんから」

と言い、房江は買い物籠《かご》を持って裏門から出て、福島天満宮の近くにある精肉店に向かった。

シンエー・モータープールの南側と東側には、棟つづきの二階屋がひしめき合い、曲がりくねった細い路地には、その家々の鉢植えや盆栽用の棚が道に大きくはみ出て並んでいる。それでなくても狭い路地なので、注意していないと植木鉢を倒してしまいかねない。

路地のあちこちでは、男の子たちが、土の道に五寸釘《くぎ》を突き刺して遊ぶ陣地取りや、小さく穿《うが》った穴にビー玉を入れるゲームに興じていて、通るときはその遊びをいったんやめてもらわなくてはならないし、別の路地から転がって来たドッジボールと、それを追う女の子たちにぶつからないようにしなければいけない。

なにもそんなに細い路地に入らなくてもいいのだが、房江は、市電の走るあみだ池筋のほうからの広い道よりも、三叉路《さんさろ》が幾つもある路地を、あっちに曲がり、こっちに曲がりしながら買い物に行くのが好きだった。

昭和二十年六月の大阪空襲で、このあたりは焼け野原となったが、生き延びた住人たちは、戦後すぐににわか造りの家を再建し、わずか七、八年のあいだに、かつての町を甦《よみがえ》らせたのだ。

福島区の南側は、昔から治安も良く、住人の気質も穏かで、交通の便利さも加わって、住居を求める人には人気の高い地域だったという。

シンエー・モータープールで暮らすようになって約一年がたったが、房江はこの界隈《かいわい》でならず者の風体をした粗暴な者たちを目にしたことはなかった。

といって、大きな家があるわけでもなく、常日頃に少し上等そうなものを身につけている人も見かけない。つましい生活ではあっても、世間の枠から外れずに生きている人々の町として房江は気に入ってしまったのだ。

界隈の住人は、福島西通りの交差点を北に行き、阪神電車と国電のふたつの踏み切りを渡った地域で日常の買い物をすることはない。そこには「ミコタ通り商店街」と「聖天通り商店街」がほとんど並ぶようにして東西につづいていて、生活に必要な品々を扱う商店が揃《そろ》っているのだが、なにもふたつの開かずの踏み切りを渡らなくても、モータープールの南側と東側にある店舗で充分なのだ。

歩いてわずか七、八分であったが、房江にとっても、踏み切りの向こう側は、我が陣地ではないという感覚だった。

けれども、関西大倉中学校へ徒歩で通学する伸仁は、踏み切りの向こう側の地理を完《かん》璧《ぺき》に把握している。詳細な地図にも載っていない、道とは呼べない家と家とのあいだの隙間《すきま》のような通路すら、すでに伸仁の頭のなかには入っているらしい。

同級生の多くが、ミコタ通り商店街と聖天通り商店街を中心とした地域に住んでいるからで、学校が退《ひ》けてそれらの友だちと帰って来る途中で、ふたつの商店街のどちらかに寄り道をするのだ。

和菓子屋の長男、文具店の次男、寿司《すし》屋の次男、郵便局員の三男、印刷屋の四男、仕立屋の次男、風呂《ふろ》屋の長男……。

いまのところその七人が、同じ学校に通う仲良しグループなのだと房江は思っていた。幾つもに分かれる路地のうちの、小谷医院の斜め向かいに出るとりわけ細い道を歩きながら、房江は、あるいはいまがいちばん心安らぐ日々かもしれないと思った。

熊吾が御堂筋《みどうすじ》にあった松坂商会の土地を売り、愛媛県南宇和郡城辺《じょうへん》町に一時帰郷するまでは、確かに経済的には恵まれ過ぎるほどに恵まれていたが、短気で気の荒い夫の暴力に怯《おび》える日々だったし、虚弱な伸仁の体を案じて、絶えず気が張りつめていた。

大阪に帰って、堂島川と土佐堀川が中之島《なかのしま》の西端で合流するところで暮らした数年間は、中華料理店と雀荘《ジャンそう》をひとりで切り盛りして、寝る間もない忙しさだったうえに、やることなすことが裏目に出るようになった熊吾の事業の、坂を転がり落ちていくかに見えるさまに不安を抱きつづけた。

そして、富山へ。そこでの商売にたちまち見切りをつけて、熊吾ひとり大阪へ帰ったあとの、伸仁とのふたりきりの生活。熊吾がいつ送ってくれるかわからない仕送りを待ちつづけた雪国で突然見舞われた喘息《ぜんそく》の苦しさは、発作のたびに死を覚悟したほどだった。

富山から大阪へ帰ってからは、さらに生活は苦しくなり、伸仁を尼崎の蘭月《らんげつ》ビルのタネに預けて、道頓堀の宗右衛門町《そうえもんちょう》筋の小料理屋で、吝嗇《りんしょく》な女主人に仕えるしかなかった。

働くことをいささかたりとも苦痛に感じたりはしないが、我が子を人に預けて、はなればなれになっていることの悲しみだけでなく、あの蘭月ビルが伸仁に及ぼすものへの不安は、ときに気がおかしくなりそうなほどだった。

夫はどうしていつも身の丈《たけ》に合った商いから始めようとしないのかという不満が胸のなかで鬱屈《うっくつ》し、それはいつ言葉となって吐き出されるかわからなかった。そんなことを口にしようものなら、二度とお前を殴ったりはしないと約束してはいても、夫は昔の夫に戻って、きっと手を上げるであろうと思い、それだけは言わずに来たのだ。

柳田元雄の思いがけない好意で、シンエー・モータープールの設立に関わらせてもらい、その歩合以外に、管理人として月々の給料まで支給してもらい、電気代も水道代もガス代も払わずにすむお陰で、伸仁を私立の中学に通わせることができるのだ。

柳田がシンエー・モータープールの経営をつづけるかぎりは、つねに管理人は必要なのだ。それも、モータープール内で寝起きできる管理人がだ。

自分たち一家ほどそれに適した者はいないではないか。それなのに、夫は朝のわずか二時間弱の忙しいときに管理人として働くだけで、あとはモータープールの仕事を放棄して、新しい事業をおこすために動き廻っている。

夫はどうしていつも、一万円しかないのに、百万円なければ廻っていかない商売に向かっていこうとするのだろう……。

すでに夫は新しくおこすつもりの会社名を決めたらしい。「関西中古車売買センター」

だ。最初から何十台もの中古車を並べるつもりなのだ。私なら一台から始める。そうやって自己資金を少しずつためて、次には二台、その次には三台と増やしていく。十年たったら、常時五十台の中古車を取り揃える中古車センターになる……。

房江はそう考えながら、豆腐屋で絹ごし豆腐と薄揚げを、魚屋で茹《ゆ》でた蛸《たこ》を買い、精肉店でロースハムを二百グラム分切ってもらい、さっきとは別の路地を通ってモータープールへと帰った。

きょうからモータープールの裏門から事務所にかけての通路と、その横の、かつての教室のひとつを柳田商会の作業場として使うと電話があって十五分もたたないうちに、トラックに牽引《けんいん》された旧型のフォードがやって来た。

事前にしらされていなかったので、房江は昼頃に出かけて行った夫を捜して、立ち寄りそうなところに電話をかけてみたが、どこにもいなかった。

トラックの荷台に乗っていた五十前後の赤ら顔の男と柳田商会の社員たちは、動かないフォードを押して裏門への通路へと運び、それから解体に必要な道具類を降ろした。

柳田商会で最も古参の社員である野並多加夫が、赤ら顔のきつい目つきの男を房江の前につれて来て、

「佐古田っていいまんねん。きょうから、ここで仕事をしよりますよってに、よろしゅ

う お願いします」

と引き合わせて、房江も、よろしくお願いしますと初対面の挨拶《あいさつ》をしたが、佐古田はひとことも喋《しゃべ》らず、会釈《えしゃく》もせず、すぐに自分の仕事道具を置いてあるところへ戻って行った。

トラックの助手席に乗って帰りかけた野並に、ここで仕事をするのはあの佐古田さんだけなのかと訊《き》くと、

「そうです。ばらした部品は、うちの若いのがそのつど取りに来ますから、これからは出入りが多なりますすけど」

野並は言い、助手席の窓から顔を突きだすと、内緒話をするように声を落とした。

「ちょっと変わってますすんで、扱いに困りはるやろけど、さわらぬ何とかに祟《たた》りなしで、ほっといたらべつにどうっちゅうことおまへんよってに」

それはつまり、変にかまうと厄介なことになる男だという意味だろうかと考えながら、トラックが玉川町のほうへと帰って行くのを見送り、房江は煉瓦《れんが》敷きの通路を遮ってしまったフォードを見やった。

少し教室側のほうに寄せてもらわないと、裏門の西側にある便所に行けないし、このモータープールでは、裏門から出入りする者たちも多いということだけは佐古田に伝えておかねばならない。

房江はそう思い、茶を淹《い》れると、それを盆に載せて佐古田のところへ行った。

「お茶でもどうですか。事務所ではいつでもお茶が飲めるようにしてありますし、夏には麦茶を冷やしてます」

そして、理由を説明し、車をもう少し横に移動させてもらえないかと頼んだ。

「わしひとりでは動かせんなァ。会社のやつらがおるあいだに言わんかい」

佐古田はそう言って、赤ら顔をさらに赤くさせて房江を睨《にら》んだ。まるでずっと以前から憎しみを抱きつづけてきた相手を見るような目だなと思い、房江は次の言葉が出なくなってしまったが、ちょうどそのとき、近くのメリヤス問屋の主人とふたりの従業員が、三人がかりで大きな箱をかかえて裏門から入って来た。

中古の外車と、かつての教室とのあいだは三メートルほどあいていたが、佐古田は三人がかりで運んで来た重そうな箱を一瞥《いちべつ》しただけで、アセチレン・ボンベにゴムホースを取りつける作業にかかった。

メリヤス問屋の主人たちは、箱を降ろし、無言で佐古田を見つめた。房江は、ゴムホースにバーナー・ノズルを取りつけながらも、佐古田の目が異様に光り始めたのに気づき、いくらなんでも女の私に乱暴なことはすまいと意を決して、

「佐古田さん、私も手伝いますから、みんなで押して脇《わき》へ寄せましょう」

と言った。

そのとき、うしろで足音が聞こえた。熊吾が一升壜《びん》を持って歩いて来て、

「きょうからひとりで気ままに仕事が出来るのお。柳田商会佐古田支店の開業じゃけん、これは祝いの酒じゃ。飲んでくれ」

と言い、それをフォードの丸味のあるボンネットに置くと、車の窓から上半身を入れてハンドルを持った。

佐古田とメリヤス問屋の三人と房江は、熊吾の指示に従って、大きな外車を前に押したり後に押したりを繰り返し、講堂側に通り道を作った。

「あの人がきょうからあそこで仕事をするのを知ってたん？」

事務所に戻ると、房江は熊吾に訊いた。

「けさ、電話があったんじゃ。夕方になるっちゅうとったが、えらい早かったのお。まだ二時じゃ」

「そうならそうと言うといてくれはらんと。あんな恐しい目つきの人、私、初めて見たような気がする……」

その房江の言葉に、少し微笑《ほほえ》んで、

「うん、恐しいぞ。あんまり近寄らんようにせえ。しかし、車をばらさせたら日本一の腕じゃ。どんな車でも、三日で丸裸に解体して、必要とあらばそれを三日で完璧に元に戻しよる。ばらすっちゅうても、ただ解体するだけなら、ガスバーナーと何種類かのレ

ンチとハンマーで出来るが、まだ使える部品とそうでないもんとを選び分けて、精密な時計を分解するみたいにばらすのは、自動車っちゅうものを知り抜いちょる職人にしかでけんのじゃ。あいつはその職人のなかでとびきりで、柳田商会は佐古田がおらんかったら儲《もう》けは半分に減るじゃろう。しかし、あいつがおったら、みんな逃げだして社員が半分に減りよる。そこで柳田商会の番頭が考えたのが、このモータープールに佐古田専用の仕事場を与えるっちゅうことじゃ」

「あの人、奥さんはいてはるのん？」

「さあ……自分のことは何ひとつ誰にも喋らん男じゃけん、柳田もあいつに女房がおるのかどうか知らんそうじゃ。柳田商会で、あいつが笑うた顔を見たことがある人間は、ひとりもおらんらしい。とにかく人間と接するのが嫌いなんじゃ。会社の忘年会にも新年会にも、年に一度の慰安旅行にも、あいつはいっぺんも参加したことはないんじゃ。まあ、あいつと一緒に酒を飲みたがるやつは柳田商会にはひとりもおらんが……」

熊吾は事務所のドアから上半身を出し、佐古田のいる方向を見たあと、銭湯に行く用意をしてくれと房江に言った。

銭湯が営業を開始する三時に行き、まだ誰もつかっていない風呂に入るのが、モータープールにいるときの熊吾の決まり事だった。沸かしたての湯は熱くて、少し水を足さないとつかれるものではないが、そのころの湯が最も清潔だからというのが理由だった。

房江が洗面器に石鹼《せっけん》とタオル、それに着換えも入れて階段を降りかけると、ムクがひと声吠《ほ》えた。房江は事務所にいようが、部屋にいようが、広いモータープールのどこかで用事をしていようが、そのひと声によって伸仁が学校から帰って来たことを知るのだ。

息せき切って階段を三段飛ばしでのぼって来ると、伸仁はムクの頭や体を撫《な》でてから部屋に走り込み、制服を格子《こうし》縞《じま》のシャツと普段穿《ば》きのズボンに着換えて階段を走り降り、コンクリートの水槽のところに行って、金魚たちに餌《えさ》をやりながら、その一尾一尾を観察してから、交差点のほうへと走りだした。

「こら、ただいまのひとことも言わんと、お前はどこへ行くんじゃ。きょうはもういっぺんモータープールのなかを虱潰《しらみつぶ》しに調べると約束したじゃろうが」

熊吾に怒鳴られて、正門を出たところで脚を止め、水槽のところへと戻って来ると、

「帰って来てから調べるつもりやってん」

と伸仁は言った。

「ノブ、まいにち遊び呆《ほう》けてたら、高校三年生になったら、また小学三年生に戻って勉強しなおさなあかんで。そやないと、大学になんか通れへんわ。宿題かてぎょうさんあるんやろ？」

房江はそう言って、熊吾に洗面器を渡した。

「お父ちゃんとぼくとで手分けして調べるんやろ？　そやのに、お父ちゃんだけお風呂

に行くのん？」

「ムクのところに夜這《よば》いをしよる犬がどこから侵入しよるのかを調べるのは、お前の役目じゃ」

中学一年生の息子に夜這いなどという言葉を教えないでくれ。そういう意味を込めて、房江は熊吾を見た。

意に介したふうもなく、いますぐ、もういちど念入りに調べるようにと熊吾は伸仁に言った。

そこのメリヤス屋の兄弟が、いまから飼っている伝書鳩《ばと》五十羽を籠《かご》に入れて靱《うつぼ》公園まで行く。よく訓練された鳩なので、途中で道草を食ったりしなければ、家の物干し台のところに造った鳩舎《きゅうしゃ》に十分で帰って来る。五十羽のうち、どの鳩がいちばん最初に鳩舎に入るか、二番目はどれか、三番目はとノートに控えなければならない。その役を、腕時計を持っている自分が務めさせてもらうのだ。

そう説明して、伸仁は直立不動の姿勢をしたあと、熊吾に深く礼をしながら、

「行かせて下さい」

と頼んだ。

「なんでお前が腕時計を持っちょるんじゃ。あっ！　それはわしの時計じゃ。どこに置き忘れたのかと思うちょったんじゃ。盗人《ぬすっと》を捕えてみれば我が子なり、っちゅうのはま

さにこのことじゃ」

　伸仁は、一時間で帰って来る、それまでこの腕時計を貸してくれと言いながら走って正門から出ると、伝書鳩を飼っているメリヤス屋の兄弟のところへと向かって行った。

　房江が北側の校舎のうしろのほうを見ると、池内メリヤス店の二階の物干し台で、高校一年生の兄と、伸仁の同級生である弟が鳩を選別しながら籠に入れていた。

　正門と裏門を閉めたあとの、午後十一時以降には、このモータープールのどこにも、子犬一匹通れる穴はない。それは、ムクの妊娠がわかってから、もう三回近く、手分けして点検したのだ。三回目は、林田信正、桑野忠治、菊池春之のシンエー・トリオも、中古車ブローカーのデコボコ・コンビも手伝ってくれた。しかし、夫はなんとしてもこの謎《なぞ》を解こうとしている。私はこのような日々にしあわせを感じる。

　そう思いながら、房江は、伸仁に腕時計を買ってやろうと熊吾に言った。

「そうじゃのお。クラスの全員が腕時計をはめちょるらしいけんのお。もう小学生やあらせん、我等は中学生なり、っちゅう意味合いを持っちょるのかもしれん」

　熊吾は笑みを浮かべて言い、水槽に浮かんでいる二株の睡蓮《すいれん》を指で突いた。どちらにも小さな蕾《つぼみ》が生じつつあった。

　熊吾が市電の通りを渡って銭湯へ歩いて行くと、伸仁と池内の兄弟が金網で作った大きな籠を二台の自転車の荷台に積んで正門の前を南に向かった。荷台には二籠ずつ積み、もうひとつは伸仁が両手で大事そうにかかえている。

伸仁の役目は、池内家の物干し台で伝書鳩が帰って来るのを待つのではないのかと思いながら、房江が事務所の掃除を始めると、伸仁が走って来て、二十円くれと手を差し出した。公衆電話代だという。

兄弟が靱公園で鳩たちを放す前に、自分は自転車でこっちに戻り、物干し台の鳩舎に行く。鳩たちを放す瞬間、兄弟のどちらかが公衆電話でそれをしらせてくる。その時刻と、鳩が帰り着いた時間をノートに書き記すのだ。

伸仁の説明を聞きながら、房江は十円玉をふたつ渡した。

「なんで、電話代をノブが出さなあかんの?」

そうつぶやきながら、房江は、兄弟を追って走って行く伸仁を見つめた。よくもあれだけ走れるものだ。さっきから走ってばかりいるではないか。公衆電話代は、池内兄弟の仲間に入れてもらうための、いわば伸仁なりの「こころづけ」というやつなのであろう。そういうちょっとした世法の機微は、あの子は知らず知らずのうちに父親から学んだのだ。

房江はそう考えると、なんだかおかしくなってきて、伝書鳩が何分くらいで帰って来るのか、自分も見ていたくなった。

シンエー・モータープールの正門の南側には棟つづきの木造の二階屋が並んでいる。それは房江たち一家が暮らす十二畳の部屋のちょうど西側にあたっていて、梱包《こんぽう》用品店、歯科医院、各種作業服の卸問屋、水道工事店、ミシン販売店の五軒だった。

この五棟の二階屋は、そのときの風向きのお陰で去年の大火の被害をかろうじて免れた。

かつての女学院の教室だった十二畳の部屋と、それら五棟との間隔は二間くらいで、そこには土の道があって、煉瓦《れんが》で組まれた花壇が塀に沿ってつづいている。

房江は西側の大きな窓から土の道を眺めるたびに、その花壇を復活させたいと思うのだが、日々の仕事に追われてまったく手をつけることができないままだった。

市電の走るあみだ池筋とのあいだにこの五棟が並んでいるお陰で、窓のカーテンをあけたままでも、通行人から部屋のなかを覗《のぞ》き見されないだけでなく、西陽が遮られるのだが、夏はそうはいかない。午後の二時を過ぎると、日差しは歯科医院の屋根の上から房江たちの十二畳の畳を焦《こ》がせるほどの強さで照りつけるのだ。

去年の夏はそれで閉口したので、ことしは梅雨が来るまでに窓のすべてを覆《おお》うだけの厚手のカーテンを註文《ちゅうもん》しなければならないと思いながら、房江はペン習字の教科書を見て練習帳に「や・ゆ・よ」という三文字のひら仮名を書きつづけた。

この「や・ゆ・よ」が終われば、次は「ら」の行で、その次の「わ」「を」「ん」でひら仮名の楷書《かいしょ》は習得したことになるのだ。そうすれば、かた仮名に移り、さらに初歩的な漢字の練習に移れる。

このペン習字の教科書と練習帳が郵送で届いたのは五月の連休が終わった直後で、きょうは六月三日だから、自分はわずかな暇をみつけて、決められた予定どおりに練習を継続してきたことになる。

そう考えると、房江は嬉《うれ》しくて、早く漢字に移りたいと気が焦《あせ》ってしまった。しかし、焦ってはならないのだ。丁寧に、我慢強く、一字一字習得していくのだ。そしてそれこそが最良の近道なのだ。

そう諭すように教えてくれたのは夫だ。まるで熟練の教師が子供に手ほどきするように、

「なんべんもなんべんも繰り返し繰り返し、ひとつの字を、教えてくれたとおりに、丁寧に、はねるところではは ね、とめるところではとめ、横に真っすぐの線は真っすぐに、縦に真っすぐの線は真っすぐに」

と言いながら、身をすりつけるようにして傍らに坐《すわ》り、私が書く字を見つめている。うるさくて仕方がないので、ひとりで練習したいからどこかへ行ってくれと頼むと、

「女房にうとんじられたけん、雀荘《ジャンそう》で遊んでくるしかないのお」

そうすねた口調で言って、本当に雀荘に行ってしまう。

誰が麻雀《マージャン》をしてくれと言ったのか。モータープールの仕事がたくさんあるではないかとあきれるのだが、夫が事務所にいると、自分の会社に戻らず、仕事の合間にちょっと一休みして、モータープールの事務所でよもやま話をしていくのを楽しみにしている者たちが、なんとなく窮屈そうなのだ。なんだか恐《こわ》いものが傍にいるといった雰囲気が事務所だけでなくモータープール全体に生じる気がする。空気のように存在していてくれなどということを、私の夫に求めるのはどだい無理な話なのだ。

房江はそんなことを考えながら、「や」を二十文字、「ゆ」を二十文字書いた。わずかな線の長短で字そのものの趣きが変わることはすでにわかっていたが、「や」はなんと形のとり難《にく》い字であろう。これは手本の字を徹底的になぞりつづけるしかない。

それにしても、こうやって字を習っていると、夫が達筆であることがよくわかる。基本というものを学んだ字なのだ。将棋でいえば定跡を学んだということなのであろう。

南宇和の深泥《みどろ》で煙草《たばこ》農家を営む唐沢の叔父さんに習ったそうだが、松坂熊吾という人は、幼いころに極めて優れた師に恵まれたことになる。

十二歳の子が、中国の古典の「貞観政要《じようがん》」など理解できるものであろうか。私などは、その書物の存在すら知らなかった。

「この文章の意味をわかれとは言っていない。覚えろと言っているのだ」

唐沢の叔父さんは、つねに穏かな口調でそう言いつづけたそうだが、それこそが物事を教わる極意なのかもしれない。私も手本どおりに書き写そう。

房江は、もうひと頑張りして「や」を書き始めると、大きな音とともに建物が揺れた。

その音は講堂のほうから聞こえた。一呼吸ののち、事務所から何人かが走り出て来て、

「ノブちゃん、大丈夫か」

と誰かが言い、次いで、

「ノブちゃん」

そう叫ぶ関京三の声が聞こえた。

房江は立ちあがったが、不吉な予感で脚が震え、サンダルを履くことができなかった。

あれは自動車を講堂の柱や壁にぶつけた音ではない。元校舎の頑丈な建物が揺れるほどの衝撃とは何なのか……。

「ノブちゃん、動くな」

その声はF建設の林田だった。ムクが階段の下に向かって吠《ほ》え始めた。

房江は裸足《はだし》で階段を駆け降りた。講堂の東側に奇妙な色の埃《ほこり》が舞っていて、そのなかに、左の肩をおさえた伸仁が立っていた。埃は灰色と緑色と褐色の、三色の縞模様を描いて、講堂のなかに拡《ひろ》がっていきつつあった。伸仁の頭上の天井が落ちたのだ。その一部が左の肩に当たったが、案ずるほどの怪我《けが》ではなさそうだ。

瞬時にそう判断して、房江は伸仁のところに走りかけたが、それを長身の黒木が制し、

「ノブちゃん、息を止めたまま、こっちへ来い。とにかく講堂の外へ出るまで息をするな。その埃を吸うたらあかんで」

と大声で言った。

伸仁は言われたとおりにして外に出ると、地面に坐り込み、

「ああ、びっくりしたァ」

と言って、そのままあお向けに倒れてしまった。

房江が駆け寄り、名を呼びながら、頭や顔を撫《な》でつづけると、伸仁は目をあけて、

「びっくりしたから気持が悪い」

と言って、肩をおさえたまま立ち上がり、洗車場まで歩くと水を飲んだ。

房江が着ているものを脱がすと、左肩が腫《は》れ始め、色も紫色に変わりつつあった。

「これ、全部、鳩《はと》の糞《ふん》やがな」

と林田が落下物を見つめて言った。

「そやから、そこで息をするなて言うてるやろ。鳩の糞にはなァ、人間には良うない黴《かび》とか寄生虫が混じってるんや」

黒木の言葉を聞きながら、房江は伸仁を事務所のソファでいったん休ませ、肩を冷やそうとしたが、やはり病院で診てもらったほうがいいと考え、二階にあがって、やっとサンダルを履き、財布を取って来た。

「ノブちゃん、これ、何本に見える？」

林田が自分の指を三本突き出して訊《き》いた。

「七本」

「えっ！　ほな、これは」

二本に変えた林田の指を見て、

「一〇八本」

と伸仁が笑いながら答えた。

「それは煩悩《ぼんのう》の数やないか。こら、人が本気で心配してるのに、おちょくりやがって。奥さん、ノブちゃんは大丈夫です。市電のレールの上に捨てて来て下さい」

林田はおかしそうに言い、長年にわたって講堂の隅の天井裏に堆積《たいせき》した鳩の糞が乾いた粘土状となって落下した場所へと歩いて行った。

「もう二、三十センチほど右に落ちとったら、ノブちゃんは間違いなく即死やったなァ。奥さん、落ちた鳩の糞、この水槽に三杯分くらいおまっせ。女学院の時代に、溜《た》まりに溜まって、天井板がついに持ち堪《こた》えられんようになったんですなァ。ノブちゃん、ほんまに命拾いしたがな。奇跡やがな」

林田と入れ換わるように事務所に戻って来た黒木の言葉で、房江は鳩の糞の巨大な塊りが落下した場所へと行った。周辺に漂よっていた微細な埃はやっと消え、砂利状に砕けた糞がいったいどれほどの量であるかがわかって、房江はその場で茫然《ぼうぜん》と立ちつくすしかなかった。

「ここにもあるで」

その声で振り返ると、黒い油まみれの手に大きなレンチを持った佐古田が、講堂の北西側、二階への階段の昇り口のあたりを見つめていた。

「ここも、野鳩の棲《す》み家の跡や」

佐古田が裏門への通路で仕事をするようになって約二十日がたっていたが、それ以後、佐古田が喋《しゃべ》るのを聞いたことがなかったので、房江は思わずその傍に近づいて行き、なぜここにも野鳩の糞が溜まっているとわかるのかと訊いた。

房江の問いを無視して、佐古田はきのう新しく届いたジープのところに戻り、車体の下に潜り込んで仕事をつづけた。

病院に行ったほうがいいと自分で判断するなら行くようにと伸仁に言ってから、房江はとにかくあの大量の糞を片づけなければと思った。夫は丸栄という雀荘にいるはずだ。伸仁に呼んできてもらおう。

房江に耳打ちされて、伸仁は丸栄へ向かった。正門を出て行きかけた伸仁の肩が赤かったので、西陽のせいかと思ったが、それにしては赤すぎた。房江は伸仁のあとを追い、交差点の角の印章店の前で追い着いた。赤く見えたのは血だった。その血は左耳の上部から流れている。

さっき見たときは擦り傷も切り傷もなかったのにと思い、房江は伸仁をモータープールの二階につれ帰った。

服を脱がせると、鎖骨の上が二センチほど切れていた。粉末状の糞がこびり付いていたので気づかなかったのだ。

鳩の糞には、人間には害となる黴や寄生虫が潜んでいるという黒木の言葉を思い出し、房江は伸仁を近くの外科医院に行かせて、自分は丸栄に夫を呼びに行った。

昼間なのに雀荘は満席で、卓があくのを待つ男たちが壁際《かべぎわ》の椅子《いす》に腰かけてテレビを観《み》ている。膝《ひざ》まである半ズボンを穿《は》いた熊吾は、房江を見るなり、近くにいた男に代わってくれと頼み、煙草の「いこい」の包み紙を印刷してある札を五枚渡した。

客同士の現金のやり取りは禁止されているので、その札を代わりに使うのだ。札を換金するのは店の主人なのだから、現金と同じではないかと思うのだが、ブー麻雀は勝負が早く、卓上で現金が入り乱れると、警察も見て見ぬふりばかりをつづけるわけにはいかないのだという。

房江が事情を説明すると、その意味がわからないといった表情で見つめ返し、熊吾は片手で持ち切れないほどの「いこい」の札を房江に渡し、

「金に換えちょいてくれ。恨まれるほど勝ったけん、お前に換金してもらうほうがええ

んじゃ」

と言って、急ぎ足で丸栄から出て行った。

一枚の札は、一箱の「いこい」と同じ金額で交換してくれた。全部で四千八百五十円だった。三枚は換金してくれなかったので、それはたぶん店の取り分なのであろうと房江は考えたが、そうではなかった。

煙草のやにで歯が黒くなっている禿《は》げ頭の主人は、その三枚を手下げ金庫の下に隠してから、

「これはノブちゃんへの、まあ、そのう。……分け前でんねん。お父ちゃんには内緒でっせ」

と言って、顔をひきつらせるようにして笑みを浮かべた。

「分け前？　何の分け前ですのん？」

「それは内緒ということで」

「うちの子、ここで何か悪いことをしてるんとちゃいますやろね」

房江が声を殺して問い詰めると、丸栄の主人は自分の片方の手を顔のところで横に何度も振りながら、

「たいしたことやおまへん。心配ご無用です」

と答えて、自分が代打ちをするために、三人しか揃《そろ》っていない卓へと移った。どうし

ても四人揃わないときは、店の者が残りのひとりとなって卓を囲むのを「代打ち」ということは、かつて雀荘を営んだことがある房江は知っていた。

釈然としない思いで国道二号線に沿った道に出た房江は、夫が勝った四千八百五十円のうちから千円を抜いてエプロンのポケットにしまった。夫は、あれ？　と思うだけで、さして気にはとめない性分だから、これは私のお駄賃ということにしよう、と思った。

それにしても五千円近くも勝ったのだから、確かに恨まれるほどの大勝ちで、急用をしらせる妻がやって来て帰らざるを得なかったのは、夫にとっては好都合だったはずだ。もう千円抜いておこう……。

房江は福島西通りの交差点のところで踵《きびす》を返し、あともどりして浄正橋の手前の路地からカンベ外科病院へ行った。

裂傷を負うほどの衝撃を耳と肩に受けたのだから、なぜ伸仁はもっと痛みを訴えなかったのであろうと、房江はいまごろになって考え始めたが、同時に、中学一年生の男の子が町の雀荘から受け取る正当な報酬とは何なのかも急に心配事となって心のなかに膨れあがってきた。

幼時のころから、ちょっとした怪我でも大騒ぎをして、そのたびに父親に叱《しか》られてきて、少しはおとなになったということなのか、それとも、自分の体をかすめて落下した野鳩の糞のあまりの量の多さに度肝を抜かれて、肩の少々の傷など感じなかったのか、そのどっちかなのであろう。

いずれにしても怪我はたいしたことはあるまい。しかし、雀荘からの分け前とは何なのか。その分け前なるものは、父親が勝った分から、丸栄の主人経由で渡ろうとしている。そこのところがどうもよくわからない……。

あれこれと考えながらも、房江は伸仁を問い詰めないでおこうと思った。人の道に外れたことをしているわけではあるまい。あの年頃の男の子には、母親にはわからないことがたくさんあるのだ。

伸仁の顔や体を見ていると、思春期はまだまだ先のようだが、心の奥のほうでは大きな変化が始まっているかもしれない。そういう時期には、男の子というものは母親にはあまり介入されたくないに違いない。

房江は、右に行けばモータープールの裏門の前へと通じる路地のところに出ると、左側のジグザグに折れる細道へと曲がった。平屋の民家の低い板塀の上から瓜《うり》の蔓《つる》が伸びていて、身を屈《かが》めてその下を通り抜け、女の子たちがままごと遊びをしている幅一メートルほどの道を進み、三段の石段をのぼったところの窮屈な三叉路《さんさろ》を左に行った。

カンベ外科病院の前に出て、入院患者のための二階を見上げると、いつも銭湯で顔を合わせる女がこちらを見ていた。

「息子さん、えらいこってしたなァ」

と房江とおない歳《どし》くらいの女は言った。

「はい、ちょっと肩を打ったみたいで」

そう答えて、病院のあけたままのドアからなかを覗《のぞ》くと、

「ちょっと打ったどころやおまへんがな。骨が曲がってるそうでっせ」

そう女は言って、窓に洗濯したばかりらしい男物の下着を干した。

骨が曲がった？　この人は、伸仁と誰か別の患者とを間違えているのであろう。そう思いながら、受付で松坂伸仁の母だと伝えると、外来治療室に案内された。上半身裸になった伸仁がベッドに腰を降ろしていて、看護婦に肩の傷口を消毒されていた。耳の上部にはすでに絆創膏《ばんそうこう》がはられている。曲尺《かねじゃく》に似た器具を持った院長がX線写真から視線を房江に移し、お母さんですかと訊いた。

「鎖骨のここがねェ、ちょっと曲がってしもたんです。おとなの骨やったら折れてますなァ」

院長はそう言って、房江にX線写真を見せ、ギプスをするかどうか迷っていると説明した。

右の鎖骨と左の鎖骨を見比べてみたが、房江にはどちらも同じに見えた。

「ここからここまでのカーブが、右とは違いますやろ？　うん、曲がってるなァ。間違いない」

「元に戻るんでしょうか」

「戻りません。たぶん戻らんやろし、戻らんでも、どうっちゅうことはないです。うん、よし、ギプスはやめとこ。十日ほどは左腕が動かんように包帯と絆創膏で固定しとこ」

五十半ばくらいの院長はふたりの看護婦に指示を出してから、

「鳩の糞かァ……。三トンもの鳩の糞が天井板と一緒に落ちて来たなんてなァ……。わし、三トンもの鳩の糞の塊りなんて見たことないわ。あとで見せてもらいに行くわ」

と言って伸仁に笑みを向けた。

三トン？　いくらなんでも三トンもあるまい。伸仁が大袈裟《おおげさ》にそう言ったのであろう。房江がそう思いながら、受付で診療代を払っていると、白衣を脱いで餡《あん》パンを頬張りながらやって来た院長は、

「息子さんは運のええ子ですなァ」

と言い、左腕を胸の前で固定された伸仁が出て来るのを待った。本当に鳩の糞の塊りを見に行くつもりなのかと思ったが、院長の目的はそうではなかった。信用できる業者から質のいい中古車を買おうと考えていて、シンエー・モータープールの松坂熊吾に相談するつもりだったのだ。

「運転免許の試験に五回も落ちて、もうあきらめよかと思てたら、六回目に通りましたんや。医科大の試験でも二回で通ったっちゅうのに」

「主人のこと、ご存知ですのん？」

房江の問いに、院長は、ときどき「銀二郎」で席が並ぶことがあり、自分の知らない寿司《すし》ネタを教えてもらったりするのだと言った。「銀二郎」はことしの二月頃に、阪神電車と国電の踏み切りのあいだにある狭い土地に開店したカウンター席だけの寿司屋で、初老の夫婦ふたりで切り盛りしている。

カンベ外科病院から出て、房江と院長に挟まれるように歩きだした伸仁は、五、六歩行くと立ち止まって、痛みを訴えた。

「歩いたら鎖骨に響くねん」

「病院に行くときは平気な顔をしてたくせに。骨が曲がってるて聞いた途端に痛うなったんか？」

房江の言葉に、院長は笑いながら、

「曲がってるっちゅうても、ぼくのようなとびきり優秀な医者でないと見分けられへん程度の曲がりやで」

と言い、何か用事を思い出したらしく、小走りで病院に戻って行った。

路地で三角ベース遊びをしていた小学生の何人かが、肩と腕を包帯と幅広い絆創膏で固定して、服の袖《そで》に手を通さずに歩いて来た伸仁のところに寄って来て、口々に、どうしたのか、どんな怪我《けが》をしたのか、と訊《き》いた。

「鳩《はと》が落ちてきてん、鎖骨の上に」

と伸仁は面倒臭そうに答えた。小学生たちは、伸仁の言葉の意味が解《げ》せないままに、それはいったいどういうことであろうといった表情で互いの顔を見つめ合った。

そのうちのひとりが、どのくらいの高さから落ちて来たのかと訊いた。

なんとなく空を見ていたら、小さな小さな針の穴ほどの点があった。あれは何かと見ているうちに、その点は次第に大きくなり、あっ、あれは鳩だと気づいた瞬間には、それは自分の左の鎖骨の上に落ちていた。どうにも避けようがなかった……。

伸仁がそう語るのを、あきれながら聞いていると、院長が大きな茶色の紙袋を持って戻って来た。X線写真を入れる袋のようだった。

よくもまあこれだけ口からでまかせを瞬時に考えつくものだ。蘭月ビルの恩田青年の部屋での即興の物語作りごっこは、幼い子供たちを大嘘《おおうそ》つきへと仕込む結果になったのではないのか。あの恩田青年も北朝鮮へ帰るというが、いつ日本をあとにするのであろう……。

房江はそう思いながら、モータープールの裏門の前に来て、毛の長い小さな犬が出て来たのを見た。

この犬はどこから来たのか。間違いなくモータープールから出て来たが、私はこの犬をこれまで一度も見たことがない。

「ノブ、いまの犬、見たか？」

房江の言葉で、伸仁はゆっくりとうしろを振り返った。首を動かすと鎖骨が痛むらしかった。

「たまに見るでェ。材木屋さんの近くの、看板屋さんとこの犬や。怖がりで、飼い主以外にはなつかへんねん」

「あの犬、いまモータープールから出て来たんやけど。ムクのお腹《なか》の子ォのお父ちゃんとちゃうやろか」

「ムクの半分もあらへんでェ。このへんにいてる犬のなかでいちばん不細工でみすぼらしい犬やでェ。あの犬だけは、ぼくが許さん。ぜったいにあの犬とちゃう。ぼくの一ヵ月分のお小遣いを賭《か》けてもええ」

伸仁は怒ったように言い、ジープの部品をテレピン油にひたして、それを金ブラシで洗っている佐古田の横を通り、階段をのぼって行った。ひどく顔色が悪かった。

事務所の前には、大工の棟梁《とうりよう》の刈田喜久夫のスクーターがあり、講堂の東側ではサーチライトを持った若い男が梯子《はしご》を昇って天井裏に入ろうとしていた。

「三トンもあるとは思えんなァ」

床に落ちている大量の鳩の糞《ふん》を見ながら、カンベ外科病院の院長は、何の説明もしないまま、熊吾にX線写真を見せた。熊吾は、胸ポケットから老眼鏡を出し、光にかざし

てX線写真に見入ると、

「ここがちょっと曲がっちょる」

とつぶやいて、左の鎖骨の真ん中あたりを指差した。

「さすがは名医と讃《たた》えられたにせ医者やなァ。たいていの医者は見落とすけど、松坂先生は見落としよれへんかったなァ」

院長は驚き顔で熊吾を見つめ、自分の所見を説明した。

房江は、痛み止めの内服薬と湿布薬が入っている袋に印刷されている字で、院長が神《かん》戸《べ》司郎という名であることを知った。

「病院で鎮静剤を服《の》ましました。かなり乱れてましたから」

「乱れるって、何がどう乱れたんです？」

房江の問いに、精神的なショック症状だが、心配はいらないと神戸院長は言った。

「家に帰ったら、ちょっと横になっとくようにと言うときましたから、寝てしまうかもしれません。……それにしても、ごっつい量の糞やなァ。ようこれだけの鳩の糞が天井裏に溜《た》まりましたなァ。三トンもないけど。二百キロぐらいかな。それでも、頭に落ちとったら即死、もしくは半身不随」

神戸院長の言葉で、熊吾は円型に抜け落ちた天井を見上げて、

「もう二センチか三センチずれちょったら、神戸先生の言うとおりになっちょったでし

ょう。二、三センチか……」

と言い、固い岩のような鳩の糞をスコップで掬《すく》って軽トラックの荷台に積んでいる刈田に、とにかくきょう中に講堂の天井裏を隈《くま》なく調べてくれと頼んだ。

昼前からいやに空気が重く感じられたが、やはり雨が降って来たなと思い、房江は洗濯物を取り込むために二階の物干し台へ行った。

物干し台は、講堂の西側の屋根と校舎の東側とをつなぐようにして、棟梁の刈田が大きくて頑丈なのを自分で造ってくれたのだ。その物干し台の柵《さく》を乗り越えて、緩やかな講堂の屋根をのぼって天辺《てっぺん》に行くと、夜には梅田界隈《かいわい》の繁華街の明かりだけでなく、道頓堀周辺の明かりも眺めることができる。去年の夏は、親子三人並んで夜風に涼みながら、水都祭の花火見物を楽しんだのだ。

取り込んだ洗濯物を籠《かご》に入れて部屋に入ると、伸仁は畳にあお向けになって寝ていた。一日を終えて疲れ切った人が精根尽きて熟睡しているといった眠り方だった。

大量の鳩の糞の塊りが落ちてきたときはただ驚いただけだったが、病院へと歩いていくうちに、自分の身に起こった不思議がなまなましく心を占めていき、恐怖を越えた名状しがたい感情に包まれてしまったのかもしれない。それが、神戸院長のいう精神的ショック症状なるものを引き起こしたのであろうか……。

房江はそう考えながら、伸仁の胸から下に薄い掛け蒲団《ぶとん》をかぶせ、頭の下に枕《まくら》を置いた。

細かい雨は、細かいままに強く降りだして、部屋のなかはふいに肌寒くなった。この十二畳の部屋のある校舎は、屋根の一部がわずかに大火の影響を受けただけで、それによる目立った損傷はないのだが、雨が降ると、樋《とい》のあちこちに穴が生じていることがわかる。

長い樋の大小さまざまな穴から滴《したた》る雨は、ゼンマイの弛《ゆる》んだオルゴールが生みだす音に似ていると房江は思った。そして、雨の強弱でそのつど曲が変わるようだ、と。

房江はあけてあった窓を閉めたが、風が通らなくなっただけでなく、雨の滴《しずく》が作りだす調子はずれの間伸びしたオルゴールの曲も小さくなってしまったので、再びあけてから、伸仁の耳の上部に貼《は》られてある絆創膏を覗き込んだ。耳のつけ根が少し裂けたのだとわかった。

ということは、まさに熊吾の言葉どおり、ほんの二、三センチの差で、大きな岩と化した鳩の糞の塊りは、伸仁の頭蓋骨《ずがいこつ》を直撃せずに、耳をかすめて肩に落ちたことになる。

「鎖骨がほんのちょっと曲がっただけで済んだやなんて……」

房江はそうつぶやき、これまで雨というものにはあまりいい思い出はなかったが、きょうのこの雨のことは忘れないでおこうと心に誓った。この壊れかけたオルゴールに似た雨の音が、伸仁をここちよく眠らせている。そして伸仁が助かったのもこの雨のお陰だ。

こじつけではなく、房江はそう信じることができた。

もう一秒か二秒、鳩の糞の塊りが天井板と一緒に落下するのが早かったり遅かったりしたら、それは伸仁の頭を直撃していたのだ。あの瞬間に落ちたのは、雨の前の重い空気の為《な》せる仕業なのだ、と。

聴覚を階下の事務所のほうへ集中させると、関京三が誰かと電話で話している声が聞こえた。ときおり熊吾の声も混じるが、何を言っているのかは聞こえない。関は、誰かが売りたがっていたダットサンのことを問い合わせているようだ。神戸院長のために質のいい中古車を世話するつもりなのであろう。

房江はそう思いながら、雨が降りつづくさまを見ていたが、きのう買ったカステラがまだ三分の二も残っていることに気づき、それを切ると、熱い茶を淹《い》れ、刈田と若い衆の分も盆に載せて事務所へ行った。

「十五分もしたら届きまっせ。おととしの型のダットサンで、まだ一万キロとちょっとしか走ってまへん。大事に乗ってきたやつやから安心して乗れまっせ。神戸先生のためや。わしは一銭のマージンも頂戴《ちょうだい》しまへん」

関京三は神戸院長にそう言って、房江が机に置いたカステラを食べようとした。

「あかん、あかん。奥さん、関さんにカステラはあきません。お茶だけや」

神戸院長にそう言われて、関は慌《あわ》てて手を引っ込めてしまった。

房江は佐古田にもカステラと茶を持って行き、部品を並べる台にそれを置いた。

「そんな気ィ遣わんといてくれ。わし、そういうことされるの嫌いでなァ」

佐古田は掌大《てのひらだい》のベアリングを金ブラシで洗いながら、房江に背を向けたまま言った。

その背に、通路のトタン屋根から漏れる雨が落ちつづけていた。刈田に頼んで、この雨《あま》洩《も》りを直してもらおうと房江は思った。


講堂の屋根裏には八ヵ所に通風孔があり、そのうちの三つは、鼠除《ねずみよ》けの網が外れていて、野鳩の出入口となっていた。野鳩たちは講堂の屋根裏に巣を作っていたらしいが、去年の大火で一羽残らず去り、長年にわたって堆積《たいせき》した大量の糞だけが残ったのだ。

佐古田が、ここにもあると指差した場所にも確かに鳩の糞が溜まっていたが、バケツに三、四杯分で、それ以外の場所にはなかった。

万一のことを考えて、刈田と若い大工が講堂の天井の補強を終えた日、伸仁の腕と肩を固定していた包帯と絆創膏《ばんそうこう》が外された。そしてその翌日の朝、水槽に浮かぶ二輪の睡《すい》蓮《れん》が同時に花を開いた。

「さあ開くぞ、もう開くぞ、と見ちょったら、お日さんが出た瞬間に、パチンと音を立てて開いたぞ」

前夜、どんなに遅く寝入っても、翌朝はほとんど日の出とともに起きだす熊吾の言葉を聞いたとき、それは作り話だとわかったが、房江は二階の自分たちの部屋に行って伸仁を揺り起こし、夫が言ったことをそのまま伝えた。

「ほんまに？　パチンと音がしたん？」

伸仁はランニングシャツとパンツ姿で階段を走り降りて行き、水槽の傍から離れようとしなかった。

下着姿で寝てはならない。寝るときは必ず寝巻を着るようにと、口やかましいほどに躾《しつけ》てきたのに、中学生になった途端にパジャマを買ってくれと言いだして、寝巻をいやがるのだ。

テレビで放映されるアメリカのホームドラマというもので、房江も「パジャマ」とか「レモネード」とか「デート」とかの言葉を耳にしていたが、日本人なのだから寝るときは寝巻が最も適していると思っている。レモネードというとどんなにおいしい飲み物かと思うが、輪切りにしたレモンを数切れ砂糖水に入れ、それを冷やしただけではないか。日本ではレモンは高価な果物だが、アメリカでは安く手に入るのであろう。デートに至っては、自分たちにはおよそ考えられない行ないだ。まだ中学生くらいの男女が、親の許しを得たうえとはいえ、恥かしげもなくあいびきしている。親もまたよく許すものだ。

アメリカにはアメリカのやり方があるにせよ、それを日本の子供たちが憧《あこが》れるのは怖いことだ。

おととい、私がそんな自分の考えを口にすると、夫は驚き顔で見つめ返し、お前は意外に封建的だなと言った。

私は自分を封建的とは思わない。時流への沿い方は、夫よりもはるかに柔軟なのだ。

房江はそう考えながらペン習字の練習の手を止めて、よしパジャマを買いに行こうと決めた。梅田の百貨店なら売っているだろう。きょうは新たな契約者が訪れるので、夫は夜まで事務所にいる。北側の校舎の二階を倉庫として貸してくれという人も訪れるからだ。

きょうは土曜日で、授業は昼で終わるので、伸仁もそろそろ帰って来る。自分が時間を自由に使えるのは、きょうしかあるまい。来週の土曜日は、夫と伸仁は一泊で城崎《きのさき》へ行くことになっている。

房江は、ついでに尼崎の蘭月ビルに行き、夫が金静子から買ったワンピースの寸法直しも頼んでこようと思った。夏用のワンピースは、去年買った洋服と同じ寸法だが、胴回りが少しきつくて、房江は自分が太ったことを知ったのだ。

出かける用意をして、ワンピースの入った箱を風呂敷《ふろしき》に包み、ガスの元栓を閉め、房江は足音を忍ばせて部屋から出た。ムクが寝ているときに出て行かないと、寂しがって悲痛な鳴き声を響かせるので、起こさないようにと考えたのだ。

かつての家庭科用の教室のドア、いまは房江たちの部屋のドアを出たところで、房江は、あっと声をあげた。あの毛の長い、小さなみすぼらしい犬が、ムクと並んで寝そべっていたのだ。

オス犬は房江に気づいて、階段を飛ぶようにして逃げて行った。

やっぱりそうなのか。あのオス犬は、私たちの目を盗んで、昼間、ムクのところに通って来ていたのか。正門と裏門を閉めてしまえば、このシンエー・モータープールの敷地内に入る隙間《すきま》はどこにもないと安心していたが、それは夜のことであって、昼間は好き放題に裏門から入ってこられるのだ。

房江は大きく溜息《ためいき》をつき、ムクの傍らに腰を降ろしてその大きな腹を撫《な》でながら、

「もうちょっと男前の犬はおらんかったんか？　よりにもよって、あんなみすぼらしい犬と……。あんたはこのへんではとびきりのべっぴんさんやねんで」

と言った。

事務所に行き、帳簿と入金伝票を見ながら算盤《そろばん》を弾《はじ》いている熊吾に、梅田で買い物をしてから蘭月ビルに行くと伝え、

「謎《なぞ》が解けたわ」

と房江は言った。その途端に笑いがこみあげてきて、しばらく話せなくなった。

「なにがそんなにおかしいんじゃ」

と熊吾は訊《き》いた。

「モータープール中をみんなでてわけして調べても無駄やったわ」

そう前置きしてから、房江は小さなオス犬のことを夫に話した。

「だーれも気づかんかったのかァ……。夜這《よば》いやのうて昼這いじゃ。盲点を突かれたのお。大胆不敵に電光石火の早業で、我が家の箱入り娘を白昼堂々と孕《はら》ませるとは、源氏の君も真っ青じゃ。さぞかし高貴な出の、輝くような美男子じゃろう」

その熊吾の言葉に笑いだけを返して、日傘をさすとバス停へと向かいながら、夫は薄々勘づいていたのだなと房江は思った。

昼のラジオのニュースでは、九州地方が梅雨入りしたと報じていたので、近畿《きんき》地方も間もなくであろう。浦辺ヨネの四十九日法要には夫も伸仁も行けなかったが、ヨネの遺骨は分骨して、ひとつは城崎の寺の納骨堂に納め、ひとつは余部鉄橋から撒《ま》くために麻衣子の家に置いてあるという。来週の日曜日には雨が降らなければいいのに……。

自分はまだ一度も城崎の麻衣子の家にも「ちよ熊《くま》」という食堂にも行ったことがない。城崎温泉がどんなところかも知らないのだ。来週の土曜日は、伸仁に留守番をさせて、自分が夫と一緒に城崎へ行きたいのだが、汽車で片道五時間と聞くと億劫《おっくう》になってしまった。あと二時間足せば富山へ行ける長旅ではないか。

それに、麻衣子の家には母親の谷山節子が同居するようになった。食堂を営んでいくために母と娘がともに暮らすのは当然のなりゆきだが、結婚できない相手である周栄文の子を産んだ谷山節子は、松坂熊吾の妻とは顔を合わせたくないのではなかろうか。そうでなければ、なんとか時間のやりくりをして、一度くらいはこの松坂房江に挨拶《あいさつ》に行こうとするであろう。熊吾の妻は、結婚に破れた自分の娘が、わずかな期間にせよ面倒を見てもらった女なのだ。逢《あ》って、せめてひとこと礼を述べようと考えるのが母親というものであろう。

そんなことを思いながら、やって来たバスに乗り、空いていた席に坐《すわ》ると、房江は、まだ逢ったことのない谷山節子という女が、世間の常識とか人間としての礼儀とかに疎《うと》いところがあるような気がしてきた。そのような女が、血のつながりのない九十三歳の寝たきりの老婆《ろうば》を親身に世話できるものだろうか。実の娘であっても、年老いた親の下の世話をするには覚悟が要るのだ。そして、世話を受けなければならない年寄りの心は敏感だ。

自分があれこれ気に病んでもどうなるものでもないとわかっているのに、ときおり夫から聞かされるムメばあちゃんの穏やかな賢さは、寝たきりになってはいても凜《りん》とした面立ちで、家のなかに生じているあらゆる心の動きを感受しているひとりの孤独な老婆を房江に思い描かせた。

バスが阪神百貨店の前に停まったとき、房江は、やはりムメばあちゃんにだけは逢っておこうと思った。親子三人で城崎へ行ける方法を考えよう。ムメばあちゃんと逢って話ができる時間は、もうそんなに多くは残っていないのだから、と。

パジャマは、下着や洋服の売り場ではなく、寝具売り場に置いてあった。どうせ着ないだろうと思いながらも、房江は夫のぶんも買い、それから地下の食料品売り場で実演販売をしているドラ焼きを十個買って、公衆電話が並んでいるところへ行った。そして、シンエー・モータープールに電話をかけ、急に正澄と美恵の顔を見たくなったので、蘭月ビルに行くのはやめて、これから丸尾千代麿《ちよまろ》の家を訪ねることにしたと熊吾に伝えた。

「いま伸仁から電話があって、これから千代麿おじちゃんとこに行って、正澄にハゼ釣りを教えると言うちょったぞ」

そう言ってから、熊吾は、ああっと大声をあげた。

「どないしたん？」

何事だろうと房江が訊くと、三十六枚の入金伝票の三十四枚目までの金額を正確に算盤で弾いてきたのに、電話のコードをひっかけて算盤を机から落としてしまったと熊吾は言った。

「お前が電話なんかしてくるからじゃ。また一からやり直しじゃ。もうこれで五回目じゃぞ。わしが伝票の計算を終えるまで電話をしてくるな」

熊吾の怒鳴り声に、

「はいはい、わかりました」

と応じ返して、電話を切り、房江は地下道で昼間から営業している串《くし》カツ屋の横の階段をのぼって地上に出ると、曾根崎《そねざき》小学校のほうへと行き、交差点を北へ渡って、千代麿の家へと歩きだした。

しばらくは梅田の繁華街を通るが、その賑《にぎ》わいが消える地点からは緑が多くなる。公園の木々、民家の玄関先に並ぶ鉢植え、歩道の並木……。それらは十分ほど北へ歩くと、大阪駅から緩かなカーブを描きながら京都のほうへと伸びる国鉄の東海道本線に沿った道となる。

民家の建ち並ぶところを過ぎると町工場が多くなり、はるか前方に淀川《よどがわ》の堤が見え始め、甘い香りが漂よってくる。鉄工所や自動車板金工場や溶接工場に混じって、ウィスキー・ボンボンだけを作っている製菓工場があって、そこからバニラの香りがたちこめているからだ。

房江がこれまでその製菓工場の前を通る際に、工場と道とを隔てるブロック塀の上に子供の姿を見なかったことはいちどもないのだ。

「この塀にのぼること禁止」

と赤いペンキで書かれた立て看板を足場にして、子供たちはブロック塀にのぼり、そこに坐ってウィスキー・ボンボンが出来あがっていくのを飽きずに眺めているのだ。

子供のころ、高いところに登るのが得意だった房江は、自分もこの塀の上に坐って、ウィスキーの香りのする液体を、どうやってチョコレートのなかに閉じ込めるのかを見てみたいという衝動に駆られる。

いる、いる、きょうはふたりいる。そう思いながら、房江が製菓工場に近づいて行くと、男の子のほうが塀の向こう側に、

「あっ、房江おばちゃんが来はったでェ」

と叫んだ。男の子は正澄で、女の子は美恵だった。

慌《あわ》てて降りようとした美恵が塀から落ちそうになったので、房江は、そのまま動かずじっとしているようにと言って、駆け寄って行った。日傘と風呂敷包みを道に置き、両手を伸ばして美恵の体を受け止めたとき、塀の向こう側から伸仁が顔を出した。

「勝手に入ったらあかんやないの。工場の人にえらい叱《しか》られるわ。警察につれて行かれるかもしれへんで」

房江の言葉などまるで意に介さず、伸仁はまだ塀の上に坐ったままの正澄の掌《てのひら》に入り切れないほどのウィスキー・ボンボンを渡し、塀をよじ登って、房江の前に降りた。

まさか工場に忍び込んで盗んで来たのではあるまいな。房江がそう案じたことを察したように、

「ここ、富田くんの家やねん。曾根崎小学校の同級生や」

と伸仁は言った。そういえば、そんな名の友だちがいたなと房江は思った。

富田くんを訪ねてお父さんのいる事務所へ行ったら、ウィスキー・ボンボンをくれたのだという。

「ぼくのこと、ちゃんと覚えてはったわ。富山へ引っ越して行った松坂くんやなァ、船津橋で中華料理屋さんをやってはったんやなァて」

伸仁は、学生服のズボンのポケットからさらに七個のウィスキー・ボンボンを出し、そのうちの三つを美恵に渡した。

わざわざ訪ねて来てくれたのに、息子はまだ学校から帰っていなくて申し訳ない。野球部の練習があるから、待っていてくれても夕方まで帰らない。

父親はそう言って、商品のウィスキー・ボンボンを両の掌に余るほど載せてくれたのだという。

こんな淀川の畔《ほとり》にまで友だちがいたのかと驚きながら、房江は伸仁の魂胆が手に取るように読めて、一個だけ分けてくれたウィスキー・ボンボンを食べる気になれなかった。

伸仁の目当ては富田くんではなくてウィスキー・ボンボンなのだ。別の中学に通っている富田くんが野球部に入部し、夕方にならなければ帰宅しないことを知っていて、あえて訪ねて行ったのだ。

きっと富田くんの父親は、三年ぶりに訪ねて来てくれた息子の友だちにウィスキー・ボンボンをたくさんくれるであろう。伸仁はそう計算していて、そのとおりに事は運んだのだ……。

この子はいつのまにこんなこずるいやり方を覚えたのであろう。父親から学んだのではない。この子の父親は、こずるさというものを最も嫌う人なのだ。無論、母親のこの私でもないはずだ。

そう考えながら、自分の家に向かって走りだした美恵と正澄のほがらかな笑い声を聞いているうちに、房江は蘭月ビルでの約一年間の生活が、伸仁につまらぬ世渡りの術を教えたのだと思った。

夫は、もう決して伸仁を蘭月ビルに行かせてはならぬと私に命じたが、あるいはそのようなことも危惧《きぐ》しての判断だったのかもしれない……。

房江は、前を行く伸仁を呼び停めて、自分がいま抱いた感情を正直に伝え、

「人の善意を弄《もてあそ》ぶようなことをしたらあかん」

と叱った。

「そんなやり方は、こそ泥よりももっと恥かしいことや。私もお父ちゃんも、お前にそんなこずるさを教えたりはせえへんかったはずや」

伸仁は母親のほうを振り向かないまま、小さく「うん」と答えてから、

「富田くんが家に帰って来るころに、もういっぺん行く。ちゃんと逢《お》うてくる」

と言った。

丸尾ミヨは、伸仁のために素麺《そうめん》を茹《ゆ》でて冷やしてくれていた。伸仁は学校の職員室からミヨにも電話をかけて、これから行くと連絡しておいたらしかった。

ぬるい川風が二階の窓に吊《つ》るしたすだれから入って来る部屋で素麺を食べると、伸仁は釣り竿《ざお》を持って待っている正澄をつれて淀川の堤へと走って行った。置いてけぼりにされた美恵が機嫌を悪くしてミヨにまとわりついた。伸仁がみつけたハゼ釣りの穴場は、川に向かって急な斜面のあるところで、釣りに飽きた美恵は、堤と川の境いに咲いている小さな花やクローバーを摘みたがるので、伸仁がつれて行くのをいやがるのだ。正澄ひとりを監視するのも難儀なのに、美恵が斜面で四つ葉のクローバー探しを始めたら、川に落ちないかと心配で釣りどころではなくなるらしい。

房江が買って来たドラ焼きを食べながら、淀川に面したこの部屋は西日がきついのだとミヨは言った。

「その代わり、夜は夏でも寒いくらいの風が入って来ますねん。東海道本線を走る汽車とか電車とか貨物列車とかが、いちにちにこんなに多いとは思えへんかったから、引っ越したころは、うるそうて寝られへんかったけど、慣れると不思議なもんで、レールを走っていくゴトンゴトンいう音がないと寝られへんようになりましてん」

そう言って、ミヨは笑った。

「運送店のほうはうまいこといってますのん？」

房江の問いに、ミヨは笑顔のまま、

「大きな運送会社が、うちとこみたいな小さな運送店の仕事を取ろうとしはじめたそうですねん。東海道新幹線が完成したら、次は日本中に高速道路をつなげる計画が進んでるらしいんです。そうなったら、これまでの運輸業の仕組が根本から変わるそうです。十年、二十年先を見こして、大会社が流通すべてを独占しようとしてるそうですねん」

と言った。

「高速道路て、どんな道ですのん？　どこからどこへつながりますのん？　私らが生きてるうちに完成するんやろか」

房江の問いに、ミヨは、まったく想像もつかないと応じ返してから、

「防空壕《ぼうくうごう》に逃げ込んで、ああ、こんどこそ助かれへん、もうあかん、と思いながら、焼《しょう》夷弾《いだん》が落ちて来る音を聞いてたのが、つい十日ほど前みたいな気がするのに……」

とつづけた。

話題はいつのまにか城崎の麻衣子とムメばあちゃんのことになった。

四十九日法要の日には、麻衣子の母はすでに円山川近くの家で暮らすようになっていたとミヨは言った。

どんな人だったかという房江の問いに、長いあいだずっと料理屋の仲居として働きつづけてきた女には見えなかったとミヨは答えた。

「普通の家庭の主婦みたいな感じもせえへんのです。女手ひとつで何かの商売を切り盛りしてきたやりてという感じやというたらええのか。とにかく私が想像してた人とは違《ちご》うてました。若いころはさぞかしきれいな人やったやろと思います」

「ムメばあちゃんとは、うまいこといきそうでしたか？」

「うまいこといくもいかへんも、ムメばあちゃんは麻衣子ちゃんか麻衣子ちゃんのお母さんかに世話してもらえへんかったら、どないにもなれしませんねんもん」

ミヨは少し言い淀んだあと、谷山節子がうまくいかないのは、ムメばあちゃんとではなく、娘の麻衣子とではないかという気がすると言ったが、それ以上は語らなかった。

もし母親と娘とのあいだに感情の亀裂《きれつ》が生じるとしたら、やはりその原因はムメという老婆の存在であろうと房江は思った。

「私らは、ヨネさんの遺骨を余部鉄橋から撒《ま》くときは、城崎には行きません。正澄が母親のことをせっかく忘れかけてるのやから、そのほうがええのやないかて、主人が言うもんやさかいに」

「そうやねェ、そのほうがええと私も思います」

ドラ焼きを食べ終えた美恵が、ミヨの膝《ひざ》の上に坐って、川べりには降りないから、ノブちゃんと正澄がハゼ釣りをしているところに行きたいとねだった。

「ほな、おばちゃんがつれてってあげるわ」

房江はそう言って、美恵の手をひいて丸尾家の階段を降り、日傘をさして淀川の堤へと向かった。

東海道本線の高架から少し右へ行った土手のところをのぼり、丈《たけ》の高い雑草のなかに入ると日傘が邪魔になり、房江はそれを閉じた。するとふいにこまかな雨が降ってきた。

「あっち」

と美恵が指差す方向に進むうちに、房江は七年前の、南宇和の深浦隧道《ずいどう》の手前の菜の花畑でのことを思い出した。

あのときの夫とヨネとの会話を私はおおむね記憶している。それが正しければ、ヨネには弟が三人いたが、みんな死んだ。ヨネは、幼いころ、しょっちゅう一本松の松坂家に来て、タネと遊んだ。十六歳で大阪に奉公に出たあと、父が死に、一本松に帰って来た昭和二十年に母も死んだ。ヨネは四つのときに赤木川で溺《おぼ》れかけたとき、上大道《わうどう》の伊佐男に助けてもらった……。

夫はなぜこれらのことを丸尾夫婦にも麻衣子にも話さないのであろうか。そしてなぜ、ヨネの遺灰を、いかに本人の望みとはいえ、故郷ではなく、日本海に面した余部鉄橋から撒こうとしているのだろうか。

房江はそのことに何か秘密めいたものを感じながら、雑草の繁茂のなかを抜けた。せり上がって襲いかかってきそうなほどの淀川の水流がふいに目の前にあらわれ、伸仁が釣った五センチほどの土色の魚を追って、前後左右に大きく揺れ動く釣り糸をつかまえようと走り廻っている正澄とぶつかりそうになった。

第三章

六月最後の土曜日の、梅雨の合間の日の落ちる時分に、熊吾《くまご》と房江《ふさえ》と伸仁《のぶひと》は城崎《きのさき》駅に着いた。

蟹《かに》の季節はとうに終わったので、関西の人々には人気の温泉地とはいえ、うら寂しいほどに閑散としていることであろうと熊吾は予想していたが、同じ列車から降りた数組の団体客がプラットホームに列を作り、それを出迎えに来た宿の者たちや客引きも駅舎でひしめき合って、改札口を通り抜けるのに十分近くかかってしまった。

「麻衣子ちゃんに宿を取っといてもろてよかったねェ」

金静子が仕立てた夏物のワンピースに初めて袖《そで》を通した房江はそう言って、駅舎を出ると、日本海はどこに見えるのかと訊《き》いた。

「すぐそこやっちゅうても、歩いて行くのは大変じゃぞ。城崎から日本海が見えると思うちょったのか？」

熊吾は笑みを浮かべながら言って、迎えに来ているはずの麻衣子を捜した。

「円山川の水が溢《あふ》れそうで、海の入口みたいやったから」

鉄路でひとつかふたつのトンネルを抜けなければ日本海が見えるところへは行けないが、円山川はここからにわかに川幅を拡《ひろ》げるので、川と海との境い目といっていいかもしれないと熊吾は説明し、麻衣子の迎えを待たずに温泉町の中心部へと伸びる道へと歩きだした。みやげ物店が並ぶ道には魚の干物の匂《にお》いが漂よい、行商の女たちが声をかけてきた。

熊吾には目的はふたつしかなかった。きょうかあす、房江をムメばあちゃんに逢《あ》わせること、浦辺ヨネの遺灰を余部《あまるべ》鉄橋から撒《ま》くこと。それ以外の時間は、温泉につかって冷えたビールを飲み、うまい魚を食べて、初めての親子三人の旅をのんびりすごしたい。

だから、用事はすべてきょう中に済ませたいが、城崎と余部鉄橋を列車で往復していたら、宿に入るのは夜遅くになってしまう。

それで熊吾は、あすの昼に余部に行き、城崎に引き返して、大阪行きの列車に乗り継いで帰阪することにしたのだ。

熊吾は、ことしの四月に餘部《あまるべ》駅という新駅が完成したことを列車に乗ってから知った。

昔、熊吾は鉄橋を渡ったとき、真下に見える余部集落が、千尋の谷底で身を寄せ合うさびれた寒村に見えて、冬の荒れる日は氷と化した波しぶきが打ちつけられるかのようなこの地にも人の営みがあるのだという感慨にふけったのだ。

余部鉄橋は長さ約三百メートル、橋脚の高さ約四十一メートルで、明治四十二年に着工し、明治四十五年に完成したことをあとで知って、熊吾はそれがいかに難工事であったかに思いを傾けた。

風速が二十五メートルを越えると、列車は鉄橋を渡ることを禁止されている。日本海からの寒風は列車をレールから吹き飛ばして集落へと落下させる危険性があるのだ。

そのような場所での難工事を強行しなければならなかったのは、余部鉄橋の完成によって国鉄山陰本線の全通が成し遂げられるからだった。

当時の日本には、その気になれば何でも出来るという勢いがあったが、それは明治三十八年の日露戦争の勝利に依《よ》っている。日本は大国・ロシアに勝った国として、その後、欧米列強と伍して身の丈《たけ》を忘れていくが、いわばその高揚感が、日本の各地の難工事に挑ませ、成功させていったのだ、と。

房江が、道に茣蓙《ござ》を敷いて、そこに甘鯛《あまだい》の干物だけを並べている初老の女の前で歩を停めたとき、熊吾のなかでふいに古里の道につづく提灯《ちょうちん》の列が鮮明に甦《よみがえ》った。

あれは日露戦争の勝利を祝う提灯行列で、明治三十年生まれの俺は八歳だったことになると熊吾は思った。

都市といわず村といわず、日本中の人々が戦勝を祝う提灯行列に参加した夜の五日ほどあとに、あの事件は起こったのだ。

一本松村の村民たちも、紋付き羽織に着替えて行列に参加し、城辺《じょうへん》や御荘《みしょう》への夜道をお祭り気分で歩いた。家に残っていたのは年寄りばかりで、それは一本松村だけではなかった。

五日後、巡査が訪れて、父に何か盗まれたものはないかと訊いた。戦勝を祝った夜、城辺の三軒の家に空き巣が入ったという。どの家もさほどの現金があったわけではないが、それでも若干の金が失《な》くなっている。誰の仕業かだいたいの目星はついているが、空き巣の被害に遭った家を確定しておかないと、捕えたあとで困ることになる。巡査はそう説明した。そしてその夜、何年か後にヨネの父となる建一が警察につれて行かれたのだ。あのとき、建一はまだひとり身で、無論、ヨネはこの世に生を受けていなかった。

熊吾は、いやな光景を思い出したものだなと思い、甦ってくる映像を心のなかから消そうとして、露店の女のいる場所から少し離れたみやげ物屋に入った。客のための木の長椅子《ながいす》が置いてあって、無料で茶を供していたからだ。

「あんなきれいな甘鯛の干物、大阪では手に入れへんわ」

と房江は言った。露店を出していい日は決まっていて、あしたはあの女はここにはやって来ないそうだという。

「干物やから傷《いた》まへんし……」

「そんなら買うたらええが、旅館の部屋が干物臭《こ》うなるぞ。このみやげ物屋でただで茶を飲んで、干物はあの行商から買うなんて、そんなあつかましいことができるか」

「そやけど、この店、ろくなもん置いてないねんもん。あのキスの干物なんて、固うて歯がたてへんわ」

道の向こう側にも軒を並べているみやげ物屋に混じって本屋があった。ヨネの通夜《つや》の日に、正澄と美恵に本を買ってやった店で、中学校の夏の制服を着た伸仁が、ことし日本で初めて創刊されたという週刊の漫画誌の表紙に見入っていた。

「伸仁に干物を買わせて、それを持って先に麻衣子の店に行っちょいてもらうっちゅう手があるぞ」

熊吾の言葉で長椅子から立ちあがり、斜め向かいの本屋に行きかけた房江の前で自転車が停まった。漕《こ》いで来たのは四十半ばの男で、うしろの荷台に横坐《よこずわ》りしているのは麻衣子だった。

「用事を済ますのに時間がかかって……」

と麻衣子は言いながら自転車の荷台から降りた。男は自転車を漕いで駅のほうへと行きながら、振り返って麻衣子に笑みを向けた。

「きょうは遠いとこをありがとう」

麻衣子は熊吾にそう言ったあと、房江と話をしながら本屋へと歩いて行った。熊吾一家は駅で自分を待っていると思っていて、男の自転車に乗せてもらって急いだが、まさか途中のみやげ物屋の前で遭遇するとは。これはいささかまずいところを見られてしまった……。

熊吾は、麻衣子の背中がそうつぶやいているのを見つめ、くわえた煙草《たばこ》に火をつけながら、好きにするがいいと胸のなかで言った。

若い娘が走りだしたら、親でも止められないのだ。他人の俺に何ができようか。妻子持ちだけは恋愛の対象にしてはならぬと、これまで何度も言ってきた。麻衣子も十七、八の小娘ではない。それどころか、短かったとはいえ、結婚生活を経験した二十四歳の女なのだ。そして、周りの男たちが放っておくはずのない器量に恵まれている。

ヨネの死はひとつの区切りかもしれない。周栄文との約束は、戦争とその後の不如意《ふにょい》によって十全に果たせたとはいえないが、まだ高校生だった麻衣子と金沢で逢って以後は、俺はできる限りのことをした。ヨネは「ちよ熊《くま》」という食堂を城崎に遺《のこ》した。正澄は千代麿《ちよまろ》夫婦の子となって大阪へ行った。しがらみはムメばあちゃんだけだが、それほど長くは麻衣子に面倒をかけるとは思えない。もう勝手に生きていけ。

兵隊に徴《と》られて戦場で死んだ青年たちが生きていれば、いま三十代の半ばかあるいはそれよりも少し上。麻衣子のような女には頃合の伴侶《はんりょ》だが、いまの日本にはその年代の男たちが極端に少ないのだ。戦争のせいだ。

熊吾は、みやげ物屋の長椅子に腰かけたまま、行商の女の甘鯛の干物を買っている伸仁に、お母さんを呼べと目くばせした。

どうやら伸仁にねだられて漫画週刊誌を買わされたらしい房江が道を横切って来ると、桑野へのみやげに、もう三尾買えと熊吾は耳打ちした。塗料店に勤める桑野忠治は、今夜はシンエー・モータープールに泊まってくれて、熊吾一家が帰って来るまで管理人の代わりを務めてくれるのだ。

「桑野さんは魚の干物が苦手やねん」

房江は熊吾の耳元でそう囁《ささや》き、みやげ物店に並べてある菓子類のなかから温泉饅頭《まんじゅう》なるものを買った。そして、さっきの男はこの地域の町会議員だそうだと言った。

「いなかの名士か」

熊吾は鼻で笑うように言って長椅子から立ちあがり、ヨネの通夜の夜に千代麿と麻衣子に温泉を使わせてくれた宿へと歩きだした。早くひと風呂《ふろ》浴びてビールを飲みたかった。

濃くなった西日は、大谿川《おおたにがわ》に架かる幾つかの橋と柳並木を照らし、外湯巡りをする温泉客たちの、宿の屋号が染められた浴衣《ゆかた》を朱色にさせていたが、城崎温泉の中心部に位置する小さな山の頂きには、この地方では雨の予兆だという薄墨色の縞《しま》模様の雲が幾層もの襞《ひだ》状になって淀《よど》んでいた。

麻衣子は伸仁と話をしながら並んで歩いていたが、旅館の近くまで来ると振り返って、

「こないだ、余部鉄橋に下調べに行って来たよ」

と言った。鉄橋を渡るとき、列車はどのくらいの速度で走るのか。遺灰は日本海側に撒けばいいのか、反対側がいいのか。日曜日の昼間、ひとつの車輛《しゃりょう》に乗客はどのくらい乗っているのか、を調べておいたという。

「日本海側とは反対のほうには、山はないよ。真下に田圃《たんぼ》がつづいてる。どっち側から撒いても、そのときの風次第で、どこへ飛んでいくかわからんちゃ」

「鉄橋の南側は低い山やないのか？」

「低い山があるけど、鉄橋からは遠いちゃ。余部の集落から山の麓《ふもと》まで歩いたら、二十分以上かかるかも」

麻衣子が生まれ育った地の言葉を使ったので、熊吾はひどく懐《なつ》かしい音律を聞く心地がしたが、それは母親と一緒に暮らすようになったからであろうと考えた。

「そうか、鉄橋から山側へは遠いのか。人間の記憶っちゅうのは、ええ加減なもんじゃのお。わしの記憶では、余部鉄橋を鳥取県のほうへと渡って行くと、右側は日本海、左側は間近に山で、その山には墓が三つ四つ野ざらしになっちょる……」

その言葉に、麻衣子は再び振り返って、幾分かの微笑《ほほえ》みを含んだ表情で、

「あの俳句のせいやねェ」

と言った。

「ああ、そうかもしれんのお。あの俳句を読んだ瞬間に、わしの古い古い記憶のなかに、寂しい墓がぽつんと生まれたのかのお」

どんな俳句かと伸仁に訊かれ、

「遊女の墓　みなふるさとに背をむけて、じゃ」

そう熊吾は教えた。伸仁は指を折って文字数をかぞえ、五七五ではないが、それでも俳句かと訊いた。

「自由律俳句っちゅうて、五七五とか季語とかにこだわらんらしい。お前はどんな俳句を知っちょる？　学校では教えんような句で、知っちょるのを言うてみィ」

伸仁は即座に声を高くして言った。

「命までかけた男がこれかいな」

熊吾は声をあげて笑い、まるで親と子がしめしあわせて麻衣子に皮肉混じりに待ったをかけているようだなと思いながら、

「それは上方の川柳じゃ。正しくは、命までかけた女がこれかいな、じゃ。五七五で季語を必要とせんのが川柳。世相を皮肉り、人の世の機微をものす。俳句は『詠《よ》む』じゃが、川柳は『ものす』じゃ。子は育つ壁はぼろぼろ落ちよるが、とか、俺に似よ俺に似るなと子を思ひ、とか」

と言った。

幅八メートルあるかないかの、温泉町の真ん中を真っすぐ静かに流れる大谿川が直角に方向を変えるところの少し手前に、麻衣子が予約してくれた今夜の宿があった。川沿いの柳並木は若い芽が育って、もはや新芽とは呼べない大きさと色に変わっている。ヨネの通夜の日の柳の芽は、子供の小指の先ほどだったなと熊吾は思い、かなり遅れてついて来ながら、川とも疎水《そすい》ともつかない流れを覗《のぞ》き込んでいる房江の表情を盗み見た。

初めての親子三人での温泉旅行を楽しんでいるようだなと思い、熊吾は、シンエー・モータープールでの新しい生活を始めて以来、一滴も酒を飲んでいない房江に、地元の酒を味わわせてやりたくなった。

軒つづきの旅館の前の、建物と道とを区切るコンクリート製の段差を椅子替わりに腰掛けて、地元の老人たちが行き交う浴衣姿の温泉客を眺めている。

他にすることがなく、家にいて嫁に気を使うよりも、そうやって時間をすごすほうがいいのであろうが、こんな老人たちの観察眼は、上手に夫婦のように振る舞う男女の仲を瞬時に見抜くに違いない。

そんなことを考えながら、旅館の玄関への細道へと歩を運びかけると、

「熊吾おじさんのいちばん好きな川柳はどんなの？」

と麻衣子が訊《き》いた。

この目、と熊吾は幾分あきれながら思った。麻衣子がこの目で何かを問いかけてくるときは、その問いとはまったく無関係な事柄を胸に抱いて挑みかかろうとしているのだ、と。多くの男たちは、それをもっと別の挑発と誤解することだろう、と。

「わしは、岸本水府っちゅう人の川柳が好きじゃ。道頓堀《どうとんぼり》の雨に別れて以来なり。これが、わしのなかの不動の一番じゃのお」

麻衣子は、その川柳を胸のなかで反芻《はんすう》して覚えようとしている表情を見せてから、あしたの朝十時に迎えに来ると言った。

旅館の女将《おかみ》と仲居の出迎えを受け、小さな旅行鞄《かばん》を渡してから振り返ると、麻衣子の姿は消えていた。熊吾は不審に思い、玄関と大谿川沿いの道とをつなぐ玉砂利を踏んで麻衣子を探したが、川沿いには温泉客の下駄《げた》の音だけが響いていた。

脱兎《だっと》のように店に走り帰ったとしか思えないが、そんなことをしなければならないほど店の準備に追われていたのだろうか。

熊吾はそう考えながら、案内されるまま二階の奥の、川に面した部屋に入ると、仲居にビールを運んでくれるよう頼んだ。

「川と柳並木がよう見えるわ」

大きな窓のところに置かれた籐製《とうせい》の椅子に坐って房江はそう言った。伸仁はさっき買ってもらった漫画週刊誌を読み始めた。中学生になったら漫画は読んではならぬと父か

ら厳命されていたことを忘れたのかと熊吾は思ったが、せっかくの旅なのだ、きょうくらいはいいだろうと考え直し、

「麻衣子はすばしっこいやつじゃ」

と房江に言った。

「振り向いたら、もうおらんようになっちょった。川べりの道にも姿がないんじゃ」

「麻衣子ちゃんはお店に帰ったんやないねん。この旅館の板場にいてる人に用があるからって、裏口のほうへ廻ってん」

なんだ、そういうことかと納得し、熊吾は四十代半ばに見える仲居が運んで来たビールを自分でコップに注いで一息に飲んだ。

房江はぽち袋に入れて来た心づけを仲居に渡した。その渡し方はさりげなくて、さすがに若い頃に新町の一流料亭で女将の代理を務めただけのことはあると熊吾は感心した。

仲居が、宿帳を和卓に置き、夕食は何時から運べばいいかと訊いてから、大浴場の場所を教えて部屋から出て行くと、

「心づけの渡し方っちゅうのはなかなか難しいもんじゃが、お前は上手じゃ。あの仲居は一瞬で『おぬし、できるな』と思うたことじゃろう」

そう笑いながら言った。

房江は和卓へと場所を移し、ハンドバッグからぽち袋を出した。それにも心づけの紙

幣が入れてある。

「この旅館は中の上。もし麻衣子ちゃんが予約してくれたのが上やったら、こっちを渡すつもりやってん」

と言って、襖《ふすま》の向こうの八畳の座敷で浴衣に着替えた。熊吾は房江にビールを勧めたが、風呂からあがってからにするという。

熊吾がもう一杯ビールを飲んで、浴衣に着替えていると、伸仁が道頓堀の「とん」という漢字はどう書くのかと訊き、白い制服の胸ポケットにいつもさしているシャープペンシルを出した。それは千代麿夫婦から入学祝いに貰《もら》ったもので、伸仁は大切に使っているのだ。浴衣の帯を強く締めてから、熊吾はそのシャープペンシルで漫画週刊誌の余白にさっきの川柳を書いてやった。

「漫画はきょう限りじゃぞ」

熊吾の言葉に、うんと返事をして、伸仁は丈《たけ》の長い浴衣に着替え、ひとりで大浴場へ行った。

「お父さんもノブと一緒に温泉につかって来たら？」

房江にそう促されて、

「この一本のビールを飲んでからじゃ」

と熊吾が言ったとき、どこかから麻衣子の笑い声が聞こえた。房江は畳の上に脱ぎ捨

てた伸仁の服をたたみながら、ひらいたままの漫画週刊誌に目をやり、

「これは何やろ」

とつぶやいた。漫画週刊誌の別の余白には、「遊女の墓　みなふるさとに背をむけて」

という句が伸仁の字で書かれてあった。

さっき教えたばかりなのに、あいつはもう覚えてしまったのだなと熊吾は思った。

「遊女やなんて、ちゃんと意味がわかってるんやろか」

着替えの下着を旅行鞄から出しながら房江は言った。

「それもこんな哀《かな》しい句を」

「これはヨネが好きじゃった句じゃ。この句をじつに見事な筆文字で書いた紙を小さな箱に大事にしもうちょった。この句を読んだけん、ヨネの遺灰をわしが自分の手で余部鉄橋から撒《ま》こうと決めたんじゃ」

それはどうしてかという表情で房江に見つめられ、熊吾は自分の妻にだけは話してもいいのではないかと考えた。正澄というまだ六歳の子を、余計な先入観の混じった目で見させてはならないという思いから、熊吾はこのことだけは誰にも口外せず己の胸にしまっておくつもりだったが、房江の口の堅さは筋金入りなのだ。それに、伸仁は大浴場に行っている。伸仁は風呂好きで、近くの銭湯に行っても四十分以内に帰って来たことはない……。

「ヨネは不幸な家に育ったんじゃ」

そう熊吾は言い、コップに三杯目のビールをついで煙草《たばこ》に火をつけると、日露戦争の勝利を祝う提灯《ちようちん》行列の夜に起こった空き巣事件と、その数日後に巡査の官舎の窓から盗み見た光景を房江に語った。


なぜヨネの父親が疑われたのか、そのとき自分はわからなかったが、盗《ぬす》っ人《と》の血筋だと罵《ののし》る人たちがあらわれて、だいたいの理由を知った。

いまの城辺町の南端に住んで、小さな畑を耕しながら、その季節だけ深浦漁港や西宇和の森林で賃仕事をして糊口《ここう》をしのいでいた浦辺一家は、ヨネの祖父もその兄弟たちも手癖が悪いという噂《うわさ》が絶えなかった。

あんな陸の孤島のような地でそんな噂をたてられて村八分同然の扱いを受けつづけたら、死ねと言われているのに等しいが、疑われるようなことをしていたのも事実なのであろう。

ヨネの大叔父は今治《いまばり》に仕事を求めて出て行ってすぐに質屋に泥棒に入って捕まり、懲役に服したし、大叔母は松山の奉公先で主人の財布から十銭硬貨を二枚盗んで馘《くび》になったあと、そのまま行方知れずになった。

その大叔父や大叔母だけではなく、証拠はないけれども、どう考えてもこいつが盗んだに違いないと思うしかない事件が小さな村でときおり起こるとき、こいつとはいつも浦辺一家の誰かだった。

しかしそれらは伝聞に過ぎなかったので、八歳の自分は、浦辺建一が駐在の官舎に連行されて巡査の厳しい取り調べを受けていると聞いて、親に内緒で一本松から歩いて御荘まで行き、近くの家の屋根にのぼり、官舎のなかを覗いた。

巡査の前に直立不動で立たされた建一の顔の左側は血まみれだった。巡査の執拗《しつよう》な平手打ちで瞼《まぶた》が切れ、鼻血が噴き出し、唇は膨れあがり、建一とはまったく別の人に見えた。

もう顔の左側には平手で殴る場所が失《な》くなったと思ったのか、巡査はこんどは右側を殴り始めた。建一は一言《いちごん》も発しないまま、巡査の仮借のない平手打ちを受けつづけ、意識を失なって何度もあお向けに倒れたが、そのたびに引きずり起こされて、直立不動の姿勢をとらされた。

巡査が疲れると、宇和島から派遣されたという別の私服の巡査に代わった。

あまりにも凄惨《せいさん》な場面を見てしまって、自分は逃げるように民家の屋根から降りたが、脚が震えて、途中で地面へと落ち、頭と肩を打って動けなくなってしまった。それでも、自分の耳には、平手で建一を殴打《おうだ》する音と、

「まだ言わんか、これでも言わんか」

という巡査の声とが聞こえていた。

どうやって一本松へ帰ったのか覚えていない。ただそれから二、三日たって、どうしても白状しない頑迷さに音をあげた巡査は、建一を宇和島の警察署に送致したそうだと村人たちが話しているのを耳にした。

建一は冬になるころに放免されて村に帰って来たが、すぐに村からいなくなった。八《や》幡浜《わたはま》の港で沖仲仕をしているという噂が流れたが、真偽のほどはわからなかった。

浦辺建一がどこかで結婚した女と帰郷したのは、自分が十六、七のときだったと思う。女のお腹《なか》のなかにはヨネがいた。

かつて建一が住んでいた家は廃屋と化してしまっていたが、夫婦はそこで暮らし始めた。

村人とのつきあいはなく、どうやって生活の糧《かて》を得ているのかわからなかったが、そんな建一に職を与えたのは深浦漁港の網元だ。和田茂十の父だ。

魚茂さんは奇特な人じゃ、あんな盗っ人を雇うたら、またどんな禍《わざわい》が舞い込むか知れたもんやあらせんという人に、茂十の父親は、

「あやつは働き者《もん》じゃ。あんたらは建一の働きぶりを知らんじゃろう。朋輩《ほうばい》がいやがるつらい仕事を、建一はいやな顔ひとつせんと黙々とやりよるぞ」

と言ったそうだ。

自分は徴兵検査のあと大阪へ出たので、唐沢の叔父の訃報《ふほう》で一本松へ帰るまでは郷里とは遠く離れた生活だった。建一夫婦には、ヨネの下にもうひとり男の子が産まれていた。

自分が唐沢の叔父の葬式のために帰郷していたときに、また事件が起こった。魚茂の帳場から十五円という金が盗まれたという。当時の十五円は大金だったが、茂十の父はそれを警察に届けなかった。

そして、誰にも知られないようにして建一を呼び、わしはお前の言葉を信じるから、本当のことを言えと穏かに訊いた。すると、板の間に正座して、しばらく無言でうなだれていた建一は、やにわに近くにあった算盤《そろばん》を持つと、それを茂十の父に投げつけ、

「またわしか。わしは、一生そういう目で見られるかなァし」

と大声で怒鳴った。

その声で奉公人たちが何事かと駈《か》けつけたために事件は表だってしまった。しかし、茂十の父は内々で納めようとして、家人にも奉公人にも他言を禁じた。建一が算盤をわざと当たらないように投げつけたことを、茂十の父は気づいていたからだという。

十五円を盗んだか否《いな》かよりも、恩義ある雇い主に算盤を投げつけたことは取り返しがつかず、茂十の父は他の奉公人の手前、建一に暇を出すしかなかったのだと思う。

他言を禁じられたとはいえ、奉公人たちの怒りはおさまらず、気の荒い漁師たちのな

かには、家に押しかけて建一とその妻のみならず、幼いヨネまでをも殴ったり蹴《け》ったりしたので、魚茂の帳場から十五円が盗まれたことは、一本松や城辺や御荘だけでなく、高知の宿毛《すくも》の町までも伝わった。

大阪に帰った自分のもとに、唐沢の叔父の長男から葬儀参列の礼状が届いたが、そこには浦辺一家が夜の明けるころにふるさとから去ったこともしたためられてあった。

――真偽は判《わか》らぬと申せども、盗難事件の近くに常に建一の気配あるを偶然の不運と云《い》ふは無理あり。しかれども、村人の仕打ちは次第に常軌を越え、これより滞《とど》まるは死を待つに等しと思はる。司直の咎《とが》め無しは、魚茂殿の恩情なれど、果たして建一の所業や否やに確信持たざる故《ゆえ》なり。その所以《ゆえん》は余りに勤勉な仕事振りにありとか。吾《わ》れはその日、早暁より煙草葉の搬入にいそしみて御荘に在り。思はず一家に声を掛けしに一言だに返答なく、ただヨネのみ黙して笑みを向けしなり。一家が幼き子と手と手をつないで故郷から去りし姿、誠に哀れに御座候《ござそうろう》。――

自分はそれ以後、浦辺一家のことは忘れてしまっていたので、昭和二十四年に、お前と伸仁をつれて故郷に帰ってしばらくして、あの浦辺夫婦の娘であるヨネが城辺で小料理屋を営んでいたのには驚いた。

石もて追わるる如《ごと》く、という言い方があるが、幼なかったヨネの心には、ふるさとから逃げるように去った日のことはどのような映像として残っているのかと、しばらく物思いにひたったりもした。

熊吾は話し終えると残っていたビールを飲み、

「わしは、建一にはやっぱり盗癖があったと思うんじゃ」

と言った。

「提灯行列の夜のことも、魚茂の十五円のことも、建一がやったんじゃ。ただこれは、わしのただの勘、世間の噂に染まった邪推じゃ。しかし、建一の親父《おやじ》も、建一の叔父や叔母も、建一も、みんな無実の罪を着せられちょったなんてことがあると思うか？　人の悪口どころか、噂話すら嫌うたわしの親父でさえ、建一の親とその兄弟には用心しちょった。畑の野菜や軒の干し柿《がき》や、深浦港で天日干ししちょる魚の二、三匹ならええが、みつかって、もののはずみで人を害さにゃあええが、と言うた言葉を、わしはよう覚えちょる」

房江はしばらく何かを考え込んでから、熊吾が腕から外して和卓に置いていた腕時計を見ながら、泥棒の家系というものが現実に存在するものであろうかと言った。泥棒を生業《なりわい》としていて、一族で手を組んでその家業にいそしみ、親から子へ、子から孫へと継ぐように躾《しつけ》られたのなら、一家眷族《けんぞく》の多くが他人の金品を盗むことは有り得るだろうが、そうでないならば、盗癖というものが遺伝するとは思えない……。

房江はそんな意味のことを言い、熊吾を見やった。

「そこのところは、わしにはようわからん。身心の病気には遺伝するものがあるが、泥棒の血も遺伝するとは思えん。もしそうなら、人殺しの子は人殺しになり、詐欺師《さぎし》の子は詐欺師になり、裏切り者の子は裏切り者になるっちゅうわけじゃが、人間はそんなに単純やあらせん。親は非道じゃが、子は善人として生きたっちゅう例は古今東西、なんぼでもあるじゃろう」

そう熊吾は言って、房江の表情を見つめた。口にするのを抑えてはいるが、房江はいま正澄のことを考えていると察した。

「わしがヨネの一家のことを黙っちょった理由が、これでわかったじゃろう。わしは正澄と逢《あ》うたびに、あのチビ助の表情の動きとか目つきとか、ちょっとした言葉遣いのなかに、何か悪いもんが伝わっちょるような芽がないかと観察してしまう。もしそんな芽を感じたら、速やかに退治せにゃいけんと思うてのお……。しかし、そんなことを、千代麿夫婦には喋《しゃべ》れん。正澄には、浦辺家の血と、あの上大道《わうどう》の伊佐男の血が流れちょる。貧しい育ち方をせずに、親に可愛《かわい》がられて、ちゃんと正しい教育を受けたら、泥棒とならず者という悪い血筋は消えっしまうはずじゃとわしは信じちょる。そやけん、ヨネがこの城崎で、ムメばあちゃんと麻衣子と美恵と正澄との、誠に穏やかで温かい家庭を築いたことを、他の何よりもヨネの手腕やと頭が下がる思いなんじゃ」

房江は無言で漫画週刊誌の余白に書かれた句に目を落としていたが、

「みんなで、正澄を大事に大事に育てなあかんねェ」

とつぶやいた。そして、夕飯は七時からなのだから、もうそろそろ大浴場に行かないと、ゆっくり温泉につかれないと言って、熊吾を促して立ちあがった。

大浴場の湯気を抜く天窓から、麻衣子が誰かと話している声が聞こえていた。熊吾は岩風呂《いわぶろ》の岩に腰かけて休憩し、首をのけぞらせるようにして何かつぶやいている伸仁の、おとなへの兆《きざ》しをまるで感じさせない痩《や》せた体に目をやって、

「ようのぼせんことじゃ。何回、湯につかった？」

と訊《き》いた。

「三分ずつ六回。お湯からあがったら、岩の上で十分休むねん。これが温泉につかるこつやねん」

「誰に教えてもろうたんじゃ」

「生物の先生。藤枝て名前やけど、みんなはフジエロて呼んでんねん。授業がものすごうおもしろいねん。変わった交尾の仕方をする昆虫の話をしながら、いつのまにか横道に逸《そ》れて、人間がいつどうやって黴菌《ばいきん》の存在を科学的に立証したかっちゅう話になって、それがまた横道に逸れて、人間のオスとメスの交尾の話になんねん」

「そりゃあ、ええ先生じゃ」

熊吾が声をあげて笑うと、麻衣子の話し声が途絶えた。俺が大浴場の岩風呂につかっているとわかったからだなと思い、熊吾は天窓のほうに顔を向け、麻衣子に声をかけた。

「店は何時からじゃ。もう帰らんでもええのか？」

「鰈《かれい》が届くのを待ってるねん。ここの板長さんがさばき方を教えてくれるから」

そう応じ返したあと、麻衣子はどこかへ遠ざかって行った。

「何をぶつぶつ言うとるんじゃ」

自分にはいささか熱すぎる湯だと思いながら、熊吾は伸仁に訊いた。

「落語の稽古《けいこ》」

「いまは何にこっちょる？」

「粗忽《そこつ》長屋」

「それは上方落語じゃあらせんじゃろう」

「うん、江戸落語や。大阪弁でやっても、ぜんぜんおもしろないねん。大阪弁でもおもしろいようにしようと思うねんけど、あかんねん」

男が仕事も行かずに長屋で昼寝をしていると、同じ長屋の住人がやって来て、ついそこの道でお前が死んでいると教えてくれる。

そんな馬鹿《ばか》な、俺はここでこうやって生きているではないか、何かの間違いだろう。男がそう言うと、住人は、いや、お前に間違いない。俺は自分の目で確かに見たのだ。

嘘《うそ》だと思うなら、行って確かめてみろ。

そう言われて、男は、はてさて妙な話もあるものだと自分の死体がある場所へと行ってみたら、間違いなく自分だ。こんなところに放っておくわけにはいかないから、お前、自分の死体を長屋につれて帰れと促され、男は死体をかかえあげて、この死体が俺なら、俺の死体を抱きあげてる俺は、いったいどこの誰なんだろうなァ？　と自分に問う。

伸仁は、粗忽長屋の落ちの場面を熊吾に説明し、

「この最後のセリフ、大阪弁でやったら、ぜんぜんおもしろないねん。なんでやろ……」

と言った。

熊吾は湯につかったまま首を大きく何度も廻しながら笑った。自分の死体をかかえて長屋に帰ろうとしている男の姿や表情が目に浮かんだのだ。

「言葉の切れじゃろう。その最後の、男のセリフは難しいぞ。名人でないと、そのセリフに奇妙さと深いおもしろさを加味させることはできんぞ。大阪弁は緩みのおもしろさじゃけん、粗忽長屋には向いちょらんのじゃ」

そう言って、熊吾が湯からあがったとき、天窓の向こうで急ぎ足の音が聞こえ、若い男が、

「麻衣子がお待ちかねや」

と言いながら通り過ぎて行った。熊吾は、伸仁を自分の前に坐《すわ》らせて、左の鎖骨の曲がった部分を指先で撫《な》で、

「ヨネっちゅうお目付け役がおらんようになって、麻衣子は出戻りのマドンナになっしもた。城崎温泉の女どもを敵に廻すぞ」

そう言って笑った。伸仁の鎖骨の真ん中あたりが心なしか太くなってしまっていた。

「麻衣子ねえちゃん、きれいやもん」

そう伸仁は言い、能を観《み》に行くのはいつなのかと訊いた。

「それがのお、お前に観せたい『井筒』は、ことしはもう上演せんそうじゃ。しかし、九月の末に『羽衣』をやる。これも名作じゃ。お前が生まれて初めて観る能は『羽衣』っちゅうことになるのお。これは誠に清らかな世界で、どんな人間でも、じつは心の奥では清らかなものに憧《あこが》れちょるということに、『羽衣』を観ると、はっと気づく。常日頃はそんなことは考えもせんのにと亀井さんが言うちょった」

伸仁とふたりきりだった大浴場に三人の泊まり客が入って来て、それと同時に雨が降りだした。

翌朝、外湯巡りをする温泉客たちの下駄《げた》の音で目を醒《さ》まし、死期の迫ったヨネが、枕元《まくらもと》に響いてくるこの下手な木琴に似た音をひどくいやがった理由がわかる気がして、熊

吾は蒲団《ふとん》にうつ伏せたまま寝起きの煙草《たばこ》を吸った。

大浴場で朝湯を楽しんでいるらしく、隣の蒲団に房江の姿はなく、伸仁は掛け蒲団をかぶらずに、大きすぎる浴衣《ゆかた》からほとんど全身をはみ出すようにして寝入っていた。それは、殻を脱いだばかりの蟬《せみ》が、まだ体に殻を付けている姿に似ていた。

確かに俺のひとり息子はその程度かもしれないと思ったが、いやまだまだそれどころか、やっと土のなかから出た段階で、殻を脱ぐのは十年ほど先だなという気がして、熊吾は煙草を揉《も》み消すと蒲団の上にあぐらをかき、きのう仲居に頼んで運んでおいてもらった徳利《とっくり》の酒を飲んだ。徳利の口は紙で蓋《ふた》をして輪ゴムを巻いてあった。

「温泉宿では朝酒じゃ。朝酒なしでは旅とはいえん」

そうつぶやき、昨夜、ふと気にかかったことが甦《よみがえ》ってきて、熊吾は二本目の煙草に火をつけた。

それは、遺灰と遺骨とは違うということだった。死体は焼き場で焼かれて、遺骨は骨壺《つぼ》に移すが、それは粉ではない。骨片なのだ。余部鉄橋から骨片を撒《ま》くわけにはいかないのだから、列車に乗る前に、ヨネの骨を粉にしなければならないのではないか……。

きっと麻衣子も、そこまでは思い至っていないはずで、分骨したものは骨片のまま家に置いてあるに違いないのだ。

熊吾は、焼かれた遺骨をどういう方法で粉末状にすればいいかと考えた。さすがに、金槌《かなづち》でぶっ叩《たた》くというわけにはいくまい。

「擂鉢《すりばち》でごりごりやるしかないのお」

文字通り五臓六腑《ごぞうろっぷ》に沁《し》み渡るといった感覚で寝起きの酒が勢いをつけてきて、遺骨はただの物体に過ぎないのだと己に言い聞かせると、熊吾は伸仁を揺り起こした。

「もう六時やぞ。これから朝風呂につかって、それから飯じゃ。そのあとに、お前には大事な仕事がある」

緩んで胸のところまでずり上がっている帯を外しながら、

「ごっつい雨が降ってるわ」

と言って、伸仁は障子をあけた。

「下駄の音じゃ。寝呆《ねぼ》けちょるけん、どしゃ降りの雨に聞こえるんじゃ。軍隊やったら、お前は上官にもう五、六発殴られちょる。前線におったら、敵の暁の急襲で全身蜂《はち》の巣になって死んじょる。まあ、お前くらい軍隊に向かんやつもおらんがのお。母親の躾のせいじゃ」

「大事な仕事て何？」

くの字型に曲がっている大谿川がほとんど真下に見えるところに置いてある窮屈な籐《とう》製《せい》の椅子《いす》に坐って、伸仁はガラス窓をあけながら訊いた。

「まず荒物屋で擂鉢と擂粉木《すりこぎ》を買う。それで、母さんや麻衣子にわからんようにして、ヨネの遺骨を粉にするんじゃ」

言っていることがまったく解《げ》せないといった顔つきで、伸仁は熊吾を見つめた。

「何を粉にするのん？」

「骨じゃ。焼き場で焼いて、脆《もろ》うなっちょるヨネの骨じゃ。骨のかけらをそのまま鉄橋から撒くわけにはいかんじゃろう。誰かの頭の上とか、干しちょる魚の上に落ちたら事やけんのお」

「ぼくがするのん？　なんで？　ぼくはそんなことするのん、いやや。なんでお父ちゃんが自分でせえへんのん？」

「わしは明治生まれの古い人間で、遺骨を擂鉢で擂って粉にするっちゅうのは、どうも気が進まんのじゃ。お前は昭和生まれ。それも戦後生まれの民主主義育ちやけん、遺骨っちゅう物への概念が違う。わしがやったら罰が当たりそうじゃが、お前なら当たらん」

「なんで？　ぼくに罰が当たったら、どうするのん？」

「まあ、そのときはお祓《はら》いでも何でもしてやるけん」

「いやや。そんな恐《こわ》いこと、ぼく、ようせんわ。お父ちゃん、ずるいわ。そんなことに、明治生まれも戦後生まれも関係あれへん」

「なんやかやと口答えするようになりよったのお。朝風呂につかってゆっくりと相談し合《お》うたら、ええ考えも浮かぶじゃろう」

　熊吾はそう言って、伸仁と一緒に大浴場に行き、湯に少しつかってから髭《ひげ》を剃《そ》りながら、親子の共同作業で遺骨を粉末状にするしかあるまいと考えた。

「よし、わしも手伝う。わしとお前の呉越《ごえつ》同舟というやつじゃ。いや、単なる共犯かのお。呉越同舟っちゅうのは、春秋時代の中国に呉っちゅう国と、越っちゅう国があってのお、このふたつの国は敵対して憎み合うちょったが、思惑の異なる目的のために行動をともにせにゃあならんようになった。敵同士が別々の目的のために同じ舟に乗って同じ方向を目指す……。人の世には、そういうことがしょっちゅうある。それをたった漢字四文字で表現したんじゃ。中国の文字文化っちゅうのは凄《すご》いもんじゃ」

　と言い、熊吾は歯を磨いている伸仁を見た。伸仁は、歯ブラシを口に突っ込んだまま、鏡に映っている熊吾を見つめ返していたが、

「共犯とも違うで。ぼくは無理矢理手伝わされるねん」

　と怒ったように言った。

「うん、正確には共犯とは言えん。お前もだいぶ言葉がわかるようになったのお。しかし、無理強いされたとはいえ、手を下したら共犯じゃ。心配するな、たかが死んだ人の骨じゃ」

　熊吾は言って、タオルに石鹼《せっけん》を塗り、伸仁の背中を洗ってやった。

湯豆腐、出汁《だし》巻き卵、鰈《かれい》の干物、鯛《たい》のあらの味噌汁《みそしる》、味付け海苔《のり》という朝食を食べ、熊吾と房江と伸仁は、迎えに来た麻衣子とともに円山川の近くの家へと急いだ。旅館の朝食で出されたものが、好物ばかりで、伸仁は珍しく残さずに食べたが、そのぶん時間がかかったのだ。

熊吾は、房江と麻衣子に気づかれぬようにヨネの遺骨を粉にしなければならなかったので、伸仁の食べる遅さに腹が立って癇癪《かんしゃく》を起こしかけたが、出されたものをおいしそうに食べつづけていることが嬉《うれ》しかったのと、遺骨を粉末化する作業をまかせるためには、いま機嫌を損ねさせてはならないと考えたのだ。

明治生まれだの、罰が当たるだのとは冗談混じりの口実で、熊吾は、突然与えられた思いがけない仕事を、伸仁がどこでどうやって、どんなふうに仕上げるかを試したかったた。

上手にやり遂げたら、俺の息子は案外見どころがあり、世の中に出ても使い道があると判断してもいいのではないか。そんな気がしたのだ。

温泉客が通る道から少し北へ外れたところに、日用雑貨を扱うなんでも屋があると麻衣子に教えられて、伸仁はそこへと走りながら、先に行っていてくれと言った。

「何を買うのん？」

と房江は訊いたが、伸仁は返事をしなかった。旅館を出る間際《まぎわ》に、熊吾は百円札を五枚伸仁に渡してあった。

「鉛筆を削るための小刀を買いたいらしい」

と熊吾は言って、房江と麻衣子に急ぐよう促した。

「そんなんわざわざいま城崎で買わんでも」

訝《いぶか》しそうに言って、房江は麻衣子のうしろから歩を速めた。麻衣子は、城崎駅への一本道ではなく、みやげ物店の横の細道へと入った。そこはヨネの通夜《つや》の時に、正澄に教えられた近道で、小高い山の背と畑に挟まれていた。

円山川からの風は山に当たって民家や畑のほうに吹き降りてくるらしく、房江の髪を乱し、麻衣子のスカートの裾《すそ》をめくりあげた。周栄文も同じ背丈《せたけ》の日本人と比べると腰の位置が高かったが、麻衣子は容貌《ようぼう》だけでなく体型も父親に似たのだなと思いながら、熊吾はその白い内股《うちもも》を見て、

「亭主にしてもええなと思うような男はおるのか」

と訊《き》いた。

「そんな人、この町にはいてへんわ」

麻衣子は笑いながら答えた。

「それに、こんな出戻りを、奥さんにしようって人もいてへんし……」

「出戻りっちゅうても、お前のせいやあらせん。結婚したばかりで亭主を戦地で失《な》くした女は、日本中にぎょうさんおるんじゃ。そんな女とお前と、どこがどう違うっちゅうんじゃ」

熊吾の言葉に、麻衣子は先に立って歩きながら、前方に顔を向けたまま、自分は再婚する気は毛頭ないのだと言った。

「しかし、お前はまだ二十四歳の生身の女じゃぞ」

すると、麻衣子は歩を停めて振り返り、スカートの裾を両手でおさえながら、

「生身の女って、どういう意味?」

と訊いた。

ああ、またこの目だ、と思いながら、

「ええ人があらわれたら結婚ということを考えることじゃ」

そう熊吾は言った。家庭のある男に走ってはならぬという意味を含めたつもりだった。

そして、このようなことを麻衣子に言うのは、これを最後にしようと思った。

「私、男と女がすることって、大嫌いや」

と言い、麻衣子は熊吾の肩口から後方へと視線を移した。新聞紙に包まれているものを落とさないように大事そうに両手で持って、伸仁がやって来ていた。

「何を買うたんやろ」

そうつぶやいた房江の背を押し、熊吾は麻衣子の家へとせかした。

数年振りに逢《あ》った谷山節子は、房江と初対面の挨拶《あいさつ》をしたあと、ムメばあちゃんから目を離せないので、きのうは駅に出迎えに行けなかったし、旅館のほうへ行くこともできなかったと言った。

「城崎での生活はどうじゃ？　慣れん土地での暮らしは、目に見えん疲れがあるけんのお」

いやに老《ふ》けたなと思いながら、熊吾はそう節子に言い、骨壺を持って来るようにと麻衣子に頼んだ。

「いま？」

と麻衣子は訊き、茶を淹《い》れていた手を止めて、掌《てのひら》に載るくらいに小さい骨壺を持って来た。

「列車のなかで骨壺を出して、その中身を窓から撒くわけにはいかんじゃろう。これは誰が見ても骨壺じゃ。せめて、蓋を固定させてあるこの針金だけでも外しとかにゃあいけん。針金を切る道具はないか」

そう言って、熊吾は、房江が節子と一緒にムメばあちゃんが臥《ふ》している二階へ上がって行ったのを見届けてから、ペンチを持って外へ出た。民家の並ぶ日当たりの悪い路地の入口に伸仁が立っていた。

熊吾は小走りで伸仁のところへ行き、骨壺とペンチを手渡すと、

「頼むぞ。うまいことやれ。粉にした骨はまたここへ戻しちょけ。針金は外したら捨ててしまえ」

そう言って、麻衣子の家へと戻りかけた。

「ぼくひとりで？　お父ちゃんは？」

慌《あわ》てて追って来た伸仁が熊吾のベルトを摑《つか》んだ。

「わしとお前の挙動不審を麻衣子が怪しんじょる。うまいこと誤魔化さにゃあいけんけん、悪いがお前にまかせる。早《は》ようせにゃあ、みんなにばれるぞ。擂鉢と擂粉木は、どこへなと捨てりゃあええ」

熊吾は、鳩《はと》が豆鉄砲をくらったような顔とはこのことだなと思いながら伸仁を見て笑いかけた。伸仁は円山川のほうへと走って行った。

「お骨は？」

戻って来た熊吾に麻衣子は訊いた。

「伸仁に針金を切ってもろちょる」

「外で？　風でお骨が飛んでしまえへんやろか」

そう言いながら、麻衣子は熊吾に淹れた茶を卓袱《ちゃぶ》台《だい》に置き、房江のための茶を盆に載せて二階へと上がった。

余部鉄橋から遺灰を撒くということは、ヨネが麻衣子に託した遺言であり、きょうはそれを遂行する大事な儀式の日なのだ。儀式は厳粛でなければならない。その儀式に臨む麻衣子は、遺骨を粉状にするというある種滑稽《こっけい》な作業を知らないほうがいいのだ。

熊吾はそう考えながら茶を飲んだ。唐沢の叔父の長男からの手紙が甦った。

――思はず一家に声を掛けしに一言だに返答なく、ただヨネのみ黙して笑みを向けしなり。一家が幼き子と手と手をつなぎて故郷から去りし姿、誠に哀れに御座候《ござそうろう》。――

苦みの勝った熱い茶を時間をかけて飲み、熊吾は玄関の格子戸《こうしど》から顔を出して、路地から円山川のほうへとつながる曲がりくねった道のほうを窺《うかが》っていると、麻衣子が階段を降りて来て、

「ノブちゃん、お骨入れを持ってどこまで行ったんやろ」

とつぶやいた。

「さあ、どこへ行きよったのか……」

そう言って格子戸を閉め、熊吾は二階に上がった。小さな物干し台が見える六畳の間に敷かれた蒲団《ふとん》にムメばあちゃんが臥していて、枕辺《まくらべ》に正坐《せいざ》した房江がその手を握っていた。

奥さんとノブちゃんはよく似ている。こんなに似ている母と子も珍しいとムメばあちゃんは熊吾に言ったが、その声は二ヵ月前と比して弱々しくなっていたし、目にも光が

失《う》せていた。ことしの夏は越せないかもしれないと熊吾は思った。

谷山節子は、熊吾が二階にやって来ても、ムメばあちゃんの傍から離れようとはしなかったが、それは房江と老婆《ろうば》とがどんな会話をするかを気にしているのだと熊吾にはわかった。房江も、節子がいると話せないことがあるが、といって、節子に席を外してくれとも言えないのであろう。熊吾はそう思い、骨壺《こつつぼ》を包む適当な布をみつくろってくれと節子に小声で言った。

「袱紗《ふくさ》がありゃあ、それがいちばんじゃ。白い布やと、誰の目にも骨壺とわかるけんのお」

熊吾に用事を頼まれて、節子はやっと階下に降りて行った。

「食欲はどうです？　お通じはちゃんとありますか？」

と房江は顔をムメばあちゃんの耳に近づけて訊いた。ムメばあちゃんは、それには笑顔で応じ返しただけで、和田山にある養老院に入れてもらえるかもしれないと言った。そうしてもらえるように、麻衣子が町会議員に頼んでくれたが、それは自分が望んだことだ、と。

熊吾は、節子の入れ知恵に違いないと思ったが、そのことに腹を立てて反対する資格は自分たち夫婦にはないということもわかっていた。麻衣子が黙っている理由も察しがつく。

房江はムメばあちゃんの手をさすり、養老院に行ったら、たくさんの話し相手ができて楽しいかもしれないと言った。

路地の向こうから伸仁らしい足音が聞こえ、玄関の戸があいた。麻衣子が階下から、そろそろ出かけたほうがいいと声をかけた。

これが最後の別れとなるだろうと思い、熊吾もムメばあちゃんの手を握って、

「何がどうなろうと、たいしたことはありませんでなァし」

と言って立ちあがった。すると、ムメばあちゃんは、聞き取りにくい声で何か言った。熊吾は房江と一緒に再びムメばあちゃんの口元に耳を寄せた。

ヨネさんや麻衣子ちゃんや、美恵や正澄と暮らせたことはしあわせだった。自分は苦労の多い一生だったが、最後の最後にしあわせに恵まれた。ヨネさんと麻衣子ちゃんのお陰だ……。

目尻《めじり》から伝わる涙を自分の耳の穴のなかに溜《た》めながら、ムメばあちゃんはそんな意味の言葉を懸命に口にした。

房江は、ちり紙でムメばあちゃんの耳のなかの涙を拭《ふ》き、秋になったらまた逢いに来るから、それまで元気でいてくれと言った。

階下に降りると、針金を外した骨壺を両手で持ったまま、伸仁は玄関口に立っていた。首尾はどうかと熊吾が目で聞くと、伸仁は多少の躊躇《ちゅうちょ》が混じった表情で頷《うなず》き返し、骨壺

を大事そうに熊吾に手渡した。

骨片がどう変わったのか見てみたかったが、熊吾は節子が持っている袱紗で骨壺を包んで固く結んでから、ムメばあちゃんにお別れの挨拶をしてくるようにと伸仁に言った。

鳥取行きの列車には、熊吾たち以外には五人の乗客が乗っていた。

進行方向の右側の席に坐《すわ》ると、ムメばあちゃんは賢い人だと房江は言った。

「骨と皮だけの、もぬけの殻みたいな体になってるのに、気はしっかりしてはる。あの人は只者《ただもの》やあらへんねェ」

「只者やないっちゅうのはどういう意味じゃ」

熊吾の問いに、

「ちゃんとした家に生まれて、ちゃんとした教育を受けた人やって気がするねん」

と房江は言って、麻衣子を見やった。ムメばあちゃんのことで知っていることはないかという表情だった。

「高知生まれやねん。十九で結婚して、たった三年でご主人を亡《な》くしはってん。ムメばあちゃんが自分のことを話したのは、それくらいかなァ」

と麻衣子は言い、自分の膝《ひざ》の上に載せている骨壺に目を落とした。紫色の袱紗に包まれたそれは、舶来のキャンディーを入れてある容器の形に似ていた。

列車が発車して、最初のトンネルを抜けたところで、

「どのくらい、細こうにできた？」

と熊吾は伸仁に訊《き》いた。

「ちょっと大きめの砂くらいかなァ」

「上出来じゃ。どこでやったんじゃ」

「城崎大橋の下で。擂鉢《すりばち》も擂粉木《すりこぎ》も、そこに置いてきたで」

「それでええ。ご苦労じゃった」

「あんなに軽うて軟かいと思えへんかった。風が強かったら、ぜーんぶ飛んで行ってしもてるわ。橋の下へ降りて、針金をペンチで切ったとき、なんでか知らんけど、風がぴたっとやんでくれてん。ぼく、ぞおっとしたわ」

熊吾は、房江と麻衣子に気づかれないように靴の紐《ひも》を結び直すふりをして、声を抑えて笑った。俺の息子は、いまはどこから見ても頼りないが、いざというときには大仕事をやってのける人間に成長できるかもしれないと思うと嬉《うれ》しくなってきた。

しかし、そのためには、虚弱体質を治さなければならない。どうすれば丈夫な体にすることができるのであろう。

熊吾は、伸仁の骨細の華奢《きゃしゃ》な体を見ながらそう考えたが、すぐに小谷医師の微笑が心に浮かんだ。健康保険の適用を頑固に拒否しつづけている町の名医に伸仁の肉体的成長を託すのは思いのほかに高くつくだろうが、思春期を目前としたいましかあるまい。何にでも時というものがあるのだ。それを逃がすと、あとでどんな手を尽くしても無益なのだ。

胸のなかで、そう自分に言い聞かせて、熊吾は車窓から日本海の方向へと目をやった。列車は竹野という駅に停まったが、そこから海は見えなかった。

「さっきから親子で何をこそこそとやってるのん？」

と房江が訊いた。

「私もそう思ててん。このふたり、なんか変やわ」

麻衣子もそう言って、熊吾と伸仁を交互に見つめた。

「お互い、川柳をものしようっちゅうことになってのお、自作の川柳を披露しちょるが、ろくなのができんのじゃ。頭に浮かぶのは、どれもこれも人の作じゃ。『子の手紙松坂熊吾様とあり』とか、『掌に運があるとはいかがわし』とか。盗作をするやつの気持がだんだんわかってきたのお」

そう誤魔化して、熊吾は、列車が余部鉄橋の上にいるのはどのくらいの時間かと麻衣子に訊いた。

「三十秒くらいかなァ。渡り切るのに一分もかかれへんと思う」

「たったそれだけか。安全のために、人が歩くほどの速度に落とすんやないのか。わしの古い記憶では、停まっちょるのかと思うほどの速度やったが」

「長さは三百メートルほどやねんもん。なんぼゆっくり走っても、一分もかかれへんよ」

「それをもっと早よう言わんか。わしは、列車が鉄橋を渡るあいだに骨を撒《ま》くのは、かなり忙しい作業じゃっちゅう気がしちょったが、それでも二、三分の余裕はあるとふんじょったんじゃ」

麻衣子は首を横に振り、どんなに長くても一分以内に渡り切ってしまうと言った。

「そんなせわしない散骨の儀式があるかや。列車の窓から物を投げ捨てるようなことができるか」

熊吾は、列車が竹野駅を出ると、少し離れた席に坐っている老人に声をかけた。赤銅《しやくどう》色《いろ》の皺《しわ》深い顔をタオルで頰かむりして、ゴム長をはいた老人は地元の人に違いなかった。

「餘部駅は、鉄橋を渡ってからどのくらいかかりますか」

「どのくらいて、渡ったところに駅があるんや」

と老人は答えた。そして、熊吾が訊いてもいないのに、駅がなかったころの話を始めた。

余部集落の者たちは、険しい山道を登って線路のところまで行き、枕木を踏んで鉄橋を渡り、トンネルのなかを歩いて鎧《よろい》駅まで行かねばならなかった。トンネルは短いので、昼間なら明かりなしでも歩けるのだ。集落の者たちは長年にわたってそうしてきたので、すっかり慣れてしまって、夜でも明かりなしで平気で枕木の上を歩くことができた。体が枕木と枕木の間隔を覚えてしまっていたからだが、冬に、幼い子を伴なって鉄橋を歩いて渡る親には難儀な行程だった。単線で、列車が通る時刻は決まっているとはいうものの、途中で子がぐずったり、枕木に脚を取られたりすると、気が急《せ》いてしまう。うっかり転んでレールに膝を打ちつけると大変だ。それでもそうする以外に鎧駅に行って列車に乗る術《すべ》はなかったのだ……。

「ほお、ということは、いまでも餘部駅から鉄橋の真ん中くらいまで歩いて行けるっちゅうことですか」

熊吾の問いに、行こうと思えば行けるが、たいていの人は脚がすくむであろうと答えて、老人は笑った。

熊吾が列車の最後部にいる車掌のところへ行きかけると、

「あっ、海や」

房江は言って席から立ち上がり、背伸びをして日本海のほうを眺め入った。灌木《かんぼく》に遮られて水平線のあたりしか見えなかったからだが、列車はすぐにトンネルに入ってしまった。

揺れの大きい車輛《しゃりょう》を左右によろめきながら歩いて行き、熊吾は若い車掌に、この列車が餘部駅に着いたあとに鉄橋を通過する別の上りと下りの列車の時刻を訊いた。車掌は時刻表を見ないまま、正確に時刻を教えてくれた。余部鉄橋の真ん中まで歩き、ヨネの遺灰を撒き、また餘部駅へと戻る時間は充分にあった。

「海なんか、ほんの一瞬見えるだけや。トンネルばっかりや」

熊吾が席に戻ると、伸仁は言った。

「余部でいやっちゅうほど海が見えるじゃろう」

そう答えて、熊吾は麻衣子に自分の考えを伝えた。

「鉄橋の真ん中まで歩いて行くのん？」

麻衣子は驚き顔で訊き返した。

「ことしの四月までは、余部の人らはみんな鉄橋を歩いて渡っとったんじゃ。大丈夫じゃ。次の列車が通るまで一時間以上もあるけんのお。風が陸地から海のほうへと吹いてくれたら、なおありがたいがのお」

香住駅に着くと、熊吾は車窓から空模様を見た。鉛色の雲が東から西へと動いていたが、風の向きはわからなかった。

城崎を出て小一時間ほどで列車は鎧駅に停まり、かなり長い時間、無人のプラットホームで信号待ちをしていた。他の乗客たちはみな香住駅で降りたし、鳥取のほうからやって来た列車とはそこで擦れ違ったので、列車の運転手は風速の確認をしているのであろうと熊吾は思った。

「余部鉄橋はもうそこや」

と麻衣子は言い、海側のホームに立たないと見えない鎧の集落の寂しさを語った。

鯖漁《さばりょう》の季節以外は人の気配を感じさせない村だと聞いて、自分は余部鉄橋を渡ったあと、帰りの列車に乗ってこの鎧駅で降りてみたが、次の列車を待つ一時間半ものあいだ、はるか眼下の村にも、駅員のいないプラットホームにも、ただのひとりの人間も目にしなかった、と。

「冬はどんなんやろ……。想像もつけへんねェ」

そう房江がつぶやいたとき、列車は動きだして、すぐにトンネルに入った。麻衣子が窓を引き上げ、骨壺を包んである袱紗の結び目を解いた。

短いトンネルを抜けた途端、何物にも遮られない日本海が展《ひら》けた。列車はすでに余部鉄橋を渡り始めていた。

熊吾は海とは反対側の窓をあけて風向きを確かめながら、眼下の集落と、その南側にある田圃《たんぼ》や畑が遠くの山の麓《ふもと》へとつづいているさまを見た。

麻衣子が骨壺の蓋《ふた》をあけ、遺灰を手で摑《つか》もうとしたときには、列車は余部鉄橋を渡って餘部駅のホームに停車していた。

熊吾たちは慌《あわ》ててホームへ降り、列車が行ってしまうのを待った。幅の狭いホームの南側は山で、北側には太い木々が立ちはだかっていて、日本海と向き合うためには、急な斜面を集落へと降りるか、鉄橋を歩いて行くかしか術はなさそうだった。

「やっぱり、列車の窓から撒く暇はなかったのぉ」

と言い、熊吾はただコンクリートを敷いただけの、駅舎も屋根もないプラットホームの東端に立って煙草《たばこ》に火をつけた。煙は海のほうへと流れた。

何本もの長い鉄製の橋脚は集落の中心部に突き刺さるようにして橋を支えていて、打ち寄せる波の白い線は、到底四十メートルほど下にあるとは思えない遥《はる》かなものとしてゆるやかに寄せては曳《ひ》いていた。

「わしには、集落も浜辺も、四百メートルほど下にあるように見えるのぉ」

と熊吾は言い、ホームから線路へと降りて、鉄橋の下を覗《のぞ》いた。

「こんなとこを歩けるかや。わしは高いところへ行くと目が廻るんじゃ。お前ら三人で行って、ヨネの遺灰を撒いてやれ」

「ぼくもいやや。途中で動かれへんようになったら、汽車に轢《ひ》かれてしまうでェ」

伸仁はホームの西の端へと走って逃げた。

「ようそんな勝手なことを。鉄橋の真ん中から撒くと決めたのは誰やのん」

房江はあきれ顔で言い、靴を脱ぐと、麻衣子にも裸足《はだし》になるよう促した。

「私もよう行かん。絶対に、いや」

麻衣子はそう言って、骨壺《こつつぼ》を持ったままあとずさりしたが、房江に手を摑まれて、靴だけは脱いだ。

「早《は》ようせな、下から人が上がって来るやろ？　これは橋やで。渡るためにあるんやで。麻衣子ちゃん、私の肩にしっかりつかまってついといで」

房江は骨壺を持ってやると、臆《おく》した様子もなく枕木の上に足を置いて鉄橋を歩き始めた。ときおり小さな悲鳴をあげながら、麻衣子も房江のあとにつづいた。

「ノブもおいで。男やろ？　高いところくらいが何やのん。落ちるはずあれへんわ」

房江にそう言われて、伸仁は二、三歩鉄橋を歩いたが、そこで動けなくなった。

「熊吾おじさんも来てェ」

と麻衣子は呼んだ。

房江のためらいのない足取りを感心しながら眺め、熊吾は自分も行かなければ沽券《こけん》にかかわると思ったが、

「わしは高いところはどうにもならん。沽券なんかどうでもええ」

とつぶやいて、ホームに腰を降ろし、両脚を線路のほうへ出した。

「お父さんも一緒に撒かんでええのん？　もう一回やり直すわけにはいけへんのよ？」

鉄橋のほぼ真ん中あたりに立ち、鉄柵《てっさく》を摑んで海のほうへと体を向けている房江が訊いた。

「お前らにまかせる。ヨネによろしゅう伝えてくれ」

熊吾は大声でそう言った。すると、伸仁が鉄柵を摑んで鉄橋を渡り始めた。浜辺で村人がふたり、鉄橋のほうを見上げていた。

「お父ちゃん、大丈夫やでェ。この鉄の柵、ごっつう頑丈やでェ。怖いことないでェ。早ようおいで」

伸仁に笑顔で手招きされ、進退窮《きわ》まったとはこのことかと思いながら、熊吾は靴も靴下も脱いで、それをプラットホームに置き、鉄橋へと歩いた。そして、鉄柵を摑みながら、自分が置いてきた靴と靴下を見た。それは、ホームから列車へと身を投げた男の置きみやげに見えた。

「膝《ひざ》が笑うちょる。尻《しり》の穴がきゅーんとなっちょる」

と熊吾は言い、足下の集落には決して目の焦点を合わさぬようにして、ただ枕木《まくらぎ》だけを見て歩を進めた。

風は意外に強かったが、遺灰を撒くには恰好《かっこう》の向きと強さだった。

三人がいるところにやっと辿《たど》り着くと、熊吾は骨壺に向かって、

「えらいめに遭わせてくれたのお」

と言った。

「南宇和の海とは違うねェ。こんなとこから海を見られるなんて、一生にいっぺんかもしれへんねェ」

房江の楽しそうな口調に、

「一生にいっぺんで充分じゃ。村の人が見ちょるぞ。身投げでもせんかと警察に通報されたら事じゃ。麻衣子、骨を撒け」

熊吾に言われて、麻衣子は骨壺の蓋をあけると細かな遺灰を掌《てのひら》に移し、それを空中に撒いた。ヨネの遺灰は海のほうへと飛んだ。

房江が撒き、熊吾が撒き、伸仁が撒くと、骨壺は空になった。遺灰は渦状に舞いながら海のほうへと飛んで行った。

「房江おばさん、早よう戻ろう」

そう麻衣子は言い、

「臨時列車が来たら、ぼくら、どうなんねんやろ」

と伸仁は言った。

「房江、お前が先に行ってくれ。わしはお前のあとにつづくけん。これからの人生、そうしたほうがええかもしれんぞ」

熊吾の言葉に笑いながら、「房江は、いつもの道を歩くような足取りで餘部駅へと戻り始めた。

「お前が熟練の鳶《とび》みたいな女やったとは、お釈迦《しやか》さまでもご存知あるめえ、じゃ」

ホームに帰り着いて、靴下を穿《は》きながら、熊吾は本気で言った。

「私かて怖いけど、行かなあかんねんもん。行かなあかんねんやったら、行くしかあれへんやろ？　心のなかで『えい、やっ』っと掛け声をあげて」

風で乱れた髪を手で整え、房江は靴を履き、遺灰を撒いた場所を眺めていた。馬蹄《ばてい》の形をしたトンネルの入口が鎧駅へとつづく山に暗く穿《うが》たれていて、それが日本海をひどく荒涼としたものに見せていた。

城崎への列車が着くのはまだ四十分ほど先だったので、熊吾は、時間つぶしに余部の集落へと降りて、余部鉄橋を見上げてみたいと思ったが、降りたら登らなくてはならぬと考えると、その気は失《う》せた。想像以上に急峻《きゅうしゅん》な坂道であるはずだったからだ。

「傘を持って来るのを忘れた……。雨が降って来たら、私ら濡《ぬ》れ鼠《ねずみ》やねェ。ここには、雨宿りできる場所はどこにもあれへん」

と言い、麻衣子は伸仁に微笑《ほほえ》みかけた。

「ノブちゃん、ありがとう」

なぜ自分が麻衣子に礼を言われるのかわからないといった表情で、伸仁は鉄橋の向こうのトンネルの入口を見ていた。

「ヨネさんの遺骨を分骨して、半分をこのお骨入れに移したのは、私とお寺の奥さんやねん。指なのか肋骨《ろっこつ》なのかわかれへん長いのが四つ、たぶん頭の骨やと思うひらべったいかけらも四つ。どれも私が選んだから、その形も覚えてるねん。遺骨って、軽いもんやなァって思いながら、うっかり割ってしまえへんようにお箸《はし》で挟んだから……」

麻衣子はそれからしばらく無言で海を見ていたが、視線をそのままにしたまま、もういちど、

「ノブちゃん、ありがとう。あのままでは、鉄橋から撒かれへんもんねェ」

と言った。

伸仁は線路に降り、何か言いかけてはやめ、言いかけてはやめ、という微妙な表情を繰り返しながら、鉄橋とプラットホームのあいだを行ったり来たりしていたが、小粒な雨が落ち始めたとき、

「お骨を粉にするとき、長細いのをひとつ円山川に落としてしもてん。流れて行くから先廻りして取ろうと思て走って行ったけど、流れてけえへんねん。そのまま沈んでしもたんやと思うねん」

と言った。

最初に麻衣子が小さく声をたてて笑いだし、次に房江が鉄橋に顔を向けて噴き出すように笑い声をあげた。

熊吾も、

「ということは、城崎大橋がヨネの墓じゃのお。大きな立派な墓じゃ。ヨネのふるさとに、あんなでかい橋はないぞ」

と言いながら笑った。

城崎から帰って来てすぐに、泊まりがけで留守番をしてくれたK塗料店の桑野忠治にご馳走《ちそう》しようと、熊吾と伸仁は「開かずの踏切」に挟まれたところにある寿司《すし》屋の「銀二郎」へ行った。

房江は、旅館の朝食を食べ過ぎたうえに、帰りの列車での駅弁も多かったので胃の調子が悪く、今夜は何も食べないという。

かりに房江が寿司を食べたくても、親子三人が出かけてしまうとモータープールは無人となるので、一緒には行けないのだ。

寿司屋のカウンター席で好きなネタを握ってもらうなどというのは生まれて初めてだという桑野は、はまちと鯵《あじ》を一貫ずつ頰張りながら、封筒に入れた紙幣と硬貨を熊吾に渡し、

「きょう、朝から一時預りの車が五台あって、そのお金です。ナンバーと車種と、預ってた時間は、事務所のノートにつけときました」

と言った。

熊吾は礼を述べ、ここの中トロはうまいから二、三貫握ってもらえと勧め、自分は突き出しを肴《さかな》に常温の日本酒を飲みだしたとき、房江から電話がかかってきた。受話器を

「銀二郎」の店主の妻から受け取りながら、熊吾はいやな予感がした。ムメばあちゃんの顔が浮かんだのだ。

今朝、蒲団《ふとん》に臥《ふ》しているムメばあちゃんと言葉を交わしたが、長くはないという勘が、もう適中したかと思った。

「ムクの様子がおかしいねん。そろそろ生まれそう。私らの部屋の前の、あの廊下では可哀相《かわいそう》やわ」

と房江は言った。

受話器を店主の妻に返し、

「ムクが産気づいたぞ。今晩中に子犬が産まれるぞ」

と熊吾は伸仁に言った。

寿司は折り詰めにして持って帰ってやる。お前はいまからムクの出産の準備をしてやれ。隣の部屋の奥に何かの箱を置き、そのなかに茣蓙《ござ》や布切れを敷け。部屋には豆電球一個を灯《とも》し、戸を閉めて静かにしておいてやれ。人間は近づかないほうがいい。

その熊吾の言葉が終わらないうちに、伸仁は中トロの握りを口一杯に頰張ったまま「銀二郎」から走り出た。

「世の中は生老病死で忙しいのお」

そう言って、寿司屋の店主も交えて世間話を始めたが、酒の飲めない桑野は熱い緑茶をするばかりで寿司を註文《ちゅうもん》しようとはしなかった。

遠慮しているのと、寿司屋というところに慣れていないのとで居心地が悪いのだと察して、熊吾は代わりに次から次へと握りを註文してやり、自分は鯛《たい》のあらの煮つけを食べた。

坊主頭《ぼうず》に捩《ねじ》り鉢巻の「銀二郎」の主人は、きょうは日曜日で魚市場が休みなので、店も定休日なのだが、結婚式の宴席に出す仕出し料理を引き受けて、早朝から妻とふたりでてんやわんやだったと言い、いかにも疲れたふうに低い丸椅子《まるいす》に腰を降ろした。

「それは大変じゃったのお。魚市場が休みなら、魚はどこで仕入れたんじゃ」

「十日程前から頼んどいて、今朝一番に黒門市場の魚屋に配達してもらいましたんや。いまここにある魚はみなその残りでんねん。そやさかいに、きょうは安うしときまっせ」

「そりゃあ、ありがたいのお。何十人分の仕出しを作ったんじゃ？」

「六十三人分でんがな。松坂の大将が来はるほんの三十分ほど前に、やっと片づけを済まして、さてこの残ったええ魚、どないしょうと思案してたんでおます」

「わしもきのうから忙しかった。城崎温泉に泊まって、それから余部鉄橋まで行って、さっき帰って来たんじゃ。あわただしい旅で、温泉もゆっくり楽しんだとはいえんのお」

熊吾はそう言って主人にビールを勧めた。仕事中は客にどんなに勧められても酒は飲《の》まない主人も、今夜は特別だといった表情で自分のためのコップを棚から出し、妻に暖簾《れん》をしまうようにと指示した。

「余部って、どこです？」

と訊《き》いた桑野に、

「城崎のもっと西のほうの、兵庫県と鳥取県の境のへんでんがな。日本海に面してて、小さな村の上の、高い高いとこに鉄橋が架かってまんねん」

と「銀二郎」の主人は教えた。

「ほう、余部に行ったことがあるのか？」

熊吾の問いに、戦争が終わった翌年に浜坂へ行った際、あの鉄橋を渡ったと主人は言った。

阪神電車が通過するときも、国電が通過するときも、その両方の線路に挟まれた場所にある「銀二郎」の木造の二階屋は揺れた。

「この家の揺れは少々物騒じゃのお。ぎょうさんの荷を積んだトラックが夜中にスピードを出して走りよると、モータープールの建物も揺れよるが、ここほどではないぞ。朝の早い商売じゃのに、家が揺れて、びっくりして目が醒《さ》めたら、体に障《さわ》るのお」

それまで無言だった主人の妻が、もう慣れたはずなのに、最終電車が通ると、大空襲で火の海のなかを逃げまどっている夢を見て目を醒ますときがあると言った。

そのとき、格子戸《こうしど》を細くあけて、

「閉店かな？」

と訊く者がいた。小谷医師だった。

「何でもよろしいから、握りを折りに入れてもらえませんかなァ。持って帰りますので」

「もうええネタが切れましたさかいに、中トロとはまちと鰺やったら……。赤貝も貝柱もおますけど、お勧めでけまへん」

主人は言って、カウンターの椅子に坐《すわ》るよう促した。

「ああ、それで結構。家内が出かけておりまして、帰りが予定よりも遅くなるから、お寿司でも食べに行ってくれと電話がありまして」

小谷医師は熊吾の横に坐り、徳利《とっくり》をつまみあげて、

「ここで逢《お》うたが優曇華《うどんげ》の花」

と節《ふし》をつけて言いながら笑みを向けた。

「最近、松坂さんのお顔を見ないと思っておったら、なるほど、こういうところでこういうまいものを食べて、二合徳利を空にしておったわけですな。いま検査をしたら、尿糖試験紙は真っ黒に変わることでしょうな」

せっかく機嫌良く飲んでいるのに、またよりにもよって小谷医師と鉢合わせするとは
と思いながら、

「わしもここで小谷先生とお逢《あ》いできたのは優曇華の花」

と熊吾は言い、小谷先生にビールを一本差し上げてくれと頼んだ。

「私は、酒のほうが。ぬる燗《かん》で」

「ぬる燗じゃ。一升壜《びん》ごと燗をして差し上げてくれ。早《は》よう酔うてもらわんと、ほんまに尿検査をされるかもしれん」

「そんなに飲めませんなァ。一合で充分」

桑野は、これからアパートに帰って、銭湯に行きたいのでと言い、「銀二郎」から出て、あみだ池筋を北へと急ぎ足で帰って行った。

折りにしなくても、ここで食べてはいかがかと主人に勧められ、ではそうしようと小谷医師は徳利のぬる燗をうまそうに飲み始めると、松坂さんの優曇華の花を承ろうと言った。

「息子のことでして」

熊吾の言葉に小さく頷《うなず》きながら聞き入っていた小谷医師は、中トロを二貫食べながら何か考えていたが、

「私が、もうこれで大丈夫と言うまで、伸仁くんをまかせますか」

と言った。

「勿論《もちろん》、そのつもりですけん」

「それなら、あしたから、私の医院のほうに通わせて下さい。患者の少ない夕方の六時ごろがよろしい」

そう言っただけで、どんな施療《せりょう》を行なうのかについては、小谷医師はひとことも口にしなかった。

「私にまかせれば大丈夫。伸仁くんの体を丈夫にいたしましょう」

「よろしくお願いいたします」

と熊吾は頭を深く下げて、しばらくそれを上げなかった。涙が滲《にじ》んでいる目を見られたくなかったからだが、伸仁もそのうち丈夫な体になるであろうと暢気《のんき》に構えるふりをしていただけで、じつは食の細い虚弱な我が子のことを常に案じつづけていた自分に気づいたのだ。


ムクは六匹の子を産んだ。一匹目が産まれたのは夜の十一時で、五匹目は日が変わって一時間後だった。

もうこれでお産は終わったと思い込み、熊吾たち親子がやっと寝入ったのは二時前だが、板壁一枚向こうの部屋からかすかに聞こえる子犬たちの鳴き声に耳をそばだてていた伸仁が、いまもう一匹産まれたと叫び、懐中電灯を持って起き出した。暗がりのなかで誤まって熊吾の手を踏みつけながら廊下に出たので、手首が折れたかと思ったではないかと、熊吾は大声で叱《しか》ったが、それで房江も目を醒ましてしまい、仕方なく夫婦も隣の部屋に見に行って、六匹目を確認したのだ。

「お陰で二時間ほどしか寝ちょらあせんのです。牛も馬もそうじゃが、犬も、自分の羊水や臍《へそ》の緒や、後産で出た胎盤なんかを、全部舐《な》めて食べて、きれいに片づけてしまうんですな。母親っちゅうのは凄《すご》いもんです」

熊吾はカメイ機工の応接室で亀井周一郎とコーヒーを飲みながらそう言った。柔和な笑みを浮かべて話を聞いてはいたが、熊吾の目には、亀井はどこかを病んでいる人特有の肌の黒ずみを潜ませているように見えた。

医者に診てもらったほうがいいのではないかと何度も口にしかけたが、熊吾はそのたびにかろうじて思いとどまった。大手の自動車メーカーからの部品発注高が増すことで、カメイ機工そのものの存続が危うくなっているのは察しがついたが、といって、役にたつ妙案が自分にあるわけではなかったのだ。

「自動車のフライホイールなんて部品を作るのに特別な技術は要りません。うちとおんなじもんを作れる会社はぎょうさんあるんです。カメイ機工でなければ作れん、というものを作らなあかん。しかし、そのためには優秀な頭脳と技術開発費が必要です。自動車メーカーは、オートメーションの流れ作業で各部分を組み立てるだけという方向へ向かってます。各部分を実際に作るのは別の会社です。エンジンならエンジンだけ。ラジエーターならラジエーターだけ。オイルポンプならオイルポンプだけ。ギア・カムならギア・カムだけ。松坂さん、このカメイ機工は、自動車のどの部品に方向転換したらえぇでしょうなァ」

亀井は真剣に助言を求めていたが、熊吾は即答することができなかった。どの分野に方向転換するにしても、死ぬか生きるかの賭《か》けと同じだったのだ。

技術は日進月歩しつづける。新しい技術を死に物狂いで開発しても、たちまちさらに新しい技術に凌駕《りょうが》される。そのことに費やす資本の捻出《ねんしゅつ》で会社は基礎体力を失なっていく。それならば、どの会社でも作れて、製品の良し悪《あ》しに差のないフライホイールという単純な回転板一筋で行くほうがいいのだ。

熊吾はそう考えたが、その自分の思考には、もう少し経営論的方向性が必要だと感じた。

「これまで百の註文で成り立っちょったカメイ機工に、急に三百の註文が舞い込んで、それはうちには無理やけん、これまでどおり百でお願いするっちゅうたら、発註元はその百も別の工場から買《こ》うて、カメイ機工をばっさりと切りますかのお。わしは、どうもそうはならんという気がしますが……」

「ほう、なんでです？」

と亀井は訊いて、熊吾を真っすぐに見つめた。

「メーカーには、厳密に計画された生産台数っちゅうものがあります。これが狂うと、販売価格と利益率に即座に跳ね返って来る。もし、三百作れる工場にすべてをまかせて何等かの問題が生じたら、三百台の車の生産が全部ストップすることになる。これはメーカーにとっては不測の事態じゃが、一社にすべてを作らせるということは、そういう危険性を常に孕《はら》んじょるわけです」

「いや、それは」

と亀井は熊吾の言葉を制し、

「大手のメーカーにとっては、そんなことはたいした問題やないんです。現に、去年の暮れあたりから、メーカー側は、お前とこの代わりはなんぼでもあるんやぞと暗にほのめかすようになり、徹底的な値引き戦略をとるようになりました。いま日本の自動車メーカーは日の出の勢いで、アメリカを技術でも販売台数でも追い抜いてみせると豪語してます。私はその可能性はあると思います。あんなにでかい、燃費の悪い、小回りの利《き》かんアメ車が、この狭い日本に適してるはずがない。日本車の技術の進歩は驚異的で、運転免許の取得者は倍々ゲームのように増えつづけてる。日本での自動車の保有者は、私らの想像を超えて増えつづけるでしょう。そんな最中《さなか》にあるメーカーが、うちへの発詿を止めることなんか、赤児《あかご》の手をひねるよりも簡単です」

そう一気に喋《しゃべ》って、幾度も掌《てのひら》で自分の膝《ひざ》を叩《たた》いた。

少し論点がずれているなと感じたが、そのことは口にせず、

「フライホイールっちゅう金属の回転板を必要とするのは自動車だけではありません。用途が変われば、いろんな直径の、いろんな厚みや重さのフライホイールが要る。なにも自動車メーカー様だけをお得意様にすることはないっちゅう方向転換はありませんかのお」

とだけ言った。亀井の疲れて苛立《いらだ》っている神経をいささかでも慰藉《いしゃ》したくて、あてずっぽうを口にしたのだが、熊吾は、あるいはこれこそ妙案かもしれないという気がした。

「たとえば？」

と亀井は訊いた。

「フライホイールっちゅうのは、安定した回転を必要とする機械には無くてはならん円盤です。そういう意味では、蓄音機の、レコード盤を載せて回転するあの部分もフライホイールじゃというわけですな。まあこんなことは、亀井さんにわしが教えるまでもありませんが」

熊吾は、フライホイールというものの用途は無限にあるのではないかと言いたかった。しかし、それを考えるのはカメイ機工の経営陣や技術者たちであって、自分は素人《しろうと》の思

いつきを喋っているに過ぎないのだということを言葉を使わずに亀井周一郎に伝えたかったのだ。亀井の日頃の鷹揚《おうよう》な物腰の奥に、神経質で繊細な、そして頑固な職人気質《かたぎ》の一面があるのを知っていたので、熊吾は己の分をわきまえて考えを述べなければならないと思ったからだ。

応接室の漆喰《しつくい》の壁に視線を投じて考えにひたっていた亀井は、

「なるほど」

と言って、熊吾に笑みを向けた。

「回転運動を動力に変えようとすれば、大小にかかわらずフライホイールというものが必要です。自動車だけやなく、船にも耕運機にもエンジンが要ります。スクーターにもオートバイにも。自転車のタイヤに取り付けるあの小さな発電機のなかにもフライホイールと同じ原理のものが組み込まれてます。これから機械工学という分野はますます発達して、我々が想像もせんかったような機械が発明されていくでしょう。自動車メーカーにだけしがみつくのは『木を見て森を見ず』ですな」

こころなしか元気を取り戻したような表情でそう言うと、亀井は窓のほうに首を廻して、いまにも雨の降りだしそうな梅雨空を見やった。

「気分転換に散歩でもしませんか。ええ空気のところで樹木を見ながらぶらぶらと歩いちょるうちに、ええ考えが浮かぶかもしれません」

と熊吾は亀井を誘ってみた。どこへ行こうというあてもなかったし、亀井にそんな暇があるとも思えなかったが、真横の工場からの騒音が亀井の神経をいっそう疲れさせている気がしたのだ。

「どこへ行きましょうか」

と亀井は腕時計を見てから応じ返した。

「どこへ行きたいですか」

しばらく考えてから、琵琶湖《びわ》を見たいと亀井は言った。

「琵琶湖……。琵琶湖っちゅうてもでかいですな。琵琶湖のどこです？」

「湖西です。あれは何という名の町なのか……。比良山《ひらさん》の麓《ふもと》で、ハイキング道への道標があります。きれいな川が琵琶湖に注いでるとこです。十七歳のときに、そこに行きました。冬の雪の日、三時間ほどそこに立っておりました。同じ場所を見つけだせるかどうかわかりませんが。大津からバスで行ったんです」

「行きましょう」

そう言って熊吾は立ちあがった。亀井はいったん自分の執務机のある部屋に行き、どこかに電話をかけて用事を済ませると、若い社員を呼び、大阪駅まで送ってくれと言った。社員はすぐに業務用のライトバンを運転して社屋の前に来た。

大阪駅に着くまで亀井はほとんど無言だった。これは六時までにモータープールに帰り着くのは無理だなと熊吾は思った。きょうだけは伸仁くんと一緒に医院まで来てくれと小谷医師に言われたのだ。

熊吾は大阪駅構内の公衆電話で房江に行ってくれるようにと頼み、京都行きの快速電車に乗った。

「十七歳っちゅうと四十五年前ですな。わしは、十七歳のときは、愛媛県南宇和郡一本松村大字広見っちゅう自分の在所がいやでいやで、いつどうやって家を出て大阪へ行こうかと、そればっかり考えちょりました。力が余っちょったんですなァ。近在の、おんなじ年頃の連中とケンカばっかりして、警察の厄介になったりもしました。そのときの警官は、血の繋《つな》がりはないが親類で、乱暴で手がつけられんわしを懲《こ》らしめのために一晩拘留して説教をせにゃあと考えたんでしょう。松坂家は、いまは百姓をしちょるが、元はええ家柄で、世が世なら畑なんか耕やす身分やあらせんのに、お前ときたらケンカ、ケンカで明け暮れちょる。親父《おやじ》さんがどれほど心配しちょると思うのか。その人もほんまに十七歳の乱暴者を案じてくれちょったんやが、そんな小言に耳を貸す気なんかまるでないわしは、百姓をしちょって何が家柄じゃ、わしはこんなくそいなかから出て行くぞ、何が嫌いやっちゅうて、いなか者ほど嫌いなもんはないんじゃ、いなか者の巡査に説教されるくらいなら、腹を切って死んじゃる、なんて悪態をついて、褌《ふんどし》ひとつになって駐在所の土間に大の字になって寝っ転がって、さあ殺せ、と……」

その熊吾の言葉に、

「目に浮かぶようですな」

と言い、亀井は笑った。

「それからどうなりました？」

「それから……、その遠縁の巡査が、なァ、クマよ、牛の糞《ふん》にも段がある、っちゅう言葉があるぞ、と言いよりまして。そのあと家に帰されました。何のことやら皆目わからんかったが、その言葉は妙に心に刻み込まれちょります」

熊吾は、自分の姉妹たちも、叔父や叔母たちも、従兄姉《いとこ》たちも、その子供たちも、それぞれの伴侶《はんりょ》たちも、みな気が長くて穏やかな性格で、争い事を好まず、怒りを表情や態度にあらわすことのない人々ばかりで、どうしてあの松坂の家筋に熊吾のようなのが生まれたのかと話題の種になったものだと語った。

「私の十七歳は、死への憧《あこが》れから始まりました」

と亀井は照れ臭そうな笑みとともに言った。

「ノートの隅に『美しい死』なんてことを書きまして、道でときおりすれちがう女学生に片思いをしてリルケ詩集を独和辞典と格闘しながら読みふけり、誰もいない湖の畔《ほとり》で死んでいく自分を空想して胸をときめかせました。で、それを実行しようとして大津からバスに乗ったんです」

「わしの十七歳とえらい違いですなァ」

　ふたりの笑い合う声が大きかったので、乗客の多くが迷惑そうに見つめた。

「琵琶湖の西側は雪の多いところで、比良山から吹き降ろす風の強さは、湖で漁をしている船をときどき転覆させるほどです。あの日も風が強くて、たしか一日に三便しかないバスは、ぬかるんで、ところどころで凍ってる道を難儀しながら進んでました。水鳥が湖に点々と浮かんでて、あれは鴨《かも》ですかと乗客に訊《き》くと、いいや、あれは鴫《しぎ》だという。それで、持って行ったリルケ詩集の裏に『心なき身にもあはれは知られけり鴫立沢《しぎたつさわ》の秋の夕ぐれ』と書いて、辞世の歌にしましたが、なんのことはない、これは西行の歌で、つまり完全な盗作で、あげく鴫と鴨を混同して書いた。鴫という字が鴨になっておりました。鴨立沢では、西行のあはれとはかなり隔りがありますなァ。まぬけな十七歳の文学少年のロマンチシズムは、すでにこの時点であえなく挫折《ざせつ》です」

　熊吾は同じ車輛《しゃりょう》の乗客をあえて意に介さず、少し大袈裟《おおげさ》なくらいにおかしそうに笑った。

　亀井周一郎が、雪に覆《おお》われた比良山が近くに見えるところでバスを降り、雪のなかで湖畔に立ちつづけた三時間がどれほど寒かったかを語り終えたころ、電車は京都府内に入った。

　きょうは自分の「関西中古車業連合会」の再結成についての話はしないでおこうと決

めて、熊吾は天王山に連なる低い山と畑に眺め入った。亀井もそれきり黙り込んで、窓外の景色に目をやっていた。

京都駅で大津方面行きの列車に乗り換えるためにプラットホームを歩きだすと、自分のほうから湖西に行きたいと言いだしたのに我儘《わがまま》を申すようだがと亀井は謝まり、

「銀閣寺から一乗寺のほうへと静かな道があります。そこをのんびりと散策するというのはいかがですか。いまから湖西に行くのは、時間的にかなり窮屈な気がします。銀閣寺まではタクシーを使いましょう」

と言った。

「わしは、どこでも結構です。お伴《とも》いたしましょう。あのあたりには詩仙堂っちゅうのもあります。いちど行ってみたいと思うちょりました」

そう言って歩きだし、熊吾は京都駅の改札口のほうへと方向を転じ、向こう側から歩いてくる風体の良くない一団に目を止めた。そのなかの兄貴分らしき男も熊吾を見ていた。三年前に別れたときとは髪型も変わり、かなり太ってはいたが、観音寺のケンに間違いはなかった。

「大将、おひさしぶりです」

観音寺のケンは、人混みのなかでも、やくざ独特の挨拶《あいさつ》の仕方で頭を深く下げた。付き随《したが》っている若い者たちは、こいつはいったい何者かといった顔つきで熊吾を見つめた。

やはり堅気になることはできなかったのだなと思いながら、

「お前の女房の面倒を見ると約束したのに、突然姿をくらまされてのぉ。内緒でこっそり引っ越して行きよったけん、どうすることもでけんじゃった」

とケンの耳元で言った。

「あいつが勝手にやりよったことです。ご心配をかけてしもて、申し訳ないのはこっちのほうで」

ケンは言って、若い衆たちに、あっちに行っているようにと指示した。

「百合《ゆり》は無事に子を産んだか？」

「へえ、女の子です」

「ふたりとも元気か」

「お陰さんで」

お互い、そこから会話がつづかなくなり、もっと何かを話さなければならないと思いながらも、熊吾は亀井に気を遣って、その場から立ち去りかけた。すると、観音寺のケンは追って来て、

「俺は、もうこの世界でしか生きていけまへん」

と言った。

熊吾はケンの肩を軽く叩き、京都の観光地のポスターを眺めながら待っている亀井の

ところへ急いだ。だが、ケンはなお追って来て、

「奥さんもノブちゃんも元気でっか？　いまどこに住んではりまんねん。いまも富山でっか？」

と訊いた。

房江も伸仁も元気で、いまは大阪で暮らしている。自分は、やくざは嫌いなので、どこに住んでいるかは教えたくない。

その熊吾の言葉に、ケンは再び深く頭を下げ、

「ほんまに、すんまへんでした」

と言って踵《きびす》を返した。

その瞬間、熊吾は道を誤まった出来の悪い息子とわずかな立ち話だけで永遠の訣別《けつべつ》をする父親のような心持ちになった。熊吾は観音寺のケンを呼び止め、自分から近づいて行き、背広の内ポケットに手を入れて手帳を出した。

「お前は、お前の世界をまっとうすると決めたんじゃな？　もうその決心は揺るがんのじゃな？」

「へえ、もう堅気はんの世界に戻ろうっちゅう気は起こしまへん」

熊吾は、手帳にいつも挟んである海老原《えびはら》太一の名刺を出し、

「これは、わしからのはなむけじゃ。井草っちゅう男は、五十万円を返してもらわんま

まに死んだんじゃ。この名刺は、お前が好きなように使え。名刺の主は、強欲なコソ泥じゃ」

と言いながら手渡した。

観音寺のケンは、受領書代わりの名刺の表と裏に見入ったが、事情は訊こうとはせず、上着の胸ポケットにしまった。

ケンの姿が消えても、人混みのなかに、香料の強いポマードの匂《にお》いは残っていた。

「昔、近所に住んじょったならず者でして、伸仁をえらい可愛《かわ》いがってくれました」

改札口へと階段を降りながら、熊吾は亀井に言い、タクシー乗り場へと向かった。

この道を東に歩けば銀閣寺だという四つ辻《つじ》でタクシーを降り、熊吾と亀井は一乗寺の方向へと歩いた。寺でもなければ料亭でもないが、民家にしては立派過ぎる木造の建物の奥には、手入れの行き届いた庭木があり、その時期には見事に紅葉するであろう楓《かえで》の巨木も白壁から突き出るほどに枝を伸ばしていた。その白壁に沿って流れる幅一メートルほどの疎水《そすい》の音とふたりの足音以外は何も聞こえなかった。

「私はこの道で人とすれちがったことはほとんどありません」

と亀井は言った。これまでに五回、この道で詩仙堂や曼殊院《まんしゅいん》へと行き、さらに北へと歩いて修学院離宮へと足を伸ばしたという。

「京都市内でも、このへんに来ると空気がきれいですな」

そう言いながら、熊吾は何度も大きく深呼吸をして、樹木の香りを嗅《か》いだ。まだ自分の鼻孔に観音寺のケンのポマードの匂いが残っている気がした。

「中古車業連合会のことですが、もう少しお時間を下さい。いつでも動き出せるという臨戦態勢を整えておいて下さると心強いです」

亀井の言葉に、きょうは仕事のことは考えないことにしようと答えて、熊吾はこれ以上ゆっくりは歩けないという歩き方で、ところどころに薄い苔《こけ》をつけている土の道の感触を楽しんだ。

「とんでもない。私はさっきから、フライホイールの新しい用途のことで頭のなかが一杯です。うちでなければ作れないフライホイール……。それを工場の生産過程のなかでどう商品化するか……。いまその方向に舵《かじ》を切っといたら、大手の自動車メーカーに飲み込まれることなく、カメイ機工は生き残れます。四十三人の社員が路頭に迷いません。阪大の工学部にちょっとおもしろい研究者がおります。まだ三十になるかならんかの青年ですが、考えてることが斬新《ざんしん》過ぎて、研究室では異端者扱いされてます。あした、その青年に逢《お》うて来ます」

道は詩仙堂のほうへとゆるやかに右に曲がっていて、細い竹の棒の先に取り付けた布に「草餅《くさもち》」と染め抜いた旗だけが目印の小さな茶店があった。

食欲がなくて昼食を摂《と》らなかったので草餅を食べたいと亀井は言った。

道に出している長椅子《ながいす》に腰を降ろし、熊吾は草餅を二皿と抹茶を註文《ちゅうもん》し、煙草《たばこ》を吸った。そして、大津行きの列車に乗り換えていたら、観音寺のケンと出くわすことはなかったのだなと思った。

さして珍しくはない人の世の不思議だが、それにしても、なぜ自分はふいにあの名刺を観音寺のケンにくれてやったのか。それが一瞬のいかなる心の動きによるものなのか……。

熊吾にはよくわからなかったが、あの名刺が身辺から消えたことで、自分の身が軽くなったのを感じた。

第四章

日曜日以外の毎夕刻、伸仁《のぶひと》は福島天満宮の近くの小谷医院に行き、小谷医師が考案調合した幾種類ものビタミン類の静脈注射を受けるようになった。

伸仁の説明では、小さなアンプルのなかのさまざまな薬液は、最も太い注射器にも入り切れないほどの量で、腕の静脈に針を刺してから抜くまで十五分ほどかかるという。

しかし、その治療を受け始めてひと月ほどが過ぎた七月半ばになっても、瘦《や》せて青白い伸仁の何が変わったわけでもなく、かえって以前よりもさらに食が細くなっていることに、房江《ふさえ》は苛立《いらだ》ちを感じるようになった。

それは、治療の効果があらわれないことに対してではなかった。

夫は治療費に関してはいっさい口にしないが、健康保険制度に異を唱えつづけている小谷医師の請求額は、あの夫をしても黙させるほどなのであろうと推察できたからだ。

伸仁の、小谷医院での治療が始まって以来、熊吾《くまご》はシンエー・モータープールの事務所を我が事務所として使っているブローカーの関京三と黒木博光のどちらかと一緒に出かけることが多くなっていたし、どこの誰ともわからない人からの電話も増え、それと同時に、近くの雀荘《ジャンそう》へ行く回数が減った。

そんな電話がかかってきたときに自分が近くにいると、夫は、二階に行っていろと追い払う。

房江は、夫が、小谷医院への毎月の払いのために、内緒で中古車のエアー・ブローカーをやらざるを得なくなったのだと気づいたが、知らぬふりをしていた。

私にも隠そうとするということは、あれほど嫌っていた中古車のエアー・ブローカーをしなければ我が子の治療費が工面できないという自分自身への腹立ちがあるに違いない。かつての松坂商会の隆盛を思えば、夫にとっては歯ぎしりをするほどの我が境遇の凋落《ちょうらく》を思い知る日々なのではあるまいか。

誰よりも熊吾の性格を知る房江は、このことでまた夫が階段を一気に十段も二十段も駆けあがろうとして大きな失敗をするのではないかと案じてしまうのだ。

房江は竹箒《たけぼうき》で正門の周辺を掃き終え、その北側と南側に造った小さな花壇に水を撒《ま》いていると、油まみれの作業服を着た佐古田が、その赤ら顔に夏の日を浴びながら事務所の前の煉瓦《れんが》敷きの通路から出て来た。

佐古田は、何か強い怒りを秘めたような目で房江を睨《にら》みつけながら正門のところに来ると、

「これ、ノブちゃんに渡したれや」

と言った。

怒っている形相にしか見えなかったので、房江は反射的に竹箒を両手で握りしめ、少しあとずさりしながら、

「あの子、何かご迷惑なことでもしましたやろか」

と訊《き》いた。

佐古田は、それには答えず、白い紙袋を房江の顔のところに突き出し、

「硼酸《ほうさん》や」

と言った。

「これをなァ、二十倍に薄めてなァ、脱脂綿に吸わせて、子犬の瞼《まぶた》を拭《ふ》くんや。一日に何回も気長にやってみィ、て言うとけや」

袋のなかには硼酸液の入っているガラスの小壜《こびん》が入っていた。

グリースまみれの手を作業服になすりつけながら仕事場に戻って行く佐古田の大きなハンガーのような肩を見ながら、房江は礼を言った。

ムクが産んだ子犬のうちの一匹は、両目の瞼があかなかった。生まれてからなのか、それとも母犬の胎内にいるときからなのか、上瞼と下瞼が膠《にかわ》状のものでくっついてしまっているのだ。

この膠状の接着剤の役割をしているものを取ってやらなければ、メスの子犬は盲目同然で、これから生きていくことは出来ないと、房江も熊吾も伸仁も、さまざまな工夫を凝らしてみたが、上瞼と下瞼のあいだにはわずかな隙間《すきま》も生じないままだったのだ。

他の五匹はすでに目が見えるようになり、ムクの乳を吸っているとき以外は小屋から出て、房江たちの部屋の隣の部屋で走り廻っている。

階段のところまで出て来て、さらにそこから降りようとする子犬もいて、そのたびにムクはその吾《わ》が子の首筋を咥《くわ》えて小屋に戻すという忙しい日々をすごしているが、瞼のあかない子犬は満足に乳を飲むこともできないため成長が遅く、小屋から出ようとしないのだ。

期末試験の最中で、その日の試験が終わって、まっすぐ帰って来れば昼の一時には家で昼食がとれるのに、伸仁は三時になっても帰ってこなかった。

房江は事務所でペン習字の練習をしながら、モータープールの北側の塀の向こうに見える何軒かの民家に目をやった。伝書鳩《ばと》を飼っている兄弟の家の屋根に伸仁がのぼり、瓦《かわら》のうえに腰を降ろして南の方向を双眼鏡でのぞいていた。

事務所を出て北側の塀のほうへと歩いて行き、

「お昼ご飯も食べんと、そんなとこで何をしてんの」

と房江は伸仁を叱《しか》った。

「あしたも試験やろ？　勉強せえへんかったら、十番以内に入るどころか、三十番以下に落ちてしまうわ」

中間考査ではクラスで十一番という成績だったので、期末考査では絶対に十番以内に入ると張り切っていた伸仁は、口ではそう言ったくせに、家に帰ると教科書も開こうとしない。きょうが伝書鳩の最後の訓練の日なので、池内家の兄弟は距離を延ばして、奈良の生駒《いこま》まで行った。三十分ほど前、いま鳩たちを放したと電話があったので、最初にこの鳩小屋に帰り着くのがどの鳩で、それは何時何分だったかをノートに書かなければならない。二番目、三番目と待って、十番目までの鳩を、あさっての大会に出場させるのだ。

伸仁は、双眼鏡をのぞきつづけながら、そう説明したが、池内家の誰かに呼ばれたらしく、返事をしながら屋根から降り、家のなかに入って行った。

それから十分ほどしてモータープールの事務所に戻って来ると、汗をしたたらせながら、

「鳩、全部盗《と》られてしもてんて」

と伸仁は言った。

「一羽残らず。籠《かご》から出て飛んでいった三十二羽、ぜーんぶ」

「誰に盗られたん？」

「わからへん」

意味が飲み込めないまま、房江は、南の方角を指差して、お前は双眼鏡で何を見ていたのかと訊いた。

「鳩に決まってるやん。生駒のほうから帰って来る鳩を捜してたんや」

「生駒は、あっち」

房江は東の方角を指差した。

「ノブが双眼鏡で見てた南のほうは大正区。その先は住吉区。そのずっと先は堺市《さかい》。もっともっと先は和歌山。生駒は、あっち」

もう一度、東を指差し、房江はその手で伸仁の頭を軽く叩《たた》いた。

笑っている伸仁に、房江は硼酸入りの壜を見せ、佐古田の言葉を伝えた。伸仁は壜を持ち、事務所から走り出て階段を駈《か》けのぼっていった。

頭上の左側で板の床を叩く音が響いた。伸仁が帰って来たので、ムクが横たわって子犬たちに乳を飲ませながら、しっぽを振っているのだ。下の事務所にまでそれが響くのだから、よほど強く振っているのだ。

そう思って笑みを浮かべ、房江は階段の昇り口へと行き、オムライスを作っておいたから、まず先にそれを食べるようにと伸仁に声をかけ、事務所に戻ってペン習字の練習を始めた。

初級コースが終わり、中級コースのテキストが送付されてきたのは三日前だったが、房江は初級コースの中頃にさしかかったあたりで、自分がいかに漢字を知らないかを思い知るようになっていた。

初級コースのテキストの巻末には、手紙の書き方の用例文があり、それぞれの時候の挨拶《あいさつ》から始まるのだが、かつて新町の料亭「まち川」の女将《おかみ》の代理を務めるために習った文章は戦前のもので、使う漢字も旧漢字だった。

それらは花街特有の使い廻しであって、「まち川」の女将が適当に口にするのを書き写して憶《おぼ》えたのだ。

「あんたのは男字やなァ」

女将はそうひとこと言って、それ以後、客への手紙を房江には任せなくなった。

そのときの恥かしさを思い出し、房江は初級コースが終わるころから、新聞で読めない漢字があると、それを伸仁の漢和辞典で調べて、その字を覚えようと紙に何度も書いた。そうすることで、房江はいかに自分が漢字を知らないかに恥辱感を募らせ、奉公に出るために尋常小学校を二年でやめなければならなかったころを、いやでも思い浮かべてしまったのだ。

新聞を読んだりテレビを観《み》ていると、房江は自分と同年齢や、あるいはもっと年長の女性にも高い教育を受けた人たちが多いことに驚いた。

なかには、大正の初期にヨーロッパに留学したという女性もいた。たいていは子爵《ししやく》家や伯爵家の息女であったり、財閥の娘であって、庶民の子と同じ尺度で計るわけにはいかなかったが、彼女たちが身につけているものは、房江にとっては、眩《まぶ》しいほどの学識と教養と言葉の豊富さだった。

房江は人をうらやむことのない女だったが、こと教育のあまりの差にだけは、うらやましさを超えて嫉妬《しっと》さえ抱くのだ。

だから、せめていまつづけているペン習字の練習と漢字を学ぶことだけは、誰にも邪魔されたくなかった。

自分がこのふたつの勉強ができる時間は限られている。モータープールを出入りする人や自動車が最も少ない正午から三時頃にかけてと、夕食のあと片づけを終えて、月契約で預かっている多くの自動車の配置を確認する作業を始めるまでのわずか二時間弱なのだ。

それなのに、夫はそのわずかな夜の時間に、食卓のものを肴《さかな》に酒を飲み、世情を論じ、政治を論じ、話はあっちへ飛び、こっちへ飛び、世の中や政治家たちに腹を立てて、それらの愚を滔々《とうとう》と演説して、その聞き役を妻に求める。

自分は早くあと片づけをして勉強をしたいし、食卓の上がちらかっているのが何よりも嫌いなのだ。

機嫌を損ねないようにと気を遣いながら、自分の思いを告げると、夫は、わしの話を聞くほうがはるかに上等の勉学になるし、字などというものは読む者にわかればいい、新聞や本を読んでいるうちに、知らない漢字もわかるようになる、わしの話を聞け、尻《しり》をもぞもぞさせずにここに坐《すわ》っていろ、あと片づけなんか寝る前でいい、と怒る。

親子三人で夕餉《ゆうげ》の食卓を囲むのはしあわせなことだが、夫の演説はもううんざりだ。聞いていると、なんだかむしょうに腹が立ってくる。

いっそ、毎日、仕事で出かけて、夜はどこかの飲み屋で飲んで食べてくれればいいのだが、夫は伸仁の治療費のことが頭にあるのか、最近は外での飲み食いが減った。

房江はそんなことを考えながら、ペン習字の中級コースのテキストの三ページ目を書き写していった。

林田信正が黒塗りの社長車を運転して事務所の横の洗車場に来ると、革靴をゴム長に履き替えながら、

「うちの社長、五時まで会議やから、それまで、ぼくはモータープールにいてますよ。用事があるんやったら、ぼくが番をしときますから」

と言い、コンクリート製の水槽を覗《のぞ》き込んだ。そして、裏門の横の広い便所の前に並べてある七個のバケツを取りに行った。

週に一度、水槽の水をバケツで七杯分汲《く》み出して、それを正門のあたりに撒き、カル

キ抜きのために七日間バケツに溜《た》めておいた水と入れ換えるのは、いつのまにか林田の仕事になっていた。

「夏になったら、水道局はカルキの量を多めにしよるんです。そやから、前みたいに五日間ではカルキが完全に抜けへんのです」

両手に一個ずつバケツを持って戻って来ると、林田は、水槽の底を覗いてみてくれと房江に言った。

金魚の居場所が失《な》くなるのではないかと案じるほどに繁茂して水中で絡《から》みあっている水草は、底の厚い砂に根を張っているのだが、その砂の上あたりに赤い微細な糸のような生き物がうごめいていた。

「ぼうふらです。蚊の幼虫」

と林田は笑顔で言った。

「なんぼ卵から孵《かえ》って出て来ても、このなかの金魚が一匹残らず食べてくれます。ぼうふらは金魚の大好物やから、こいつらが出て来よったら、もう金魚用の餌《えさ》はやらんほうがええって、ノブちゃんに言うといて下さい」

それから林田は、別のバケツで水槽の水を汲み出し始めた。

房江は、佐古田が硼酸を持って来てくれたことを林田に話した。

「へえ、それはええ考えかも。もう最後の手段ですねェ。犬猫病院の医者は、これはどうしようもないって白旗を上げよったんやから」

そう言って、林田は房江と一緒に二階へあがった。

物干し台の半分が日陰になっていて、そこに伸仁が子犬を膝《ひざ》の上に載せて坐り、硼酸をひたした脱脂綿で瞼を拭きつづけていた。

ムクが、吾が子に何をするのかといった表情で物干し台の前の廊下に坐り、その乳首に五匹の子犬たちがむしゃぶりついていた。

そのなかの茶色のオスは、いちばん活発で、よく太っていて、林田が貰《もら》ってくれることになっている。他の四匹も貰い手が決まっているが、瞼のあかない耳の大きなメスの行き先はなかった。

「どこか一箇所が、ほんのちょっとでもあいてくれたらなァ、そこが糸口になってくれるんやけどなァ」

伸仁の隣に腰を降ろして、林田は言った。

「痛そうに鳴くねん。硼酸の薄め方を間違うたんかなァ」

子犬を抱いたまま、物干し台の手すりに置いた小壜を取ると、伸仁は、丼鉢《どんぶりばち》のなかの液体を林田に見せた。小壜の蓋《ふた》に半分ほどを丼鉢一杯の水で薄めたという。

「そら薄め過ぎや。二十倍やから、この丼鉢で半分の水やろなァ」

林田は蓋にもう一杯の硼酸液を混ぜた。

部屋に戻って、オムライスがきれいに食べられてしまった皿を洗いながら、房江は、伸仁がよほど腹をすかせていたのだと思った。

あの子が、玉子と鶏肉《とりにく》と玉葱《たまねぎ》を多めに使って作ったオムライスを、五、六分でたいらげるなどということは滅多にない。それとも、小谷医師の治療の効果があらわれ始めたのであろうか。夫が知ったら、どんなに喜ぶだろう。居場所がわかれば、電話で伝えてやりたいのだが……。

そう考えながら、房江は、城崎《きのさき》から帰った翌日の、小谷医院での初めての診察のときのことを思い浮かべた。

小谷医師は、待ちあぐねていたように笑顔で迎えてくれて、まず伸仁の脈に触れた。そして、次に聴診器で胸部を診察し、それから診察台にあお向けにさせて、丹念に胃部や腹部を触診した。

それが済むと、伸仁を起立させ、上体を前に屈身させて、背中の骨を指で押していった。顎《あご》の下や首筋も触診し、どんな食べ物が好きかと訊《き》いた。

「テキとマカロニグラタン」

「ほう、贅沢《ぜいたく》なものが好きだねェ。魚では？」

「中トロと鯛《たい》の湯引き」

「それなら幾らでも食べられるかな？」

「うん。そやけど、そんな高いもん、滅多に食べられへん。鰻《うなぎ》の肝焼きも好きや」

小谷医師は、服を着て待合室で待っているようにと伸仁に言い、房江を診察椅子《いす》に坐らせると夫人を呼んだ。

そして、カルテに何か書き込みながら、

「息子さんは、私がちゃんと大きくしてあげます。根気良く通院させて下さい。偏食になってもいいから、好物を出してやることです。しかし、あの子にとって毒なのは冷たいものです。氷水とかアイスキャンディーの類《たぐい》は駄目です。夏にどんなに欲しがっても与えてはいけません。体や内臓を冷やすことが、あの子にはいちばん良くないのです。過敏体質ですから、当然、心も過敏です。敏感と過敏とは違います。このところを、親御さんはちゃんと心得ておいてやることです。柳に雪折れなし、といいますが、あの子はまさにその典型です。しかし、どんなにしなやかな柳でも、苗のときは、やはり枝折れします。あの子は、いまはまだ苗です。苗の時代が、他の人たちよりも長いかもしれませんが、必ず成木に育ちます。私がきょうから注射する何種類かの薬は、成木になるためのきっかけを作るためのものであって、成木にするための薬ではありません。このことは、ご主人にもちゃんと話しておいて下さい。成木へと育ち始めたら、私の治療はそこで終了です」

と説明した。

そして、カルテを夫人に渡した。夫人は、注射器と針を煮沸消毒する金属製の容器の下のガスコンロに火を点《つ》け、カルテに書かれた幾種類かの薬のアンプルを持って来たのだ。

房江は、そのときの小谷医師の、甲高いが落ち着いた口調の奥に、手を合わせたくなるような慈愛に似たものを感じて、一回の注射代が幾らになるのかを訊けなかった。日を改めて夫に訊いてもらうことにして、伸仁を残して先に小谷医院から出たのだ。

事務所で電話が鳴ったので、房江は階段を急いで降りて行った。熊吾からだった。

「きょうは、えらい儲《もう》かったぞ」

と熊吾は言った。

阪神裏の迷路街でいろんな商売をしている連中のなかにも自動車を持ちたがる者が増えてきた。運転免許証を取得した者たちもいて、いい中古車を求めているというので、豆タンクとデンチューのふたりも間に入れてのブローカー稼業《かぎよう》をやってみたという。

「きのうは三台、きょうは五台が売れたぞ。デコボコ・コンビにもちょっと分け前をやらにゃあいけんが、あいつらはこれが商売《こ》じゃけんのお。それでも、わしには電気冷蔵庫を三つほど買える金が入った。一台買うたけん、置き場所を考えちょけ。九時頃に、電機屋が持って行くぞ」

「電気冷蔵庫？　ほんまに買うたん？」

「ほんまじゃ。新品じゃ。十回払いの月賦《げっぷ》でええっちゅうから、そうしたぞ」

千代麿《ちよまろ》と食事をするので今夜は遅くなる。そう大声で言って、熊吾は電話を切った。

電気冷蔵庫が我が家にもやって来る。房江は嬉《うれ》しくて、二階の自分たちの部屋に行くと、さてどこへ置こうかと考えた。

「あんまりこすったから、瞼《まぶた》の周りがハゲになってしもてん」

薄めた硼酸《ほうさん》液の入っている丼鉢を持って部屋に入って来た伸仁は、伝書鳩《ばと》たちが誰にどうやって盗《と》られたのかを訊くために、池内兄弟の家へと走って行った。


夏休みに入るとすぐに、伸仁に野球のグローブを買ってくれとせがまれて、房江は淀《よど》屋橋《やばし》にあるスポーツ用品店へ行った。家の近くの店では左利《き》き用のグローブがなくて、註文《ちゅうもん》して届くのに十日ほどかかると言われたからだった。

牛革の匂《にお》いのする新品のグローブと軟式野球用のボール、それにバットを買ってもらった伸仁と御堂筋《みどうすじ》を大阪駅のほうへと歩きながら、房江は自分がほとんど完全に更年期症状を脱したことを知った。症状が残っていたときには、炎天下を歩いても膝下に冷たさを感じるときが多かったのだ。

日傘で真夏の日差しを避けながら、房江はハンカチで自分の首筋の汗と、伸仁の額のそれを拭《ふ》き、

「中間考査ではクラスで十一番やったのに、期末考査では三十二番に落ちてしもて……。十番以内に入ってみせるっちゅう約束はどうなったん」

と言った。

「お父ちゃんが、夜になったら、ぼくをあっちこっちへつれて行くから、勉強でけへんねん」

その伸仁の言い分ももっともだと思ったが、ジンベエと名づけた子犬の瞼をあけるために、いち日に五度も六度もその瞼を硼酸にひたした脱脂綿で拭きつづけているのだから、勉強する時間が失《な》くなるのは当然ではないかと房江は言った。

「瞼の周りの毛が抜けて、皮膚も赤うに剝《む》けてしもて。あれは痛いと思うわ。あの目はもうあけへん。あきらめたらどうや？」

「あきらめたら、ジンベエは死んでしまうやん」

「うちで飼《こ》うてやったら、死ねへんわ」

「飼うてもええのん？　犬、二匹になるでェ」

「しょうがないやろ？　あんなに可愛《かわい》がってきて、貰い手がないからって捨てられるか？　お前、どこかに捨てに行けるか？」

「そんなこと、ようせん」

「メスやのにジンベエて、どういう意味やのん？　落語に出てくる甚兵衛《じんべえ》さんか？」

伸仁は、そうではないと首を振り、テレビで観《み》たジンベエザメからつけたのだと言った。

「ごっつうでっかいサメやねん。五メーターくらいあんねんで。サメやけど、おとなしいねん。人間も襲えへんし。他の魚も食べへんねん。海中のプランクトンを食べてるだけや。目が小そうて、どこにあるかわかれへん。そのサメと顔が似てるから、ジンベエて名前にしてん」

ジンベエザメ……。そんなサメは見たことも聞いたこともないと思いながら、房江は梅田新道の交差点に来ると、その南西側の角にある不二家パーラーに入った。

伸仁にはホットケーキとミルク入り紅茶を、自分は苺《いちご》のショートケーキと冷たいココアを註文して、夜、お父さんにどんなところにつれて行かれているのかと訊いた。

「おとといは、九条で映画を観てから、飲み屋さんに行った」

「どんな映画？」

「灰とダイヤモンドて題のポーランドの映画や」

「おもしろかったか？」

「ぜんぜんわかれへんかった」

先に運ばれてきた母親の冷たいココアを見ているので、ひとくちだけ飲んでもいいと伸仁に言って、房江はストローを渡した。

「自分には冷たいもんは毒やて、いっつも自分に言うて聞かせるんやで。この暑い時期に、冷たいものを飲みたい気持はわかるけど」

「うん、わかってる」

そう答えたくせに、伸仁は両の頰が丸く膨れるほどの量をストローで吸ってしまった。

「誰がそんなに飲んでもええて言うたん。お母ちゃんのココア、半分に減ってしもたやんか」

笑いながら叱《しか》り、この猛暑のなかを汗まみれになって淀屋橋から歩いて来たのだから仕方があるまいと房江は思った。

ホットケーキにシロップをかけ、それとバターとを混ぜ合わせながら、伸仁は、夜、父につれられて行ったところを話した。

寄席《よせ》、映画館、ビリヤード屋、文楽座、雀荘《ジャンそう》、洋食屋、小料理屋、寿司《すし》屋、茶道具屋、画廊……。

「こないだ行った画廊にマチスの油絵があって、お父ちゃんが、これは贋物《にせもの》やて言うて、そこにおった人とケンカになりかけてん。心斎橋の飲み屋では、隣で安保の話をしてた人にからんでいって、ぼく、どうしょうかと思たわ」

「アンポ?」

「日米安全保障条約のことや」

「どう絡《から》んで、どうなったん？」

「お前ら、平和じゃの憲法九条じゃのとわかったようなことを言うちょるが、アメリカに口出しされんようになって、日本も軍隊を持ち、原子爆弾も持とうっちゅうのが本音じゃろう。それなら正直に本音をプラカードに書いてデモをしたらどうじゃ。世界中が丸腰にならんかぎりは、平和っちゅうものにも金がかかるんじゃぞ、って。その人ら、すぐに店から出て行きはった」

　伸仁の真似《まね》た父親の口調があまりに似ているのに感心しつつも、夫はそのうちどこかでひどい目に遭わされるに違いないと房江は本気で案じた。

「お父ちゃんがその人らに言うたこと、ようそれだけちゃんと覚えてるなァ」

「ぼく、耳で聴いたことを覚えるのん得意やねん」

「そしたらなんで成績が落ちたんや？」

　伸仁は、坊主《ぼうず》刈りの頭を爪《つめ》で掻《か》きながら、

「学校の勉強は、落語をラジオで聴いて覚えるようなわけにはいかへんねん」

と言った。

　この一年ほどで口だけは達者になってきたと思いながら、房江は、いまから阪急百貨店に行って買い物をするが、お前はどうするかと伸仁に訊いた。

「ぼくは帰る。きょう、もういち日だけ、ジンベエの目を硼酸で拭いてみる」

「私は、買い物をしてから、尼崎のタネおばちゃんのとこへ行くわ。お前がお世話になったお礼を、まだちゃんとしてへんねん」

すると、伸仁は、月村敏夫と光子の兄妹《きょうだい》は、あの蘭月《らんげつ》ビルからいなくなったのだと言った。

「いつ？　どこへ引っ越しはったんや？」

「七月に入ってすぐに。どこへ行ったんかわかれへん。アパートの誰に訊いても、知れへんねん。張本のアニイも知らん、て」

やはり、この子は親に内緒で、ときどき蘭月アパートに行っているのかと思い、タネも千佐子も元気か、明彦《あきひこ》はいまも尼崎のキャバレーでトランペット吹きのアルバイトをしているのかと房江は訊いた。

「タネおばちゃんの家には寄れへんから知らん」

と伸仁は房江の視線から目をそらせるようにして言った。

「ほな、蘭月ビルのどこへ行ってんねん？」

「伊東さんの部屋とか、咲子ちゃんの部屋とか」

仲良しだった土井のあっちゃんもいなくなり、月村兄妹も引っ越したのなら、伸仁は何のために蘭月ビルへ行くのか。

学校の帰りに阪神電車に乗って行くとしても、福島駅から尼崎駅までは二十分はかかるし、帰りはバスを使えば福島西通りの停留所まで四十分ほどだ。

蘭月ビルのどこかの部屋にいられる時間は、せいぜい三十分か四十分ほどだ。そうでなければ、五時までにモータープールに帰り着くことはできないはずだ。

その房江の問いに、蘭月ビルの裏の広場には、小学生時代の友だちがたくさんいると伸仁は答えたが、それが嘘《うそ》だということは、房江にはすぐにわかった。

蘭月ビルに行っているとお父ちゃんに言わないでくれ。伸仁にそう頼まれて、

「お父ちゃんが、なんであそこにはもう行ったらあかんて言いはったのか、ノブにはわかってるのか？」

と房江は訊《き》いた。

「咲子ちゃんのお父さんが、あんなことをしたからやろ？」

「それだけやないねん。あそこは、これからのお前にとっては、良うないことばっかりが起こるとこやから、そういうとこから縁を切ってしまえって、お父ちゃんは言いはったんやで」

いや、少し違うな、と房江は思ったが、夫の考えを伸仁にわかりやすく解説することは難しかった。

「咲子ちゃんは、ちゃんと学校へ行ってはんのん？　確か、ことし中学を卒業しはったはずやなァ」

そう訊いてすぐに、いや、咲子が高校へ進学するはずはないと房江は思った。津久田家にそんな余裕はないし、娘に義務教育以上のものを与えようとする親ではあるまい、と。

「私立の女子高に行っててんねん」

と伸仁は言った。

「私立の？」

房江が不審そうに首をかしげて訊き返すと、

「絶対に高校には行けって、お金を出してくれる人がいてはんねん」

そう答えて、伸仁は、しかし咲子が高校の制服を着ているのを見たことはないとつづけた。

「ぼくが蘭月ビルに行っても、咲子ちゃんは滅多にいてへんねん。逢《あ》えるときのほうが少ないから、ぼくは香根《かね》ちゃんを広場につれて行って遊んでやるねん」

その瞬間、房江は、伸仁が学校が退《ひ》けたあと、なぜわざわざ電車に乗って蘭月ビルまで行くのかに気づいた。咲子に逢いたいのだ、と。

三つの歳《とし》の差があって、おそらくいまは肉体的にはおとなと子供だが、伸仁は咲子に恋心に近いものを抱いている……。

房江は少しうろたえつつも、早産で生まれたあのとびきり弱々しい赤ん坊も、ちゃんと大きくなって行こうとしていると思った。

すると、戦後のすさまじいインフレの世に、ほとんどの日本人が食べ物を求めて狂奔しているとき、まるでそれを見越したかのように、夫がすべてを捨てて南予に移り住んでくれたことを、房江は初めて真底からありがたく感じた。

梅田新道のバス停のところで伸仁と別れると、房江は阪急百貨店へ行き、タネの好みであろうと思われる夏物のブラウス二着を選び、色の異なる口紅も二本買ってから、地下道を通って阪神電車の梅田駅へ向かった。

尼崎の蘭月ビルに着いたのは昼の一時過ぎで、バスを待つ中年の女の、阪神地方はことし一番の暑さだそうだという会話を耳にしながら、足元に注意しなければ陥没している部分に足を取られる暗い土の通路を進んだ。

確かにこの蘭月ビルは何かが大きく変わってしまったと房江は思った。以前にも増して不穏な気配に満ちている。他人の住まいの戸や板壁に、ほとんど隙間《すきま》なく貼《は》られたビラは、住人がなんとか剝《は》がそうとした形跡があるが、よほど強力な接着剤が使われているのか、剝がれなかった部分のほうが多く、「売国奴」「傀儡《かいらい》」「騙《だま》されるな」といった字が読み取れる。

自分の店のガラス戸に「北の蘭月ビル」と赤い字で大書されたビラを剝がそうと、木のヘラでこすっている理髪店の主人は、房江が挨拶《あいさつ》すると、

「毎日毎日、ビラ剝がしばっかりしてまんねん」

とうんざりした表情で言った。

糊《のり》にセメントを混ぜてあるので、どうにもこうにも剝がれないのだという。

「警察に言っても、何にもしてくれよれへん。そのうち、ほんまにこのアパートに火ィつけよりまっせェ。どっちが韓国で、どっちが北朝鮮か知らんけど、夜になったら、このアパートのあちこちで血の雨が降ってまっせェ。とばっちりを受けたらえらいこっちゃ言うて、きょうも一軒、引っ越して行きよりましたわ」

房江は、木のヘラでこすればこするほどガラスに傷がついていくのを見ながら、百貨店で買って来た水菓子の箱を理髪店の小柄な主人に渡した。

最近、電話を引いたので、急用のときは、この理髪店にかけてくれ、客の頭を刈っている最中でなければ取りついでくれることになっている。タネからそう聞いていたのだ。

「滅多にお手数をおかけすることはないと思いますけど、何かのときにはよろしくお願いします」

菓子の入った箱を受け取りながら、主人は無愛想に頷《うなず》き返した。

タネの店には三人の客がいて、中学の制服を着た千佐子が、かき氷にシロップをかけていた。タネは市場へ買い物に行ったという。

房江は千佐子と逢うのは半年ぶりだった。そのわずか半年のあいだに、千佐子は驚くほど背が伸びて、胸の膨らみも尻《しり》の丸味も増していた。

小学生のときから、千佐子はこの界隈《かいわい》の子たちとは交わらず、別の地域に住む友だちと行き来していて、その子たちの何人かが進学する私立の女子中学校に入学したが、その費用は寺田権次《ごんじ》がすべて用立てたのだ。

千佐子は寺田を嫌悪《けんお》して口もきかなかったが、私立の中学校に行く費用を出してくれると決まると、無理に笑顔を作って話をするようになったという。

タネは、千佐子が、妻も子もある男とのあいだにもうけた子であることを、まだ千佐子に打ち明けてはいない。

房江はそう思いながら、かき氷を作る手動式の機械を置いてある台の横に坐《すわ》り、ハンカチで汗を拭《ふ》きながら、もう学校は休みではないのかと千佐子に訊いた。

「午前中はクラブ活動があるねん」

かき氷を客のテーブルに運ぶと、千佐子は奥の座敷で服を着替えながら言った。

「何のクラブに入ったん？」

「水泳部」

房江は、タネのために買った品を座敷に置き、日本人離れした千佐子の脚の長さに見入った。千佐子の父親とは何回か顔を合わせたことがあるが、御荘《みしょう》の町では一、二の長身だったなと思った。

これは、伸仁がお世話になったことへのささやかなお礼だ。明彦と千佐子にも何か買って来たかったが、伸仁に買った野球道具が思いのほか高かったので、持ち合わせの金が減ってしまった。こんど来るときに買うつもりだが、何がいいか。

そう房江が訊くと、夏物のワンピースが欲しいと千佐子は答えた。

「一緒に買いに行ったほうがええなァ。千佐子の好みで選んでもらわんと。おばちゃんが好みに合わんものを買《こ》うてしもてもなァ」

房江の言葉に、千佐子が嬉《うれ》しそうに何か言いかけたとき、木のヘラを持ったままの理髪店の主人がやって来て、

「松坂房江さんに電話や」

と言った。

いったい何事であろう。モータープールで何かが起こったのだろうか。

房江は、いやな予感を抱きながら理髪店へと走った。電話は林田信正からだった。

「ノブちゃんが怪我《けが》しましてん」

と林田は言った。

「大きな怪我ですのん？」

「いま、クワちゃんがカンベ病院につれて行ってますねん。花火が左の目を直撃したんです。本人は、目はちゃんと見えるて言うてるんですけど、瞼《まぶた》から眉毛《まゆげ》にかけて、皮膚

が全部むけてしもてるんです」

自分はいま尼崎にいる。これからすぐに帰る。房江は早口で言って電話を切ったが、声が震えていることは自分でもわかった。

花火が左の目を直撃した？　どんな花火なのか。なぜこんな昼間に花火で遊んだのか。房江はそう思いながらも「失明」という言葉が胸のなかを占めて、脚が震えてまっすぐ歩けなかった。

タネの家に戻り、伸仁が怪我をしたのでと千佐子に伝え、ハンドバッグを摑《つか》んで阪神国道へと走った。

「ノブちゃんのおばちゃん」

と呼ぶ女の子の声が聞こえたが、それに応じ返す余裕はなかった。バスが停留所に停まっていたのだ。

モータープールに帰り着くと、林田が待っていて、カンベ病院の院長が念のために阪大病院の眼科に連絡を取ってくれて、いまはそこで診察を受けていると説明した。

「目はどうですのん？」

「ちゃんと見えてるし、眼球に傷はついてないけど、念のために専門医の精密検査を受けとこうって……」

房江が通りでタクシーをつかまえようとしていると、林田が走って来て、ノブちゃんから電話だと叫んだ。

房江は事務所へと走り、受話器を耳にあてがうなり、

「目は？　目はどうなったん？」

と訊いた。

「うん、間一髪でセーフやってお医者さんが言いはった。そやけど、左の眉毛はもう生えてけえへんかもわかれへんて」

伸仁はそう言ってから、このことはお父さんには内緒にしていてくれと頼んだ。

目は大丈夫だった。失明しないで済んだ。ああ、よかった。

房江は崩れるように事務所の椅子《いす》に腰掛けて、

「片方の眉毛が失《な》くなってるのに、どうやってお父ちゃんに内緒にでけるの」

と声を荒立てて叱《しか》った。

「お父ちゃん、ごっつう怒るやろなァ」

伸仁はそうつぶやき、カンベ病院での治療代も、そこから阪大病院へのタクシー代も、阪大病院への払いも、みんな桑野さんが立て替えてくれたが、健康保険証を持って行かなかったので、未加入者の金額だったと言った。

「あした、保険証を持って行ったら、差額を返してくれはる」

そう言って電話を切り、きまずそうに事務所のソファに坐っている林田に、どうして

こんなことになったのかと訊いた。

桑野忠治が、得意先で打ち上げ花火を五本貰《もら》ってきたが、そこに印刷されている製造年月日を見ると、昭和三十年となっていた。

もう紙の筒も火薬も湿ってしまって、火がつかないのではないかと言うと、ノブちゃんが一本だけ試してみようと、洗車場に石を二個置き、それで花火の筒を挟んで立たせ、火をつけた。

先端には短い導火線がついていて、それは火花をあげながら燃えていったが、本体に達しても、花火は打ち上がらなかった。

みんなは二、三分遠巻きに見ていたが、やはり作ってから四年もたつ花火は不発だ、用を為《な》さなくなったからクワちゃんにくれたのだと笑い合っていると、ノブちゃんが近づいて行って、消えたんかなァと言いながら、先端の部分を覗《のぞ》き込んだ。

その瞬間、花火は発射した。花火の発射口からノブちゃんの片方の目までの距離は二十センチほどだった。

ノブちゃんは、左の目を両手で押さえて、その場にうずくまった。

自分もクワちゃんも、花火はノブちゃんの左目を直撃したと思った。これは大変なことになった。これほどの勢いの花火が目を直撃したら、目玉は破壊されてしまう。

失明という言葉がすぐに心に浮かんだが、自分もクワちゃんも慌《あわ》ててノブちゃんに駈《か》

け寄り、押さえている手を離させた。左瞼から眉毛の少し上あたりまでが、赤く擦りむけたようになっていたが、ノブちゃんは、

「目には当たれへんかったみたいや」

と言った。

自分もクワちゃんも、目をあけてみろと促したが、痛くてあけられないという。

あれだけの勢いで至近距離から発射された打ち上げ花火が、目玉を傷つけていないはずはないと自分もクワちゃんも思い、救急車を呼んだほうがいいと相談していると、ノブちゃんは目をあけて、地面を見たり、空を見たりしたあと、

「見える。ちゃんと見える」

と言った。

林田信正はそう説明してから、すみません、すみませんと何度も謝りつづけた。

房江は、伸仁の目が無事だったことへの安堵《あんど》で、上瞼と眉の怪我をさして案じなかったのに、失明しなかったと知った途端、片方の眉毛を失くしてしまうのも重大事ではないかと思い始めた。

「奇跡です。花火が目に当たれへんかったのは奇跡です。奇跡って、ほんまに起こるんやなァ」

そう言って、林田は社長車を置いてあるところへ行き、それを洗車場まで運転してき

て、洗車の準備にとりかかった。

そして、ゴム長に履き替えながら、何か考え事をしているような顔で、何度も房江に話しかけてはやめるという行為を繰り返した。

その表情が気にかかったが、房江は、外出用の服を普段着に着替えるために二階へあがって行った。ムクに食事を与えなければならないと思った。

すると、林田はあとを追って階段を昇って来て、ジンベエの左の目が半分あいたのだと言った。

野球道具を買って帰って来た伸仁は、きょうもういち日だけやってみると言って、硼《ほう》酸《さん》液でジンベエの左瞼を拭き始め、しばらくすると物干し台で、

「あいたァ、ちょっとだけあいたァ」

と叫び、林田と桑野を呼んだ。

ふたりが二階の物干し台へ走って行き、伸仁が抱いている子犬の目を覗き込むと、左目の瞼の真ん中が、ほんの三ミリほどあいていた。

硼酸による何日間かの粘り強い処置で、頑固な膠《にかわ》状の接着剤と化していたものが、少しずつ溶けていたのだ。

これならば、右目があくのも時間の問題だ。焦《あせ》って眼球を傷つけないように、少しあいた部分を柔かい布で拭きつづけたら、ジンベエの両瞼はやがて完全にあく。ノブちゃ

んの執念が厚い壁を破った。ジンベエ、よかったなァ。もうすぐ目が見えるようになるぞ。

林田も桑野もそう言って笑い合いながら、伸仁と一緒に事務所へと降りて来て、それから二十分ほどあとに、花火の事故が起こったのだ。

林田が何を言いたいのかわかるような気がしたが、房江もまたそれを言葉にすることはできなかった。

房江は、林田と一緒に、ムクと子犬たちがいる部屋へと行った。ムクはジンベエの、毛がすべて抜けてしまった目の周りをしきりに舐《な》めていた。

「ほんまや、あいてるわ」

そうつぶやき、房江はジンベエの左の上瞼と下瞼を上下にそっと裂くように引っ張ってみた。すると、瞼はさらにあいた。剝《は》がれた膠状のものの微細なかけらが目に入ったのか、ジンベエは鳴きながら前脚で目をこすった。ムクがその目を舐めつづけた。

「右のほうも、いまみたいにちょっと引っ張ってみたらどうですやろ」

林田は言って、子犬を抱きあげた。房江がそうすると右の瞼は難なく開いた。

突然、光が入って来て、ジンベエは両目をしばたたかせながら、母親の腹の下へともぐり込んだ。

房江は物干し台に置いたままの、硼酸液の入った丼鉢《どんぶりばち》と布を持って来て、ジンベエの

両目を拭いたが、もうここから先は母親にまかせればいいのだと思い、

「お母ちゃんの出番やわ」

と心配顔のムクに語りかけて、自分たち一家の部屋へと入って行った。

左の眉の上から目の下のところへかけて大きなガーゼをあてがわれ、そこにたすき掛けするように太い絆創膏《ばんそうこう》を貼《は》られた伸仁を見るなり、熊吾は手加減のない力でその頰を平手で殴った。

さらに殴ろうとした熊吾を房江がむしゃぶりつくようにして止めると、

「馬鹿《ばか》めが」

とひとこと言って、伸仁を睨《にら》みつけてから、熊吾は好物の蛸《たこ》と胡瓜《きゅうり》の酢の物を肴《さかな》にビールを飲み始めた。

食卓を挟んで、父親と向かい合って殊勝に正座し、殴られた頰をさすりながら、

「ぼくは馬鹿とは違います」

と伸仁が言ったので、房江は驚いて夫の表情を見やった。熊吾はビールの入っているコップを置き、伸仁のほうに身を乗り出した。

「ぼくは大馬鹿者です」

その伸仁の言葉で、熊吾は体を元の位置に戻し、

「そこにもうひとつ、親不孝者ですと加えにゃあいけん」

と言った。

「ぼくは大馬鹿者で親不孝者です」

「わかればよろしい」

「ぼくはもう花火には近づけへん。線香花火もさわれへん。マッチも擦れへん」

「それは結構なこころがけじゃ。放火犯にはならんで済む」

「小谷先生のとこへ行く時間やねん」

「行ってこい。鮎《あゆ》を忘れるなよ」

熊吾は、関京三が勧めるダットサンの後部座席に、大きな木桶《きおけ》を載せて帰って来た。木桶には氷の塊りと六尾の鮎が入っていた。

和歌山の御坊に建設中の工場への資材の搬送を請け負った丸尾千代麿に、あのあたりで獲《と》れる鮎を買って、出来るだけ生きた状態で持って来てくれと頼んだのだ。小谷医師は、鮎の塩焼きがいちばんの好物なのだ。

千代麿から木桶を受け取ったとき、まだ二尾は生きていたと熊吾は言い、伸仁が階段を降りて行くと、ビールを飲み干して、

「眉毛が生えてこんかったらどうするんじゃ。男が眉を剃《そ》るっちゅうのはのお、私は人畜無害の腑《ふぬ》抜けで、世を風流に生きることしか考えておりません、ちゅうしるしなんじ

ゃ。公家《くげ》の武士への恭順を、眉を剃ることで示したんじゃ。そやけん、平安の昔から、公家の男には眉がない」

と怒りの声で言った。

房江は、焼き茄子《なす》におろし生姜《しょうが》を添えて食卓に運び、傷が治ると同時に、伸仁の眉はきっと生えてくると言った。本当にそんな気がしたのだ。

「ようもまあ、目がつぶれんかったことじゃ。間一髪どころやあるかや」

「ジンベエの左目があいた直後に、伸仁の左目が助かるやなんて……。私、それを林田さんから聞いたとき、このへんがざわざわっとしてきて、なんか言葉が出てけえへんかったわ」

「ジンベエの目が？　あいたのか？」

房江が胸のあたりを手で押さえて頷《うなず》き返すと、熊吾は立ちあがり、隣の部屋へと行き、長いこと戻って来なかった。

房江は迷ったあげく、夫のビールをコップに注いで、それをひと息に飲んだ。ビールはあまり好きではなかった。冷たい酒を飲むと胃腸の具合が悪くなるのだ。伸仁は、そんな私の体質を受け継いだのであろう。

そう思い、房江は別のコップに日本酒をつぎ、それを半分ほど飲んだ。

あのような愚かな怪我をしたというのに失明を免れたのは、何かが伸仁を護《まも》ってくれたとしか考えられない。ジンベエが恩返しをしてくれたのかもしれない。

自分はそんな神がかったことを信じる人間ではないが、偶然にしてはあまりに出来すぎている。まるでお伽噺《とぎばなし》のようだ。そしてこのお伽噺には、心をしんとさせるような何かがある。その何かとは何だろう。

ああ、私は言葉を少ししか持っていない。

いずれにしても、至近距離から発射された打ち上げ花火が、伸仁の眼球をまったく傷つけなかったことに感謝しなければならない。

房江は、心のなかで、ありがとうございましたと言いながら、さらにコップに酒をついで飲んだ。

「あの目は、もうどうにも開かんと思うちょったがのお」

そう言いながら戻って来た熊吾は、コップの酒を見て、

「祝いの酒か」

と訊《き》いた。

「うん、ノブの目が助かったお祝い」

そして房江は、きょうタネの家に行ったこと、蘭月ビルの様子が変わってしまっていたことを話した。それから、なぜ同胞が北朝鮮に帰るのを韓国に属する人たちはあれほど反対するのかと熊吾に訊いた。訊いてから、ああ、また政治問題を延々と論じさせる

きっかけをこちらから与えてしまったと後悔した。

まだこれから料理を作らなければならない。小鰺《こあじ》の南蛮漬と、炒《いた》めた牛ミンチ肉と玉葱《たまねぎ》を入れたオムレツだ。

ムクの晩ご飯も作ってやらなければ。

房江はそう思ったのに、いつもの苛立《いらだ》ちは生じず、食べたくなれば、夫のほうから作ってくれと催促するだろう、そのときでいいではないかという落ち着いた心持ちになった。

こんな気持でいられるのは、いま一合の日本酒を飲んだからだ。そうか、これから酔った夫の話し相手を苛々せずに務めるには、自分も酒を飲めばいいのだ。そうすれば、なんだか気が大きくなって、あと片づけなんか寝る前でいいと思えてしまうのだ……。

房江はコップに半分残っている酒を飲み、これで一合半だなと考えた。

「大韓民国にとったら、北朝鮮なんて国はないんじゃ。存在せん国に、お前らはなんで帰るのかっちゅう理屈になるが、政治には、ぎょうさん裏がある」

と熊吾は言った。しかし、北朝鮮帰還問題にはそれ以上触れず、「ラッキー」の磯辺《いそべ》が、いい中古車を買いたがっている知人を紹介してくれるので、これからあのダットサンを売りつけてくると言って、焼き茄子には箸《はし》をつけずに出かける用意をした。

靴を履いていったん部屋から出て行ったが、すぐに戻って来て、

「時間があったら千代麿の家に寄って来るかもしれん」

と熊吾は言った。正澄のことで少々気になることがあるという。

正澄は小学校でも家の近所でも、よくケンカをする。六歳の子供が取っ組み合いのケンカをするのはよくあることで、ある意味ではそれが健全な成長の過程なのだが、正澄は自分が負けそうになると相手に嚙《か》みつく。自分の歯が届くところなら、手といわず脚といわず顔といわず嚙みついて離そうとしない。

きのう、近所のひとつ歳上《としうえ》の子の頰に嚙みついて怪我《けが》をさせ、怒った親が怒鳴り込んできた。

ケンカにはケンカのルールというものがある。武器となるものを使ったり、顔のどこかに嚙みつくなどということは、ならず者のやり方だと千代麿はきつく叱《しか》ったらしいが、それは子供のころの上大道《わうどう》の伊佐男とそっくりだ。

自分はきょう電話で千代麿からその話を聞いたとき、これは困ったことになったと思った。

千代麿は正澄の実の父親ではないから、どんなにきつく叱ろうとも、どこかに遠慮というものがある。どうしても甘くなってしまう。

この松坂のおじちゃんが、身がすくむほどの怖い存在となって、いまのうちに悪い芽を摘み取っておかなければ、所詮《しょせん》、蛙《かえる》の子は蛙、蛭《ひる》の子は蛭ということになってしまう。

正澄の父親がいかなる男であったかということとは関係なく、正澄は人間の子なのだ。その子が蛭になるのも凶暴な獣になるのも良識をわきまえた上等の人間になるのも環境と教育次第で、血筋といったものはそれによって冥伏《みょうぶく》してしまうものだと自分は信じている。

そんなことを考えながら家に帰って来ると、伸仁が既《すんで》のところで失明するところだったという。

このあいだ天井裏に溜《た》まった鳩《はと》の糞《ふん》の塊りで命を落とすところだった。あれからふた月ほどしかたっていないというのに、こんどは不良品の花火で失明しかけた。

これには何か原因があるはずだ。世の中で起こることに、巡り合わせが悪かったとか、偶然にというようなものはない。必ず原因があるのだ。

熊吾はそこまで一気にまくしたてると、台所に立ったまま煙草《たばこ》に火をつけた。

「原因て、どんな原因?」

と房江は訊いた。きょうの花火の事件はともかくとして、鳩の糞の巨大な塊りの一件は、誰にも予想がつかなかったではないかと思った。

熊吾はそれには答えず、自分の煙草の煙に目をしかめながら出て行った。

世間が盆休みに入ると、通りも静かで、出入りする自動車も人もほとんどなくて、伸仁が講堂の外壁に投げるボールの音だけがモータープールの千二百坪の敷地に響いていた。

ガーゼは十日程で取れたが、伸仁の目の上二ミリほど上から眉《まゆ》の上五センチほどのところにできた丸い傷は、火傷《やけど》というよりも転んで擦りむいたそれに近くて、いまは固いかさぶたに覆《おお》われていた。

どんなに痒《かゆ》くても、決して掻《か》いてはならないし、自分でかさぶたを剝がしてはならないとカンベ病院の院長に何度も言われていたので、伸仁は忠実にそれを守っていたが、眉毛が生えてくるかどうかがよほど心配らしく、いち日に何度も鏡に見入っている。

房江は、昼ご飯を食べると、長いゴムホースでモータープールの敷地内に水を撒《ま》きつづけた。

電話が鳴ったので、房江は伸仁に早く出るようにと大声で言った。

グローブを右手にはめたまま事務所に走って行った伸仁は、

「麻衣子ちゃんからや」

と受話器を突き出すようにして房江を呼んだ。

ムメばあちゃんが死んだ、と房江は思った。それは確信に近かった。

ゴムホースから水を出しっぱなしにしたまま受話器を取ると、麻衣子はムメばあちゃんが八月十日に死んだこと、もう火葬して、自分と母とで密葬を済ませたことを話した。

「十日？　三日も前に？」

なぜ、死んだときにしらせてくれないのかと言いかけたが、房江はその言葉を押しとどめ、

「おうちで？　養老院で？」

と訊いた。

養老院は満員で入所できなかった。日付が十日に変わってすぐに、自分がおしめを替えようと二階に上がると、ムメばあちゃんは息をしていなかった。でもまだ体は暖かかった。

麻衣子はそう説明した。遺骨は、分骨したヨネのそれと一緒に寺の納骨堂に納めたという。

房江は、麻衣子の母の谷山節子が、ムメばあちゃんの死をすぐに松坂熊吾にしらせたくなかったのだなと思った。あの女は、熊吾や私に逢《あ》いたくないのだ。だから、火葬して、密葬を執り行なったあとに連絡してきたのだ。もう寺に納骨したとなれば、松坂熊吾も房江も、あえて城崎にまでやって来ないだろうと考えたのだ。

房江は、赤の他人のムメばあちゃんを最後まで世話しつづけた麻衣子の労をねぎらい、長距離での長話を避けようと電話を切りかけた。すると、

「私のお母ちゃん、あした金沢へ帰るちゃ」

と麻衣子は言った。

「なんで？」

「私とお母ちゃんとでは、商売のやり方が違いすぎるねん。それでケンカばっかりして……。お店はヨネさんが作りあげて、私が継いでん。お母ちゃんが継いだんと違うっちゃ」

大阪弁と金沢弁とが混じった麻衣子の口調には、どうもそれだけの理由ではなさそうな母親への怒りのようなものが感じられた。

「ムメばあちゃんのこと、千代麿さんにもしらせへんかったん？　美恵にとったら、ムメばあちゃんは血のつながったひいおばあちゃんやのに……。なんで松坂のおじさんや千代麿さん夫婦にしらせんままに火葬をしてしもたん？　ムメばあちゃんの遺体にお別れをしたかった人はぎょうさんいてたと思う」

黙っていようと思っていたのに、房江は麻衣子をなじる言葉を静かに口にした。

「千代麿のおじさんとおばさんには、これから電話するつもりやねん」

電話を切って、うしろを振り返ると、顔から汗をしたたらせながら立っていた伸仁が、ムメばあちゃんが死んだのかと訊いた。

「三日前やて。千代麿のおじさんには、これからしらせるんやて」

「正澄も美恵も、ムメばあちゃんには、もう逢われへんなァ」

「そらそうや。もう火葬して、お骨になってしもたんやから」

伸仁はグローブを机に置き、洗車場へ行くと、ゴムホースを差し込んである水道の蛇口を閉め、夏休みのあいだにみんなで城崎へ行き、ムメばあちゃんの遺骨を余部《あまるべ》鉄橋から撒いたらどうかと言った。

「ムメばあちゃんとヨネおばちゃんは、ごっつう仲が良かってん。ほんまの親子みたいやってんで」

あの鉄橋の真ん中まで歩くのは、もうこりごりだと思って、房江は笑ったが、二階の物干し台に上がって洗濯物を取り込みながら、廊下で走り廻っている六匹の子犬を見ているうちに、房江は伸仁の思いつきを実行したくなってきた。

ジンベエの両の瞼《まぶた》からは膠《にかわ》状のものがすべて消えてしまって、兄妹《きょうだい》たちと互角にじゃれ合っては、これまでのぶんを取り返そうとするかのようにムクの乳を吸っている。

乳離れの時期が来たのか、最近はムクも他の子犬に乳を吸われると、たまに怒るようになったが、ジンベエにだけは好きにさせていた。

犬でも、この子だけは乳の与え方が少なかったとわかるのであろうかと考え、房江はジンベエの目の廻りを覗《のぞ》き込んだ。母親に舐《な》めつづけられたのと、伸仁に硼酸《ほうさん》液でいち日に何度も根気良くぬぐいつづけられて禿《は》げてしまっていたが、その部分には短い毛が生え始めている。

伸仁がやって来て、退屈そうに子犬たちと遊び始めたので、いい機会だと思い、房江は、よほどの用事ができたとき以外は、決して蘭月ビルには行ってはならないと言った。

「お父ちゃんにも何回も言われてるから、もうわかってる」

少し怒ったように言い、伸仁は林田信正に貰《もら》われることが決まっている子犬を抱きあげた。

この子は私に何か話したいことがあるのではないかという気がして、

「また何か買《こ》うて欲しいもんでもあるのん？　もう何にも買えへんで。野球のグローブ、高かったんやで」

と房江は言った。

伸仁は子犬を抱いたまま、物干し台の棚にまたがるようにして坐《すわ》り、

「お母ちゃん、このごろ、晩ご飯のときにお酒を飲むけど、ぼく、飲まんとってほしいねん」

と意を決したように伸仁は言った。

「お酒を飲んだら、お母ちゃんは、魚が腐ったような目になるねん。ぼく、お母ちゃんのあの目ェ、嫌いやねん」

魚が腐ったような目という言葉に腹が立ち、

「お母ちゃんもちょっとお酒を飲めへんかったら、お父ちゃんの二時間も三時間もつづ

く演説の相手がでけへんねん。そんなに私がお酒を飲むのがいややったら、お前がお父ちゃんの相手をしてんか」

と房江は言い、畳んだシャツを大きな音をたてて叩《たた》いた。

母親の滅多にない怒りの口調で、伸仁はそれきり黙り込んで、子犬をムクの傍に戻すと階段を降りて行った。

「夏休みも、あと二週間ほどで終わりやで。ぎょうさんの宿題をどうするの」

伸仁の返事はなかった。

裏門横の便所の掃除をして事務所へ戻ると、北側の塀の向こうの二階屋の屋根で、池内兄弟と伸仁が鳩を抱いて坐っていた。

よくもこの真夏の炎天下に、焼けた瓦《かわら》屋根の上に坐っていられるものだと房江はあきれ、三十二羽の伝書鳩を奪われて、いまは二十羽ほどしか残っていないという大きな鳩小屋に見入った。

八月の半ばに、在日朝鮮人の北朝鮮への帰還が正式に決定したことは知っていたが、房江は熊吾からの電話で、きょう、帰還希望者の申請登録受付が全国の市区町村の特設窓口で開始されるのを知った。

「お前から伸仁にもう一回念を押しちょけ。絶対に蘭月ビルに行くなとなァ」

熊吾は、帰りは遅くなるから先に寝ておけ、自分は裏門の合鍵《あいかぎ》を持っていると言って電話を切った。

大阪駅の構内の公衆電話からだということは、熊吾の声に混じって聞こえる案内アナウンスでわかったので、房江は、ひょっとしたら夫は城崎へ行くのではないかと考えながら、事務所の壁に掛けてあるカレンダーを見た。

きょうは九月二十一日。ムメばあちゃんが死んだのは八月十日だから、四十九日忌はまだ六日ほど先だ。

なにも隠すことではないのだから、城崎に行くのならそう言うだろうし、中古車を誰かに売るのなら、その自動車を運転していくはずだ。

夫のエアー・ブローカー業は、あきれるくらい好調だ。長年その世界に身を置いてきた黒木や関が不思議がるほどよく売れる。かつての松坂商会の時代につながりのできた人は多くて、中古車を欲しがっている知人や商売仲間を紹介してくれるからだが、いつのまにか相手をその気にさせてしまう弁舌が、次から次へと新たな客を生み出すらしい。

夫も、中古車ブローカー業が忙しくなり、それによる収入も増えると、妻に内緒にしておけなくなって、小金稼ぎにエアー・ブローカーに身をやつしたと照れ臭そうに打ち明けたが、八月だけに限っても、それは小金と呼べる額ではない。

いまこの日本という国で、自動車の需要がいかに急速に増えつづけているかという証《あか》しでもあるが、夫はこういう商売に向いているのだ。人を使って大きな販路を得るよりも、一対一で商品を売ることが上手なのだ。

中之島《なかのしま》の西端のビルで、暇つぶしにきんつばを焼き始めたが、本人が驚くほど儲《もう》かったではないか。味がいいので、噂《うわさ》を聞いた人々が遠くからたくさん買いに来てくれた。老人会や町内会や、まとまった使い物として予約註文《ちゅうもん》をしてくれる会社もあって、夫ひとりでは生産が追いつかなくなった。

あのきんつば専門の「ふなつ屋」を、またどこかで店開きすればいい。この福島西通りの界隈《かいわい》なら、もっと繁盛《はんじょう》するだろうに。

房江は、このような考えは、きょうが初めてではないと気づくと同時に、夫が毛嫌いする「ケチな小商い」こそが商売の常道だと、夫はいつ気づくのかと残念な思いにひたった。

夫は若くして事業を始めて以来、やることと為《な》すことがうまくいってきた。これは下手に手出しをすると身を滅ぼしかねないと躊躇《ちゅうちょ》する事業も、ええい、乗りかかった船だと思い切って、ほとんど丼《どんぶり》勘定で運を天にまかせて漕《こ》ぎだすと、それがことごとく成功した。

夫が三十代の前半だったころの日本という国の異様な勢いがあと押ししてくれたのだが、松坂熊吾の持つ運と勝負勘のようなものが、うまく嚙《か》み合ったのであろう。

しかしそれらはあの戦争で一変して、日本という国の根底が変わると同時に、夫は歳《とし》を取り、さらにそこへまさかと驚く出来事が起こった。伸仁という子を授かって、夫は五十歳で初めて父親となったのだ。

伸仁の誕生以来、神戸の御影《みかげ》から南宇和へ、南宇和から大阪市北区中之島の西端へ、そこから富山へ、富山から再び大阪の中之島へ、その間、伸仁は尼崎の蘭月ビルへ。

自分は、もっと転々と移り住んできた気がするが、いまこうやってひとまず福島西通りのシンエー・モータープールの二階に安住の場所を得て、日々の生活の心配をすることなく暮らしている。

自分たちは柳田元雄に感謝しなければならないのだ。

黒木と関のデコボコ・コンビが一台の乗用車に乗ってモータープールに入って来たので、房江は物思いから醒《さ》めて二階へ上がり、昼に作った稲荷寿司《いなりずし》を二個ずつ皿に載せ、熱い茶と一緒に事務所へ持って行った。

きょうはまだ昼飯を食べていないのだと関京三は言って、稲荷寿司を指でつかんだ。

「やっと涼しいなってきましたなァ」

と黒木博光は長身を折り曲げるようにして水槽のなかを覗き込んだ。

「正門の北側の空地、シンエー・タクシーが買《こ》うたそうでっせ。ここにタクシーの営業所を作るらしいんです」

その黒木の言葉に、営業所とはどういうことをするところなのかと房江は訊《き》いた。

いまは電波法という法律があって、パトカーや消防車や救急車などの、公的な自動車以外は無線をつけることはできないが、その法律の改定は時間の問題だ。

そうなると、タクシー会社の商売のやり方が変わってくる。客は道でタクシーを拾うか、タクシー会社に電話をかけて呼ぶか、そのどちらかしかないし、タクシー会社も、待機しているタクシーしか客に廻せない。

しかし、無線がつけられるようになると、客から要請があったとき、その近くにいるタクシーに連絡して、指定する場所へ向かわせることができる。これでタクシー会社の効率は良くなるし、頻発するタクシー強盗にも対処法が作れる。

黒木はそう説明し、

「法律の改正には時間がかかるけど、そのとき遅れを取らんように、いまのうちに営業所の数を増やしとこうと考えたんでっしゃろ。あそこに建っていた家は、火事で丸焼けになったあと、どっかに引っ越したきりで、売りに出てましたよってに。どっちにしても、ええ買い物でっせ」

とつづけた。

金魚に少し餌《えさ》をやってから、関京三は、自分たちは五時まではここにいるので、遠慮せずに家の用事を片づけてくれと言った。

「ほな、ちょっと市場へ買い物に行って来ます」

房江は、二階に上がり、エプロンを外して買い物籠《かご》を持つと、佐古田がひとりで中古自動車の解体作業をしている横を通って、裏門から出た。

いつも使う曲がりくねった路地へ入りかけると、伸仁に呼ばれた。浄正橋の天神さんの横からモータープールの裏門へとつながる細道に、月村敏夫と光子の兄妹《きょうだい》が立っていた。

敏夫は中学校の制服を着ていたが、頭ひとつぶんほど伸仁よりも背が高くなり、口の上のうぶ毛も濃かった。

「いやァ、光子ちゃんも大きいなって。おばちゃんとは一年ぶりくらいやろか」

房江は、なぜここに月村兄妹がいるのかと思いながら、光子の肩を引き寄せ、その背を撫《な》でた。

無理矢理誘って、阪神電車の出屋敷駅から福島駅までつれて来たのだと伸仁は言った。

「ふたりにハンバーグ作ってェ。今晩、ぼくのとこでご飯食べて行けて、お母ちゃんから言うてんか」

「出屋敷？　尼崎のもうひとつ先やなァ。いまはそこに住んではるのん？」

房江の問いに、敏夫は頷《うなず》き返し、変声期の少年特有の声で、中学生になって朝刊の配達をさせてもらえるようになったので、もう夕刊売りはしていないと言った。

「ぼくのお母ちゃんには喋《しゃべ》っても大丈夫やで」

伸仁は、月村敏夫の表情を窺《うかが》いながら言った。敏夫は視線を地面に落とし、喋ろうかどうか迷っていた。かさぶたもきれいに取れて、伸仁の花火による傷は治ったが、眉毛《まゆげ》が生えてくる兆《きざし》はなかった。

いったい何事であろう。伸仁が学校を退《ひ》けたあと、電車に乗って、いまは出屋敷に住む月村敏夫を誘いに行ったことはわかったが、どうして兄妹をここへつれて来たのか……。

「おばちゃんがミックスジュースをご馳走《ちそう》してあげるわ」

房江は兄妹に笑顔を向けて、デコボコ・コンビの行きつけの喫茶店へ三人をつれて行った。

店の主人にミックスジュースを三つ註文し、先に今夜のハンバーグのための買い物を済ませてくると言い、房江は肉屋へと急いだが、ひさしぶりに見る月村兄妹の、なんだかひどくよるべない表情が気にかかってならなかった。ひょっとしたら、あの子たちを捨てて、母親が姿をくらましたのではないのか、とさえ思った。

肉屋で牛ミンチ肉を買い、ハムも百グラム分を切ってもらって、房江は玉葱《たまねぎ》と胡瓜《きゅうり》を買うために天神さんのほうへと歩を速めた。

房江は、月村光子が去年小学生になっても二ヵ月近くも学校に行かなかったことを最近知ったのだ。

その理由は、光子が盲目の香根といつも一緒にいたかったからだが、やがて給食を食べたくて学校に行くようになったという。ひもじさには勝てなかったのだ。

光子がいなくなると、香根も自分の住まいから出て来なくなった。共同便所の横の階段でひとりで遊ぶこともやめて、部屋に閉じ籠《こ》もって、光子の帰りを待ちつづける。

これはみな伸仁から聞いたのだが、小学校の給食というのは貧しい子たちにとってはありがたいものなのだと感じて、房江は自分の幼かったころを思い出したりもした。

買い物を終えて、三人を待たせてある喫茶店へと引き返しながら、房江は、タネにブラウスと口紅を届けた日、伸仁の怪我《けが》をしらせる電話で慌《あわ》ててバス停へと駈《か》けていたとき、蘭月ビルのどこかから女の子に呼ばれたのを思い出した。

香根であろうと思いながらも、気が動転していたのでそのままバスに走り乗ったが、あれはどうも香根の声ではなかったような気がする。光子だったのだろうか。いや、光子の声でもなかった。しかし、女の子の声であったことだけは間違いがない。

なんだか妙にそのことが気になってきて、房江は喫茶店のドアをあけた。

「さっきから、えらい深刻な話をしてまっせ」

喫茶店の、髭《ひげ》の濃い主人が笑みを浮かべて言った。

房江は、このあいだ蘭月ビルの階下の暗い道で声をかけたかと光子に訊いた。光子は首を横に振った。

「ほな、香根ちゃんやったんやなァ。香根ちゃんの声とはちがうような気がしたけど」

光子は兄の顔を見つめてから、香根ちゃんは夏休みに入った日に死んだのだと言った。

「えっ？　なんで？」

「なんでかわかれへん。咲子ちゃんが帰って来たら、部屋で死んでてん。寝てるんやと思て、咲子ちゃんはすぐにまた出かけてん。夕方帰って来たら、おんなじ格好で寝てて、それで死んでることがわかったんや」

と敏夫は言った。

あのとき、千佐子はそんなことはひとことも言わなかった。千佐子は香根の死んだことを知らなかったのだろうか。

あれ以後、タネとは電話で二度話したが、タネもそのことには触れない。知っていれば教えるだろうに……。

「お前も知らんかったんか？」

そう訊くと、自分もきょう知ったのだと伸仁は答えた。

「香根ちゃんは、あそこから十五分ほどのとこの、おじいちゃんとおばあちゃんの家で死んだことになってるねん。映画館の二階や。死んでる香根ちゃんを、咲子ちゃんが大きなタオルに包んで、抱いて運んだんや。金さんが、そうしたほうがええって、咲子ちゃんに言うたんや」

敏夫は、周りを気にしながら小声でそう説明した。

「金さんて、金静子さん？」

敏夫は房江の問いに頷き返し、グラスの底にわずかに残っていたミックスジュースをストローで音をたてて吸った。

金静子は、どうしてそうしろと咲子に勧め、咲子もまたなぜそれに従ったのであろう。房江にはわからないことだらけだったが、これ以上は月村敏夫に訊いても仕方がないだろうと思った。

「それで、私に話って何？」

房江は飲みたくもなかったがコーヒーを註文してから敏夫に訊いた。敏夫は自分からは話そうとしなかった。

「お母さんが、去年の暮れに結婚しはってん。甲田さんの鉄工所で働いてる人と」

と伸仁は言った。

「もうこれでわかったやろ？」

その伸仁の言葉に、房江は月村兄妹を見つめたまま、

「わかれへん。そんな説明ではなんにもわかれへん」

と言った。

「月村くんも光子ちゃんも、新しいお父さんと一緒に北朝鮮へ行ってしまうねん。お母さんが、そうするて決めはってん」

伸仁の声を殺しての説明でも、房江は意味を理解することはできなかった。

甲田？　タネの店で一、二回見たことのある在日朝鮮人だ。まだ若いのに立派な風貌《ふうぼう》で、人望も厚く、蘭月ビルに住む朝鮮人たちからも一目置かれている人だ。

房江には、甲田という男については、その程度の知識しかなかった。

しかし、月村兄妹の母親の結婚相手が朝鮮人で、北朝鮮へ帰ることを望んで、日本人の妻と子をつれて行こうとするのは当然だし、兄妹の母親もそれに従うことにしたのもまた当然であろう、と房江は思った。

「朝鮮語なんか、よう喋らんわ」

と敏夫はテーブルに目を落としたまま言った。

行きたくないのだな、母に思いとどまってほしいのだな、と房江は察したが、

「言葉なんか、向こうで暮らすようになったら、すぐに喋れるようになるわ」

と言うしかなかった。

盲目の七歳の香根が、なぜ蘭月ビルの部屋のなかでひとりで死んでいったのか。死因は何なのか。祖父母の家で死んだことにしろという金静子の言葉に、咲子はなぜ従ったのか。

房江は、あらためて月村兄妹に問い質《ただ》したが、ふたりは、わからないと言うばかりだった。

香根の死を教えてくれたのは「怪人二十面相」で、十日ほど前のことだ。

光子はその夜、ひとりで出屋敷から歩いて蘭月ビルへ行き、香根の部屋のドアを叩《たた》いたが、誰も出てこなかった。

隣室の金静子のところへ行くと、静子は、香根が死んだのは本当だと教えてくれた。

「目の見えへん七つの子をひとりにさせて、ろくにご飯も食べさせてやらんままほっといたんや。栄養失調で体が弱ってしもたんやろ。おかはんは家に寄りつけへんし、咲子も五日にいっぺんくらいしか帰ってけえへん」

と金静子は怒ったように言った。

「お腹《なか》が減ったとうちに言うたらええのに、香根はひもじいのを我慢して、ひとりでお兄ちゃんかお姉ちゃんが帰って来るのを待ちつづけたんやろ。お兄ちゃんが大学の近くの誰かの家で世話になってて、ここには帰ってけえへんことを、香根は知らんかったんやろなァ」

きつい表情をして、まるで香根の死はお前のせいだというような口調でまくしたてたので、光子は泣きながら出屋敷まで帰った。

房江は、月村兄妹が交互に話す内容をまとめると、およそそのようになると思った。

それ以上のことを訊いても無駄な気がして、房江は三人をつれてモータープールの二階へと戻り、ハンバーグの下準備にかかった。

伸仁は敏夫と一緒に事務所へ行き、やがてキャッチボールを始めたが、光子は房江の横でハンバーグ作りを見ていた。

「新しいお父さんと生活するようになっても、お母さんは働きに行ってはるのん？」

房江の問いに、光子は頷き返したが、前よりもうんと早く帰って来るようになったと言った。

「そう、よかったねェ。お父さんはどんな人かなァ。光子ちゃんや敏夫ちゃんを可愛《かわい》がってくれはる？」

「うん、背が高うて、眼鏡をかけてる」

「お母さんは、北朝鮮へ行くことを喜んではるのん？」

「うん、競輪とか競艇のない国へ早よう行きたいって……」

そう言って、光子は座敷に上がり、伸仁の勉強机の前に行くと、椅子《いす》に坐《すわ》った。少し秋の気配を感じさせる西日が、光子の胸から上に当たっていた。

「ノブちゃんと、もう逢《あ》われへんねん」

と机に立てかけてある数冊の教科書に目をやったまま、光子は言った。

「あした、引っ越すねん」

「どこに？」

「誰にも教えたらあかんねん」

「ノブは、そのことを知ってるのん？」

「うん、お兄ちゃんが話をしてた」

それはつまり、きょう別れたら、月村兄妹とはこれきり逢えないということなのだろうか。

房江はそう考えながら、玉葱を刻む手を止めて、西日のなかの光子のうしろ姿を見やった。

あの日、蘭月ビルの階下の通路で「ノブちゃんのおばちゃん」と呼んだのは誰だろうという疑念は、寂しさを纏《まと》った黒い影法師のようなものを房江の心に生じさせた。

いつのまにか、ムクとジンベエが房江の足元に坐っていた。房江が晩ご飯の支度を始めると、母犬と子犬は、何か食べ物にありつこうとしてやって来る。房江は、フライパンのなかのものを、わざと床に落としてやっていたが、それがいつのまにか習慣になってしまったのだ。

ジンベエに気づいた光子が走り寄って来て抱きあげた。子犬は六匹生まれたが、五匹はすべて貰《もら》われていったのだと説明し、房江は冷蔵庫から竹輪を一本出すと、それをふたつにちぎって、ムクとジンベエに与えた。

「北朝鮮から、おばちゃんに手紙をちょうだい」

と房江は言った。

「光子ちゃんが手紙をくれたら、おばちゃんは必ずお返事を出すから」

「ほんまに返事をくれる？　絶対やで」

光子はやっと笑顔で言って、小指を突き出した。房江は光子と指切りをしてから、ミンチ肉と刻んだ玉葱を練り合わせる作業にかかった。


寺田権次の息子が中古の二トントラックを欲しがっているというので、朝、その中古車を運転して蘭月ビルに行き、寺田を同乗させ、甲子園球場の近くの寺田工務店に行った熊吾は、夕刻にバスで帰って来ると、

「香根は暑さにやられたんじゃ、栄養失調もあるがのお」

と言った。

光子がいなくなってしまって、香根は部屋から出なくなった。周りの者たちが案じて、昼間はせめて階下の涼しいところにいろと何度も言ったが、香根は以前の定位置であった階段の中途のところにも行こうとはしなかった。

トタン屋根よりもまだ少しまし程度の、スレートの薄い屋根は、真夏の蘭月ビルの二階を室のなかのようにさせる。

飢えて体力が弱っていた香根には、昼間はおそらく四十度を越えたであろう部屋の温度は致命的だったことだろう。

死んでいる香根を祖父母の家に運んだ咲子は、すぐに医者を呼びに行った。往診してくれた医師は、その盲目の幼女が祖父母の住まいである映画館の二階の窮屈な部屋で死んだことを疑わなかった。

熊吾は、寺田権次から聞いたという話をしながらビールを飲んだ。

「とんでもない医者がおったもんじゃ。香根の体を見たら、どんな藪《やぶ》医者でも、これはおかしいと警察に届けるはずじゃとわしが言うたら、あの一家と関わり合いになりとうなかったんやろと寺田が言いよった。わしは、蘭月ビルでしばらく咲子の帰りを待ったが、いまさら何を言うても香根が生き返るわけじゃなしと思うて、タネの家にも寄らんと帰って来た。わしも、蘭月ビルに永遠の別れを告げて来たぞ。あの向かい合うた長屋の上に長屋を載せたような貧乏アパートは、ああいう連中を吸い寄せる磁力を持っちょるんじゃ。タネにどんなに用事ができようが、お前もあそこには行っちゃあならんぞ。あそこは不幸の魔窟《まくつ》じゃ。火をつけて燃やしてしまわにゃあいけん」

房江は、仕事を終えて帰って来る自動車で正門のところが混み合う時間だと気にしながら、金静子はなぜ香根の死体を祖父母の住まいへ移せと咲子に指示したのかを訊《き》いた。

「自分の同胞の誰かに累《るい》が及ぶかもしれんと考えたんじゃろう。あそこはいま、北朝鮮へ帰る連中と、それを阻止しようとする連中とで一触即発の状態じゃ。警察もそれはわかっちょるけん、つねに目を光らせちょるが、手は出しとうない。大きな政治が絡《から》んじょるけんのお。そんなときに、目の見えん子が誰もおらんときに死んじょった。しかもそれはあの津久田の子じゃ。咲子が香根の死体を祖父母のところへ移してくれて、警察も助かったことじゃろう」

熊吾はビールを一本飲んでしまうと、モータープールに帰って来た自動車を誘導するために階段を降りて行った。

学校から帰って来た伸仁が正門のところで父を呼ぶ声が聞こえた。包丁を持ったまま、房江は部屋から出て、階段から洗車場を見おろした。伸仁が顔を突き出し、左の眉《まゆ》のあたりを父親に見せていた。熊吾は老眼鏡をかけて見入っていたが、少し笑みを浮かべて伸仁に何か言い、製薬会社の軽自動車を講堂のなかへと運転していった。

階段を駆けのぼって来た伸仁は、

「眉毛が生えてきたァ」

と言って制帽を取った。

わずか一ミリか二ミリほどであったが、あきらかにうぶ毛とは違う濃さの毛が元の眉の形で生えていた。

「生えてきた、生えてきた」

房江は嬉《うれ》しくて、指先でその部分を撫《な》でながら言った。

「おい、手伝わんか。吉田商店の車と富士乃屋《ふじのや》のとを入れ替えるんじゃ」

熊吾の声で、伸仁は階段を駈《か》けおりて行った。伸仁は自動車のエンジンをかけて、前進と後退させるだけだったのが、最近では狭い場所へ上手に動かして駐車する技術も身につけてしまっていた。

しかし、体が小さいので、アクセル、ブレーキ、クラッチのペダルに両脚を届かせるためには、上半身を座席に深く沈み込ませなければならず、そうすると顔はハンドルよりも下のところに落ちてしまう。

それでも器用にハンドルを操作して、夕方の忙しい時間帯には、混み合うモータープール内を自動車から自動車へと走って、父の手伝いをする。

中学一年生で自動車の運転ができるのは、日本ではノブちゃんだけだぞと褒める客がいるが、モータープール内だけといえども、こんな無免許の子供に運転をさせていいのか、もしうちの車をぶつけでもしたら、どう責任を取る気かと言う者もいて、房江はそれが心配だった。

それで、ときおり二階のサーチライトのスイッチのあるところから、伸仁が運転しているさまを見るのだが、本人も事故を警戒して慎重になっていて、これは自分には難しいという場合には父親に助けを求めるし、熊吾が不在のときは、黒木や関に運転を替わってもらっている。

夕方の忙しい時間帯が終わるのは七時前だが、伸仁はどんなに遅くなっても六時半には小谷医院へ行き、いつもの注射を打ってもらい、帰って来るとテレビを観《み》ながら晩ご飯を食べるのだ。

「あしたから十月やのお。正門の横の空地にシンエー・タクシーの営業所を建てる工事を始めるっちゅうが、いつごろからかのお。五日で建てるそうやけん、バラックに毛が生えたようなもんじゃ」

夕刊を持って食卓についた熊吾は、そう言って、コップに酒を注いだ。

自分が小谷医師から水俣病《みなまたびょう》のことを教えられたのは、お前と伸仁がまだ富山にいるときだったと熊吾は言った。

風土病だの遺伝だのとさまざまな説が飛び交っていたときに、小谷医師は、何かの毒物が水俣の海に垂れ流しになっているのだと憤《いきど》りながら力説し、ある工場の名すら公言したが、そのとおりだった。

熊本大学医学部の水俣病総合研究班が、原因は工場排水に含まれる有機水銀と結論を出したのは七月の半ばを過ぎたころだが、その張本人である新日本窒素肥料は、自分たちは無関係だと主張しつづけている。

熊吾は夕刊の社会面の特集記事を掌《てのひら》で叩き、

「この新日本窒素の連中は、自分らが使うちょるのは無機水銀やけん、有機水銀が原因なら、犯人は自分らやないと理屈をつけちょる」

と言った。

さあ、演説が始まった。房江はそう思いながら、鯖《さば》の煮つけとイカの刺身を和卓に運び、ムクとジンベエのために作ったものを別々の容器に入れた。

「なんで肥料を作るのに水銀が要るのん？」

階段のところで待っているムクとジンベエに食事を持って行きながら、房江は訊いた。

「いま、そこのところの解説を読んどるんじゃ。いずれにしても、こいつらがしらを切っちょることは、どんな馬鹿《ばか》にでもわかる。水俣病が発生した時点で、こいつらにはその原因がわかっとったはずなんじゃ。水俣の住人たちの、あのありさまを見たか。猫までが狂うて、のたうって死んじょった。お前もテレビで観たじゃろう。戦後、世の中は変わったが、人間ちゅうもんはまったく変わっちょらん。自分らの強欲な商売のためには、女子供を犠牲にしても平気なんじゃ」

コップの酒を飲み干し、熊吾はすぐに一升壜《びん》を持って、もう一杯ついだ。その横顔がひどく尖《とが》って見えたので、房江は電灯の明かりのせいかと思ったが、そうではなかった。熊吾の頬はあきらかにこけて、こめかみの肉までが落ちていた。

夫がこんなに痩《や》せたことを、自分はどうして気づかなかったのかと思いながら、小谷先生に診てもらったらどうかと房江は言った。

「糖尿病が悪うなってるんとちがうのん？　自動車に乗ってばっかりで、歩けへんようになったし、お酒も多いし。夏、ビールを飲み過ぎたんや。朝、寝起きに二本、昼にも二本、夕方にも二本。夜は日本酒を三合から四合。寝る前にも一合」

「お前は亭主の酒の量を監視しちょるのか。酒がうまいのは健康な証拠じゃ。ビールなんか酒のうちに入るかや。ジュースみたいなもんじゃ」

機嫌悪そうに言って、お前も飲めと熊吾は一升壜を房江の前に置いた。

「そうやねェ、ノブの眉毛が生えてきたお祝いに」

房江がコップを持って来ると、熊吾はついでくれた。

「わしは、あいつの眉毛はもう生えんと覚悟しちょった。転んですりむいたんやあらせんのじゃぞ。あれは火傷《やけど》なんじゃ。眉毛が生えてきたのは奇跡じゃ」

房江は、自分もそう思うと言いながら、コップの酒を飲み、夫が箸《はし》をつけないでいるイカの刺身を食べた。

酒がまわってくるに従って、房江は、香根は死んだほうがよかったのかもしれないと思い始めた。

私をうしろから呼んだのは、おとなになった香根だ。生まれ変わって、盲目ではなく、仲のいい両親に可愛《かわい》がられて育った香根だ。その香根が、あの蘭月ビルのどこかから、この私を呼んでくれたのだ。

生まれ変わっても、香根にとっては、私は「ノブちゃんのおばちゃん」なのだ。

房江は三杯目の酒をコップについだ。

「おい、飲み過ぎじゃぞ。ピッチが早すぎるぞ」

熊吾が一升壜を奪い取って言った。房江は、美しい娘へと育った香根が、この私を呼んだのだと言って泣いた。

「お前の酒は、なんでそんなに暗いんじゃ」

熊吾の言葉に、いや、私は酔うと暗くなったりはしないと房江は思った。あの寂しい黒い影法師が、美しい健康な娘へと変じたではないか、と。

第五章

九月二十六日に紀伊《きい》半島の潮岬《しおのみさき》の西方に上陸した台風十五号は、伊勢湾《いせわん》台風と名づけられたが、日本の人々がその被害の大きさを正確に知ったのは、かなりあとになってからだった。

十一月最後の日に、熊吾《くまご》はバスと市電を乗り継いで、初めてヤカンのホンギこと供引基のアパートを訪ねたが、その道中、伊勢湾台風がなぜこれほど甚大《じんだい》な被害をもたらしたかを解説する新聞記事を読みふけった。

上陸時の瞬間最大風速は四十八・五メートル。中心気圧は九百二十九・五ミリバール。暴風圏は直径七百キロ。台風の進む速度は時速七十キロ。死者四千七百人。負傷者三万九千人。家屋の全壊・半壊・流失十五万二千戸。

午後六時に上陸した台風は、猛スピードで紀伊半島を北上し、伊勢湾から名古屋市を直撃。愛知、三重、岐阜の東海三県の人口密集地帯を総舐《な》めしながら本州を横断して日本海へ抜けた。

ちょうど満潮時で、高潮により防潮堤や河川の堤防が各地で決壊したが、それによって、約五十万本もの貯木場の材木が、増水した急流に乗って人間に襲いかかった。満潮時と重なるという避けられない事態となったが、加えて自治体の対応の遅れが被害をさらに大きくさせた。

台風が去ったあとの、泥海と化した地帯で避難もできず、衰弱して死んでいった人々も多かった。

土曜日だったので官庁職員も少なく、早い段階で住民に避難命令を出した自治体はなかった。

それにさらに加えて、都市の人口過密化、工場の地下水汲《く》み上げによる地盤沈下、干拓農地の造成等が、史上最悪の台風被害へとつながった。

熊吾は、その新聞の解説記事を読み、かろうじて泥海のなかで屋根だけ出ている家の住人がヘリコプターに助けを求めて手を振っている写真に見入ってから、別の朝刊紙に目を移した。

北朝鮮へ帰る人々を乗せた最初の船が新潟港を出港するのは十二月十四日であることは、新聞各紙の報道で知っていたが、帰還者たちには優先順位はあるのか。もしあるとしたら、その区分けの基準は何なのか。

熊吾はそれを知りたくて、紙面に隈《くま》なく視線を配ったが、五年後の一九六四年に開催されることが決まった東京オリンピックに関する記事が目につくばかりだった。

あと一月ほどで一九六〇年になるのだから、東京でのオリンピックは、ほとんど四年先に迫っているではないかと熊吾は思った。

このオリンピック開催による好景気は、これから七、八年つづくだろう。まごまごしていたら、七年や八年など、すぐに過ぎてしまう。俺も来年の二月には六十三歳になる。カメイ機工が新しい活路をひらくのを待ってはいられない。

この数ヵ月のエアー・ブローカー稼業《かぎょう》で思いのほか儲《もう》けた金は、とりあえず銀行に口座を作るのに役立ったが、あれだけではどうにもならない。銀行は、まだこの俺に金は貸さない。

房江《ふさえ》が俺に遠廻しに勧める小商いでこつこつと信用を築き、小金を貯《た》めていたら、この東京オリンピックによってもたらされる好景気も旬《しゅん》を終える。俺は七十を越えてしまうのだ。

熊吾はそう考えながら、朝刊二紙を市電の網棚に置き、カメイ機工の工場のひとつ手前の停留所で降りた。周りには工場と木造アパートがあって、商店街が西へつづいていた。

ホンギに教えられたとおりに、長さ三十メートルほどの商店街を抜け、小さな映画館の手前を右に曲がりかけると、以前に観《み》ようと思って見そこねたフランス映画が上映中だという看板が目に入った。

ホンギの炉の火入れ式が終わったら、この「死刑台のエレベーター」を一緒に観ようと思ったが、ホンギは日本語が読めないのだとすぐに気づいた。

「あいつは字幕が読めんのかァ」

そうつぶやきながら、雑貨屋の隣の、三軒並んでいる木造の平屋の前で歩を止め、熊吾は「洪」とだけ筆文字で書かれた表札を見た。

どこかの印章店で表札を作ってもらったのであろうが、漢字を間違えているではないか。あいつのホン・ホンギは「供引基」なのに……。

それに、これはアパートではない。三軒つづきの借家だ。三軒長屋というやつだ。アパートと長屋との違いは……。まあ、そんなことはどうでもよかろう。

熊吾はそう思いながら、ホンギの借家の戸を叩《たた》きかけたが、その前に玄関のドアがあいた。

さっきから何度も商店街まで行ったのだというホンギに、

「お前、人を睨《にら》みつけるような目つきをやめんか。たいていの人は殴られるのかと思うて、びっくりするぞ。ああ、それと、この表札の字は間違うちょるぞ」

と言い、狭い玄関口で靴を脱ぎ、熊吾は四畳半の座敷にあがった。

玄関の横が台所で、四畳半の座敷の向こうは六畳の座敷と小さな物干し場があった。

ホンギは、熊吾の外套《がいとう》をハンガーに掛けながら、自分は氏名の書き方を間違って教えられたのだと言った。

漢字での書き方を教えてくれたのが誰だったのか、もう忘れてしまったが、その人は日本人だった。

ところが、最近、日本で生まれ育ち、日本の学校で学んだ青年に、その間違いを教えられた。ホン・ホンギは「供引基」ではなく「洪弘基」と書くのが正しいのだ、と。

間違っているという字と、正しいのとを書き比べてみると、後者のほうが自分は好きだ。それで表札を作り変え、会社の上司にも話して、社員名簿の漢字も変更してもらった。

ホンギはそう言って、熊吾を六畳の座敷につれて行くと、壁の近くの真新しい畳のへりに嵌《は》め込まれた五十センチ四方の別の畳を見せた。六枚の畳すべてを新しいものに変えたかったが、それでは出費がかさみ過ぎるのであきらめたという。

「畳屋に頼んで、特別に作ってもらいました」

小さな畳の角に取り付けた紐《ひも》を引っぱって、ホンギはそれを持ち上げた。その畳とほぼ同じ形の銅の箱が床下にあって、灰が入っている。

「ほう、これは立派な茶の湯の炉じゃのお。家主は文句を言わんかったか？」

そう訊《き》きながら、熊吾は心斎橋筋の茶葉屋で買った抹茶をホンギに手渡した。

「これが店でいちばん上等の抹茶じゃ。こんな小さな筒に半分しか入っちょらんのに、びっくりするほど高かった。高いからっちゅうて大事にしまい込んでおくなよ」

ホンギは礼を言い、桐箱《きりばこ》をあけて木製の筒を出し、そのなかの厚い和紙の口を縛ってある紐を解いた。抹茶の芳香がかすかに拡《ひろ》がった。

なるほど、抹茶も値段によってこれほどの差があるのかと熊吾は思った。

灰のなかにすでに用意してあった種火の上に炭を載せ、ホンギは炉の前に正座すると、水差しの水を古い霰釜《あられがま》に柄杓《ひしやく》で移した。

そうしてから、

「松坂の大将が誰かに殺されかけたら、私が代わりになります」

とホンギは言った。

「ありがたい心じゃ。しかし、わしのことはどうでもええ。伸仁《のぶひと》に何かあったら、助けてやってくれ」

熊吾はそう言い、茶釜に当たっているガラス窓からの冬の日差しと、次第に赤い部分が増していく炭を見つめた。湯が沸くにはかなりの時間がかかりそうだった。

ホンギは、茶道具を自分の横に並べ、茶碗《ちやわん》の入っている桐箱の紐を解いた。桐箱の蓋《ふた》には「望郷」と銘が書かれてあった。亀井周一郎が、出征する青年から貰《もら》ったものだった。

その小ぶりの薄茶茶碗を両の掌《てのひら》で包むように持ち、

「松坂の大将、お孫さんの顔を見るまでは死なんで下さい」

と言った。

「さあ、それまで生きられるかのお。伸仁が二十歳になったら、わしは七十じゃ。あいつが何歳くらいで女房を貰うか。その女房とのあいだにいつ子供ができるか。結婚しても子供がでけんちゅうこともある。そんな、いつになるかわからんことを待つ時間は、わしには少々長すぎる」

「松坂の大将にそっくりのお孫さんが生まれた夢を見ました」

「ほう。男やったか？　女やったか？」

熊吾は、脚が痺《しび》れてきたので正座を崩してあぐらをかき、ホンギの顔に見入って訊いた。

「女の子でした」

「わしにそっくりの？　そりゃあいけるかや。嫁の貰い手がありゃせんぞ」

熊吾は笑ったが、ホンギはよく光る鋭い目と、きつく閉じた薄い唇をいささかも緩めず、沸き始めた湯で茶碗を洗った。

「ホンギ、お前、ときどき鏡に顔を映して笑う練習をせえ」

と言ってから、熊吾は、蘭月《らんげつ》ビルにいた月村一家が北朝鮮へ行くと決めたことを話して聞かせた。

不審そうに熊吾を見つめ、

「月村さんは朝鮮人ではないです。なんで北朝鮮へ行きますか？」

とホンギは訊いた。

「母親が朝鮮人と結婚したんじゃ。その亭主は北朝鮮へ帰ると決めよった。そうなったら、別れるか、一緒に行くかしかあるまい」

しばらく考え込んでから、日本人の妻や子を、北朝鮮が簡単に受け入れるとは思えないとホンギは言った。日本人への憎しみは深く、行っても差別されて、つらい思いをするだろう、と。

「あの兄妹《きょうだい》の母親が、行くと決めたんじゃ。どんなことが待ち受けちょるのか、大きな賭《か》けじゃが、決めるのは本人じゃ」

同胞の者とのつきあいを自ら絶ってしまっているホンギとこの話をつづけても仕方があるまいと思い、熊吾は、伸仁を京都の能楽堂へつれて行って「羽衣」を観たと話題を変えた。

「すぐに退屈して、居眠りでもしよるかと思うちょったが、案外に一所懸命に観ちょった」

「羽衣……。どんな能ですか」

「井筒」のときのように詳しく説明するのが億劫《おっくう》で、

「どんな悪人でも、清らかなものを清らかじゃと感じる心がある。そういうことを表現しちょる能やとわしは勝手に解釈しちょる」

と言い、熊吾は茶を点《た》てるホンギの、どことなく大きなものを感じさせる手前に見入った。いつのまにそこに置いたのか、熊吾の前には漆塗りの皿に載せられた和菓子があった。

熊吾は慌《あわ》てて正座しなおし、ホンギが点てた茶を飲んだ。主人が大きな手前を見せたのだから、客もそれに応じなければならないと思ったが、かえってぎごちなくなって、

「なるほど、茶というのは果たし合いじゃのお」

と熊吾は苦笑しながら言った。茶室では、このヤカンのホンギに打ちのめされると感じたのだ。

さあ、これから一亭一客の茶を点てるが、ご準備はよろしいかという表情も仕草もなく、ホンギが自然に茶を点てていった一連の動きを、熊吾は見事だと思った。

「秀吉《ひでよし》が利休に仕返しをしとうなった気持がわかったぞ」

熊吾は笑って言い、夜勤のホンギは寝なければならない時間だと思った。

「せっかくの火入れ式やっちゅうのに、客のわしが不調法で申し訳ない」

「いまの秀吉と利休のことを、もう少し話して下さい」

「いや、わしのは、あてずっぽうの勘じゃ。あんまりまともに聞かんほうがええ」

熊吾は、四畳半の座敷に移り、電気櫓炬燵《やぐらごたつ》のなかで脚を伸ばして煙草《たばこ》を吸ってから、市電の停留所まで送るというホンギを制して家から出た。

柳田元雄がその気にさえなれば、シンエー・モータープールの北側の、類焼を免がれた校舎の活用方法がある。あそこを使わずにおくのは勿体《もったい》なさすぎる。使い道は幾らでもあるのだ。

柳田の右腕を自認する常務には、これまで何度も自分の考えを伝えていたが、柳田からは反応がない。

おそらく、あの常務が自分のところで止めていて、柳田には伝わっていないのに違いない。

常務は、松坂熊吾が大阪で最も大きなモータープールの経営を無の状態から軌道に乗せたことがおもしろくないのだ。

面子《メンツ》をつぶすようなことは避けたいが、俺も、あのモータープールで柳田元雄にもっと利益をもたらす義務がある。そういう約束で世話になっているのだからな。

熊吾はそう考えながら、市電の停留所に立った。天王寺のシンエー・タクシーの本社に行って、柳田と逢《あ》うつもりだった。

通天閣の近くの蕎麦《そば》屋で昼食をとり、シンエー・タクシーの車庫のほうから建物に入ると、受付の女子社員に社長に逢いたいと頼んだ。

応接室で三十分ほど待たされたが、柳田元雄はひどく不機嫌な表情でやって来て、

「資金繰りで胃が痛いわ」

と言った。

「息子さん、目を大怪我《おおけが》したんやて？」

「いえ、目の上です。間一髪のところで目玉が焼けただれるところでした。眉毛《まゆげ》がずるむけになりましたが、それも治って、ほとんど元に戻りました」

「そら、よかったなァ。わしは、ひょっとしたら手術をせなあかんかもわからんのや。医者は胃潰瘍《いかいよう》やて言うてるけど、じつは癌《がん》やなんてことになったら、覚悟せなあかん」

「癌の顔ではありません。大丈夫です」

「ほお、えらい心強いことを言うてくれるなァ」

「癌の人の顔は、独特の黒ずみがありますが、柳田社長のお顔には、それがまったくありません」

そう言ってから、北側の校舎を活用させたいが、社長のお考えはどうかと熊吾は訊いた。

「あそこをどう使うか、わしにもちょっと腹案があるんやが、かりにそれが動きだしても、三、四年先になりそうや。三、四年先に、あそこをこっちが自由に使えるようにし

といてくれるなら、松坂さんにまかせるで」

胃が痛むのか、少し顔をしかめながら言った柳田の表情で、熊吾は、そのことは常務に話してあって、常務からすでに伝わっているものと思っていたのだなと見当をつけた。

しかし、それは柳田は口にしないでいる。一介の中古車部品屋であった柳田商会の社長は、事業も拡大させたが、社長としてもその器を大きくさせたのだなと熊吾は思った。

「何か気晴らしになる遊び、それも体を動かす遊びをなさったらどうですか。胃は神経から病むそうですけん。ことしも猟に行かれましたか。山を猟犬と一緒にあちこち走り廻るのは体にええと思いますが」

「可愛《かわい》がってた猟犬が死んでなァ。乳癌や。犬も癌になるとはなァ。それで、なんやえらい気落ちしてしもて、ことしは誘われても猟には行かんかった。その代わりにゴルフを始めた」

「ゴルフ……。あの小さい球をぶっ叩《たた》いて穴のなかに入れるやつですか」

「やってみると、これがおもしろうてなァ。しかし、金のかかる遊びや。あのボール、一個なんぼすると思う？」

「さあ、見当もつきませんなァ」

「口にするのも罰が当たるほど高いで。それをゴルフ場でいち日に幾つ失《な》くすか……。池に打ち込む、林の奥に消えていく……」

話は決まったのだから、すぐに動きだそうと思い、熊吾は、事前に連絡もせず突然訪ねて来たことを詫《わ》びてソファから立ち上がりかけた。

「海老原《えびはら》太一さんを知ってるやろ？　昔、松坂商会で働いてたと聞いたけど」

と柳田に訊かれ、熊吾はソファに坐《すわ》り直した。

「海老原さんは、若いころ私の会社におりました。あの人も南宇和の出身でして」

「海老原さんは、最近、いやに松坂さんのことをわしに訊くんや。なんか逢いたがってはるみたいやから、モータープールの電話番号を教えた。電話でもあったか？」

「いや、ありません」

すると、柳田は声を落とし、海老原太一は次の選挙に出馬するつもりで具体的に動き始めたと言った。

「次の、何の選挙です？」

「衆議院選挙や。後援会を作るから名前を貸してくれと頼まれた。自由民主党の公認を得るために、もうかなりの金を使うてるはずや」

「当選したら、衆議院議員になるわけですか」

太一は、井草正之助に渡した名刺をなんとしてもこの世から消してしまわなくてはならなくなったなと熊吾は思った。

生憎《あいにく》だな。俺の住まいを家捜ししても、もう出てこないぞ。厄介な相手の手に渡ってしまったのだからな、と。

柳田は微笑を浮かべて煙草に火をつけながら、

「松坂さんが面倒を見た人の悪口は言いとうないけど、海老原さんのあの出世欲というのか権力欲というのか、とにかく人に五を施して五十を取り返そうとするやり口は、確かに事業家よりも政治家に向いてるかもしれん」

と言った。

さっきから喉《のど》が渇いて仕方がなかったので、熊吾は、水を一杯頂戴《ちょうだい》できないかと柳田に頼んだ。柳田は事務員を呼び、水と一緒に大阪市の地図も持ってくるよう命じた。

「金が要るときは重なるもんや。長い目で見たら、ええ話がぎょうさん舞い込んだことになるんやが、いっぺんにとなると胃が痛い」

そう言って、柳田は事務員が持って来た地図を拡《ひろ》げた。

ここが国鉄の大阪駅。ここが梅田新道の交差点。こっちが淀屋橋《よどやばし》の官庁や大会社のビルが並ぶ一帯。そしてここが桜橋の交差点。

柳田は赤鉛筆の先でそれぞれの地点を示してから、国道二号線に沿った一角を赤く塗りつぶした。

「ここには五軒の店があるんや。食堂、運送屋、理髪屋、洋服屋、薬局。この五軒の北側の三軒も含めて、みんなおんなじ地主の持ち物や。その地主が、自分の土地をまとめて売りたがってる。近くには新聞社があり、大阪駅には歩いて十分ほどで、間違いなく一等地や」

そう言ってから、コップの水を一息に飲んでしまった熊吾を見て、柳田は事務員に、もう一杯持ってくるようにと命じた。

このなかの運送屋とは「丸尾運送店」ではないかと思ったが、熊吾は黙っていた。

この土地は、戦後すぐからずっと貸してきて、それぞれの借り主は自分で建物を建てた。建物が地主のものであっても居住権が発生していて、簡単には立ち退きを要求できないのだが、戦後十四年もたって、地主も歳《とし》を取り、ことしの秋に、あと一年ほどで明け渡してくれと借り主たちと交渉した。立ち退き代も払うという条件付きでだ。

自分はここを買うと決めた。銀行はこの土地を担保に金を貸す。目が飛び出るほどに高いが、この一等地にこれだけの土地を持っていれば、今後、いかようにも活用できる。

その話はまとまり、借り主たちの立ち退きは地主の責任として現在も交渉がつづいている。解決は時間の問題であろう。

銀行の内諾を得たころ、此花区《このはな》にある柳田商会の周辺の工場群からの煤煙が異常に多くなり、妻も娘も喘息《ぜんそく》に似たような症状を訴え始めた。

あそこも手狭になって、いずれは柳田商会も自分たちの住居も別の場所に移らなければと考えていたのだ。

そんな話を、商工会議所のパーティのときに、近くにいた海老原太一にしたところ、二、三日たって、芦屋《あしや》に売りに出ている家と土地があるが、見るだけでも見てみないかと電話をくれた。

海老原は自分が買うと決めていたのだが、事情があって、いま住んでいるところから当分離れられなくなったのだという。

それまでも噂《うわさ》はあったのだが、自分は海老原のそのときの話しぶりで、ああ、やはり彼は次の衆院選に出馬するのだなと思った。

先日、妻と一緒にその家と土地を見に行ったが、妻は一目で気にいってしまった。

それはそうだろう。芦屋の山手といえば、日本でも屈指の高級住宅地で、家はまだ築五年。居間には立派な暖炉が付いていて、晴れた日には、神戸の海どころか、西は明石《あかし》、南は和歌山の海まで眺められる。

ここもまた高い。予想をはるかに超えて高額だった。しかし、自分は買うことにした。

妻には若いころから苦労をかけた。ほとんど廃品に近い中古車部品を仕入れてきて、妻も油まみれになって、夜中まで金ブラシで磨いてくれた。少しは贅沢《ぜいたく》もできるようになったと思ったら、こんどは工場の煤煙と悪臭で健康を害しかけている。よし、妻に買ってやろう。自分はそう考えたが、それには別の理由がある。

こういう一等地を買える状況にあるときは、いかなる無理をしても買っておけということを、自分は戦後十四年間で骨身に徹して学んだのだ……。

柳田は、そこで話を区切り、腕時計に目をやってから、

「松坂さんは、なんであの御堂筋《みどうすじ》の土地を叩き売ったりしたんや」

と言った。

「松坂さんの失敗は、あれに尽きるで」

熊吾は、柳田がそれを言いたくて長々と話をつづけたのではないことはわかっていた。話の流れの帰結として、柳田はつねづね疑問に思っていたことに言及したのだ。

「私はあのとき、先を読めんかったんですな。判断を誤ったわけです」

と熊吾は言った。あのとき、自分が考えて実行したことは、房江以外は誰も理解できないであろうと思った。

シンエー・タクシーを辞すと、熊吾は地下鉄で淀屋橋まで行き、そこから堂島川沿いに四つ橋筋へと歩き、桜橋の丸尾運送店へ向かった。

いつもの、背丈《せたけ》と比して大きな歩幅で歩きながら、柳田元雄の言ったことは間違っていないと熊吾は思った。

けれども、あのときは、いまにも呼吸を止めてしまいそうなほどに弱々しい赤ん坊の伸仁を、どうやって丈夫な体にさせるかしか考えていなかったのだ。それ以上に自分にとって大切なことはなかったのだ。

それなのにあの伸仁というやつは、深い野壺《のつぼ》に頭から落ちよるわ、蘭月ビルのならず者と友だちづき合いをして、津久田の凶刃《きょうじん》の標的になりかかるわ、大量の鳩《はと》の糞《ふん》の下に無防備に立ちよるわ、火の消えていない打ち上げ花火の先端を覗《のぞ》き込んで、危うく失明しかけよるわ、まあとにかくろくなことをせん。

いちどまとめて叱《しか》りつけておかねばなるまい。そうしないと、またどんな危ない目に遭うかわかったものではない。

学校から帰ってからは教科書をひらくということはなく、ラジオにしがみつくようにして寄席《よせ》中継を聴いている。噺家《はなしか》にでもなるつもりか。

熊吾は胸のなかで伸仁を怒鳴りつけているうちに、信号が赤なのに渡ってしまって、タクシーの運転手にクラクションをしつこく鳴らされた。

丸尾運送店に足を向けるのも、千代麿《ちよまろ》と逢うのも二ヵ月ぶりだった。

友だちとすぐにケンカをして、形勢が悪くなると相手に嚙《か》みついて怪我をさせる正澄に、剣道か柔道かを習わせてはどうかと、千代麿と電話で話し合ったのは十月の末だった。

三台の大型トラックも、二台の二トントラックも出払っていたので、千代麿も留守だとわかったが、女事務員と目が合ったので、熊吾は事務所に入った。

事務員は、熱い茶を淹《い》れてくれながら、社長はもうすぐ帰って来るはずだと言った。

熊吾は茶を飲み、煙草《たばこ》を一本吸ってから、柳田が地図を赤く塗ったところを見て歩いた。全部で百坪くらいありそうだった。丸尾運送店の裏手にあたるところの三軒のうちの二軒は、すでに店を閉めていて、店舗の移転先を教える紙が貼《は》ってある。

これだけの土地を手に入れて、柳田はどう使うだろう。彼のことだから、とりあえず買うだけ買っておくということはあるまい。銀行がこの一等地での百坪なら幾らでも貸すにしても、毎月の返済は半端《はんぱ》な金額ではない。土地がそれだけの金を稼いでくれなければならない。

自分ならどうするだろう。熊吾は頭をめぐらせてみたが、ここにも有料駐車場を作るのでは芸がなさすぎると思ったし、自分の土地でもないのに余計なことだと考えて、三十分ほど附近を歩き廻ってから丸尾運送店に戻った。

千代麿は帰っていて、熊吾から買った二トントラックの下に潜り、マフラーを外そうとしていた。

「おい、わしの売った中古トラックは不良品じゃったなんて言うなよ。わしほど良心的なエアー・ブローカーはおらんのじゃぞ」

熊吾の言葉で、千代麿は車体の下から顔を出し、ひどいでこぼこ道に迷い込んで、マフラーの付け根を石にぶつけてしまったのだと言った。

熊吾は、柳田元雄から聞いた話をして、

「その土地に丸尾運送店も入っちょったけん、ちょっとびっくりして、それで寄ってみたんじゃ」

と言った。

「えっ？　ここらの土地をまとめて買う人っちゅうのは、柳田はんでっか？」

千代麿は驚き顔で訊《き》き返し、事務所の横の水道で手を洗うと、熊吾を新聞社の隣にある喫茶店に誘った。

「やっと、事務所の引っ越し先をみつけて、いま家賃の交渉をしてきたとこでんねん」

「どこに移るんじゃ」

「扇町公園の裏側です。事務所と車庫がおんなじとこにないと不便やけど、それだけの土地を借りるとなると、この近くではもう不可能で」

「扇町公園なら、ここから車で五、六分じゃ。ええとこにみつかったのお」

「立ち退きを迫られてからこの二ヵ月、ほとんど毎日借地捜しで。どこも帯に短かし、襷《たすき》に長しで。あっ、ここはええがなと喜んだら、家賃が高うて……。東京だけやのうて、大阪も、土地が値上がりしてまんねん。尋常の上がり方やおまへんで」

千代麿はコーヒーにミルクを入れながら、三日間東京へ行っていて、今朝夜行で帰って来たのだと言った。

「東京駅は、東北とか北陸とかから身ひとつで働きに来た農家の男が次から次へと改札口を出て行ってました。東京オリンピックが決まったのは、たったの半年前やっちゅうのに、もうそのための突貫工事があちこちで始まってて、農閑期で仕事のない百姓の手が要りますねん。農家の働き盛りの男らの出稼ぎっちゅうのは、これまでもあったけど、オリンピックのお陰で大量動員です。それでもまだ人が足らんそうで。来年、再来年になったら、日本中から出稼ぎを集めなあかんようになるそうです」

「いつ引っ越すんじゃ」

「年が明けたらすぐにでも。うちの隣の散髪屋は年内一杯商売をしたら、あそこから出るそうでんねん。全部で百十二坪おまんねん。柳田はんが買うとは、びっくり仰天やなァ。思い出しまんなァ、昭和二十二年に、辻堂《つじどう》さんと、うちの若いのと、わしと大将とで、堂島の倉庫で古タイヤをトラックに積んで、此花区のドブ川沿いの柳田商会へ行きました。なんやしらん二、三十年たったような気がするけど、あれからたったの十二年しかたってまへんねんなァ」

その千代麿の言葉で、そうだった、あれが辻堂忠の、松坂商会での初仕事だったのだと熊吾は思った。

辻堂忠はあのとき三十五歳だった。三十三歳のとき、長崎の原爆で妻と子を失《な》くしたのだ。

あいつは来年四十八になるのだな。いま、どうしているのだろう。

大手の証券会社に勤めるようになってからは、この松坂熊吾という人間を避けるようになった。

復員してからずっと闇市《やみいち》で暮らし、重い外套《がいとう》を着て、千人針の腹巻を身につけていた無頼の時代を知っている人間とは縁を切りたいのかもしれない。

しかし、俺は忘れていないぞ。辻堂は俺に約束した。伸仁に誰かの助けが必要になったときは、必ず自分がその役を果たす、と。

熊吾は、闇市で初めて逢《あ》ったときの、辻堂忠の姿を思い浮かべながら、千代麿に正澄のことを訊いた。

「柔道を習わせてます。大阪城の近くに町道場がおますねん。そこに週に二回稽古《けいこ》につれて行ってます。まだ受け身の稽古ばっかりですけど、えらい礼儀正しいなりよって」

と千代麿は嬉《うれ》しそうに言った。

その夜、寒の入りを思わせるほどに冷たい風が吹き始めた十一時ごろにモータープールの正門と裏門を閉め、ムクとジンベエを放すと、熊吾は事務所の壁に掛けてあるカレンダーの十一月のところをめくり取った。

残りは十二月分だけとなったカレンダーを見ているうちに、これは一九五〇年代最後の一枚ということになるのだなと気づき、熊吾は妙な感慨にひたった。

日本の無条件降伏による戦争終結が一九四五年。伸仁が生まれたのが一九四七年。その二年後、一九四〇年代の最後の年に、自分は御堂筋にあった松坂商会の土地を売り、房江と伸仁をつれて郷里へ帰った。

南宇和の海の幸、山の幸に恵まれてはいても退屈極まりない生活に慣れ始めたころに、時代は一九五〇年代に入ったのだ。

それからの十年は、自分にはいやに長く感じられた。漕《こ》いでも漕いでも進まない自転車に乗っているような十年だった。

進まないどころか、漕げば漕ぐほどうしろへ退《さ》がるといったありさまだったといったほうが正しい。

しかし、そんななかで、伸仁は十二歳に成長した。五十歳で父親となった自分が、それ以上の何を求めるというのか。

小谷医師の栄養注射の継続によって、こころなしか伸仁の体ができてきた気がする。具体的に目に見えてというのではないが、伸仁の体の芯《しん》がしっかりしてきたのを感じる。親だから見逃がさない。あの高価な注射は効いてきた。

戦後の日本の変貌《へんぼう》は想像を超えていたが、これからの十年、一九六〇年代は、これまでの十年どころではあるまい。戦争が起こるのではないのか。

東西冷戦が生みだす恐怖だけではない。東西問題よりも厄介なのは、じつは南北問題ではないのか。地球上に起こるいさかいは、東西に別れてのそれはわかりやすい。けんかの原因がはっきりしているからだ。

しかし、南北間の争いは、いわば食いぶちの絡《から》んだ近親憎悪《ぞうお》に似ているために、正常な論理が通用せず感情でたちまち暴発する。赤の他人ならかろうじて守れる最後の一線が、親戚《しんせき》同士となると無いに等しい。地理としての地球を見ると、東西は遠くの他人だが、南北は近くの、しょっちゅう仲たがいしている親戚なのだ。その証拠に、武器商人は昔から南北を行き来して販路を確保してきたではないか。

欧米のことはよく知らないが、中国内なら江南と河北。インドシナ半島の南北に長い小国。朝鮮半島。そして南米の諸国。それらは直接的なこぜりあいが生じやすい。

こんなことを夜ひとりで考えていたら、酒なしでは眠れなくなる。おととい、小谷医師から三ヵ月間の粗食と禁酒を厳命されて、それを守れたのはたったの一日だ。

きのうは、さすがに朝酒はやめたが、夜には冷や酒をコップに二杯飲んだ。

そんなことをしていたら、あと二年で死ぬと言ったときの、おとといの小谷医師は本気だった。だから、きょうは酒を一滴も飲んでいない。昼間、千代麿と桜橋で別れたあと、あえて歩いて福島西通りまで帰って来た。

熊吾は、あれこれととりとめなく思考を重ねながら、事務所の明かりを消し、二階の座敷へとあがった。

川の字に敷いた蒲団《ふとん》の左端で伸仁が寝息をたてていて、房江はセーターを編んでいた。

この隣の部屋に、伸仁の勉強部屋を造れないかと熊吾は思った。隣は、かつての女学院の教室で、壁を取り払って、新たに畳敷きの部屋を造るには大きすぎるが、板で仕切って六畳くらいの座敷と納戸《なんど》を設けるというのはどうだろう。棟梁《とうりよう》の刈田に頼めば二日もかかるまい。

熊吾はそう考えながら、酒の代わりに水を飲んで冬物の寝巻に着替え、

「この部屋は、天井が高いけん、冬は冷えるのお」

と言った。

「櫓炬燵《やぐらごたつ》を真ん中に置いて、麻雀卓《マージヤン》を囲むみたいに東南西北《トンナンシャーペー》と並んで寝るっちゅうのはどうじゃ。三人じゃけん、東南西じゃが」

「櫓炬燵に脚を入れて寝るのは体に悪いって新聞に書いてあったわ。体が疲れるんやて」

と房江は言った。

ジンベエの吠《ほ》え声が響いた。母親のムクに似て、ジンベエも滅多に吠えなかったので、近所の猫でも入って来たのだろうと思いながら、熊吾は右端の蒲団に腹這《はらば》いになって老眼鏡をかけ、夕刊を読み始めた。房江も、編物道具を片づけて真ん中の蒲団にもぐり込み、電気あんかを買おうと言った。それから身を起こし、耳を澄ます表情で熊吾が喋《しやべ》りかけたのを制してから、

「女の子の声が聞こえへんかった？」
と訊いた。
熊吾も耳を澄ました。ジンベエがまた吠えた。同時に、人間の足音がモータープール
の北西側で聞こえた。
「誰かがモータープールのなかにおるのお」
熊吾は、寝巻の上から防寒コートを着ると、伸仁の勉強机の横に立てかけてあるバッ
トを持ち、階段のところへ行ってサーチライトをつけた。
ムクとジンベエが、北西側の屋根付きガレージの近くで暗がりのほうを見ていた。
「お父さん、ひとりで行ったらあかん。警察に電話して」
房江にそう言われたが、熊吾は階段を降り、事務所に入ると明りをつけて懐中電灯を
持つと、ムクとジンベエのいるところへと歩を進めた。
荒っぽい手口でタイヤを盗む窃盗団が侵入したという気配は感じなかった。いちど被
害に遭ってからは、侵入できそうな高さの塀には、以前の忍び返しに変えて、鋭利なガ
ラス片を突き出させてある。
屋根付きガレージのなかを懐中電灯で照らしたが人の姿は見えなかった。しかし、し
っぽを振りながら熊吾のところに走って来たジンベエは靴をくわえていた。女の子が履
く赤い小さなズック靴だった。

「誰かおるのか。出てこんと警察を呼ぶぞ」

その熊吾の声に勢いを得たかのように、ジンベエが、並んでいる自動車の隙間《すきま》に走って行って吠えた。

そのジンベエから逃げて、サーチライトの光のなかに出て来たのは月村光子だった。

「光子か？　何をしちょるんじゃ。お前、ひとりか？」

光子は無言で、暗がりを見やった。中学校の制服を着た兄の敏夫が出て来た。サーチライトの強い光で目を眩《まぶ》しそうに細め、持っていた石を捨てた。二匹の犬を追い払おうとして握っていたらしかった。

「どっから入って来たんじゃ。門を閉めたら、どっからも入れんはずじゃが」

そう言いながら、兄妹《きょうだい》に手招きをして、熊吾は事務所へと歩いた。兄妹は少し遅れてついて来た。房江に起こされたらしい伸仁が階段を駈《か》け降りてきて、事務所のガスストーブに火をつけた。

寝巻の上からカーディガンを羽織った房江は、光子の手や頰を撫《な》で、

「こんなに冷とうなってしもて……。いまおばちゃんが牛乳を温めてあげる」

と言って、二階へ上がった。

いったい何をしに来たのか、兄妹は何度訊かれても答えなかった。身を固くさせて震えているので、熊吾は、何も食べていないのではないかと思い、

「出屋敷から歩いて来たんじゃあるまいな」

と訊いた。

出屋敷のアパートから武庫川《むこがわ》の土手の近くに引っ越したのだと敏夫は答え、自分たちは十二月十日に大阪駅から列車で新潟へ行くことに決まったと話し始めた。

母は、新しい夫とともに北朝鮮へ行くと決めたが、自分は行きたくない。光子だけつれて行けばいい。自分は行かない。母親にそう言ったら、ひどく殴られた。

そんなことをひとことでも口にしたら、自分たちは帰還第一陣の千人から外されるだけではなく、帰還許可も取り消されるという。

取り消されたら、自分も光子も北朝鮮に行かなくても済む。ということは、十二月十日に自分が新潟行きの列車に乗らなければいいのだ。それまで、ノブちゃんの家にいさせてほしい。

新潟に着いたら、ソ連の船に乗る帰還者は出航まで赤十字社が準備した宿泊所に入り、もう一度、本当に帰還したいのかどうかを確かめられるそうだ。そのときに息子が余計なことを言うのを恐れているのは、母よりも父のほうだ。

朝鮮人の俺までが帰れなくなるくらいなら、お前たちと別れると言って、この十日ほどは毎日夫婦げんかをして、あいつは母を殴るのだ。

それで、光子をつれて、夕方に武庫川の畔《ほとり》の長屋から歩いてここまで来て、おじちゃんが事務所からいなくなるのを道の向こうで待ちつづけた。おじちゃんが裏門を閉めに行った隙に正門から入って、ガレージの暗がりに隠れていた……。

敏夫の言わんとしているものがわかると、熊吾は、すでに伸仁よりも三十センチほど背が高くなっている少年の、左側だけ強い斜視の目を見つめた。こめかみや頬や口の周りには無数のニキビが噴き出ていた。

温めた牛乳を容器に入れ、それを盆に載せて、房江は事務所に戻って来ると、熱いうちに飲むようにと兄妹に手渡した。

「お前は十二歳で、光子はまだ七つじゃ。お父さんとお母さんが決めたことに従うしかない年齢なんじゃ。お父さんもお母さんも、いろいろと考えた末に、一家で北朝鮮へ帰ると決めたんじゃ。敏夫も光子も、まだまだ巣立つまでには育っちょらん。親について行け。いまはそうするしか……」

その熊吾の言葉を途中で遮るように、

「ぼくは新聞配達をしたら、ひとりで生きれるねん」

と声を大きくして言い返した。

光子が牛乳の入った容器を両手で持ったまま泣きだした。

「いままでも、そうやってきたんや」

熊吾は、光子を抱きあげて自分の膝《ひざ》に乗せ、

「それは、お母さんがおったからできたんじゃ。あのアパートの家賃をお前が払えたか？　たこ焼きだけを食うちょったわけじゃあるまい？」

さて、どうやって納得させようかと考えながら、熊吾はしゃくりあげている光子の頭を撫で、

「心配せんでも、お前のお兄ちゃんは、お前に寂しい思いはさせんけん。蘭月ビルにおったときも、お前のことを忘れたことはなかったんじゃけん。そうじゃろう？」

と言った。

正門の前を、屋台の鍋焼《なべや》きうどん屋が通って行くのが見えた。

「昼からなんにも食べちょらんのじゃろう。空《す》きっ腹で、この寒い夜に武庫川から福島西通りまで歩いたら、心も尖《とが》って、すさんでしまうぞ。そうなると、暗いことしか考えん」

熊吾はそう言ってから、あの鍋焼きうどんを買って来てやれと伸仁に命じた。伸仁は階段を駈けあがり、房江の財布を持って正門へと走り、屋台の親父《おやじ》を大声で呼んだ。

兄妹が鍋焼きうどんを食べ終わったのは一時過ぎだった。

不器用な箸《はし》の使い方で、最後に薄く切った蒲鉾《かまぼこ》を口に入れた光子を見ながら、熊吾は、母親に殴られるか蹴《け》られるかして、ひどく股関節《こかんせつ》を痛めた際の光子の、なにもかもをあきらめた人のように薄暗い部屋でうずくまっていた姿を思い出した。

「新潟行きの列車は、夕方に大阪駅を出るんじゃな？」

熊吾の問いに、六時五十五分発だと敏夫は答えた。

「最初の船には、蘭月ビルの誰が乗るんじゃ？　金静子は乗るのか？　怪人二十面相は？　伊東夫婦は？　鉄工所の甲田は？」

首をかしげながら、知らないと答え、敏夫は、怪人二十面相は北へ帰るのをやめたそうだと言った。

「わしが自動車で武庫川まで送ってやる。新車じゃ。ブルーバードっちゅう最新の自動車じゃ」

熊吾は、キーをしまう箱の南京錠《ナンキンじょう》を外し、富士乃屋《ふじのや》の社長が買ったばかりの新車のキーを持った。あした、事情を説明して、無断で使ったことを詫《わ》びに行こうと思った。

「十二月十日、ノブとおばちゃんが大阪駅に見送りに行くわ」

と房江は言い、これで何かお菓子でも本でも買えと兄妹に千円札を一枚ずつ渡した。

身内でもない者が大阪駅のホームで見送ることは許可されないのではないかと思ったが、そのことには触れず、熊吾は下駄《げた》を靴に履き替えただけで、寝巻の上にコートを羽織ったまま、兄妹をブルーバードの新車の後部座席に乗せ、伸仁に、お前も一緒に来いと言った。

「大阪駅どころか、列車が通る沿線は全部厳戒態勢やから、ホームで見送るなんて無理でっせ。京都からも米原からも帰還第一船に乗る連中が加わりますねん。大阪や兵庫に住んでたやつらだけが船に乗るわけやおまへんよってに。関東組は、十日の夜の十時過ぎに品川駅を出発です。もうどこかの鉄橋に爆弾が仕掛けられたっちゅうて、警察は血まなこになってまっせ。なんかあったら、日本という国の責任になって、また厄介なことになりまっさかいに」

磯辺《いそべ》富雄は、玉突き台の緑色のフェルトを掃除するためのブラシを持ち、閉店時間が過ぎても玉を突きつづけているふたりの客に聞こえないよう声を低くして言った。

「そうか、やっぱり無理か」

ひとりでビリヤードの白玉を突きながら熊吾はつぶやき、月村敏夫と光子に、自分たち松坂家の三人は、約束どおり見送りに来たという姿を見せる方法はないものかと考えた。

このビリヤード店「ラッキー」のある通称「阪神裏」からも、多くの在日朝鮮人が去って行き、二軒隣の古着屋も、三軒東側の靴屋も空家になっていた。

「民団側の血の気の多いやつらが、決死隊なんて結成しよって、命を張ってでもあいつらを北へは帰さんちゅうて姿を消しよったらしいんです。当分は、君子危うきに近寄らずで、私もなるべく出歩かんようにしてるんやけど、康代《やすよ》が……」

磯辺がそこで言い淀《よど》んだので、熊吾はキューを持つ手を止め、康代がどうしたのかと訊《き》いた。磯辺は、ふたりの客に、もう店を閉めたいのだがと言い、両手で自分の腹のところに円を作った。

「相手はどんな男じゃ。いつ産まれるんじゃ」

「もう堕《お》ろしましてん。そのあとがちょっと悪うて、きのうから入院してますねん。なんとか大事には至らんようですけど。堕ろして三時間もたたんのに、店に来て掃除を始めよって……。私に知られとうなかったんでっしゃろ」

ふたりの客のゲーム代を勘定し、代金を受け取ると、磯辺はビリヤード場の明かりの半分を消し、客用の長椅子《ながいす》に腰を降ろした。

暗くなったビリヤード場のなかに、近くの路地のどこかでかけているレコードの音がいやに大きく聞こえてきた。昔、流行《はや》った歌謡曲の歌詞が、熊吾をひどく不快にさせた。

中学を卒業してすぐに能登《のと》から大阪へ働きに出て来て、電器部品の工場で一日中ハンダ付けの作業に明け暮れ、安い賃金でこき使われて心身ともに疲弊していたときに、この「ラッキー」という新しい働き場所を得た働き者の康代が、従業員思いの磯辺に隠して子を堕ろした。

あの娘も、そうやって浮世の片隅の塵芥《ちりあくた》となっていくのか。こんな女に誰がした、じゃと？　てめえでなったんじゃ。

熊吾はそう思いながら煙草《たばこ》に火をつけ、磯辺の隣に坐《すわ》ると、男は妻子持ちかと訊いた。

「いや、ひとりもんです。二十七かな。ここいらのやくざの使い走りをしてましたけど、近いうちに日本からおらんようになります。第一陣の船とはちゃうそうです。そやけど、二陣三陣、北への船は次から次へと出て行きますよってに。帰還を希望する連中が全部帰ってしまうのに、何年かかるんやろ……」

そう言って、磯辺は、奇妙なことがあるのだとつづけた。

古いつきあいの朝鮮人一家は、七人全員が帰還を申し出た。すると、朝鮮総連の幹部が、そのうちの三人は当分のあいだ日本に残ったらどうかと説得するためにやって来た。

それまでは一家全員の帰還を強く勧めていたのに、第一陣の船が十二月十四日に新潟港を出航と正式に決まった数日後に、そう言ってきたのだ。

その一家だけではない。自分が知っているだけでも五家族が分散帰還に変更させられた。奇妙なのは、それらがみな自分で商売をしていて、かなりの生活能力がある一家ばかりだという点だ。そして、もうひとつ、その一家の商売を支えている者たちが、あとから帰還するほうに廻されたことだ。

別々にあとから帰還する者たちも、半年以内には船に乗れるというが、自分はどうもいやな予感がする。何か策略が隠されている気がしてならないのだ。

帰還には優先順位というものが設定されたが、生活困窮者や失業者がそのなかに入っている。

いかにも人道的措置を優先しているかに見えるが、自分はそこにうさん臭さを感じる。

磯辺は、そこで話すのをやめ、しばらく黙り込んでいたが、

「松坂の大将は、どない思いはります？」

と訊いた。

「前にも言うたが、わしはこの件については自分の考えは口にせん。日本人のわしには、その資格がないんじゃ。ただ地上の楽園ちゅうやつが、国家の形として、どうしてもわしの頭のなかで具体的な映像を結ばん。地上の楽園ちゅうのがいったいどういうものなのか、わしにはその絵が描けんのじゃ」

そんなものが、たかが政治やイデオロギーごときで造れるはずがないと言いたかったが、熊吾はそれ以上は口にせず、「ラッキー」を出た。

十一時を廻った「阪神裏」の路地には娼婦《しょうふ》や客引きの男たちが立っていて、腐りかけたドブ板からの悪臭が風と一緒に吹きつけてきた。

桜橋のほうへ行きかけて、熊吾は空き家が多くなった「阪神裏」の様子を少し見てみようと思い、戦後の闇市《やみいち》がそのまま大阪駅の南側に特異な一角を造りあげてしまった場所の中心部へと歩きだした。

たちまち娼婦やポン引きたちが声をかけてきた。熊吾はそれらを無視して、二筋目の

路地を北へ曲がった。中古の電気器具屋が店先でレコードをかけていた。その向かいはホルモン焼き屋だが、二階は娼婦が客を取るためにある。

大阪駅に見送りに行くという約束を反故《ほご》にせざるを得ないのかと熊吾は思った。敏夫も光子も、きっと来ると思って待ちつづけることであろう。そして、松坂の親子も嘘《うそ》つきだと落胆しながら新潟へ向かい、北朝鮮への船に乗る……。

親から離れて蘭月ビルで暮らさなければならなかった伸仁に、あの月村の兄妹が与えてくれたものは大きい。盲目の香根《かね》に対する光子の思いやりから、伸仁はきっと何かを学んだであろうし、敏夫と一緒に夕刊を売り歩いた一夜のことは生涯の思い出となるかもしれない。

それなのに、自分たちはふたりとの約束を守れないまま別れていく……。

そう思いながら、熊吾は薄暗い路地を進んだ。

このドブはどこから始まってどこで終わるのか。どこにも行き場はなく、「阪神裏」の土のなかに染《し》み込んでいくとしたら、ここが大阪の病気の発生源だなどと噂《うわさ》されるのも当然だ。

熊吾は、あえてドブ板の上を歩きつづけ、かつてズボンのベルトを買ったことのある皮革製品専門の小さな店の前に辿《たど》り着いた。

店はどこかから調達してきたらしい雨戸を二枚合わせて、簡単にはあけられないよう釘《くぎ》づけにされていた。

「長らくのご愛顧有がとう御座いました」

と書かれた紙が、その雨戸に貼《は》ってあった。

向かいの古着屋は店仕舞いをするために路地にまで突き出た台を片づけている。革ジャンパーを着た主人が、台の上の布切れを畳んでいる。

その路地からだけ月が見えた。熊吾は月を見あげ、

「ここも北へ帰る人かのお」

と古着屋の主人に話しかけた。

「ああ、そうらしいなァ」

そう面倒臭そうに答えて、主人は変な色合いの布を畳んだ。

「それは何じゃ？　それも古着か？」

「鯉《こい》のぼりや。泣きつかれて買《こ》うたんやけど、肝心の真鯉があれへん。緋鯉《ひどい》と子鯉だけや。買《こ》うてから気がついてなァ」

主人はふてくされたような顔で、鯉のぼりのセットは、矢車、吹き流し、真鯉、緋鯉、子鯉と五つ揃《そろ》っていないと売り物にならないのだと説明して、

「どないや、買えへんか？　真鯉がないっちゅうのは、親父がおれへんちゅうこっちゃ。縁起の悪い鯉のぼり。これを五月の節句に泳がせたら、うちは母子家庭でっせェて言う

てるのとおんなじで、借金取りもあきらめて帰りまっせ」

と言った。

熊吾の心に、大阪駅を出た列車が淀川《よどがわ》の鉄橋を渡っていく光景が浮かんだ。新潟行きの臨時列車が定刻に大阪駅を出発したら、約五分ほどでその鉄橋を渡る。南側の堤の上まで千代麿の家から歩いて五、六分。

十二月の夜の七時に堤で振っている緋鯉と子鯉が、走行している列車の窓から見えるだろうか。

懐中電灯の光を鯉のぼりに向ければ見えるかもしれない……。

「酒癖が悪うて甲斐性《かいしよう》のない親父なら、おらんほうがええぞ。よし、その鯉のぼり、わしが買《こ》うちゃる。安うしとけよ。十二月に店先に並べるくらいじゃけん、儲《もう》ける気はないんじゃろう」

本気かといった表情で熊吾を見つめ、自分は千三百円でこれを買ったと主人は言った。

熊吾は千円札を一枚と百円札を五枚、主人の手に握らせた。

「たったの二百円しか儲けがないんかいな」

「損をせんかっただけ儲けもんやと思うんじゃな。大きさはどのくらいじゃ」

「緋鯉が五尺、子鯉が三尺。吹き流しが七尺。最近は小さいのが流行りでんねん」

主人は店の奥から箱を出してきて、鯉のぼりのセットを入れた。持つと意外に重かった。

「竹竿《たけざお》はないのか」

「うちは古着屋でっせ。鯉のぼりを並べてることがそもそもおかしな話でんがな」

「それもそうじゃな」

熊吾が箱をかかえて行きかけると、主人はうしろから大声で、

「おおきに。こんどは真鯉だけ捜して置いときまっさかい」

と言った。

この路地を左に行けば四つ橋筋に出るだろうと思い、飲み屋ばかり並んでいるところを歩いていると、ドブ板の割れめから数匹の鼠《ねずみ》が走り出て来て、すぐに反対側のドブへと姿を消した。

熊吾は鼠のあまりの数にびっくりして、両手でかかえていた箱を落としてしまった。その斜め向かいのホルモン焼き屋から、酔っているとは思えない中年の男の声が聞こえた。

「アメリカは、またアジアで大儲けを企《たく》んでるでェ。金儲けのための戦争や。朝鮮戦争どころやないでェ」

おもしろいことを言うやつがいるな。

熊吾はそう思い、男の顔を見てやろうとホルモン焼き屋の引き戸をあけた。

客は三人で、思いのほかこぎれいな店のカウンターのなかには、南予の突き合い牛のような顔をした主人が七輪で何種類かの臓物を焼いていた。

「マメはありますかのお」

熊吾が訊くと、一人前だけ残っていると主人は言い、皿に載っている生の牛の腎臓《じんぞう》を見せた。

「ええマメでっせ」

「それをよう焼いてくれんかのお」

熊吾は言って、カウンターの隅に腰かけ、焼酎《しょうちゅう》を水で半分に薄めてくれと頼み、さっきの声の主は誰かと三人の客の顔を見やった。勤め人風の男、商店主風の男、学校の教師風の男……。

「水でよろしいか？　お湯で割りまっか？」

と主人は訊いた。

「湯で薄めると冷めるまで待たにゃあいけんけんのお。水でええ」

「お客さんは南予の人でっか？」

「そうじゃ。南宇和郡の一本松じゃ」

「へえ、私は御荘《みしょう》の平城《ひらじょう》で生まれて、十八の歳《とし》まで育ちまして。いまも従兄《いとこ》や姪《めい》は平城にいてますねん」

「そらもうお隣さんじゃ。わしの親戚《しんせき》も平城におる。そうかァ、店を覗《のぞ》いて、ご主人を見た途端に、突き合い牛みたいな人じゃ思うたが、血は争えんもんじゃのお」

「わしは突き合い牛と血の繋《つな》がりがありますかなァし」

主人は笑って、棚の上から名刺入れを取り、自分の名刺をくれた。「ホルモン焼きの牛ちゃん　砂田進一」と印刷してあった。熊吾も自分の名刺を渡し、さっきこの前を通りかかったら、アメリカがまたアジアで金儲けのための戦争を企んでいるという言葉が聞こえたので、少し勉強をさせてもらおうと思い、店に入ったのだと言って、三人の客に笑みを向けた。

「ほれ見てみィ、ええ加減な法螺《ほら》を吹いとったら、通りがかりの人を惑わすがな」

教師風の男が、そう言って、勤め人風の五十前後の男の肩を突いた。

「アジアのどこです？　わしはインドシナ半島じゃろうと見当をつけちょるが……」

その熊吾の言葉に、こざっぱりした背広姿の男は、

「なんで、そう思いはるんです？」

と訊《き》いた。

「インドシナ半島には小さな国々が南北につながっちょる。長いあいだフランスの植民地で、白人支配の苦汁を舐《な》めてきて、第二次大戦で独立が転がり込んだが、フランスやイギリスやアメリカが、インドシナ半島をやすやすと手放すはずがない。支配権は握っ

ておきたい。ところがソ連も中国も第二次大戦の戦勝国で……」

熊吾が話し終わらないうちに、

「ほんまにそのとおりです。そこにもうひとつ、ぼくは資本主義と共産主義の戦いのなかに忘れたらあかんことがあるっちゅうことを、このふたりに教えたかったんです」

と男は言った。

「戦争ほど儲かる商売はないと言うた人がおるが、つまりそのことですな」

「そうです、そのとおりです。日本人は、権謀術数を弄《ろう》する能力が、欧米人と比べて劣ってるんです。おとなと子供くらいにねェ。ぼくは、戦地から引き揚げてきて、いまの会社に就職して、年に一、二回、台湾、香港《ホンコン》、フィリピン、カンボジア、ベトナムに行くようになって、とくにインドシナ半島は悲惨な戦場になるんやないかって思うようになったんです」

熊吾は、会社はどういう商いをしているのかと訊いた。男は自分の名刺を財布から出した。「タチバナ商事株式会社　貿易部課長　出雲《いずも》洋司」とあった。

いまは主に台湾からバナナを、香港から中華食材や漢方薬の材料を輸入する部署にいるという。

主人が、七輪の炭火で焼いたマメを皿に載せて熊吾の前に置いた。

熊吾は、焼酎を半分に薄めたのを飲み、焼けたマメに少し一味を振って食べた。蘭月ビルの伊東たちの焼くマメと違って大蒜《にんにく》は使っていなかった。

やはり俺は大蒜は苦手だと思いながら、熊吾は「牛ちゃん」のマメを食べたが、三切れ食べたとき、ふいに伊東のマメのうまさがわかってきた。大蒜の使い方の巧みさを知ったのだ。

熊吾は、水で少し薄めてもらった焼酎を飲みながら牛の腎臓の炭火焼きを食べ、こういう臓物料理には日本酒は合わないことも知った。

貿易会社に勤める出雲洋司は、ふたりの友人と話に興じていたが、三十代後半と思える教師風の男と少しずつ話が嚙《か》み合わなくなり、そのうちふたりは気色ばんで口論を始めた。

出雲洋司の言わんとする共産主義と資本主義の対立と、教師風の男のそれとは論点が最初からずれていて、その理由は、教師風の男の共産主義への同調にあった。

共産主義をうしろ盾とする戦争は革命のためであり、資本主義のそれは金儲けのためだという短絡な主張に失望し、熊吾は男に、どんなお仕事をなさっているのかと訊いた。

「写真館に勤めてます。カメラのシャッターを押すんやのうて、原板に手を入れる細かい作業に明け暮れてますねん」

「ほう、わしは学校の先生やあらせんかと思いました」

「いえ、十五のときから高麗橋《こうらいばし》にある写真館で奉公してきた職人です」

「シベリアに抑留されて、ラーゲリーの優等生になって帰還しましたか」

言ってから、熊吾は、余計なことを口にしてしまったと後悔したが、男の酔った目が鋭くなった。

「優等生から順番に日本に帰してくれるっちゅうんで、一生懸命勉強しました。それが悪いことでっか？　シベリアに三年もいてみなはれ、相手が何であれ、しっぽ振って、お手もお坐《すわ》りもして、日本に帰してもらおうとしまっせ。シベリアの収容所がどんなとこか、あんたにわかりまんのか」

熊吾は男に謝罪し、

「日本に帰ってからも、ご苦労が多かったことでしょう」

と言った。

「元の仕事に戻っても、月に二度ほど警官が勤め先に来よりました。警察っちゅうとこは、あんたみたいなんばっかりでっせ」

「おい、もうやめとけよ。ちゃんと謝りはったやないか」

もうひとりの男が制した。

「わしは警察の人間やあらせん。警察に厄介になったことは何度もありますがのお」

そう言って、熊吾は左の小指で口髭《くちひげ》を撫《な》でた。

男たちも店の主人も、その小指の第二関節から先がないのに気づくと、揃って困惑顔になった。

この小指は効くのお……。熊吾は我ながら感心し、自分がなぜ小指の先を失《な》くしたかを説明した。

「馬小屋のどこを探しても、わしの小指の先がないんじゃ。馬が飲み込んでしまいよったとしか考えられん」

主人も三人の客たちも笑い、写真館の職人は、

「おたくさんが店に入って来たとき、なんやしらんけど緊張しました」

と言い、機嫌を直して牛すじ肉の味噌煮《みそに》を註文《ちゅうもん》した。

関西では「どて鍋《なべ》」と呼ばれる牛すじ肉の味噌煮は、店によって味に差がありすぎて、当たり外れが多いので、この店のものはどうなのだろうと思い、熊吾は串《くし》に刺したのを一本だけここに載せてくれと、マメがひと切れ残っている皿を差し出した。

主人は、それに一串載せながら、柔和な笑みを浮かべ、あと三十分で閉店させてもらいたいと言った。もう市電もバスもないので、玉川町まで歩いて帰らなければならないという。

玉川町のどのあたりだと熊吾が訊くと、大工の刈田喜久夫の家の近くだった。

「わしは福島西通りじゃ。途中まではおんなじ道筋じゃのお」

「へえ、そうでっか。ほんなら途中までご一緒させてもろてよろしおまっか？」

「かまわんが、夜道が怖いのか？」

熊吾はひやかすように訊いた。

「出入橋のとこに、ならず者がいてますねん。雨の夜も風の夜も、真夏でも真冬でも。それも、立ってるんやのおて、ちゃんと自分の椅子《いす》持参で、そこに腰掛けて、通るやつをじろっと睨《にら》みよる。ポン引きやろと思て、酔っ払って帰ったとき、ちょっとひやかしてみたら、えらいすごまれまして。それからわしの顔を覚えてしまいよって、なんやかや絡《から》んできますねん。うちのお客で、あそこを毎晩通るっちゅう人に訊いたら、どうもポン引きやなさそうで。客を引いてるのを見たことがないっちゅうて。ほんなら、なんで毎晩あそこで坐ってるのか……」

その男のことは知っていたが、熊吾も、ポン引きだとばかり思い込んでいたのだ。

「ポン引きやないのか？」

「へえ、そやから余計に気色悪うてねェ」

「あそこを通らんように、ちょっと遠廻りをすりゃあええ。君子危うきに近寄らず、じゃ」

そう言って、熊吾は牛すじ肉を食べた。いい味だった。

主人の言葉で、そろそろ腰をあげようかといったふうに小さな鞄《かばん》に突っ込んでいた朝刊を出し、これを捨てておいてくれとシベリア帰りの男は言い、コップに残っていた酒を飲み干した。

熊吾は何気なく四つに折り畳まれた朝刊を見た。「エビハラ通商」という文字が目に入った。

ちょっと見せてくれと言い、熊吾は新聞を手に取った。

阪神版のさほど大きくはない記事だったが、すっぱ抜きの特ダネであるのは、行数に比して見出しの文字が大きいことでわかった。

――エビハラ通商の社長・海老原太一氏が次期衆院選に出馬を決めた。海老原氏はまだ正式に発表していないが、自民党公認をめざしてすでに水面下で動いている。出馬すれば、海老原氏の選挙区は一気に乱戦模様となるため、各陣営は神経を尖《とが》らせている。

――

そんな内容の記事だった。

観音寺のケンが動きだすぞと熊吾は思った。だが、ケンはいつ動くだろうか。太一が出馬を正式発表してからか、それとも当選して代議士さまにおなりあそばしてからか。あの名刺が高く売れるのは、いったいどっちなのかを、観音寺のケンは考えるであろう。

まあ、いずれにしても、俺の知ったことではない。しかし、井草正之助の妻が心配だ。なんとしてもあの名刺をこの世から消し去りたい太一は、もう一度念のためにと金沢の井草の妻に人を差し向けるかもしれない。

前回よりもはるかに乱暴な手口を使う可能性は高い。今回は国会議員のバッジが懸かっているのだ。

その道の本職が調べれば、井草正之助が金沢で谷山節子と関係を結んでいたことを突きとめるだろう。そうなれば、谷山節子にも累《るい》が及ぶ。ひょっとしたら、麻衣子にも。

まさかそんなことにはなるまいと思いながらも、熊吾は、こんどまた怪しい人間が訪れたら、すぐに警察に届けるようにと井草の妻に手紙を書こうと決めた。

あの裏に五十万円を預かったことを証明する海老原太一の直筆と印鑑が捺《お》された名刺は松坂熊吾に渡したと言え、という一文も書き添えておかねばなるまい……。

「それ、鯉《こい》のぼりですか？」

三人のなかで最も小柄な、度の強い眼鏡をかけた男が、熊吾の横の椅子に載せてある箱を指差して訊いた。

そうだ、鯉のぼりだ。さっき、この店の斜め向かいの古着屋の軒先に置いてあったので買ったのだ。中古品で、おまけに真鯉がないので、あきれるほど安かった。使うのはたった一回きりなので、真鯉はなくてもいいのだ。

熊吾がそう説明すると、眼鏡の男は、箱に印刷されてある松屋町の人形店の屋号を指差して、

「ぼくの親父《おやじ》、ここで十三のときから五十年近くも働きましてん」

と言った。

「ほう、そうですか。大阪人なら誰でも知っちょる有名な店ですのお。お父さんは人形を作っちょられたんですか？」

「いえ、職人やおまへんねん。奉公して二十年間は使い走りみたいなもんで、そのあと帳場を預かるようになって、おととし、六十で退職しまして……。世の中、五十歳が定年やのに、六十まで働かせてもろて、それはありがたいことですけど、退職金のあまりの少なさに、本人も母も、三、四日口もきかれへんほど落胆してました。再就職しとうても、もう六十ですしねェ。そやけど、去年、やっと初孫が生まれて、元気を取り戻して、孫に何かを買ってやれたらそれでええっちゅうて、屋台でわらび餅《もち》を売り歩くようになって。そんなしんどいことせんと、家でゆっくりしときィなて言うても、これでもちゃんとお得意さんができたんやて嬉《うれ》しそうに屋台を引いて出かけよりますねん」

「屋台でわらび餅を……。えらいお父さんですなァ。真似《まね》のできることじゃありませんな」

そう言ってから、熊吾は、自分がなぜ季節外れの鯉のぼりを買ったのかを話して聞かせたくなった。帰りの夜道の同行者ができて安心したらしく、三十分後に店を閉めると言った主人が、ビールを入れる箱に腰を降ろして、コップ酒を飲み始めたからだった。

「帰還列車が淀川の鉄橋を渡るときに、この鯉のぼりを振ろうと考えつきましてのお。北朝鮮に帰る連中に日の丸を振るわけにはいかんし、シーツでは貧乏臭いし、何か目立つもんはないかと……」

するとと、シベリア帰りの男が、あの東海道本線のすぐ近くの堤で鯉のぼりを振ることを警察が許可してくれるだろうかと、考え込むようにしてつぶやいた。

「うん、きょうも、水上警察の船が、あの鉄橋の下を調べとったし、警察の連中が、鉄橋の周辺で長い棒を持って見張っとったなァ。当日は、もっと厳重になるんとちゃいますやろか」

と言った。

列車が渡る橋に爆弾を仕掛けるという脅迫状が届いたというニュースを、けさもラジオで聴いたなと熊吾は思ったが、

「まあ、とにかく淀川の堤に行くだけ行って、駄目ならあきらめるしかないのお」

と言った。

出雲洋司は、この店は安くてうまいので、これからも贔屓《ひいき》にしてやってくれと言い、ふたりの友人の名を熊吾に教えた。

シベリア帰りの男は野中光喜、眼鏡の男は富永信介という名で、三人とも大阪駅から東海道本線に沿った道を北へ歩いて十分ほどのところに住んでいるという。

みな、千代麿の家へ行く道の途中に住まいがあるのかと思いながら、熊吾も自分の名刺を三人に渡し、

「わしは帰るが、福島西通りまで一緒に行くか」

と主人を促した。

三人の男が店から出て行くと、主人はコップと皿を手早く洗い、エプロンを外して、マフラーと黒い防寒コートを持った。

桜橋の交差点のほうには行かず、中央郵便局の横の道へと歩きながら、熊吾は、この道をまっすぐ行っても出入橋に出るのだが、途中に浄正橋の北側へとつながる道があると説明した。

「そこから浄正橋の交差点まではすぐじゃ。そうすりゃあ、出入橋に毎晩坐っちょるならず者に会わんですむぞ」

「何が気にいらんかったか、わしにだけ絡んでくるでなァし。警官は、知らんふりして通り過ぎていきよる。毎晩あそこで、何をしよりますかなァし」

同郷の人間とふたりきりになったせいか、「牛ちゃん」の主人は南予の言葉でそう言った。

「絡まれるのがいやで、そのうち金でも出さんかと思うちょるんじゃろう」

「この道は、暗いし、ぶっそうな感じで、強盗でも出て来やせんかて心配でなァし。街

灯がひとつもあらせんけん」

「このへんは昔から倉庫が多い。小さな倉庫ばっかりじゃが、近所の商売人が借りちょって、昼間はにぎやかじゃ」

なにわ筋の明かりがわずかに見えてくると、砂田という名の主人は安心したのか、マフラーを巻き直してから煙草《たばこ》に火をつけて、熊吾から貰《もら》った名刺をズボンのポケットから出した。

なにわ筋に出てすぐのところにある街灯の明かりで熊吾の名刺を見ると、シンエー・モータープールというのは福島西通りの南東側の角にある大きな有料駐車場かと砂田は訊《き》いた。

「そうじゃ、知っちょるのか？」

「大阪市内でいちばんでかいモータープールやけん、いっぺん門のとこからなかを見たことがありますでなァし。へえ、あそこの社長さんですかァ」

ああ、そうだと答えかけて、熊吾は、名刺に「管理人」と印刷していないぶんも作った自分に突然強い嫌悪感《けんおかん》を抱いた。

エアー・ブローカーをして金を稼ぎだすと、モータープールの管理人では客に信用されないと思い、その三文字を取ったのだが、根底には見栄《みえ》がある。

伸仁には「自尊心よりも大切なものを持って生きにゃあいけん」と強く言い聞かせた

くせに、自分は何だ。

管理人という文字を名刺から取らせたのは、まさにその自尊心ではないか。

熊吾はそう思い、立ち止まって煙草に火をつけた。

さっきの三人の客のなかの、度の強い眼鏡をかけた富永信介の父親は、この俺とたったの一歳しか歳《とし》が変わらないが、五十年近くも勤めた松屋町の人形店を辞めたとき、雀《すずめ》の涙ほどの退職金を貰っただけだった。

しかし、孫に何かを買ってやりたい一心で、わらび餅の作り方を習い、夏の炎天下に屋台を引いて売り歩いている。

俺はなぜそのように生きられないのだろう。

松坂商会を閉め、御堂筋の土地を手離したとき、社長とか大将とか呼ばれる人生も自ら手離し、虚弱な我が子を丈夫に育てるだけで充分と決めたのではなかったか。

十日ほど前、房江は、俺の機嫌をそこねないよう遠廻しに、そしてひどく言葉を選びながら、小さな商いを少しずつ大きくしていくのも楽しいのではないかと言った。

どこかに間口一間ほどの店舗を借り、そこを事務所として中古車を売る。最初は、一台売る。次にまた一台売る。そうして資金を貯《た》め、やがて二台、三台、四台と自動車を置ける場所も得たら、たかが小商いが、いつのまにか大きくなっていく。

あなたは中古車を売るのがとても上手だ。その才覚で少しずつ扱う台数を多くしていけば、五年で大阪では知られた中古車販売店を作りあげられるという気がする……。

熊吾は、そのときの房江の言葉を思い浮かべた。すると、見たわけではないのに、屋台を引いてわらび餅を売っている六十三歳の男の姿が心のなかに浮かんだ。

わらび餅を一日売り歩いて、どれほどの口銭があるだろう。しかし、あの富永信介の父親は、十三歳のときから五十年間にも及ぶ人形店での奉公よりも、孫のための一日の労働のほうが幸福なのにちがいない。

浄正橋の交差点に来て、国道二号線を西に歩きだすと、

「平城《ひらじょう》にご親戚《しんせき》があるて言いなはったが、やっぱり松坂っちゅうお名前ですかのお」

と砂田は訊いた。

「いや、河辺っちゅう家に婿《むこ》養子で入ったんじゃ」

「えっ？　河辺さんですか？」

いなかの小さな町だから知っていて当然だと思いながらも、

「知っちょるか？　役場に勤めちょったが、もう定年になったはずじゃ」

と熊吾は言った。

「ほんなら、松坂さんは、御荘の唐沢さんともご親戚やっちゅうことになりますかなァし」

「そうじゃ、もう亡《な》くなったが、唐沢の叔父は、わしの親父の弟じゃ。いまは息子が跡

を継いで煙草の葉を栽培しちょる。息子っちゅうても長男は四十幾つで死んで、長女の亭主が跡を継いだがのお」

「わしのいちばん上の兄貴は、その唐沢さんのご長男に勉強を教えてもろうて、お陰で大学に行きよったんです。おととし、亡くなりましたが……」

「ほう、それはなんと奇遇よのお」

熊吾は福島西通りの交差点へと、砂田と並んで歩を運びながら、唐沢の叔父とその長男の穏かな笑みを思い浮かべた。

交差点のところで、熊吾はシンエー・モータープールの正門を見て、自分は経営者ではなく管理人で、本業は中古車の販売をしていると言い、砂田と別れて裏門への道を行き、通用口の南京錠《ナンキンじょう》をあけた。ムクとジンベエが、ちぎれるほどにしっぽを振って走って来た。


月村敏夫から電話がかかってきたのは、九日の夜だった。

日本赤十字社が用意した宿泊所の電話の前には、最後の別れをするために並ぶ人が建物の外にまで列をなしていて、自分に順番が廻ってくるのに二時間もかかったと敏夫は言った。

熊吾はすぐに伸仁に替わり、大阪駅に行っても逢《あ》えないだろうから、自分たちは淀川の堤で見送ることにすると伝えるようにと言った。

「ええか、大阪駅を出てすぐに列車は淀川を渡る。渡る直前に、進行方向に向かって右側の堤をよう見るんじゃ。わしらは鯉のぼりを振る。堤のどのへんから振れるかはわからんが、とにかく鯉のぼりを探せ。それがわしら一家じゃ。一瞬じゃけん、見逃がすなよ」

その熊吾の言葉を、伸仁は早口で敏夫に伝えた。

「光子ちゃんは側《そば》にいてるのん？　いてるんやったら替わって」

と房江は言い、受話器を伸仁から奪ったが、電話は切れてしまっていた。

尼崎、西宮、神戸といった地域に在住する帰還希望者たちは、赤十字社の貸切りバスで大阪駅へ向かうらしいという噂《うわさ》も正確なのかどうかわからなかった。

騒動を防ぐために、彼らが今夜どこにいるのかも発表されていなかった。

熊吾は、阪神裏の古着屋で買った鯉のぼりを竹竿《たけざお》と結び、先端に矢車をつけると、モータープールの正門から北西側を照らしているサーチライトも、屋根付き駐車場の明かりも消した。

「わしがあそこで振るけん。ここから見えるかどうか。見えたら、見えたと言え。この事務所の窓からは、だいたい七、八十メートルじゃ」

熊吾は竹竿に取り付けた鯉のぼりを持って、モータープールの北西側の塀まで行き、それを両手で左右に大きく振った。

「見えるけど、ぼんやりとやァ」

伸仁の声に、やはり懐中電灯がふたつほど必要だなと熊吾は思った。

二トントラックが入って来たが、明かりを消しているので誰なのかわからなかった。

たぶんK塗料店の桑野忠治であろうと思っていると、トラックはヘッドライトを熊吾に向けたまま進んで来て、

「何をしてはりますねん?」

という林田信正の声が聞こえた。

なぜK塗料店のトラックを林田が運転して帰って来たのかと思いながら、眩《まぶ》しいからヘッドライトを消すよう身振りで促し、熊吾は伸仁に、二階のサーチライトを点《つ》けろと大声で言った。

林田は、K塗料店専用の場所にトラックを移動させ、

「クワちゃんが貧血起こして倒れよって……。今夜中に納品せなあかんペンキをドラム缶に三本、ぼくが替わりに配達してきましてん」

と言いながら、モータープールに入ってきた型の新しいクライスラーをいぶかしそうに見た。

灰色の背広に黒いネクタイをしめた男が降りてきて、

「松坂さんですか？」

と訊いた。

あきらかに暴力団員だとわかる風情《ふぜい》だったが、使い走りのチンピラではなさそうだった。

熊吾が、そうだと答えると、男は、観音寺のケンから伝言を頼まれたと言った。

どうして俺がここに住んでいると知ったのだろう。こいつらの網の目はたいしたものだと感心しながらも、

「ケンの使いの者やっちゅう証《あか》しはあるのか？」

と熊吾は訊いた。

男は薄く笑みを浮かべ、

「京都駅でばったり逢《お》うたとき、私もいてたんです」

と言った。

「話は長いのか？　それなら事務所で聞くが……」

「いや、お返事さえいただけたら、それでええんです。観音寺のケンさんが、そろそろ動いてええかを松坂熊吾さんに訊いてくれっちゅうことで参上しました」

「何のことやら皆目わからん。わしとは関係のないことじゃけん、勝手にせえ。そう伝えてくれ」

男はかすかにうなずくと、丁寧にお辞儀をし、大きなアメリカ車を運転してモーター
プールから出て行った。
鯉《こい》のぼりを持って事務所に戻り、こんどはお前が振ってみろと伸仁に言い、熊吾は林
田に桑野の体調を訊いた。
林田はそれに答えるよりも先に、
「いまの男、お知り合いですか？　あれは本物ですやろ」
と言いながら、人差し指で自分の頰に一本筋を描いた。
「さあ……。道を訊きに来よったんじゃ。どこの誰やらわからん」
そう答えて、熊吾は事務所の窓から、伸仁の振る鯉のぼりを見つめ、明かりがなけれ
ば、走っている列車からは見えないなと思った。
桑野の貧血は、忙しくて昼飯もとらずに重いドラム缶を運びつづけたせいだと林田は
言った。
カンベ病院につれて行ったら、院長がそう診察して、どんなに忙しくても、握り飯の
ひとつか餡《あん》パン一個くらいは腹に入れろと叱《しか》ったという。
そして、林田は再び、十二月に鯉のぼりをどうするのかと訊いた。
熊吾がその理由を説明すると、
「十二月の夜の七時かァ……。淀川の堤は真っ暗ですねェ。ぼくの従兄《いとこ》が、夜釣り用に、

大きな懐中電灯を持ってますねん。それを借りて来ましょうか？　電池を四つも入れなあかんやつですけど」

と言い、まだ鯉のぼりを振りつづけている伸仁を見て笑った。

翌日の午後四時に、熊吾たちは関京三の売り物のルノーを借りて、千代麿の家へ行った。

モータープールは夕刻の最も忙しいときではあったが、関と林田が留守番をしてくれるというので、房江も行くことができた。

午後からは警察官の数は少なくなったと千代麿の妻は言ったが、堤に行ってから追い払われては困ると思い、熊吾は伸仁と一緒に鯉のぼりを持って淀川へと向かった。

列車が渡る鉄橋までは五十メートルほどだった。

「あとちょうど二時間で列車は出発じゃ」

腕時計を見て熊吾がそう教えると、伸仁は、学校が退《ひ》けてすぐに大阪駅の北口のほうへ行ってみたが、警官隊が立ちはだかり、駅の構内からは「アリラン」の歌が響いていたと言った。

「まだ五時前やっちゅうのに、この暗さは夜じゃのお。林田が貸してくれた懐中電灯で、こっちを照らしてみィ」

熊吾の言葉で、伸仁は大きな懐中電灯を持って鉄橋へと走った。

そんな遠くから照らすのではない。近くから照らせばいいのだ。

熊吾が大声で伸仁を呼び戻そうとしたとき、堤の下からふたりの男が出て来て、ここで何をしているのかと訊いた。

私服の警官だとわかって、熊吾は、ここで北朝鮮へ帰る友人一家を見送るのだと言った。

「大阪駅では見送れそうにありませんけん、ここで鯉のぼりを振ると伝えてあります」

「鯉のぼり？」

不審そうに熊吾を見つめ、警官のひとりが熊吾の体のあちこちを服の上からさわった。

自分たちは、ここでただ見送るだけだ。怪しい者ではない。

熊吾はそう言って、自分の運転免許証を見せた。

ふたりの警官は小声で話し合っていたが、ここから見送るようにしろ、鉄橋にはこれ以上近づくな、と言って、民家の建ち並ぶほうへと去って行った。

熊吾は、鉄橋のところから、懐中電灯で照らされた鯉のぼりを見ておきたかったが、あきらめて、いったん千代麿の家に戻った。

さっき、千代麿から電話があって、大阪駅周辺は警官隊で固められ、アリランの大合唱が聞こえるが、韓国民団も右翼の宣伝カーも、いやにおとなしく見ているだけで、騒乱状態にはなりそうにない、ということだった、と房江は言った。

「風がものすごう冷たいでェ。手ェがかじかんで竹竿が持たれへん」

と言い、伸仁は柱時計ばかり何度も見やった。

六時四十五分まで待って、熊吾と房江と伸仁は再び堤へと向かった。水上警察の船が川下からのぼって来たが、鉄橋の百メートルほど手前で停まって、そこからは動かなかった。

お前たちは来るなと言ってあったのに、堤の下で美恵と正澄の声が聞こえた。伸仁が声のするところを懐中電灯で照らすと、ふたりは堤にへばりつくようにしてのぼってきて、鯉のぼりや、鯉のぼりや、と大声ではしゃいだ。

小さな子供が一緒のほうが、警官は気を許すだろうと熊吾は考え、腕時計に目をやったが、真っ暗で見えなかった。

伸仁は懐中電灯で熊吾の腕時計を照らし、

「もうじき来るでェ。あと二、三分や」

と声を忍ばせて言った。

「鯉のぼりは伸仁が振れ。わしがそれを懐中電灯で照らすぞ。大きく思いっきり振るんじゃぞ」

そう言って、熊吾は懐中電灯を持ち、どこかで川風が高い笛の音をたてている堤に立って、大阪駅の方向へと目を凝らした。

「お父ちゃん、あれや。来た」

房江に言われても、熊吾にはどれが帰還列車の灯なのかわからなかった。

伸仁が鯉のぼりを振った。美恵と正澄が歓声をあげて鉄橋のほうへと駆けだした。

熊吾は鯉のぼりに懐中電灯の明かりを向けたまま、

「走るな。転んで怪我《けが》をするぞ。戻って来い」

と叫んだ。

列車がやって来て鉄橋を渡り始めた。ほぼ満員の車輌《しゃりょう》もあれば、空席だらけの車輌もあり、チョゴリを着た老婦人の顔も見えた。列車のなかにもアリランの大合唱があった。

列車は、たちまち鉄橋を渡って、熊吾たちの視界から消えていった。

「どこにおったんかなァ。ぜんぜんわかれへんかった」

淀川の対岸のほうに視線を向けたまま、伸仁は言った。

「うしろから三輌目の、前のほうの席に、光子ちゃんがいてたで。両手を窓ガラスに押し付けて、こっちを見てたで」

房江の言葉に、

「ほんまに？　ほんまに光子ちゃんやったか？」

と伸仁は訊いた。敏夫は見えなかったか、と。

敏夫がどこにいるかはわからなかったが、光子の顔だけは、はっきりと見えた。

その言い方で、熊吾は、房江の見間違えではないことがわかった。

「鯉のぼり、見えたかなァ」

仲仁の声で、泣いているのだと気づき、

「見えたに決まっちょる。冬の暗がりのなかの鯉のぼりは、あいつらの心から消えんぞ。お前が振りつづけた鯉のぼりじゃ」

熊吾はそう言って、美恵と正澄を自分の外套《がいとう》で包むようにしながら堤を降り、千代麿の家へと戻って行った。堤の下のほうが風が強くて、つむじ風が道の砂を巻きあげていた。

第六章

年が変わって昭和三十五年の三月の半ばに、やっとシンエー・タクシーの営業所を建てる工事が始まり、刈田喜久夫を棟梁《とうりよう》とする大工三人は朝の八時から突貫工事をつづけ、とんがり屋根の円筒のような小さな建物を完成させた。

常時、タクシーが三台待機できる場所が必要なために、営業所の建物そのものは事務員ひとりが寝起きできる広ささえあればいいということで基礎工事を終えたのだが、運転手が仮眠できる部屋を急遽《きゆうきよ》造らなければならなくなったために、無理矢理、営業所の上に予定外の二階部分を造ったのだ。

営業所そのものがあまりに小さくて、二階に三人分の寝床を設けることは出来ず、棟梁の刈田は知恵を絞って、そこを円筒形にして、ベッドを蚕棚状に縦に三段つらなる形に仕上げた。

あとは窓にガラスを嵌《は》め込むだけになり、自分たちの仕事を終えた刈田たちは、窮屈な営業所の一階でガラス屋が来るのを待っていた。

房江《ふさえ》は急須《きゆうす》と湯呑《ゆの》み茶碗《ぢやわん》と、聖天通りの和菓子屋で買って来たカステラを盆に載せ、モータープールの正門を出て、そのすぐ北側に建った営業所へ行った。

消防署の許可をまだ得ていないのでガスを引くことができず、湯を沸かすには電熱器を使うしかないのだが、それもまだ買ってはいなかった。

「もう三月も十八日やいうのに、寒の戻りみたいな寒さで……」

房江はそう言いながら、大工たちのために熱い茶を淹《い》れた。

「暑いのにも寒いのにも慣れてまっさかいに」

と刈田は言い、立ったまま茶を飲んだ。

房江は、営業所のうしろ側から二階へとあがる狭い螺旋《らせん》状の階段を見て、人がひとりのぼるにも体を横にしなければならないではないかと思った。

「最初から、運転手の仮眠室を造れと言うてくれたら、こんなことにはなりまへんねんけど」

刈田は皺《しわ》深い顔に苦笑を浮かべて言った。

房江は狭い階段をのぼって二階へ行ってみた。真ん中に三段の木のベッドがあり、北側と南側に窓が設けてある。

風通しのためだけの窓で、低予算のために、彎曲《わんきよく》した壁に合うガラス窓を造れないので、ベッドの横にしばらく立っているだけで息が詰まりそうだった。

これでは幾らなんでも夏は暑すぎる。この円筒形の二階部分にはどれほどの西日が当たりつづけると思うか。予算を少々超えても、窓を大きく取らなければ、ここで寝ることなど出来ない。

熊吾《くまご》は、シンエー・タクシーの常務に何度も言ったが、あそこはモータープールの管《かん》轄《かつ》ではないと取り合ってくれなかったのだ。

いったん解散同然になっていた労働組合は、この一、二年のあいだに息を吹き返し、それはタクシー会社を柳田元雄が買ったころよりも過激になっていた。

営業所の新設を知った組合幹部は、仮眠室がないと気づいたが、工事が始まって七割方建つところまで、わざと要求せずに待った。

そして、完成しかけている建物を壊して、新たに一から建て直すしかない段階に来たところで、運転手を仮眠させないのは人権蹂躙《じゅうりん》だと騒ぎたてた。

シンエー・タクシーの常務は困り果てると同時に意固地になってしまって、このまま二階に仮眠室を造れと刈田に命じたのだ。

このいきさつを、房江は夫から聞いてはいたが、工事中、大工たちに三時のおやつを運ぶたびに、

「火事を起こしたら、どえらいことです」

と刈田が口にするので、伸仁《のぶひと》にその言葉を伝え、営業所はモータープール内にあるの

ではないのだから、決して遊びに行ったりしてはならないと言い聞かせてきたのだ。

「火事になったら、蘭月《らんげつ》ビルよりもまだ怖いわ」

とつぶやき、房江は体を横にさせて階段を降り、モータープールの事務所に戻りかけると、うしろから声をかけられた。

厚手のセーターを着てソフト帽をかぶり、下駄《げた》履きの小谷医師が正門のところに立っていた。

きのう、伸仁くんが帰りかけたときに急患が運ばれてきたので言い忘れたのだが、もう伸仁くんは私のところに来なくてよろしい。私がやるべき処置は終わった。

小谷医師は微笑《ほほえ》みながら、そう言った。

「きのうが最後の注射です。長いことご苦労さまでした」

「えっ！　そしたら、あの子はもうきょうからは先生のとこへ行かんでもよろしいんですか？」

房江はそう訊《き》いて、熱い茶とカステラでもいかがかと小谷医師を事務所に招いた。

「見た目はさして変わらんようですが、体の中身は成長しました。これからは、冷たい物だけは摂《と》らないようにして、よく食べ、よく遊び、よく寝ていればよろしい。あっ、よく学び、も忘れてはいけませんな」

小谷医師は、房江と並んで事務所へと歩きながら言った。

「長いあいだ、お世話になり、ありがとうございました」

「いやいや、ご両親のご負担も大変でしたでしょう。お陰で私と家内は、鮎《あゆ》や松茸《まつたけ》や、上等のお寿司《すし》やすき焼き肉を、伸仁くんのお父さんから届けていただいて、この十ヵ月、贅沢《ぜいたく》な食卓を囲ませていただきました」

朝刊の詰め将棋の欄を見ながら、なにやらひとりごとをつぶやいている関京三の隣に坐《すわ》り、小谷医師はソフト帽を取った。

松茸？　すき焼き肉？　夫はそんなことをしていたのか。

健康保険がきかない小谷医院の毎月の治療代は、ときに全額払えないときもあったが、夫は小谷医師の好物を届けることでその埋め合わせをしてきたのか。

そう考えながら、房江は小谷医師のために茶を淹れた。

「伸仁くんは、こないだ十三歳になって、同級生のほとんどは声変わりの時期に入って、クラスで子供の声は自分と萩本くんのふたりだけやて心配してました。歌を歌うてもボーイ・ソプラノやから音楽の授業がいややとね」

小谷医師は笑顔で言い、関が見入っている詰め将棋の図を覗《のぞ》き込んだ。

「私の勘では、あと二、三ヵ月で、その時期に入るでしょう」

その小谷医師の言葉に、あの子に声変わり？　ニキビが噴き出て、変に脂《あぶら》ぎってきて、体毛が濃くなって？　そんなことが、あの子の体に起こるのだろうか。息子がそんなふうになったら、母親の私はどう対処すればいいのか……。

房江はとまどい混じりに心配しながらも、小谷医師の言葉を早く夫に教えたくてたまらなくなった。夫はどんなに喜ぶだろうか……。

郵便配達の自転車が正門の太い門柱のところで止まったので、房江はカステラを包丁で切り、それを皿に載せて小谷医師の前に置くと郵便受けのところへと行った。

三月に入ってから、房江は郵便配達人がやって来るのをつねに待ちつづけるようになった。もうそろそろ北朝鮮の月村兄妹《きょうだい》から手紙が届くのではないかと思うからだ。

まだ日本に残っている親戚《しんせき》や友人たちに、ここはいい国だ、早く帰ってこいと勧めるときは「拝啓」と書く。その逆のときは、「前略」とする。北朝鮮に帰る人々は、そういういわば暗号を取り決めていったということを、房江は夫から聞いていた。

月村兄妹はそのような内緒の取り決めなど知らないであろうが、北朝鮮での生活が落ち着いたら必ず手紙を送るという約束はきっと守るはずだ。房江はそう思っていた。

郵便受けには、いま夏物の背広を誂《あつら》えたら英国製の生地が半額になるという広告葉書が一通入っていただけだった。

建ったばかりの円筒形のタクシー営業所の二階では、ガラス屋が窓の大きさに合わせてガラスを切りながら、

「これだけ歪《ゆが》んどったら開け閉めなんかでけまへんがな。夏、どないしまんねん」

と刈田に言っていた。

小谷医師が帰って行き、関京三も売り物の中古車を運転してでかけてしまうと、房江は熊吾を探して心当たりのところに電話をかけた。

雀荘《ジャンそう》の丸栄にもいない。扇町公園の近くに引っ越した丸尾運送店にも、阪神裏の「ラッキー」にもいない。

夫は、今朝も新聞をひろげて貸店舗の広告が並ぶページを見ていた。

事務所も店舗も持たないエアー・ブローカーなら、柳田元雄に内緒で中古車の売買をしていてもわかりはしないが、自分はそれはいやだ。

一台売って、また一台買って、それを売って、また買って……。お前の勧める小商いから始めると決めたが、せめてどこかに小さな事務所を借りたい。

悪質なエアー・ブローカーはますます増えてきて、中古車を求める客も賢くなり、風来坊のような人間から自動車を買うのを避けたがっている。

しかし、事務所を持って中古車業を始めれば、それはたちまち柳田の耳に入る。そうなると、自分たちはこのシンエー・モータープールから出て行かねばならなくなる。自分たちはモータープールの管理人として給料を貰《もら》い、家賃も水道代も光熱費も払わずに暮らしている。その金銭的恩恵は大きい。

モータープールの経営が軌道に乗るまでは、契約台数に応じて歩合が支払われたが、柳田は何か目論見《もくろみ》があるらしく、北東側の校舎を取り壊そうとはしない。

あの校舎を取っ払ってしまえば、その跡地にあと三、四十台の自動車を収納できる。自分はそこを満車にする自信はあるし、それによって得る歩合も大きいが、柳田は校舎を残して倉庫として貸すことを選んだ。

これは信用できるある筋から聞いた噂《うわさ》だが、トヨタ自動車が燃費のいい、高性能の、しかも驚くほど安い価格の大衆車を開発中だという。発売まであと二年か三年。

ほとんど完成しているその新型車を、あと二、三年世の中に出せないのは、性能のテストに万全を期すことと、もうひとつ新しい販売形態を日本中に網羅するためだ。

たとえば大阪府を東西南北四つに分割し、その四地域でそれぞれ販売代理店を募る。トヨタは自動車を製造し、それを販売代理店に売る。代理店は、トヨタに卸してもらった新型車を自社努力で売る。

これはなにも格別目新しい商売の方法ではないが、全国津々浦々がそういう形で分割されて、それぞれ別の資本による独立した会社が「トヨタ」の名のもとに新型車の販売を開始したら、単純な言い方をすれば、トヨタは他人の財布で自社の販売網を全国に拡《ひろ》げることができるわけだ。

この販売代理店の権利を得るための争奪戦は熾烈《しれつ》なものになるだろう。柳田元雄が、桜橋の一等地にあれほどの面積の土地を買ったのも、芦屋《あしや》の土地と豪邸を買ったのも、そのためではないのか。

シンエー・モータープールの北東側の校舎を残しておくのも、そのためだと考えれば、すべて合点がいく。

このモータープール内に販売代理店の社屋やショールームを造るのではない。そんなものに千二百坪もの土地は要らない。せいぜい三百坪もあれば充分だ。

しかし、自動車の販売には、修理部門というものが不可欠だ。修理のための場所と設備、そして、その自動車について教育を受けた多くの修理工を擁していなければ販売代理店は成り立たない。

シンエー・モータープールの北東側の五百坪は、修理部門の場所としてはうってつけではないか。あの校舎は、そのまま修理工たちの寮として使えるのだ。

俺が柳田ならそうする。俺が考えることくらい、柳田が考えないはずがない。——

熊吾はことしに入って、夜、酒を飲み始めると、三日に一度はその話をした。

その口調には、こんな計画があるのだがと、どうして俺に正直に話してくれないのかという柳田への腹立ちがあるのを房江は感じていた。

夫の話はまだ憶測にすぎない。しかし、夫のこの種の憶測は気味が悪いほど当たるのだ。

新型車の販売代理店のことは、柳田の事業の問題であって、自分にはよくわからない。

けれども、夫が私の進言を受け入れたのは、結婚して初めてのことだ。

これまでは、いささかでも仕事に関することを口にすれば、お前は余計なことを言うなと怒鳴られて、まるでとりあってくれなかった。

それなのに、中古車の売買を小商いから始めて少しずつ大きくしていこうという私の言葉を受け入れて、何日か考えたのち、よし、やってみようと言ってくれて、具体的に動きだしたのだ。

たしかに、別の場所に事務所を持って商売を始めたら、すぐに柳田の知るところとなるだろう。

だが、柳田は、それならばモータープールから出て行ってくれと言うだろうか。柳田は、これは松坂さんへの私からの恩返しなのだと言って、三年間はモータープールの経営と管理をまかせてくれたのだ。

私たちがこのモータープールで暮らし始めてまだ二年だ。

中古車業を細々とでも始めてみることにしたので、それが多少の目処《めど》がたつまで、このモータープールの管理人をさせてくれと頼めば、柳田はそのくらいの猶予《ゆうよ》は与えてくれるのではないだろうか。

房江はそう考えながら、長い竹箒《たけぼうき》で正門から事務所にかけての掃除を始めた。

伸仁が学校から帰って来て、ガラス屋の主人と刈田が話し込んでいる営業所の二階を

見ながら、

「寒い、寒い。手がちぎれそうや」

と言い、布製の黒い肩掛け鞄《かばん》に手を入れた。

その仕草が不自然で、母親と目が合わないようにしているので、何か隠し事があるなと見当をつけながら、房江は小谷医師の言葉を伝えた。

「えっ！　ほんまに？　きのうで最後？」

「うん、丈夫になったんやなァ。小谷先生がもう大丈夫やて言いはるんやから」

「お父ちゃんは知ってるのん？」

「どこにいてるのかわかれへんねん」

寒くて、手をズボンのポケットに突っ込むのはわかるが、なぜ両手を鞄のなかに入れているのか……。

房江は、二階へ急ごうとする伸仁の学生服の裾《すそ》をうしろから摑《つか》み、

「何を隠してるねん？　鞄のなかに何が入ってるんや？」

と訊いた。

「こいつを育ててやりたいねん。お母ちゃんには迷惑をかけへんから」

そう言って、伸仁が鞄から出した小さな桃色のボールのようなものに顔を近づけて見入り、房江は悲鳴をあげて竹箒をその場に投げ出した。

「何やのん、それ」

少しあとずさりしてから、房江は白い針のようなものが生えている桃色の生き物を見つめた。

卵から孵《かえ》って五日目の鳩《はと》の雛《ひな》で、きのう親鳩が死んでから何も食べていない。純白の鳩は貴重だが、お前にやると言って、池内兄弟がくれたのだと伸仁は説明した。

「こんな小さな雛をどうやって育てるの。親鳩がいてへんかったら育つわけがないやろ?」

「餌《えさ》はあるねん」

伸仁は、それも池内兄弟から貰ったらしい餌の入った紙袋を鞄から出した。

「雛が自分で餌を食べられるかいな。鳥というのは、自分が食べて胃のなかで消化したものを雛に口移しで食べさせるんやで」

「うん、そやからこの餌を水と一緒にすりつぶして、どろどろにして、雛の胃のなかに流し込むねん」

「どうやって流し込むのん?」

寒さと飢えとで震えている鳩の雛を両の掌《てのひら》で温めながら、伸仁は困ったように房江を見た。

いまにも降りだしそうな空模様が朝からつづいていて、もう奈良東大寺のお水取りも終わったというのに、ひょっとしたら雪になるのではないかと思っていたが、かなり大きな雨粒が落ちてきて、房江は竹箒を拾うと伸仁の背を押して二階の部屋へと急いだ。

伸仁が帰って来たので喜んで、撫《な》でてもらおうとしっぽを振りながらあお向けになっていたムクとジンベエが、雛に気づいて目を青く光らせながら唸《うな》り声をあげた。

部屋に入ると、伸仁は鞄を畳の上に放り投げ、自分の勉強机の上にある箱を卓袱台《ちゃぶだい》に移し、なかの鉛筆や定規を出した。そして、ちょっと持っていてくれと言って、鳩の雛を房江の掌に移した。

薄い皮膚から突き出ている白い針のようなものは、やがては羽根になるらしいとわかったが、房江は雛の生温かさが気味悪くて、箱のなかに放り込むようにして入れた。

箪笥《たんす》の抽斗《ひきだし》をあけて何かを探し始めた伸仁に、雑巾《ぞうきん》にするつもりで置いてある使い古しのタオルを持って来てやると、房江はそれをハサミで切った。

伸仁は雛を箱から出し、

「なんにもせえへんねんから、怖がることないやろ？　温めてやれへんかったら死んでしまうやろ？　五十になろうというのに、そんなことくらいがわからんかなァ」

と怒ったように言い、タオルの切れ端を箱のなかに敷きつめ始めた。

「なんや、そのえらそうな言い方。南宇和の言葉で言うてみ。お父ちゃんにそっくりや」

房江は腹が立ってきて、片方の手で伸仁の尻《しり》を叩《たた》いた。その拍子に雛を座蒲団《ざぶとん》の上に落としてしまった。

慌《あわ》てて拾い上げ、脚でも折れはしなかったかと雛の体を調べてから、房江は揮発油を使うカイロがあったことを思い出し、簞笥のいちばん上の、小物を入れる抽斗をあけた。

「なんにもせんのじゃけん、怖がることはなかろう。温めてやらんかったら死んでしまうじゃろうが。五十にもなろうっちゅうのに、そんなことがわからんのか」

伸仁が、南宇和の訛《なま》りで、さっきの言葉を繰り返しながら、房江の掌から雛をそっと受け取って箱に入れた。

「五十にもなろうっちゅうのに、というのが余計やわ」

そう言って、房江は笑った。伸仁の南宇和の訛りによる言葉は、声が異なるだけで、父親のそれとまったく同じだったのだ。

声変わりの時期も、あと二、三ヵ月で訪れるであろうという小谷医師の予測が、寸分たがわず的中しそうな気がした。

伸仁は事務所からカナヅチを持って戻って来て、階段のところで餌を砕き始めた。乾燥させたトウモロコシだけはつぶれないと言い、伸仁はそれ以外の餌を擂鉢《すりばち》に入れ、少し湯を加えて擂粉木《すりこぎ》ですりつぶした。

伝書鳩用の餌は、トウモロコシ、マイロ、オノミ、玄米、菜種、蕎麦《そば》の実などだという。

「マイロて何やのん？」

と房江は箱のなかでタオルにくるまれても震えつづけている雛を見つめながら訊《き》いた。

「知らん。穀物や」

「オノミは？」

「たぶん、麻の実や。鳩の雛は、オノミがいちばん好きやねんて池内くんのお兄ちゃんが言うてた」

菜種は小さすぎて、家庭用の擂鉢ではつぶれなかった。

房江は、砕けなくて何種類かの餌のなかから外したトウモロコシを集め、それをぬるま湯にひたした。二、三時間もすればもどるだろうから、それをつぶせばいいと考えたのだ。

「早《は》よせな死んでまうわ」

そうつぶやきながら、伸仁は水と一緒に擂りつぶしたものをスプーンの柄に載せ、雛の嘴《くちばし》のところに近づけたが、雛は口をあけようとはしなかった。

かりにあけても、スプーンの柄は大きすぎて、餌は雛の胃に届かないままこぼれ落ちてしまうと考えたらしく、

「耳かきはどこ？」

と伸仁は訊いた。

なるほど、耳かきか。それは名案だ。房江は耳かきを伸仁に渡しながら、極楽トンボのような子だが、大事なところでは変に頭が走るのだなと感心した。

嘴さえあけてくれたら餌を食べさせることができるのに、と言って何度も試みてから、伸仁はあきらめたように耳かきを卓袱台に放り出した。嘴の上と下とを指でつまんでひらこうとすると、嘴が歪《ゆが》んでしまう。まだ柔かいから、歪んでしまったら、一生自分で餌をついばめなくなる。

途方に暮れて、雛をカイロを入れた箱のなかに戻し、伸仁はそう言って考え込んだ。

事務所で電話が鳴っていた。気づかなかったのは、雨がいつのまにか烈《はげ》しくなっていたからで、それさえも鳩の雛に気を取られてしまって聞こえなかったのだと思い、房江は傘をさして事務所へ駆けおりた。

「デコボコはおるか」

房江が電話に出ると熊吾の声が聞こえた。

「関さんはさっき出かけて行きはったし。黒木さんは、きょうはまだ来はれへん」

「ええ店舗が鷺洲《さぎす》にみつかったんじゃが、ちょっと大きい。店舗そのものは狭うて、わしがやろうとしちょる商売にはちょうどええんじゃが、その横の、自動車を置ける空地が広いんじゃ。五台は置ける。持主はおんなじ人間で、店舗と隣の空地を両方借りてくれるんなら家賃は安うするが、その代わりに敷金を多めにくれっちゅう。急ぎの金が要るらしい」

「敷金は、なんぼ？」

房江の問いには答えず、熊吾は、関か黒木がモータープールに来たら、わしが帰るのを待っていてくれるよう伝えろと言った。

房江は、小谷医師が訪ねて来たことと、その用向きを夫に話して聞かせた。

「そうか、小谷学校を卒業か。長かったのお。いや、短かったかのお」

夫の言葉に、さして喜んでいるところが感じられなくて、房江はなんだか物足りなさを抱きながら電話を切り、小谷学校とはどういう意味だろうと考えた。夫は、これまでいちども小谷医院を小谷学校と言ったことはない、と。

雨が強くなったのと、日の暮れが始まったのとで、あたりは暗くなり、房江は講堂の明かりを点《つ》けて、二階の部屋に戻った。

タオルにくるんだまま雛を箱から出し、自分の膝《ひざ》の上に載せていた伸仁が、耳かきを房江のほうに突き出しながら、

「食べた」

と笑顔で言った。

何度も何度も嘴の先を指でつついていると、雛は突然親鳥に餌をねだるときと同じよ

うに大きく口をあけた。そこに小指の先を入れ、閉じられないようにして、餌を載せた耳かきを喉《のど》のあたりまで差し込むと、苦しそうにもがいたが、その動きのお陰で餌は胃に落ちていった。

いま、七回目の餌も胃に入れたが、飲み込み方がだんだん上手になってきた。

耳かきの先端に載せた一回分の餌の量はあまりに少なくて、それを七倍にしてもこれだけだ。

伸仁はそう説明して、粥《かゆ》状の餌を指先に付けてから、雛を抱いて立ちあがり、部屋の電灯を点けた。

薄い皮膚を透かして胃の内容物がわずかに見ることができた。

「これが食べた餌や」

伸仁は胃の上部と思える箇所にある黒い影を指差した。

雛は、伸仁に嘴をつつかれると口をあけるようになり、夕方の六時ごろには、耳かきに載せた餌が喉を通っていくまでは閉じなくなった。

伸仁はもういちど雛の胃を電灯に透かして、それを房江に見せた。黒い影は親指の先ほどの大きさに増えていた。

「ぼく、もう疲れたわ。目の奥がきーんとしてる」

伸仁は雛を箱に戻し、体の上にもタオルの切れ端を少しかぶせてやってから、櫓炬燵《やぐらごたつ》に脚を入れると、畳にあお向けになって目をつむった。

「あんまり寒いけん、霙《みぞれ》か雪か、どっちにしても真冬に逆戻りじゃと思うちょったら、えらい雨じゃ。やっぱり自然は嘘《うそ》をつかん。春はもうそこまで来ちょるっちゅうことじゃのお」

熊吾の声が階下から聞こえたので、房江は伸仁に、そのまま眠ってしまったら風邪をひくと言って、傘をさすのが面倒だったので、建物の南側の、裏門の横へと出る階段を降りた。そうすれば、佐古田がいつもひとりで仕事をしている屋根のあるところを通って濡《ぬ》れずに事務所まで行けるが、かなりの遠廻りだった。

どこから歩いて帰って来たのか、熊吾はびしょ濡れで、背広の上着を脱ぎ、ハンカチで顔や頭髪を拭《ふ》きながら、棟梁《とうりよう》の刈田と話していた。ガスストーブの火で、ズボンからはかすかに湯気があがっている。

房江は慌てて自分たち一家の部屋に戻り、夫の着替えを揃《そろ》えた。伸仁は寝息をたてていた。房江は伸仁に蒲団をかけて、夫の着替えを持って事務所へ行った。

「開け閉めのできる窓は、あの二階には付けられまへん。窓のとこだけ、工事をやり直せへんかったら、夏、あそこに人間は五分もいてられまへん。それでもええと施主《せしゆ》さんが言いはっても、建てた職人は、ああ、そうでっかと引き渡したりはでけまへん。犬小屋でも、出入口がおまっせ」

温厚な刈田喜久夫が、ここまで気色ばむのは余程のことだと思いながら、房江は熊吾に着替えるよう促した。

わかった、わかったと言ったのに、熊吾は刈田とひとつの傘のなかに入ってシンエー・タクシーの営業所へと行き、すぐに戻って来た。

「曲面の壁に平面の窓をはめ込んで、開け閉めまでさせようとは、あの馬鹿《ばか》め、無理難題もええ加減にせえ」

熊吾は苦笑混じりに刈田に言い、服を着替えた。

モータープール内は、仕事を終えて帰って来たトラックや乗用車で混み合い始め、雨はいっそう強くなった。

「見積りの額からはみ出すじゃろうが、窓のところをやり直してくれ。またわしが何かで埋め合わせをするけん」

刈田の肩を叩きながら言って、熊吾は雨合羽《あまがっぱ》を着ると二階へあがった。房江もあとからついて行った。

一升壜《びん》の栓をあけ、酒をコップに注いで一気に飲み干し、また階下へ降りかけて、熊吾は卓袱台の上の箱や、擂鉢や耳かきを不審そうに見やった。

「あれは何じゃ」

房江は首をかしげて微笑《ほほえ》み、伸仁がとんでもないものをつれて来たのだと言った。

座敷にあがり、熊吾は身を屈《かが》めて箱のなかを見た。何なのかよくわからなかったらしく、老眼鏡をかけて見直し、

「何の雛《ひな》じゃ」

と房江に訊いた。

「鳩《はと》。孵《かえ》って五日目。きのう、親鳥が死んだんやて」

伸仁が白い鳩の雛にやったことを房江は話して聞かせた。

「可哀相《かわいそう》じゃが、伸仁の努力は報われんぞ。こんな小さな鳩の雛が育つかや。親鳥が死んだら雛も死ぬんじゃ。あしたの朝までもつかどうかじゃ」

「そやけど、伸仁が作った餌《えさ》、ちょっとだけやけど食べてん。耳かきの先ほどのを何回も何回も。量にしたら、このくらい」

房江が自分の親指の先を立てると、熊吾は驚き顔で、それは奇跡だと言った。

「ほんまか？　十姉妹《じゅうしまつ》や文鳥の雛でも、人間の手から餌を食うようになるまでには、必ず親鳥に育てられる時期が必要じゃ。それなしでは育たんぞ」

熊吾は、もういちど箱のなかの雛に見入り、使い古して捨てた竹箒《たけぼうき》は、まだ裏門のゴミ箱のなかかと訊いた。

「耳かきじゃあどうにもならん。わしがもうちょっと大きいのを作っちゃる。利休が茶《ちゃ》杓《しゃく》を削るようなわけにはいかんがのお」

そう言いながら、裏門のほうへとつながる階段へと歩いて行く熊吾に向かって、ムクとジンベエが甘えるように鼻を鳴らしたあと、晩ご飯はまだかという目で房江にまとわりついてきた。

熊吾が丸三日かかって竹を小刀とヤスリで削りつづけて、鳩の雛に練り餌を与えるための頃合の大きさの道具を作りあげるまでに、まだ鶏卵くらいの大きさしかない雛は、衰弱して二度ほど死にかけた。

胃に入る餌の量が少ないということもあるが、親を喪《うしな》った孤独感や不安感が、小さな命から生きる力を奪ったのだという父の言葉で、伸仁は学校から帰るとすぐに雛を自分のシャツと肌のあいだに入れて、翌朝の登校時まで片時も離そうとはしなかった。

寝ているときも、自分の肌で温めつづけ、寝返りを打って雛を押しつぶさないように、短い紐《ひも》で手と脚をバットと結んだ。

そうしておけば、バットの重さで寝返りを打とうとしていることに気づくからだという。

たったの三日で、伸仁のみぞおちのあたりの、肌とシャツとで包まれた空間は、雛の安住の場所となってしまい、最初にボール紙の箱のなかにカイロを置いて作った巣に移すと、なさけなさそうに震えつづけるばかりだった。

房江や熊吾が、水で戻した乾燥トウモロコシも擂鉢ですりつぶし、少し多めの水で溶いた餌を竹の先に載せ、やっと完成させた道具の先を近づけても、雛は口をあけようとはしないが、伸仁が嘴を軽く突くと、むさぼるように食べる。

熊吾が作った茶杓の形の、先端を鳩の嘴のように尖《とが》らせた道具は、いちどに耳かきの十倍近い餌を食べさせることができる。

しかし、伸仁の手からしか食べないので、房江はあきらめて、

「ノブの帰りを待つしかないわ」

と雛に言い、ボール紙の箱に戻しながら柱時計を見た。

鳩の雛がやって来て以来、伸仁は学校が退《ひ》けると、どこにも寄り道をせずに帰って来たが、きょうはいやに遅いなと思っていると、階段のところにいるムクとジンベエがしっぽで板の床を激しく叩《たた》いた。

ああ、帰って来たのだなとほっとして振り返ると、機嫌の悪そうな表情で、伸仁は鞄《かばん》や制帽を座敷に放り投げた。

「お前からでないと餌を食べへんねん」

その房江の言葉に何も応じ返さず、伸仁はシャツの衿口《えりくち》を拡《ひろ》げて、そこから雛を自分のみぞおちのあたりへといったん入れた。

しばらくそうしてから、雛を出し、箱のなかに移して餌を与え始めた。

「あいつら、ぼくを騙《だま》しよってん」

と伸仁は言った。

「あいつらて、だれ？」

「池内のエテ公や。兄貴がエテで、弟が公や。ふたり合わせてエテ公。嘘つきの猿兄弟や」

雛はまだ生きている。父が餌をやる道具を作ってくれた。

ふたりにそう教えたくて兄弟の家に行った。一階の店は忙しそうで、仕事をしているおじさんにもおばさんにも挨拶《あいさつ》せずに階段をのぼって行くと、物干しの横の鳩小屋のところで兄弟が話をしていた。

あのアホのお陰で助かったなァと兄貴のほうが言った。アホとは、このぼくのことだった。

池内兄弟の鳩のうちの三羽が伝染病にかかっているとわかった。二羽は始末したが、卵を孵したばかりの一羽は雛が少し育つまで生かしておくつもりだった。

しかし、雛が孵って四日目に死に、伝書鳩に詳しい人に相談したら、その雛も早く鳩小屋から出さないと他の鳩すべてに病気が感染すると言われた。

どうせ死ぬのだから、堂島川へ捨てに行こうとしたときに、松坂のアホが遊びに来たのだ。それで、これは貴重な純白の鳩だからと恩着せがましく押しつけて、自分たちの手で雛を殺すということを避けるために、餌までつけて厄介払いしたのだ。

仲仁はそう説明し、

「この雛も伝染病にかかってるわ」

と言った。

まだ子供のくせに、なんと悪知恵の働く兄弟であろうと、房江も腹が立ってきた。

「あいつらの伝書鳩、また全部盗まれてしもたらええのに……」

「去年、生駒《いこま》で放した三十羽が盗まれたて言うてたけど、空を飛んでる三十羽の鳩を、誰がどうやって盗むのん？」

雛の旺盛《おうせい》な食欲に感心しながら、房江は以前から気になっていたことを訊《き》いた。

仲仁は餌をやり終えて、雛をしばらく掌《てのひら》に載せて様子を見ていたが、シャツの下に戻して、おやつの餡《あん》パンを頬張ってから、

「鳩は、ぎょうさんの群れに混じっていこうとするねん」

と言った。

十羽の群れは、別の三十羽の群れに入って行く。三十羽の群れは百羽の群れに、というふうに。

生駒山の周辺は、レースに出る伝書鳩の訓練をする人がよく利用するが、そのとき籠《かご》から放された鳩を狙《ねら》って、百羽、二百羽と飛ばす男がいる。

名前もわかっているそうだが、体が大きくて乱暴で、たいていの者は泣き寝入りするしかない。

協会に登録してある伝書鳩には、それぞれの番号を刻印したアルミの管が脚に巻きつけられるので、所有者が誰かはすぐにわかる。

だが、その男は、他人の伝書鳩を盗《と》るために三百羽近い鳩を飼っている。自分の鳩の群れが他人の鳩を小屋につれ帰って来ると、すぐにアルミ管を外し、偽物《にせもの》の管を付けてしまうのだ。

伸仁の説明を聞き、たいして儲《もう》かりもしないだろうに、他人の伝書鳩を我が物とするための鳩を三百羽も飼う人間がいるのだなと思った。

「池内さんの兄弟の魂胆がわかってても、ノブはこの雛を貰《もろ》うてきて育てようとしたやろ？　騙されたことに腹が立つんやろ？　それでこの雛の可愛《かわ》いさがどこかに消えてしもたわけやないやろ？」

房江の言葉に、伸仁は背を向けたまま答えなかった。

「鳩の伝染病は、人間に染《うつ》ったりせえへんのやろか」

「知らん。べつに染ったってかめへん」

「そんなこと、お父ちゃんが聞いたら、どんな怒りはるか……。池内さんとこへ行って、あの兄弟に訊いといで」

「あいつらとは、もうつきあえへんねん」

「いつまでお腹《なか》のところに入れとくのん。そんなことしてたら、どこにも行かれへんで。お前のお腹もシャツも糞《ふん》だらけや。箱に戻せへんのやったら、お母ちゃんがその雛を捨ててくる」

ふくれっつらを向けて、

「どこに？」

と伸仁は訊いた。

「池内のエテ公の店先に。熨斗《のし》付けて置いてくるわ」

伸仁は少し笑みを浮かべ、シャツのなかに手を突っ込んで雛を出すと、掌に載せて、こいつオスやろかメスやろかと言いながら、その桃色の体のあちこちを仔細《しさい》に見入った。

少し機嫌がなおってきたのだなと思い、房江は事務所に降りて、ペン習字の練習を始めた。

林田が社長車を運転してモータープールに戻って来た。社長はいつもどおり出社したのだが、三日ほど前にひいた風邪による熱が出て来て、いま自宅に送って行った。車を洗ってワックスをかけたら、自分もいつもより早く仕事を終える。

林田はそう言って、さっそくゴム長に履き替えて洗車を始めた。

この物知りな青年なら、鳩の伝染病のことも知っているかもしれないと思い、池内兄弟の策略を話してから、人間に感染しないだろうかと訊いた。

「えっ！　あの雛、まだ生きてますのん？　ノブちゃんの執念やなァ。奇跡ですよ」

と言い、林田はどこかに電話をかけた。昔、伝書鳩を飼っていたことのある友人だという。

電話を切ると、

「人間には染《うつ》らんそうです」

と言い、林田は二階にあがって行った。そしてすぐに笑いながら洗車場に戻ってきた。

「名前、クレオパトラにしたそうです」

「ということはメスやのん？」

「そんなこと、素人《しろうと》にはまだわかりませんよ。オスかメスかわからんけど、クレオパトラっちゅう名前に決めたそうです。ちょっと長いなァて言うたら、縮めてクレオやって」

房江が編んだ丸首のセーターに着替えて階段を駆《か》け降りて来ると、西岡くんのところに行くと言って、伸仁は自転車を漕《こ》いで出て行きかけた。

西岡、大木、南田、松尾、立山。この五人が、伸仁と仲のいい同級生で、西岡秀樹は大淀《おおよど》区の小さな印刷工場の四男坊だった。

吃音《きつおん》で、がに股《また》で、十三歳とは思えないおとなびた容貌《ようぼう》だが、顔中のニキビがかろうじて少年らしさを見せている。

西岡くんのところへ行くのなら、持って行ってもらいたいものがある。

そう思い、房江は伸仁を呼び止めた。

学校が退けたあと、伸仁たちはよく西岡家に遊びに行くのだが、そのたびに母親が作った菓子をご馳走《ちそう》になるのだ。

何かそのお礼をと考えて、房江はきのう梅田の百貨店に行った際にクッキーの詰め合わせを買ったのだ。

事務所の机の抽斗《ひきだし》にしまっておいた箱を伸仁に渡し、あした学校に持って行ってもらおうと思っていたのだと伸仁に言った。

「あしたから、春休みやでェ」

「えっ？　休み？」

「中学一年生はきょうで終わり。新学年は四月八日から。それまでぼくは春休み」

「そしたら、きょうは終業式？　この一年間の成績表はどうなってんの？　お母ちゃんに見せへんの？」

「鞄のなかに入ってる。先生からの手紙も」

「手紙？　なんですぐに見せへんの」

「あのエテ公のことで頭がいっぱいやってん」

そうか、あと二週間ほどで伸仁は中学二年生になるのか。

伸仁が自転車に乗って出て行くと、房江は二階の座敷へ行き、伸仁の鞄をあけて、成績表を出した。保護者殿と書かれた封筒もあった。

一年間の成績は、四十八人中二十四番となっている。

担任の教師からの手紙には、集中力や持続力が足りない面があるが、本気で努力すれば成績は確実に上がるので、家庭でもその方向へと導いてくれと書き慣れた読みやすいペン字でしたためられていた。

――素行に問題はなく、性格も明かるく、他の生徒とのつきあいもうまくいっている。授業課目に対しても友人づきあいについても、好き嫌いの激しいところもあるが、さほど大きな問題点とは思えない。おもしろい冗談を言って教室に笑いを作りだすが、授業中にそれをやって、他の教師から叱責《しっせき》されることがある。――

学校の方針なのか、それとも担任の井田淳郎《あつろう》という若い教師のやり方なのかわからないが、期末考査のあとの成績表には、必ず数行の評価が書かれていたが、このように封筒に入れた手紙は初めてだったので、伸仁に何か問題があるのかと案じながら読み終え、房江は安心して、しばらく窓から空を見つめた。

井田淳郎はまだ二十七、八で、大学では考古学を専攻したという。

年齢と比して落ち着きがあり、生徒をきつく叱《しか》るということはないが、高等部の素行の悪い問題児も、井田淳郎に対しては柔順で素直になるという。

そんな井田教師のことを語るときの伸仁は、いかにも崇拝しているといった口振りになる。

これまで三回、保護者と担任教師との学級懇談会があって、すべて熊吾が出席した。房江が行くと言っても、いや、わしが行くと熊吾が譲らないのだ。

担任教師が伸仁をどう見ているかは、成績表に添えられた短信では正確にはわからない。その教師の表情や生の声に接すれば、伸仁がいま学校生活のなかでどう育っているのかがわかるし、教師の器も見える。

それが、必ず自分で学級懇談会に出席する熊吾の考え方だった。

いい教師と巡り会えてよかったと房江は思い、成績表と井田先生からの手紙を箪笥《たんす》の抽斗にしまった。

伸仁の新学年の始業式の日に、シンエー・タクシー福島西通り営業所は営業を開始し、新しく雇われた青年がやって来た。

背が低く、髭《ひげ》の剃《そ》り跡が青々としていて、頭髪の薄さを見ると四十代半ばかと思えるが、まだ二十七歳だった。

気弱そうな細い目をいつも足元に向けていて、誰かに話しかけられると白い肌を紅潮させて愛想よく応じるが、他人と交わることがいかにも苦手だという物腰は、なんとなく痛々しそうなものを感じさせた。

神田三郎というその青年は、大学受験のための勉強を二十三歳のときから始めたという。

経済的な事情で高校を卒業すると小さな食品会社の経理部に就職したが、大学に進んで会計士の資格を取るという夢を捨てられず、会社が退《ひ》けたあと予備校には行かず、自分で受験勉強をつづけてきたのだ。

シンエー・タクシーの営業所での神田の仕事はいわば電話番なので、仕事の合間に受験勉強をしていてもいいという条件で、食品会社を辞めてきたという。

モータープールとは別の会社の臨時雇いの社員とはいえ、風通しの悪い、ガスを使えない円筒形の窮屈な建物で住み込みで働き始めた青年の、いつも周りに遠慮して身を縮めるようにしている様子を見ると、房江は気になって、五日もたつと、昼の三時のおやつとか、夜の十時ころに簡単な夜食とかを運んでやるようになった。

いつ行っても、神田は参考書を机に置き、短い鉛筆を持って勉強していた。房江は、神田が参考書に書いた文字の小ささにいつも驚いてしまう。先を尖《とが》らせた鉛筆による文字は、虫眼鏡を使わないと読めないのではないかと思えるほどだが、一字とて乱雑に書きなぐったものはなく、どれも活版印刷のような字体だったのだ。

営業所の駐車場には三台のタクシーが常駐し、運転手も三人が二階のベッドに横になって漫画本を読んだり、花札に興じたりしていたが、五日目には一台きりになった。まだ宣伝が行き届いていなくて、電話でタクシーを呼べることを周辺の人々が知らないので、電話がかかってこないのだ。

モータープールの事務所で宿題をしていた伸仁が、ラジオの寄席《よせ》中継を聴きたいからと言って二階の座敷に戻ると、夕方に餌《えさ》を与えたクレオの様子を見て、手の甲で体温を調べた。

クレオは、来たときの三倍くらいの大きさになり、体中から突き出ていた白い刺《とげ》のようなものは羽毛となって体中を薄く覆《おお》い始めていた。

鳥は早寝早起きなのだから、日が暮れたら暗いところに置いて、さわったりしないことだ、という父の言葉で、伸仁は夕方の餌のあとは、巣の代わりの箱を文鳥用の鳥籠に入れ、そこに風呂敷《ふろしき》をかぶせるようになった。

クレオは歩けるようになっていたので、籠のなかに入れておかないと、ムクとジンベエの近くに行ってしまいかねなかった。

おとなしい性格でも犬なので、雛鳥《ひなどり》が近くにいたら噛《か》みつくに決まっている。クレオはひとたまりもないだろう。

そう案じた熊吾が鳥籠を買って来たのだ。

「きょうは誰やのん？」

ラジオから出囃子《でばやし》が聞こえたので、房江はそう訊《き》いた。

「三遊亭金馬の『高田の馬場』や」

仲仁は言って、ラジオに耳を近づけた。

「この人の『茶の湯』もおもしろいでェ」

房江は、ペン習字の練習用のテキストとペンを持つと、仲仁と交代して事務所へと行き、夕刊の一面の記事のなかから、自分の知らない漢字を五つノートに書き写した。夫が帰って来たら読み方と筆順を教えてもらうつもりだった。

就職、零細、施設、分裂、添加。

房江は、ノートに書き写した自分のペン字を見て、字というものも小さいときから学んでいないと上手にはならないものだなと少しがっかりしながら思った。

熊吾が小さな店から始めようと決めた中古車販売業は、鷺洲にみつけた場所の持ち主が家賃を上げてきたためにいったんご破算となってしまった。

熊吾は、関京三と黒木博光のデコボコ・コンビに共同経営の話をもちかけたが、それはいささか高すぎる敷金を払ってでも借りるだけの価値のある場所だと判断したからだった。

しかし、関も黒木も、熊吾が予想していた以上に金廻りが悪く、日々の生活で精一杯という状態だった。

三人で出し合えばさほどの金額ではないにもかかわらず、関と黒木には荷が重かった。

ふたりを仲間にするしかないと夫に言われたとき、房江は、それならば小商いの意味が失《な》くなるではないかと思い、共同経営というものはうまくいかない場合のほうが多いので、鷺洲の土地はあきらめて、もっと敷金の安い土地を探してはどうかとうっかり口にしてしまった。

それに腹を立てた熊吾は、ご飯の入っている茶碗《ちゃわん》を壁に叩《たた》きつけ、卓袱台《ちゃぶだい》の上の急須《きゅうす》も床に投げつけて割った。

機嫌の悪いときに余計なことを言った自分が悪いと思いながら、房江は、夫をこんなにも苛立《いらだ》たせている理由は、もっと他のところにあるのではないかという気がした。

きのうもこのモータープールの事務所で、夫は関と黒木と遅くまで話をしていたが、二階にあがって来ると、あんな甲斐性《かいしょう》なしと一緒に商売なんかしたら、うまくいくことでも駄目になる、断られてよかったと苦笑混じりに言ったが、あれは本心だったのだろう。

もしふたりがそれぞれどこかで金策して、敷金のぶんと、当面の運転資金を作ってきても、夫はもう組もうとはしないだろう。これでよかったのだ。

房江はそう考えながら、もう帰って来る自動車もないので裏門だけでも閉めておくことにした。

佐古田の仕事場の横を通って裏門に行くと、売り物の自動車に乗って昼前に出かけた熊吾が入り組んだ細い路地のどこかから歩いて来た。

おかえりと言い、房江は、車はどうしたのかと訊いた。

「売れた。諸経費を引いたら二万円しか儲《もう》からんが、事故車でもええっちゅうから安うしてやった。そのあと、亀井さんの奥さんと梅田で逢《お》うた」

背広の内ポケットから一万円札一枚と千円札十枚を出し、それを房江に渡しながら熊吾は妙に明かるい口調で言った。

亀井周一郎の体の具合が良くないと聞いていたので、房江は夫の次の言葉を待って、一緒に事務所へと戻った。

「亀井さんは胃癌《いがん》じゃ。胃潰瘍《いかいよう》と本人には言うて、おととい手術をしたが、医者は、もう胃を取らんままにして、切ったところを縫うて閉めてしもうたそうじゃ。手遅れじゃっちゅうことやのお。わしはもうどうにもこうにも、一台売ってなんぼの小商いから始める以外に手がなくなっしもた」

と熊吾は笑顔で言った。虚勢から出た笑みではなかった。

亀井夫人は夫の病気を伝えるためだけで、わざわざ松坂熊吾と梅田で逢《あ》ったわけではあるまいと思い、房江は茶を淹《い》れた。

「コーヒー一杯で二時間も話をした。酒を飲むわけにはいかんけんのお。難しい相談事に乗ったけん、頭が疲れた。冷やでええけん、持って来てくれ」

房江は二階の座敷に行き、一升壜《びん》とコップを持ち、寄席中継が終わったら銭湯に行くようにと伸仁に言った。

亀井夫婦には子供はいないし、跡を継がせるつもりだった夫人の弟は不祥事で身を退いた。

カメイ機工の台所は苦しいが、社長の身に何か起こったからといって会社を畳むわけにはいかない。

しかし、役員たちのなかの誰かを新しい社長に据えるとしても適任者がいない。いまの難局を乗り切る能力がありそうな者がいないのだ。

最終的な判断は、本人にしてもらうしかないのだが、そのためには、病気のことを告げなければならない。

だがそれは死の宣告であって、夫人はどうしたらいいのかわからない。

親戚《しんせき》の者たちは、みな会社勤めをしていたり、学校の先生をしていたりで、世事に疎《うと》く、相談に乗ってもらっても、たいして役に立ってくれそうにない……。

熊吾はコップの酒を飲みながら、手短かに説明し、

「それで、わしに相談しようと思いなはったんじゃ」

と言った。

癌という病気は、断じて本人には告げてはならないのだろうか。何十人もの社員を使っている会社の社長には、その会社と社員たちに対しての責任があるのだし、本人の意思が尊重されるべきなのだから、病気のことを正確に伝えるしかないのではないか。

房江はそう思ったが、自分の考えは口にせず、今夜は蛸《たこ》と胡瓜《きゅうり》の酢の物があるが、それだけでも持ってこようかと訊いた。

「いや、いまは酒だけでええ」

と答え、熊吾は窓ガラス越しに、シンエー・タクシーの営業所を見つめた。

しばらく無言でそうしていたが、

「わしのちょっとした思いつきをヒントにして、フライホイールっちゅうものの応用で新しい商品を開発しようと、亀井さんは技術者をふたり大学の研究室から引き抜いてきたんじゃ」

と言った。

そのふたりは、自転車のタイヤの回転を利用する発電機に取り組んで商品化を進めるうちに、そこから次から次へと派生させて、おもしろい機械を考案した。

どれもまだ試作段階で、そのうちのどれが商品として利潤をもたらすかわからないが、自動車部品のフライホイールだけを製造してきた町工場に新しい道をひらいたことは確かなのだ。

熊吾はそこまで話すと、

「いちばんええのは、カメイ機工を社員ごと誰かに買《こ》うてもらうことじゃ」

と言った。

誰かに見当をつけているのだろうかと房江は思ったが、

「しかし、そんな救世主はあらわれんじゃろう」

そう熊吾は言った。

「そしたら、亀井さんの奥さんと二時間もどんな話をしてたん？」

「奥さんは、会社のことで心を痛めることなんかないと、言うて聞かせちょったんじゃ。考えにゃいけんのは、ご主人亡《な》きあとの自分の生活じゃ。それ以外のことはどうでもええ。会社は、役立たずの役員がいろいろと知恵を出し合うて何とかするじゃろう。なんとかならんかったら、つぶれるじゃろう。残念じゃが、それはそれで仕方がない。ご主人に、病気のことを正直に話すかどうかは、他人のわしが、ああせえ、こうせえとは言えん、とな」

この夫にしては冷たく突き放すような言い方だなと思ったが、夫が亀井夫人に言ったことは正しいという気がして、房江は講堂のところから、早く銭湯に行くようにと大声で伸仁を促した。

「わしも行くけん、着替えを持って来てくれ」

と熊吾は言い、伸仁を呼んだ。

ふたりが銭湯に行ってしまうと、房江は、裏門から帰宅したときの夫の妙な明るさは何だったのだろうと考えた。

亀井がもう長い命ではないということは、夫にとっては大きな痛手だ。亀井とふたりで関西中古車業連合会を立ちあげることを約束しあっていて、カメイ機工の経営が以前のような順調さを取り戻すのを心待ちにしていたのだ。

夫は、人の生き死にに驚くほど冷静なところがある。泣こうがわめこうが、死んだ者が生き返りはしない。医術を尽くしても駄目なものは駄目なのだ。あきらめるしかあるまい、と静かな口調で言う。

友人の死を無念がっても、さして悲しむということはない。そんなときは、誰に言うともなく「人はいつか必ず死ぬんじゃ」とつぶやく。

あれが、砲弾や銃弾の飛び交う戦場へ行った人間特有の、死との向き合い方なのであろうか。

房江は夫の心境がわからないまま、裏門を閉めて鍵《かぎ》をかけようとした。

その東側は、かつてここが学校であったことを示すぶ厚い段差のある塀が民家の建ち並ぶところまでつづいていて、昼間は近所の子供たちがその段差を昇ったり降りたりする遊び場となっていた。

街灯は遠くにあり、月明かりだけが路地を青く浮きあがらせていたが、塀の段差に誰かが腰かけている姿が見えた。

酔っぱらいかと思ったが、青黒い輪郭は小柄な女の形だったので、房江は悲鳴を洩《も》らしそうになった。蘭月ビルの共同便所の横の階段でひとり遊ぶ盲目の津久田香根《かね》を大きくした姿に思えたのだ。

慌《あわ》てて鍵をかけ、房江は事務所のほうへ戻りかけたが、広い便所の小窓を少しあけて、その女の様子を窺《うかが》った。

しばらく見ているうちに、女の横に置いてあるのが岡持ちだとわかった。

ああ、あの子か……。房江は、四月に入ってすぐに交差点の北西側にある「お多福」という食堂に住み込みで働くようになった少女だと気づき、裏門の鍵をあけた。

あそこは十時近くまで営業しているから、出前に行った帰り道に、ちょっとひと休みしているのであろう。

けれども、夜になるとほとんど人通りのない暗い路地で、若い女がひとりでいたら、どんなことが起こるかわからない。

こんなところに坐《すわ》っていないで、早く店に帰るように言おうと、房江は裏門の引き戸をあけかけたが、女がいま流行している歌謡曲を小声で歌っているのに気づいて、再び鍵をかけた。

名前は知らないが、中学卒業と同時に、鳥取と島根の県境の村から集団就職で大阪へ働きに来た女の子たちのひとりだと聞いていたのだ。

中学を卒業したばかりということは、まだ十五歳だ。親兄弟と別れて、ひとりで大阪に出て来て、福島西通りの交差点にある小さな食堂で朝から晩まで働いて、ひとりになってほっと一息つけるのは、こんな夜ふけの暗い路地しかないのであろう。

色白の、丸い目をした純朴そうな女の子だが、モータープールに出前に来ても、事務所にいる男たちの軽口に応じ返す術《すべ》も知らず、逃げるように店に帰って行く。

十五歳か。伸仁よりもたったふたつ歳上《としうえ》なだけなのだ。親のもとに帰りたいことだろう。

房江は事務所の掃除をしながら、そう思った。

十分ほどたって、熊吾と伸仁が帰って来たので、房江は銭湯へ行くための用意をして正門から外に出た。

そこで、さっきの少女とでくわした。岡持ちを両手で持って、信号を走って渡りかけたので、

「まだお仕事？　遅うまでよう働きはるんやねェ」

と房江は声をかけた。

少女は驚いたように振り返り、かすかに頷《うなず》き返して走って行った。

「大きな目。びっくりしてなくても、びっくりしてるみたいな目ェやねェ」

そうひとりごとを言いながら、房江は銭湯の暖簾《のれん》をくぐった。


親も仲間もなく、たった一羽きりで伸仁に育てられた純白の鳩《はと》は、体は成鳥となっても飛ぶことができないだけでなく、自分で餌《えさ》をついばむ術も身につけなかった。

親離れ、巣離れというものをさせなければ、この鳩はこれから先、永遠に狭い鳥籠《とりかご》のなかで、練り餌《え》を人から与えられて生きつづけることになるのだと父に厳しく叱《しか》られて、伸仁は四月の終わりにクレオを籠から出すと、輪ゴムを持って物干し台に行った。飛石連休の最初の日だった。

林田信正の友人に教えてもらったとおりに、伸仁はクレオの片方の翼の一部を輪ゴムで巻き、物干し台から講堂の屋根へと移り、緩やかな斜面をのぼりながら、ムクとジンベエを見張っていてくれと房江に言った。

空中に放りあげられたクレオは翼を拙《つた》なく羽ばたいて、十メートルほど円を描いて飛び、講堂の屋根におりた。おりるというよりも落ちるというほうが正しいようだったが、一部を輪ゴムで巻かれた不自由な羽根を使って、とにもかくにも十メートル飛んだのだ。

クレオはしばらく屋根の斜面でじっとしていたが、伸仁が手を叩《たた》いて呼ぶと、歩いて戻って来た。

そのクレオをまた空中に放りあげる。クレオは本能的に羽ばたくだけで、飛翔力《ひしようりよく》はなく、自分で方向を制御することもできない。

「もっとちゃんと飛べるようになってから、輪ゴムを巻いたらどうやのん？」

房江は、ムクとジンベエのいるところからそう言った。

輪ゴムを巻かれていると、遠くへ飛べなくて、すぐに自分の巣に戻るしかないので、それを繰り返すことで帰巣《きそう》本能を鍛えることができる、というのが林田信正の友人の説だった。

「そやけど、飛び過ぎて、ムクかジンベエの前に落ちたら咬《か》まれて死んでしまうやんか」

と伸仁は言った。

きょうは、熊吾は事務所で帳簿をつけているので、自分はしばらくここにいてやる。ムクとジンベエの首輪をつかんでおくので安心しろ。

房江のその言葉で、伸仁はクレオの羽根に巻いた輪ゴムを取り、再び空に向かって放りあげた。

これが鳩かとなさけなくなる飛び方だったが、クレオは講堂の屋根の東側の端まで飛んだ。

「あみだ池筋まで飛んで行ったら、車に轢《ひ》かれるわ」

仲仁はそう言ったが、歩いて自分のところへと戻って来るクレオを空に放りあげることをやめなかった。

一時間ほどそれを繰り返してから、仲仁はクレオを文鳥用の鳥籠に入れ、物干し台に置いた。

水も餌も、もう決してお前が与えてはならないと父に言われたので、仲仁は座敷に戻って来た。自分の姿が見えていると、クレオは餌をついばもうとしないのだという。

そうやってクレオが飢え死にしても仕方がないと思い定めろと父に言われたことを実行するつもりらしかった。

昼食をとり、一時間ほど座敷に隠れるようにしていたが、房江が熊吾に焼き飯を作って事務所に持っていくと、クレオが飛んで来て、金魚を飼っている水槽の横に降りた。翼をばたつかせながらの着地ではあったが、脚を折らなかったかと案じたらしい熊吾が焼き飯を頰張ったまま事務所から出ると、仲仁も階段を駈《か》け降りてきた。

飛ぶ練習を再開した途端、これまでの倍近く飛距離が伸びて、ムクとジンベエの鼻先をかすめて、ここまで飛んだと仲仁は言った。しかし、水も餌もまったく減っていない、と。

「なんぼ傾斜が緩やかじゃっちゅうても、屋根は屋根じゃぞ。てっぺんのとんがりをまたいで、絶対に落ちんようにせえよ」

熊吾の言葉に頷き返し、伸仁はクレオを両手で持って屋根へと戻って行った。

房江はなにげなく北のほうを見やって、あっと小さく声をあげた。池内兄弟が、こちらを見ながら鳩小屋の戸をあけて、自分たちの鳩を二十羽ほど飛ばしたのだ。

「いやがらせをしてるんやわ」

と房江は言った。

これまでに二度、池内兄弟はクレオを見に来たが、伸仁はそれを拒んだのだ。あの雛《ひな》が育っているなどとは信じられない。ノブちゃん、お前、嘘《うそ》をついているのだろう。

池内兄弟のその言葉に怒って、伸仁は、お前らふたりにだけはクレオをさわらせないし、見せもしないと言い返したのだ。

その何日かあと、学校の帰りに待ち伏せされて、伸仁は池内兄弟に殴られた。房江は、それを道の向こうから見ていた林田から聞いたが、伸仁が黙っているので知らんふりをしていた。

あの弱虫で泣き虫の伸仁が、そういうことを親には内緒にするようになった。池内兄弟に決然とケンカを売ったときの言葉は、ちょっとほれぼれとするほどのものだった。男らしいではないか。よっ、音羽屋と声を掛けたいほどだった。

その房江の説明に、熊吾は声をあげて笑い、たぶんあの兄弟は、成鳥に育った純白の鳩を取り戻したいのだろうと言った。

「あつかましい。ノブに苦労して育てさせといて、大きなったら自分らのもんにしようっていうのん？」

房江は、群れを作って旋回している二十羽ほどの鳩を目で追いながら言った。

その怒り方もおかしかったらしく、

「お前は、ほんまはケンカ好きなのかもしれんぞ。売られたケンカは買《こ》うてやるぞっちゅうところがある。まあ、伸仁もそうやって人間ちゅうもんを学ぶんじゃ。それに、いまああやって、いやがらせのつもりで、ぎょうさんの鳩を飛ばしてくれるのは、クレオにとってはありがたい。自分とおんなじ鳩が、飛び方を教えてくれちょるんじゃけんのお」

と熊吾は言った。

五月の連休が終わったころには、クレオは自在に飛べるようになり、自分で水を飲み、餌をついばみ始めた。

そうなると、翼だけでなく体全体に力がついてきて、文鳥用の鳥籠ではあまりに窮屈すぎて用を為《な》さないので、熊吾は板を買って来て、伸仁とふたりで高さも幅も一メートルほどの鳩小屋を作り、それを二階の廊下の、物干し台に近い柱に取り付けた。

クレオが飛ぶときは、伸仁はいつも講堂の屋根のてっぺんに腰かけて、熊吾がどこかの古道具屋でみつけて来た双眼鏡で監視しつづけた。

東は淀屋橋《よどやばし》の少し向こうまで。西は船津橋あたり。南は靭《うつぼ》公園周辺。北は大淀区の自分の学校の近く。

それがいまのクレオの飛行距離だと伸仁は言い、戻って来て物干し台にとまったクレオの頭を指先で撫《な》でて、オノミを十粒ほど掌《てのひら》に載せた。

それをついばんでいるクレオに向かって、ジンベエが吠《ほ》えた。

「焼き餅《もち》を焼いてるねんわ。クレオが来て以来、ノブの気持はクレオにばっかり向いてるから」

洗濯物を取り込みながら房江は言った。伸仁はクレオを鳩小屋に入れ、水浴び用の器に水を張って、それも入れてから、ジンベエのところへ行った。

事務所で電話が鳴っていた。さっきまで黒木がいたがと思いながら、房江は伸仁に、電話に出てくれと言った。

事務所へと走り降りて行った伸仁は、しばらくして房江を呼んだ。金魚の水槽のところに立って、伸仁は無言で手招きをした。

房江が階段を中途まで降りたとき、シンエー・タクシーの常務の根岸平治の声がした。

「犬は番犬になるけど、鳩は預かってる大事な自動車に糞《ふん》を落とすだけや。きみはこのモータープールの誰に許可を得て、鳩を飼《こ》うてるんや」

伸仁は無言で根岸を見ていた。根岸は房江に、松坂さんはどこへ行ったのかと訊《き》き、事務所のソファに坐った。

近くの雀荘《ジャンそう》で麻雀《マージャン》をしているとは言えず、

「新しく契約したいていうお客さんからの電話で、さっき出かけました」

と嘘をついた。

自分はシンエー・タクシーの常務だが、今月から正式にモータープールも担当するようにと社長に命じられた。

根岸はそう言ってから、営業所の神田を呼んで来てくれと顎《あご》だけ横に動かして伸仁を見た。伸仁はタクシーの営業所へと歩いて行った。

「鳩を一羽飼うのに、根岸さんの許可が要るなんて考えませんでした」

と言い、房江は茶を淹《い》れた。

「これからは、なんでも私にまず報告してもらいます。さっきも、松坂さんの息子に言うたんやけど、このモータープールの経営者は松坂さんとは違うっちゅうことを、この際、はっきりさせときましょう。私の管轄《かんかつ》下になったかぎりは、ここの経営に関しては、私に逐一報告して、私の決裁なしで勝手なことはせんように」

房江は、茶を根岸の前に置き、主人にそう伝えておくと答えた。

営業所の神田三郎が小走りでやって来た。そのうしろをついて来た伸仁は紐《ひも》で結んだ紙包みを持っていた。

根岸はそのぶ厚い紙包みを伸仁から受け取り、マッチの火で紐を焼き切りながら、

「鳩を飼うことは許可しません」

と言った。

紙包みのなかには、シンエー・タクシーの福島西通り営業所開設をしらせるチラシが入っていて、利用方法と電話番号が大きな字で印刷してあった。

「チラシはまだあと八百枚届く。これをなァ、神田くん、きみがこの周り五キロくらいの範囲にある家とか商店とかビルとかに隈《くま》なく配るんや。どう見てもタクシーなんか使わんと見えるような貧乏臭い家には入れんでもええで」

根岸の言葉に、チラシを配って歩いているあいだは事務所で電話を受ける者がいなくなるが、と神田は当惑顔で言った。

「かめへんから、いますぐ行け。これ全部を配るまでは帰って来たらあかんぞ」

そう言って、紙包みをかかえてモータープールの正門を出て行く神田を見てから、根岸はさっきと同じ言葉を伸仁にも告げた。

ここは、きみの家ではない。きみの父はこのモータープールに雇われている管理人に

すぎないのだ。きみはまだ中学生だが、そのことだけは認識しておいてもらわなければならない。

きみはときおり預っている自動車を移動させるために運転するそうだが、今後は決してそんなことをしてはならない。運転免許証もない中学生が客からの預り物である自動車をぶつけたりしたら、弁償だけでは済まない。その責任はシンエー・モータープールが負わなければならないのだ。

たとえこのモータープール内だけであっても、こんな子供に運転させる親も親だ。

根岸は、わざとらしい悠長な抑揚をつけた口調で言い、シガレットケースから半分に切った煙草《たばこ》を出し、短いキセルに差して火をつけた。

そして、キセルの吸い口を前歯で噛《か》んでくわえると、自分が運転してきた自動車のところへ行き、煙草の煙に目をしかめながら、

「鳩は始末しなはれ」

と言ってエンジンをかけた。

いつのまに来ていたのか、顔も手も作業服も黒い油だらけの佐古田が、根岸の車へと歩み寄って行き、

「鳩の一羽や二羽がどないやっちゅうねん。お前のほうが、よっぽどごくつぶしやろがァ。モータープールは自分の管轄下？　タクシー会社で役に立たんから、モータープー

ルの番でもやっとれっちゅう社長の腹が読めんのかい。ここでは俺が仕事してるっちゅうことを忘れんなよ」

と言った。

ひとことも返さず、根岸の車が正門を出て、あみだ池筋を南へと曲がって行ってしまうと、佐古田は自分の仕事場へと戻りながら、

「あのアホ、あれでもうここには滅多に来よれへんで」

といつもと変わらない細く横に切れたような一重《ひとえ》の目を前方に向けたまま言った。かすかに笑みを浮かべて佐古田に頷《うなず》き返した伸仁は無言でいつまでも水槽のなかを見つめつづけた。

事務所の椅子《いす》に腰かけて、そんな伸仁の鼻のあたりに見入り、この子は連休が始まる前ごろからいやに無口になったなと房江は思った。心配事とか悩みでもあるのだろうか……。

案外、子育ての疲れというのが出たのかもしれない。クレオを貰《もら》って来て以来、伸仁は神経の休まるときがなかったのだ。

あの小さな雛を育てるには、人間の母親が赤ん坊に注ぐのと同じ心が伴なっていたであろう。クレオは、伸仁にとっては我が子同然だ。

それをあの根岸という男は、さっさと始末しろという。始末とはどういう意味なのだ。

殺せとでも言いたかったのか。

房江が伸仁に何か話しかけようとしたとき、佐古田がまたやって来て、

「ノブちゃん、猫が鳩を狙《ねろ》うとるで」

と言った。

伸仁は佐古田の言葉を聞くなり講堂へと走り、階段を駈けのぼっていった。

房江の頭上で伸仁の足音が響き、ムクとジンベエの吠える声が聞こえた。

講堂と校舎のあいだの煉瓦《れんが》敷きの通路の上には、モータープール開業の際に大工の刈田が設けた屋根がある。その半透明の新建材で作られた屋根を走って逃げて行く猫の姿が見えた。

房江も二階へ行った。伸仁は箒《ほうき》をさかさまに持って物干し台に立ち、猫が逃げて行ったほうを睨《にら》んでいたが、すぐにクレオを鳩《はと》小屋から出し、文鳥用の籠《かご》に入れると座敷に入って行き、それを自分の勉強机の上に置いた。

熊吾が帰って来て、どうしたのかと訊いた。房江の説明に、

「猫かァ……」

とつぶやき、座敷にあがって、元の文鳥用の窮屈な籠に戻るはめになったクレオを見つめた。

「この近所には、猫を飼《こ》うちょる家が多いんじゃ。猫は厄介じゃのお。身が軽いし、

少々高いところでも昇りよる。モータープールの塀くらいは簡単に乗り越えよる」

そう言って、熊吾は背広に着替えるから新しいワイシャツを出せと房江を促した。北東側の校舎を倉庫として借りたいと申し出ていたメリヤス工場の社長と最後の交渉をするという。

「海老江《えびえ》の大きなメリヤス屋じゃ。従業員が五十人ほどおる。あの校舎は、一階も二階もメリヤス製品で満杯になるぞ」

階段を降りて行く夫を追って行き、房江は、根岸が来たことを伝えた。そして、夫に聞かせてもいいことだけを選んで、根岸の要求を話した。

正門のところで立ち止まり、

「うん、伸仁に車の運転はさせんほうがええとわしも思うちょった。しかし、忙しいと、あいつの手を借りんといけんときもあるけんのお。まあ、そのことに関しては、根岸の言うことのほうが筋が通っちょる。伸仁に、車を動かしてもらうのはやめとこう」

熊吾はそう言って、バス停へと向かった。

その夜、八時ごろに帰宅した熊吾は、先に晩ご飯を食べてテレビを観《み》ている伸仁に、クレオを池内の兄弟に返すのがいちばんいいのではないかと話しかけて、一升壜《びん》のなかの酒を自分でコップについだ。

いろいろと方法を考えてみたが、モータープールの敷地内では、この自分たちの暮らす座敷以外にクレオを猫から守れる場所はない。

クレオは、鳩として生まれたのだから、鳩として生きなければならない。こんな小さな籠に入れられて、部屋のなかに置かれて、クレオがしあわせだと思うか。

となると、方法はふたつしかない。ひとつは、クレオをどこか遠くへつれて行って、さあ、好きなところで仲間をみつけろと放す。

生きるか死ぬかはクレオの運次第だ。

お前もやがてはひとりで世の中へ飛んで行かねばならない。弱ければ力尽きるだろうし、強ければ生き抜いて自分の世界を築くだろう。

クレオにも、そのときが来たと思え。

もうひとつは、悔しいだろうが、ここは心を大きくさせて、池内兄弟に頭を下げて、クレオを貰ってもらうのだ。

どう考えても、方法はこのふたつしかない。どっちにするかはお前が決めろ。

熊吾の言葉で、伸仁はテレビを消し、何か言い返しかけたが、自分の勉強机の前に場所を移し、背を向けたまま長いこと黙っていた。

房江は、蛸《たこ》と胡瓜《きゆうり》の酢の物を夫の前に運んでから、鰺《あじ》を焼き始めた。

「池内のエテ公には絶対に渡せへん」

と伸仁は言って、また黙り込んでしまった。

「それなら、もうひとつの方法しかないじゃろう」

熊吾はそう言って、二杯目の酒をコップに注いだ。そして、ズボンの裾《すそ》をめくりあげ、膝《ひざ》の少し上のところを房江に見せた。大きな腫《は》れ物ができていた。

「いつから?」

房江の問いに、十日ほど前に何かの虫に刺されて、それが痒《かゆ》くて掻《か》いていたら黴菌《ばいきん》が入ったらしく、この三日ほどで急に腫れてきたのだと熊吾は言った。

「こんな大きな腫れ物、普通のおできやあらへん。病院に行ったほうがええわ」

「おできくらいで病院に行けるか。牛や馬に腫れ物ができると、わしのいなかでは、焼け火箸《ひばし》一本で治すんじゃ。火箸の先を真っ赤に焼いといて、腫れ物の上に細い竹筒を置いて、そこから火箸をじゅっと突き刺す。そしたら、なかの膿《うみ》が出る。膿を出したら治る。火箸の先をガスの火で焼け」

「えっ?　いま?」

「飯を食う前にやってしまうんじゃ」

「そんな……。牛や馬やないねんから」

「早《は》よう火箸を焼いてこい」

「火箸、どこにしまいこんだやろ。なにも焼け火箸で突かんでも」

背を向けて黙り込んだままだった伸仁が熊吾の横に坐《すわ》り、膝と大腿部《だいたい》のあいだにできた腫れ物を見て、千枚通しのほうがいいのではないかと言った。先端が折れて使えなくなった千枚通しが事務所の机の抽斗《ひきだし》にある、と。

「おお、それくらいがええのお。伸仁、お前、それを焼いて、できものの真ん中をじゅっと突き刺してくれ」

「えっ？　ぼくが？」

「当たり前じゃ。そんなこと、自分でできるか。自分でやったら、ひるんで、膿が出るところまで届かんのじゃ。お前か房江しかおらんじゃろう」

房江は、伸仁としばらく見つめ合った。伸仁が事務所へと降りて行き、先端の二、三ミリが折れてしまった千枚通しを持って戻って来て、それをガスの火で焼き始めた。

房江は、ガーゼとオキシドールを用意した。

「そんなに焼かんでもええんじゃ。刀鍛冶《かじ》が玉鋼《たまはがね》を鍛えるんじゃあらせんぞ」

伸仁が持って来た千枚通しは、柄の近くまで真っ赤になっていた。

伸仁は柄を両方の手で持って、それを熊吾の腫れ物に近づけ、狙いを定めた。

「赤う焼けちょるあいだにやらにゃあいけん。このくらいは絶対に突き刺すんじゃぞ」

熊吾が人差し指と親指で作った一センチほどの間隔を見せると同時に、伸仁は千枚通しを腫れ物の真ん中に突き刺した。肉の焼ける匂《にお》いが房江の鼻の周りにひろがった。

顔をしかめ、腫れ物の両側から指で絞るようにして膿を出し、消毒液をかけろと房江に怒鳴るように言って、熊吾は伸仁の頭を平手で叩《たた》いた。顔は笑っていた。

「わしが、よし、やれっちゅうてから突き刺すんじゃ。心構えができんうちに、いきなりやるやつがあるか。人の身になってみィ」

房江は、夫の半泣きのような顔を初めて見たと思いながら、ガーゼで血や膿をぬぐい、オキシドールをかけた。

伸仁の肩が震えていた。笑いをこらえているのだとわかると、房江は噴き出すように笑った。熊吾も半泣きの表情のまま笑いつづけた。

折り畳んだガーゼで腫れ物を覆《おお》って絆創膏《ばんそうこう》で止め、房江は近くの薬局へ行ってペニシリンの錠剤を三日分処方してもらった。新薬だと勧められた軟膏も買って戻ると、熊吾は鰺の塩焼きでご飯を食べ、伸仁は勉強机に頰杖《ほおづえ》をついて何か考え込んでいた。

「クレオがここへは戻ってこれんところで放すそうじゃ」

と熊吾は言った。

生駒山《いこまやま》につれて行って、籠から出して、空に放りあげるのかと房江は伸仁のうしろに行って訊《き》いた。

「あんなところで一羽だけ放したら、伝書鳩泥棒に盗《と》られる」

「ほんなら、どこや？　六甲山なんか、どうやろ」

「クレオは、六甲山くらいからやったら帰って来よる。こいつは優秀な伝書鳩やて林田さんが本気で褒めてはった。姿形でわかるんやて」

「そしたら、どこまで行く？　富山の高瀬さんとこから放すか？　ついでに富山のころの友だちと逢《お》うてくるか？」

房江は冗談で言ったのだが、伸仁は机の上に立て掛けてある地図帳をひらき、日本列島の地図に見入って、距離を計算していた。

房江がモータープールの正門と裏門を閉めて鍵《かぎ》をかけ、熊吾が寝巻に着替えて蒲団《ふとん》に入ってしまってからも、伸仁は机の上のスタンド・ランプをつけて地図を見ていたが、十二時を廻ったころ、あさっての日曜日、朝の五時に起こしてくれと言った。

「どこで放すか決めたんか？」

房江の問いに、

「余部《あまるべ》」

と伸仁は答えた。

浦辺ヨネの一周忌には、自分たちは行けなかった。千代麿《ちよまろ》一家は城崎《きのさき》へ行き、一周忌法要を営んで、温泉旅館に一泊したが、四人で温泉につかるのは初めてだったので楽しかったと千代麿の妻から電話で聞いた。

美恵も正澄も、もうすっかり丸尾家の子になってしまったな。

そう思い、房江は、

「あの余部の鉄橋から？」

と伸仁に訊いた。伸仁は答えず、パジャマに着替えると蒲団にもぐり込んだ。熊吾はまだ眠ってはいなかったが、何も言わなかった。


日曜日の朝の六時過ぎに、伸仁は林田信正の友人から貰った伝書鳩用の籠にクレオを入れ、それを唐草模様の大きな風呂敷《ふろしき》で包んで、水を飲ませる容器と餌《えさ》をズボンのポケットにねじ込み、行ってきますとも何とも言わずバス停へと向かった。

曇り空で、天気予報では今夜遅くから雨が降るということだったので、房江は傘を持って伸仁を追いかけていった。

「あした、学校は休んでもええけん、麻衣子の家に泊めてもらえと言え。学校には、わしが適当な理由をつけて電話をするとな」

熊吾が、房江の背後からそう大声で言った。

バス停で房江は傘を渡そうとしたが、伸仁は要らないという。この伝書鳩用の籠は大きいので両手でかかえなければならないからだと機嫌の悪そうな表情で言い、ズボンのポケットから紙切れを出した。

きのう、学校が退《ひ》けたあと、伸仁は大阪駅の切符売り場へ行き、駅員に列車の時刻を教えてもらったが、親切な駅員は、大阪、城崎、餘部《あまるべ》の往復の発着時刻三通りを紙に書いてくれたのだ。

房江は伸仁にさっきの熊吾の言葉を伝え、麻衣子の家に泊まるにしても泊まらないにしても、餘部駅から城崎駅へ戻ったら必ず電話をかけて寄こすようにと言った。

「麻衣子ちゃんのお店の電話番号、知ってるのん？」

「知ってる」

交通費と食事代はきのうの夜に渡してあったが、房江はそれとは別に百円札を五枚、伸仁のシャツの胸ポケットに入れた。

「麻衣子ちゃんとこに泊まるんか？　泊まらんと帰って来るのか？　もういま決めとき」

「わからへん」

なんだ、この子は。親と喋《しゃべ》りたくないのか。

房江は腹が立ったが、いま伸仁は、わが子を捨てに行く母親のような心持ちなのだと思い、風呂敷の結び目のところの隙間《すきま》からこちらを見ているクレオの頭を指で撫《な》でた。

伸仁の乗ったバスが見えなくなるまでバス停に立ち、房江は、クレオを池内兄弟に貰《もら》ってもらうのがいちばんいいということは本人もよくわかっているのだと思った。

それなのに伸仁は、まだ巣に帰る訓練をつんでいないクレオを遠く離れた余部で放すことを選んだ。なぜ余部なのだろう。クレオが帰ってこられない遠い地は、ほかにいくらでもあるではないか。

いちど行ったことがあるので、自分ひとりで行けると考えたのだろうか。それとも、あの余部鉄橋からの光景が、伸仁の心の何かを誘《いざ》なったのだろうか。

信号を渡ってモータープールへ帰りながら、房江は、南予の城辺《じょうへん》の畑で野壺《のつぼ》に落ちた四歳の伸仁の姿を思い出した。

モータープールの二階の座敷に戻ると、熊吾は自分で腫れ物の真ん中にあいた傷を消毒しながら、

「痛うて眠れんかった。伸仁のやつ、焼けた千枚通しを一寸ほど突き刺しよったにちがいない。わしはこれだけとわざわざ指で深さを教えたのに」

と言い、新しいガーゼを絆創膏で止めた。

自分は側《そば》で見ていたが、伸仁は正確に父親が示した深さを守ったと房江は言った。

「お父ちゃんに言われたとおりに、おできの真ん中を一センチほど。あんまり正確過ぎて、なんか怖かったわ。もしかしたら、この子は人を刺すのが好きなんやろかって考えてしもて……」

熊吾は笑い、きょうは日曜日で、モータープールを出入りする自動車はほとんどないが、午後には海老江のメリヤス工場の社長が倉庫として使う北東側の校舎を見に来るのだと言った。

夕方、雨が降って来た。

山陰地方はどうなのであろう。もう五時半だ。伸仁は余部から城崎へ戻っているはずなのに電話がかかってこない。必ず電話をしろとあれほど念を押したのに。

房江は、心配になり、電話局に長距離電話を頼み、麻衣子の店の番号を交換手に言った。

しばらく待つと、電話局から、お出になりませんという電話がかかってきた。

「ちよ熊《くま》」の休業日は水曜で、日曜日は客が多いので決して休まないと麻衣子は言っていたのに……。

房江は一時間置きに麻衣子の店に電話をかけたが、誰も出なかった。伸仁からもかかってこない。

八時を過ぎたころ、メリヤス工場の社長と桜橋の鶏《とり》すき屋で食事をしていた熊吾から電話がかかった。

「伸仁から電話はあったか？」

「ないねん。麻衣子ちゃんのお店に、もう七回くらいかけてるけど、誰も出えへんし」

「麻衣子の借家には電話はないけんのお。伸仁のやつ、クレオと一緒に余部鉄橋の上から、どこかへ飛んで行きよったんじゃろう」

そう笑いながら言って、熊吾は電話を切った。

暢気《のんき》なふうを装《よそお》っているが、夫が内心では案じているとわかって、房江は食事もとらず、事務所の椅子《いす》に坐りつづけた。

熊吾は十時半に帰って来て、自分で電話局に長距離電話を申し込んだ。降ったりやんだりしていた小雨は本降りになっていた。

お出になりませんという電話局からの電話で、

「長距離電話をかけられるところがないんじゃろう。いまごろ、麻衣子と温泉に行っちょるかもしれん」

と言い、熊吾は二階へあがって行った。

十二時過ぎまで事務所に坐りつづけた房江は、伸仁は麻衣子の家に泊まるのだと思うことにして正門を閉め、鍵をかけた。

モータープール内のすべての明かりを消し、二階の座敷に行くと蒲団を敷き、珍しく酒を控えてラジオを聴いている熊吾に、房江は酒を飲んでいいかと訊いた。

「心配で落ち着かへんねん」

「ああ、飲んだらええ。わしのおできはどうも変じゃ。絞っても絞っても新しい膿が出よる。ちょっと熱もある気がする」

「あした、カンベ病院に行かなあかんわ」

「うん、そうしようかのお」

房江は体温計を持って来て、夫に熱を計ってみろと促し、日本酒の冷やを湯呑《ゆの》み茶碗《ぢゃわん》で飲んだ。熱は三十七度六分だった。

雨の音に混じって、ムクとジンベエが正門へ走っていく音が聞こえた。その二匹の犬の走り方は、伸仁が帰って来たときだけの独特のものだった。

「帰って来よったぞ」

房江よりも先に部屋から出て、熊吾はサーチライトのスウィッチを入れた。伸仁が正門をよじのぼろうとしていた。

房江は傘をさして正門へと走り、大きな南京錠《ナンキンじょう》に鍵を差し込んだが、雨で全身を濡《ぬ》らした伸仁は丈《たけ》の高い門を乗り越えて、水溜《た》まりのなかに飛び降りた。

麻衣子ちゃんは留守で、「ちよ熊」にも「本日休業」の札が掛けられていた。しばらく家の近くで待ったが、もし帰ってこなかったらと考えて、京都行きの最後の列車に乗った。

京都で大阪へ行く電車に乗り換えたが、大阪駅に着くと、もうバスも市電もなくて、歩いて帰って来た。とにかくお腹《なか》が減った。何か食べたい。

下着まで雨で濡れてしまっている伸仁は、部屋に入ると、そう説明しながら衣類を脱ぎ、パジャマを着て、タオルで頭や顔を拭《ふ》いた。

「なんで電話をせんのじゃ」

熊吾の問いに、公衆電話では長距離電話はかけられないし、自分が入れるような店はどこも閉まっていたのだと伸仁は答え、房江が温めた味噌汁《みそしる》だけでむさぼるようにご飯を食べつづけた。

「余部鉄橋からクレオを放したんか？」

挽《ひ》き肉を炒《いた》め、それでオムレツを作りながら房江は訊いた。

「うん」

「クレオはどうしよった？」

と熊吾は訊き、煙草《たばこ》を深く吸った。

鉄橋から少し飛んだだけで駅のホームへと降り、それからしばらく羽根だけ動かしていたが、鳥取からの列車が入って来ると、海のほうへと飛んで行った。自分は慌《あわ》ててその列車に乗り、日本海の向こうへと飛んで行くクレオが方向を変えて陸地のほうへと戻って来るのを車窓から目にしたが、すぐにトンネルに入ったので、それきり見えなくなった。

伸仁は喋りながら、房江が作ったオムレツを頬張り、ご飯をお替わりした。

余部の天気はどうだったか、雨だったのではないのか、という房江の問いに、降っていたが、クレオが飛ぶのに邪魔になるほどではなかったと伸仁は言った。

夜中には豪雨といっていいほどの降り方になったのに、夜が明けると同時にそれはやんで、真夏のような朝日がモータープール内に溜まった水を照らした。

房江が郵便受けから取って来た朝刊を見ていた伸仁は、新製品の練り歯磨きの広告を指差して、これを買ってくれとねだり、シンエー・タクシーの営業所の隣にある薬局へ行った。

レモンの味のする、歯が真っ白になるという謳《うた》い文句の宣伝文を読み、房江は朝刊の社会面に目を移した。

――エビハラ通商社長の海老原《えびはら》太一氏が自殺――という見出しに驚き、房江は新聞を持って部屋から走り出た。

仕事に出て行く十数台の自動車が、講堂からも北西側の屋根付きガレージからも先を争うように出て来て、混雑する交差点にどう割り込もうかと列を作っていた。

熊吾は、正門のところで通行人に頭を下げて、モータープールから出て行く自動車の進路をあけるのに忙しかった。

いまモータープールは一日のうちで最もごったがえす時間帯で、事務所で電話が鳴っても放っておくしかないほどの忙しさだ。自分も伸仁の朝食と弁当を作らなければならない。しかし、海老原の自殺を報じる新聞は、熊吾には見せなくてはならないだろう。

房江はそう考えて、事務所へ降り、事務机の上に置かれている夫の老眼鏡を持つと正門のところへと走った。

何事かといった表情で、房江が差し出した朝刊と老眼鏡を受け取り、熊吾は新聞に目をやった。大きな見出しは老眼鏡なしでも読めるので、熊吾はモータープールから出て行くために正門のところで列をなしている自動車の前に立ちはだかる格好で新聞の記事に見入った。

「大将、どいてくれな出られへんがな」

Y薬品の古参の社員に大声で言われ、熊吾は、新製品の練り歯磨きを買って帰って来た伸仁に、十分だけここで交通整理をしてくれと頼み、急ぎ足で事務所へと向かった。

「松坂商会にいてはった海老原さんやろ？」

房江の問いには答えず、熊吾は老眼鏡をかけて椅子に坐《すわ》り、社会面の三分の一を占めている記事を読んだが、読み終えると何も言わずに正門の前へと戻り、伸仁と交代した。

――次期総選挙に出馬表明していたエビハラ通商社長・海老原太一氏が、十五日夜八時頃に宿泊先の道後温泉の旅館の部屋で首を吊《つ》っているのを女中が発見し、救急車が病院に搬送したがすでに死亡していた。

海老原氏は、先月二十二日に衆院選に自民党からの出馬を正式に表明したばかり。同行していた秘書は支援者たちとの打ち合わせで出かけていて、旅館には海老原氏だけがひとりで残ったという。いまのところ遺書はみつかっておらず、警察が動機を調べている。——

記事はそのように始まって、海老原太一の略歴に触れ、何人かの人間のコメントが書かれていた。

自殺する理由などまったく思い浮かばない。

信じられない。

三日前に神戸での宴席で食事をともにしたが意気軒昂《けんこう》だった。

そんなコメントばかりだった。

房江は、早く伸仁の弁当を作らなければと思いながらも、新聞に載っている海老原太一の顔写真に見入った。御荘《みしょう》の出身だと夫から聞いていたが、南予の男特有の目鼻の造作の大きさはなく、細い目と鼻筋には気弱そうな線の細さのようなものを感じた。

房江は、新聞を机に置いたまま二階にあがり、階段をのぼって左側にある洗面台のところで歯を磨いている伸仁に急ぐようにと言った。

「ご飯を食べてから磨いたらええやろ？」

「うん、ご飯を食べたら、また磨く」

「そんなことしてたら遅刻するやろ？」

「うん、わかってる。うるさいなァ」

口をゆすぎ、伸仁は慌てて朝食をかきこむと、また歯を磨いた。そして柱に取り付けてある鏡に自分の歯を映して見入り、買って来た練り歯磨きで再び歯を磨き始めた。

「なんでまたそんなに歯を磨くようになったんや？　虫歯でもあるんか？　虫歯は歯医者さんに行かな治らへんで」

「うるさいなァ」

舌打ちをしてそう言い、伸仁は弁当箱を鞄《かばん》に入れながら学校へと走って行った。

私に何か言われるたびに、うるさいなァと反抗する。私のおっぱいに吸いついて、ぴいぴい泣いていたのはどこの誰なのだ。自分ひとりで大きくなったつもりか。そんなにうるさいなら、もう口をきかない。

房江は本気で腹が立って、ムクとジンベエの朝食を作り、夫のための味噌汁を温めた。きのう、早朝から往復十数時間もかけてひとりで余部へ行き、クレオと永遠の別れをして、あの雨のなかを大阪駅から濡れ鼠《ねずみ》になって帰って来て、風邪もひかず、翌日には元気に学校に行ったのだ。伸仁は丈夫になった。ほんの少し前までのひ弱さを思えば、少々の生意気な口も大目に見てやらねばなるまい。

それよりも心配なのは夫だ。夫が熱を出したのは結婚して始めてだ。あの大腿《だいたい》部のおできは妙に気になる。きょうは絶対にカンベ病院で診てもらわなければならない。夫がどんなに面倒臭がっても、私はつれて行く。

そんなことをあれこれ思いながら、房江は五月半ばの朝日を浴びている洗面所の周りを箒《ほうき》で掃き、伸仁がしきりに自分の歯を映していた鏡の前に立った。

　いったいまたどうして伸仁は、突然自分の歯を真っ白にしようとして新製品の練り歯磨きを買いに行ったのだろう。中学生の女の子なら、髪をきれいに洗ってブラシで念入りに梳《す》くとか、内緒で薄く口紅を塗ってみるとか、スカートの丈を流行《はや》りのそれに合わせるとかの楽しみがあるが、学校の規則で坊主《ぼうず》刈りを強いられ、上下黒の制服を着るしかない男の子は、歯を白く磨く以外にお洒落《しやれ》の仕様がないのであろう。

　それにしても、今朝はなんと気持のいいお天気であろう。薄手のカーディガンすら暑いほどで、青い空には雲がなく、昨夜の大雨が嘘《うそ》のようだ。

　伸仁は遅く帰って来たので、昨晩は詳しい話は聞けなかったが、クレオを籠《かご》から出すと、両手で包むようにして余部鉄橋の真ん中まで行ったのだろうか。

　クレオを持っていると、鉄橋の柵《さく》につかまることはできないはずだ。地元の人でないかぎり、あの柵をつかまずに鉄橋のレール横を歩いて行くのはかなりの恐怖が伴なう。

　クレオは、いったん餘部駅のホームに舞い降りて、それから日本海へと飛んで行き、旋回して方向を転じて陸地のほうへと戻ろうとしたという。

　つまり伸仁は、クレオを両手で持って余部鉄橋の真ん中近く、浦辺ヨネの遺骨を撒《ま》いたところまで行ったということになる。

　箒で長い廊下や隣の部屋を掃いていきながら、雨の降る余部鉄橋を歩いている伸仁の姿を思い描いた。そして、お洒落？　と胸のなかで問いかけた。

伸仁が歯を真っ白にしようと磨いていたのがお洒落の代わりだとしたら、小谷医師の予言どおりのことが、あの子の体内で始まったのではないのか。

もしそうだとしたら、雨の余部鉄橋でクレオと別れたことが、伸仁の内部に大きな変化をもたらしたのだ。きっとそうに違いない。

房江はそう思い、箒を部屋の壁に立てかけると、日なたぼっこをしながら並んで眠っているムクとジンベエのところへ行き、階段の手すりに体をあずけて正門の周辺を見やった。預かっているトラックや乗用車はあらかた出かけてしまい、静かになったモータープールの広い敷地に人の姿はなかった。

夫なら、伸仁のなかで生じたものを上手に簡略な言葉で表現してくれるだろうと考えて、房江は事務所へと降りかけた。

新聞を持った熊吾が階段をあがってきた。

火をつけていない煙草をくわえた熊吾は、房江の話を聞きながら座敷にあがり、卓袱《ちゃぶ》台《だい》に新聞を拡《ひろ》げ、海老原太一の写真に見入ったまま、

「ええ雨じゃったのお」

とだけ言った。

自分を頼って南宇和から風呂敷《ふろしき》包みひとつで出て来た男が、長く疎遠《そえん》になっていたと

はいえ、きのう首を吊って死んだのだ。

　夫は海老原太一についてはこれまでほとんど話したことはないが、自殺の報に接して、胸中にはさまざまな感慨があるのであろう。

　房江はそう思いやり、

「海老原さんはお幾つやったん？」

　と訊《き》き、ご飯と味噌汁を卓袱台に運んだ。

「わしより十二下じゃけん、五十一じゃ」

　玉子かけご飯にしてはどうかと生卵を小鉢に入れて持って行くと、熊吾は、先にカンベ病院で診てもらってくると言って立ちあがった。

　座敷から出て、裏門へとつづく南側の階段へと歩きかけた熊吾は、誰が届けたのかわからないままの、最上級のピータンが入った甕《かめ》はどこに置いたかと訊いた。

　廊下の突き当たりのところの広い部屋にある。ピータンはまだ土のなかに五つほど残っているはずだ。

　房江がそう答えると、残ったピータンを取り出しておけと熊吾は言った。

「ピータンを四つくらいに切って天麩羅《てんぷら》にしたらおいしいって、新聞に載ってたから、今晩、そうしてみいひん？」

　その房江の言葉に、ああ、そうしよう、それなら臭みは消えて、伸仁も食べるだろうと応じ返し、熊吾は裏門を出てカンベ病院への細道へと曲がって行った。

機嫌は悪くはないが、何かを深く考え込んでいるときに見せる強く睨《にら》みつけるような目に恐《こわ》さを感じて、房江は裏門のところから夫のうしろ姿を見た。

洗濯物を干し、いったん事務所で留守番をしていたが、黒木と関がやって来たので、房江は正門のところの花壇で使う小さなスコップを持つとピータンの甕を置いてある部屋へと行った。

アヒルの卵を傷つけないように土を掘り、甕のなかの土中に隠れているピータンを全部出した。五つだった。

この大きくて頑丈な甕が富山駅に届いたのは伸仁が小学四年生になったばかりのときだったから四年前ということになる。

台湾の専門店に註文《ちゆうもん》したのは、平華楼のコックの呉明華だということはわかっているが、船便で日本に着いたときには平華楼は閉めてしまっていて、自分たち一家は富山へと移っていた。

だが、船津橋のビルに届いたピータン入りの甕を富山へと転送したのが誰なのかはいまもってわからない。

ビルを持主から預かっていた周旋屋も、隣家の河原栄蔵も知らないという。

なんだか薄気味悪く感じながらも、このピータンがどれほど価値のあるものかがわかるので、引っ越すたびに捨てずに持って来たのだ。

いくら最上級品とはいえ、さすがにピータンにも飽きてしまい、火事で焼け残ったF女学院の元教室の隅に置いたことも忘れてしまっていた。

きょう、夫に訊かれなかったら、忘れたままここで埃《ほこり》だらけになりつづけたことだろう。

房江はそう考えながら、空になった大きな甕を転がして廊下へと運んだ。転がりやすいように倒したので、甕の底が見えた。そこに字が書かれてあったことは房江の記憶にわずかに残っていたが、「転送」と「海老原」という白いチョークによる文字はまだ消えていなかった。

他の字はほとんど判読不能だったが、房江は甕を日の当たっているところへと転がし、目を細めて見つめた。

西宮市××町三番地の次には海老原容子という女性の名があった。それにつづく文字はまったく読めず、最後の「富山駅留め」と、駅の貨物便係だけがわかる何かの符丁のような数字の羅列も鮮明に残っていた。

海老原容子……。これは海老原太一の妻なのではないか。きっとそうに違いない。

そう確信した瞬間、房江は両腕の生毛《うぶげ》がいっせいに立つのを感じた。なぜそうなったのかわからないまま、房江は甕を転がして元あった場所に戻したが、大阪の船津橋から富山駅へ、富山駅から大泉本町へ、再び船津橋へ、そしてこの福島区のモータープール内へと四年間も転々としてきたピータン入りの頑丈な甕の底に書かれたチョークの海老原という文字が消えていないことを不気味に思った。

釉薬《ゆうやく》をかけられなかった甕の、粘土の焼きによってざらついている底には、強い力で引かれた線だけが頑固に残りつづけたと考えるしかなかった。

四年前、この甕が届いたとき、私は夫に、海老原とは海老原太一さんかと訊いた。夫は、いや、国鉄の貨物便係の名のようだと答えた。

あれは嘘だったのだ。貨物便係が、こんなに大きな文字で荷物に自分の名を書く必要がない。けれども、私はあのときはそんなことは考えもしなかった。

夫はなぜ嘘をついたのであろう。

もしこれを海老原が妻の名で富山駅留めの貨物便で送らせたのだとしたら、海老原はいつどうやってこのピータン入りの甕を手にしたのか。松坂熊吾の一家の引っ越し先をなぜ知っていたのか。

房江は、夫は私には話さなかったが、南宇和から大阪へ戻ってからも海老原太一との交友はつづいていて、富山へ引っ越すことを教えていたのだ、きっとそうなのだ、と思った。そう考える以外に説明がつかないではないか。

だが、もしそうだとしても、空家になっている船津橋のビルに届けられた台湾からの荷物は、どういう経路で海老原のもとへと渡ったのであろう。

房江は五つのピータンをざるに入れ、それを洗面台の横に置くと、事務所に降りて少し黒木と関と雑談をしてから、正門横の花壇の雑草を取った。あとできのう買って来たダリアとグラジオラスの球根を植えようと思った。

熊吾は一時を過ぎても帰ってこなかった。病院が混んでいるのであろうと思い、きょうは五月半ばとは思えない暑さだから、昼食はひさしぶりにソーメンにしようと鍋《なべ》に湯を沸かしたとき、熊吾が帰って来た。

「小谷先生とこで点滴をされた」

と言って、熊吾は押し入れから自分の枕《まくら》を出して畳の上にあお向けになった。

「小谷先生のとこへ行ったん？」

「最初はカンベ病院へ行ったんじゃが、神戸先生はわしのおできの跡を見るなり、すぐに尿を検査して、糖尿病が相当進んじょるが医者にかかっちょるかと訊いたけん、小谷医院の名を口にしたら、すぐに小谷先生に診てもらえっちゅう。ただのおできじゃが、糖尿病が進んじょるから傷が治らんのじゃっちゅうて、壊死《えし》した脚の写真を何枚も見せてくれた。このままじゃとこうなるのは時間の問題で、脚を切断せんと全身に毒が廻って死ぬぞと脅された。それで、すぐに小谷医院へ行ったんじゃ。インシュリンちゅうのを腕に注射されてから、ぎょうさんの量の抗生物質の点滴をされた。血管に太い針を刺されてから抜くまで一時間半かかったぞ」

「脚を切断？」

房江は驚いて、夫の横に坐《すわ》った。

小谷医師は両脚のつけ根から指までを仔細《しさい》に触診し、いまのままの食生活をつづけたら三年で死ぬと真顔で言った。脚の壊死はまだ始まっていないが、確かに時間の問題だ。

朝一合、昼二合、夜には一升酒。ほとんど歩かず、運動もせず、丼飯《どんぶりめし》をかき込んで、自動車に乗っていたら、来年の正月にはどっちかの脚が失《な》くなると思え。これは脅しではない。

とにかく酒をやめて歩け。食後三十分たったら、靭《うつぼ》公園まで歩き、公園を三周して、歩いて帰れ。

糖尿病の専門医にもいろんな考え方があるが、自分が長年糖尿病の患者を診てきた経験では、酒のなかでは日本酒とビールがいちばん良くない。どうしても飲みたければ、ウィスキーか焼酎《しょうちゅう》を水で割れ。

食事は、これまでの半分。菓子類は厳禁。

これから十日間、朝食の前に来るように。インシュリン注射をつづける。日曜日でも松坂さんのためにあけておく。

熊吾は、小谷医師の言葉を伝え、

「きょうは夕方まで水以外は口にするなっちゅうことじゃ」

と言った。

房江は、コップに水を入れて、夫に渡した。

一杯では足りず、熊吾はコップに三杯の水をたてつづけに飲むと目を閉じて、すぐにいびきをかき始めた。

房江がそっと熊吾の額に手をやると熱は下がっていた。


その翌日から、熊吾は食事を済ませると、小谷医師に言われたとおりにモータープールから西区の靫公園へと歩いて行き、公園のなかを五、六周して、また歩いて帰るということを励行した。

三日目あたりから、えぐられたような穴があいたままだったおできの傷跡に新しい肉が盛りあがってきて、それは十日目にはほとんど完治した。

それを見た小谷医師が、

「まだ若い体ですなァ」

と笑顔で褒めてくれたと房江に話して聞かせ、この十日間、小谷医院の優等生だったのだから、きょうの朝食後の歩きはさぼることにすると熊吾は言い、もう必要のなくなったクレオのための鳩舎《きゅうしゃ》を取り外してから、物干し台を乗り越えて講堂の屋根をのぼり始めた。

「もうクレオは戻ってこんのお。鳥の羽音が近くで聞こえるたびに、まさかクレオやあるまいのとはらはらする」

その熊吾の言葉に、自分もそうだと房江は言いながら洗濯物を干した。

「ピータンは何個残っちょった？」

屋根のてっぺんにまたがるようにして腰かけ、熊吾は訊いた。

「五つ。そやけど、どれも割れてたから捨てた」

と房江は嘘をついた。

割れてはいなかったが、食べたくなくて捨てたのだ。海老原太一が首を吊《つ》って死んだことと夫とは何の関係もないはずだが、あのピータン入りの甕を富山駅留めで送ったのが海老原で、そのことを夫が知っていて黙っているのだとしたら、ピータンの存在そのものが気味悪く感じられて、目に見えるところに置いておきたくなかったのだ。

だからピータンを捨てた日、重い甕も裏の路地に出しておいたが、それはいつのまにか誰かが持って行ってしまった。

「あれから、いろんな新聞に目を通したが、海老原のことを書いちょる記事はみつからんかった」

そう言ってから、熊吾は薄曇りの空を見上げ、

「あの甕も捨てたのか」

と訊いた。

房江は頷《うなず》き返し、あれだけ会社を大きくさせ、国会議員になるための選挙活動まで始めて、支援者による盛大な「励ます会」も神戸の一流ホテルで催したあとに、なぜ自殺などしたのだろうと夫に訊いた。

「さあ、なんでじゃろうのお。あいつは、首を吊ることで、海老原太一として生きつづけようとしたのかもしれん」

その言葉の意味がわからなくて、房江は洗濯物を干す手を止めて夫を見やった。

「おい、あれはクレオやないのか」

と熊吾は西のほうを指さした。一羽の鳥が西から北のほうへと飛んでいたが、翼が濃い灰色であることは房江にはすぐにわかった。房江は、甕の底に残っていたチョークの文字のことは、自分からは口にしないでおこうと思った。

第七章

日米新安全保障条約の締結を強行に採決した政府に抗議するデモ隊が国会議事堂の構内に突入し、警官隊と衝突して、東京大学の女子学生が死亡したという記事は、どの新聞も一面で大きく報道していた。

熊吾《くまご》は、これまで中古のビリヤード台を五つ使っていたが、すべて新品に替えて、台数も七つに増やした「ラッキー」の壁ぎわの長椅子《ながいす》に腰かけたまま、朝刊三紙を丹念に読みつづけた。

入口で出前のコーヒーを受け取って、それを運んで来てくれた女店員の坂田康代《やすよ》に、熊吾は代金を渡しながら、

「ことしの梅雨はいやに蒸し暑いのお」

と笑顔で言った。

康代が去年の暮れに子をおろしたことは磯辺富雄から聞いて知っていたが、熊吾は知らぬふりをしていた。

「冷房を入れたら寒うなりすぎるんです。膝《ひざ》から下が冷とうなって、夜になったら体がだるうなるのは冷房のせいやてお客さんに教えてもろたから、社長は昼の一時から六時のあいだだけ、冷房を入れると決めはって……。それも、三十分ずつ」

そう康代は言い、常連の老人ふたりが店に入って来ると、点数をかぞえる役をするために算盤《そろばん》の珠《たま》に似たものが設けられている壁のところへ行った。

老人はどちらも御堂筋《みどうすじ》沿いに店舗を持っている。ひとりは洋品店の隠居で、もうひとりは、かつての松坂商会の二軒隣に戦前からある喫煙具店の主人だ。

ビリヤードはかなりの腕前だが、金を賭《か》けなければキューを持たない。けれども、高額な賭け金のゲームには、どんなに誘われても応じないので、いつもふたりだけで勝ち負けを競うことになるのだ。

ふたりはゲームを終えると、必ず点数をかぞえてくれた康代にチップを払う。それは勝った金額よりも多いときもあって、康代にとってはありがたい小遣い稼ぎなのだ。

喫煙具店の主人は、松坂商会の社長であった熊吾を覚えていて、「ラッキー」で顔を合わせると笑みを浮かべて小さく会釈《えしゃく》をする。熊吾も応じ返すが、お互いが言葉を交わすことはない。

他愛《たわい》のない世間話をふたことみこと交わすほうが自然なのだが、ビリヤード台を前にすると、老人ふたりは他人を拒否するかのような雰囲気を発して勝負に没頭するし、熊吾は熊吾で、ビリヤード場を自分の図書館と決めているかのように、いつも長椅子に坐《すわ》って何かを読んでいる。

新聞であったり、いま話題になっている本であったり、途中からまた書き出しに戻らなければ、登場人物がいったいどのような人間で、主人公とどういう関係だったのかわからなくなる外国の長篇小説であったりとそのときによって異なるにしても、磯辺に言わせると、一心不乱に読みふけっているといった姿なので話しかけるのを遠慮してしまうらしい。

「ラッキー」には大学生の客も多くて、そのなかには持っていた本を置き忘れていく者もいるので、長椅子の横の台には、それらがいつも数冊置かれている。

心理学の教科書、フランス文学の原書などに混じって、フロベールという作家の『トロワ・コント』と題がつけられた小説があり、ことしの四月から置き忘れられたままになっていた。

熊吾は「ラッキー」に来るたびにそれを読むようになっていた。

「安保に反対して、どうしよううっちゅうんじゃ。軍隊を持って、原爆や水爆を持とうっちゅうのか。それとも、完全に丸腰の国になって、ソ連の一部になろううっちゅうのか」

きょうの朝刊を折り畳み、それを台の上に置きながらつぶやくと、熊吾は『トロワ・コント』を手に取って、自分が栞《しおり》代わりに箸袋《はしぶくろ》を挟んだページをあけた。

三つの小説から成る『トロワ・コント』は、第一話の「素朴な女」があと五ページほどで終わるところまで読んでいた。熊吾がそのページに箸袋を挟んだのは二週間ほど前だった。

コーヒーにミルクだけ入れて飲もうとしたとき、喫煙具店の主人が戦前も愛用していたスウェーデン製のパイプをくわえたままやって来て、

「ちょっとよろしいやろか」

と話しかけてきた。

どうぞと熊吾は坐っている場所から体を少し横に動かして、喫煙具店の主人のために席を作った。

名前は確か江崎だったたな。店の屋号の「松峰」は、創業者の江崎峰松の名を逆にしたのだと聞いたことがある。この人はその孫なのだ。

熊吾は記憶をさぐりながら、

「江崎さんはだんだんお若くなりますすな。初めてお逢《あ》いしたときよりも、いまのほうがお若い」

と言った。

「いやいや、もうあきまへん。玉突きも三ゲームほどでキューを突くのがしんどなってきます」

そう江崎は首を振りながら笑みを向け、松坂商会に海老原《えびはら》太一という社員がいたそうだが、あの人はひと月ほど前に自殺したエビハラ通商の社長ではないのかと訊《き》いた。

「そうです。私が『松峰』の二軒隣に松坂商会のビルを建てて二年ほどあとに社員になりました。若いが働き者で才覚があって、独立してからはとんとん拍子で自分の会社を大きゅうしていきました。昭和二十二年にいちど逢いましたが、それ以来顔を合わせる機会がないまま年月がたちまして……。自殺したっちゅう新聞記事を見たときはびっくりしました」

その熊吾の言葉を聞きながら、江崎はパイプに新しい葉を詰めると火をつけ、

「やっぱりそうでっかァ。亡《な》くなる五日ほど前に、私の店に来はりまして、昔、社長のお使いで、しょっちゅうここに煙草《たばこ》を買いに来たと懐《なつ》かしそうに言うてはりました。自分は海老原太一という。郷里の南宇和から出て来て、西も東もわからん、ちゃんと挨拶《あいさつ》もでけへん小僧の自分を松坂社長は可愛《かわい》がってくれはった。きょうは仕事で淀屋橋《よどやばし》まで来て、この前を車で通り過ぎかけたとき、『松峰』の看板を見て、あのころのことが思い出されて、思わずお店に入ってしまいました。そない言うて、アメリカ製のライターを買《こ》うてくれました。ロンソンちゅうライターの最新式です」

と言った。

「海老原さんは、自分の名刺を江崎さんに渡したんですか？」

と熊吾は訊いた。

「いや、ただそういうことを話して、ライターを買うて、待たしてあった自動車に乗って、大阪駅のほうへ行ってしまいはりました。新聞で写真を見て、あっ、こないだの人やないか、と。名前もおんなじですしなァ。まさかエビハラ通商の社長やとは思いまへんでしたから」

太一は、たったそれだけを話したのではあるまいと熊吾は思った。「松峰」を訪ねたとき、すでにあいつは死ぬつもりだったのだ。あいつはエビハラ通商の海老原太一として生きつづけるために、あいつらしい演技を遺《のこ》したかったはずだ。

この江崎は、何か俺に遠慮している。話していいものかどうか迷いながら隣に腰かけたが、やはり余計なことは言わずにおこうと考え直したのだ。

熊吾はそう思い、

「なんで死なにゃあいけんかったんですかのお。まだ五十一です」

と言った。

しばらくパイプ煙草をふかしてから、海老原さんは、御堂筋の松坂商会の土地を自分が買い戻そうとしたことがあったそうだと江崎は言った。

「事業に失敗してあの土地を売らざるを得んかった松坂さんに恩返しをしようと思たけど、新しい持主があまりに法外な値をつけたのであきらめるしかなかった。海老原さんは涙を浮かべて、そう言うてはりました。そのときの海老原さんの顔が、いまでも何かの拍子に目に浮かびますすんや」

「ありがたい話を教えてくれて、江崎さんに感謝します。海老原さんは、心が清すぎたんですなァ」

熊吾は言って、江崎に頭を下げた。

磯辺富雄が店にやって来て、熊吾を見ると笑顔で右手をあげた。

それを潮に、江崎は友人が待つビリヤード台へと戻って行った。

太一の猜疑心《さいぎしん》と、そこから生まれる勘は独特の鋭さを持っている。あいつは俺の身辺を、それを専門とする者に探らせていたのだ。だから、俺が「ラッキー」に行くことも、そこに「松峰」の主人が来ることも知っていた。

自分の死後、江崎を通して、松坂熊吾の耳に入るという計算のうえで、出鱈目《でたらめ》な作り話をして、高価なライターまで買っていった。

俺への恩返しのために、かつての松坂商会の土地を買い戻そうとしただと？　俺がそんなことを信じるはずがないと、あいつはちゃんとわかっていた。それでもなお、わざわざ「松峰」に立ち寄って、江崎に美談じみた作り話を聞かせた。

この吐きけをもよおすほどの自己愛が、太一に首を吊《つ》らせたのだ。

あいつは「名刺有ります」とだけ書かれた二通の手紙を送りつけたのが松坂熊吾では

ないかと考えたに違いない。そのての勘は、まさに動物的なのだ。

それにしても、観音寺のケンは、どんな脅し方をしたのだろう。金で済むなら、太一はそうしたであろうに……。

熊吾は熱心にフランスの小説を読みふけるふりをしながら、そう考えた。

磯辺は、いったん熊吾の横に腰かけたが、読書の邪魔はしないでおこうと思ったのか、奥の事務所に入って、誰かと電話で話し始めた。

磯辺が電話を切り、ガラス窓越しに視線を向けたので、熊吾は長椅子から立って、事務所へ行き、勧められた椅子に坐ると、北朝鮮へ帰った知りあいたちから手紙は届いたかと訊いた。

「まだ誰からも届きまへんなァ」

と磯辺は答えた。

「一通もか？」

「へえ、一通もです。私だけやおまへん。家族や友だちが北へ帰った連中は、みんな向こうの様子を知りとうて、一日に何回も郵便受けを覗《のぞ》いてるそうですけど、届いたというやつはひとりもいてまへん。総連の幹部の説明では、新天地での生活は希望に溢《あふ》れて、手紙を書く暇もないのやろ、っちゅうことですけど、そんなすばらしい楽園での生活なら、なおさら日本にいてる同胞に伝えようと、すぐにでも手紙を書くはずでっしゃろ」

「わしの家内も毎日郵便受けを覗いちょる。伸仁《のぶひと》の友だち一家が第一陣の船に乗ったけんのお」

熊吾は、磯辺が淹《い》れてくれた濃い茶を飲み、カメイ機工の倉庫番として働いているホンギのことを話して聞かせ、もしホンギが職を失なうはめになったときは、新しい働き口を世話してくれないかと頼んだ。

「社長が死んだら、役員の誰かが跡を引き継ぐと決まったが、会社を縮小していまの苦境を乗り切るとなると、人員整理をするじゃろう。朝鮮人のホンギは、まっ先に首を切られるかもしれん。ホンギっちゅう人間はわしが保証する。自分の仕事には誠実で、責任感も強い。酒は飲まん。もし、ホンギが会社を辞めさせられるようなことがあったら、そのときはよろしゅう頼む」

「出身は？」

「京城じゃ。日本語の読み書きも、だいぶできるようになりよった。新聞を読むのはまだ無理じゃが」

心当たりは幾つかあるが、いささか歳《とし》を取り過ぎている。もしどこも雇うのをしぶるようなら、自分が雇おう。

磯辺はそう約束した。

「ラッキー」での用事が済んだので、ここに長居は無用だと考えたが、頼み事をした手前、磯辺の世間話につき合わなければならなくなり、熊吾は帰るきっかけをどう作ろうかと、その呼吸をさぐった。

ことしの春頃から、この阪神裏と呼ばれる一帯で奇妙な伝染病が発生していたが、それは鼠《ねずみ》が媒介役となっていたことが判明した。保健所と住人たちが協力して鼠の駆除作戦を遂行したが、絶滅させることはできない。だから当分のあいだは、阪神裏に立ち入らないことだ。

小谷医師からそう言われたのは五日前だったのだ。

康代が、奥さんから電話だと呼びに来たので、これで帰れると思いながら、熊吾は入口近くの帳場の受話器を手に取った。

柳田さんが話があるのでシンエー・タクシーまで来てくれとのことだ。柳田さんは三時まで会社にいるそうだ。

その房江《ふさえ》の言葉に、

「よし、わかった、いまから行く。三十分ほどで着くじゃろう」

とわざと声を大きくさせて言い、熊吾は磯辺に手を振ると、賭けゲームをつづけている江崎に挨拶をして「ラッキー」から出た。

用心のために持って来た傘が役に立ちそうな空模様で、歩きだすとすぐに開衿《かいきん》シャツの背が汗で滲《にじ》むのを感じた。

梅田駅から地下鉄で天王寺駅へ行き、そこから南へ歩いて、シンエー・タクシーの車庫兼事務所に着くと、熊吾は応接室で柳田を待ちながら、猟銃を持った海老原太一も写っている関西猟人倶楽部《くらぶ》の大峯山《おおみね》での写真に見入った。

太一は耳当ての付いたハンティング帽をかぶってかすかに笑みを浮かべている。足元には、太一の猟犬が斑状《まだら》の雪の上に腹這《はらば》いになっている。

どこへ行ってもつきまとうやつじゃ。

熊吾が胸のなかで太一に言ったとき、柳田元雄が応接室に入って来て、

「海老原さんの自殺にはびっくりしたなァ」

と言い、しばらく写真を見つめてから、ソファに坐った。

「亡くなる五日前の夕方になァ、突然電話をかけてきはって、自分が今日あるのは松坂熊吾さんのお陰や、松坂さんに商売のことを一から十まで教えてもろたのに、ちょっとした気持の行き違いで疎遠《そえん》になってしもた。ただただ自分の若気の至りや、柳田さん、松坂の大将をよろしくお願いします。あの人、それだけを言うために電話をかけてきはったんや。なんやまた急にどないしはったんやと思てなァ。もうあのとき、死ぬ気やったんやなァ」

熊吾は、それを伝えるためだけに柳田は俺を呼んだのではあるまいと思ったが、

「海老原さんも若かったですが、私も若かったので、お互い若気の至りで、ケンカ別れのようなことになってしまいましたが、どっちが悪いかといえば、私のほうでしょう。人前で恥をかかせてしまいましたけん。もう昔のことですが」

と言った。

柳田はすぐに話題を変え、この数年、ありがたいことに柳田商会は好景気で、社員を五、六人増やさなければ註文《ちゅうもん》に追いつかない状態がつづいていて、いっそこの際、此花《このはな》区の店を福島区のシンエー・モータープールの近くに引っ越そうかと考えていたところ、堂島大橋の北側に恰好《かっこう》の店舗がみつかったと説明した。

モータープールからあみだ池筋を南へ歩いて五分ほどのところだという。

「いま社員は八人。そのうち所帯持ちはふたりだけで、あとの六人は独身や。これから五、六人雇うとしても、女房や子供のあるのは雇わん。中古車の部品のことを覚えるには年季が要るから、若い子を雇うて一から勉強させたい。そうなると、その社員の寝泊まりする寮が必要や。モータープールの二階、いま松坂さん一家が住んでる部屋の南側に、広い教室がふたつ空いてる。そこを若い社員の寮にする。店の移転は十月に決めた。それに間に合うように、十二、三人の社員が住める部屋を造ってくれ」

「私らが住んじょる部屋の隣は十畳ほどの広さですが、その隣は広いですなァ。畳敷きにすると二十畳ではきかんでしょう。その隣もおんなじ広さです。仕事を終えて帰って来た独身の男らが寝るだけなら、どっちかの教室に手を加えるだけで事足りると思いますが」

熊吾の言葉に頷《うなず》き返し、まかせるので、さっそく進めてくれと柳田は言った。

「ついでに、私らの部屋の隣に六畳分の広さを頂戴《ちょうだい》できませんか。息子もだいぶ大きくなりまして、勉強部屋があったらと」

柳田は承諾し、応接室から出て行きかけて、ドアのノブをつかんだまま、

「海老原さんの選挙資金の援助を頼まれとったんやけど、もうその必要がなくなって、ほっとしてるんや」

と言った。

雨が降り始めた。窓を打つ雨音は大きかった。傘を持って来てよかったと思い、煙草を一本吸うあいだ、シンエー・タクシーの応接室のソファに坐《すわ》っていた。

太一が、柳田元雄に電話をかけてきたのが自殺の五日前。御堂筋の「松峰」に立ち寄ったのも同じ日……。

額に入れられて応接室の壁に飾られている写真のなかの太一を見つめながら、熊吾は、あるいは太一は、その時点では自殺しようとは考えていなかったのではないかという気がしてきた。

五十万円の預り書として井草正之助に渡した名刺だけは、どうか世の中に出さないよ

うにしてくれ、というシグナルを誰かを介して俺に送ろうとしたのかもしれない。

だが、それならば、俺の耳にいつ届くかわからないようなやり方をしなくても、俺に逢《あ》いに来るか、電話をかけてくるかすればいいではないか。

そう考えながら、熊吾はシンエー・タクシーの社屋を出て、吹きつけてくる雨を避けるために傘を前方に倒すようにして地下鉄の駅へ歩いた。

怯《おび》えて、うろたえて、太一は冷静に物事を判断する能力を喪失していたのかもしれないし、そのような精神状態にあっても、松坂熊吾と直接向き合う決心はつかなかったとも考えられる。

観音寺のケンの背後に松坂熊吾がいるというのは、あくまで自分の勘にすぎず、決定的な証拠もないのに、井草をそそのかして大金を横領させ、あげくその金を奪ったということを白状するわけにもいかない。

自分の猜疑心から発した勘が外れていたら藪蛇《やぶへび》だ。

そんな太一の心のなかが、熊吾は少し見えてきた気がした。

熊吾は地下鉄の駅への階段を降りながら傘を畳んだが、もう太一のことについて考えるのはやめようと思った。すると、このまま地下鉄に乗ってしまわずに、昔から新世界と呼ばれている通天閣界隈《かいわい》を歩いてみたくなった。

やっと大阪での暮らしにも慣れたころの、二十歳になるかならないかの太一を伴なって、新世界にあったシャモ屋に行った日も、ちょうどきょうと同じような雨が降っていたことを思い出したのだ。

太一のことは忘れようとたったいま決めたばかりなのにと思い、熊吾はぬかるみを避けて地面を見ながら、天王寺動物園の東側の道に出た。そこからは通天閣のほとんど全体が見えた。

路地へと曲がり、どう見てもいまも娼妓《しょうぎ》が客を取っていそうな木造の二階屋が並ぶ通りに入ると、熊吾はジャンジャン横丁と呼ばれる賑《にぎ》やかな通りへと曲がった。

雨で商売ができなくなった大道香具師《やし》たちが、商売道具をテント地の布で包んで、何軒も並ぶ串《くし》カツ屋の軒下で雨やどりしていた。

それぞれ異なる流行歌が何曲もあちこちから響き、雨音と重なって、熊吾には群衆の怒号に聞こえたが、通天閣の下に来たときには、「こんな女に誰がした」という歌詞だけが鮮明に聞こえた。

「てめえでなったんじゃ」

熊吾はそうつぶやき、急ぎ足で地下鉄の駅へと引き返した。

このまま歩けば、久保敏松の行きつけの将棋道場の前を通る。久保は去年の暮れに刑務所から出所したが、中古車のエアー・ブローカーをつづけながら、相も変わらず賭《か》け将棋にのめり込んでいるという噂《うわさ》を、熊吾は黒木博光から聞いていたのだ。

将棋道場の前を通れば、道に面したガラス窓からなかを見てしまうだろう。もしそこで久保敏松が将棋をさしていたら、自分はどうしても何かひとことどころか、横っ面《つら》の二、三発を張りたくもなる。そんなことをしたからといって、関西中古車業連合会のための資金が戻って来るわけではない。

熊吾はそう思ったのだ。

どいつもこいつも小悪党めが。裏切られるにせよ、騙《だま》されるにせよ、相手がいっそ大悪党なら、やられがいもあるっちゅうもんじゃ。

熊吾は胸のなかでそう言いながら、動物園の横に出たが、小悪党とばかり縁するのは、この俺が小物だからということではないかと思い、低く声をあげて笑った。

太一よ、なんで首なんか吊《つ》ったんじゃ。そんなお前に、よくもエビハラ通商なんて立派な会社が築けたことよ。お前も自分の器以上に出世しすぎたのお。

生きちょったら、また何かの縁でお互いに心を通わせるようになって、ジャンジャン横丁の串カツ屋で立ったままコップ酒を飲みながら、大将、申し訳ありませんでした、いやいや、お前の晴れの日に人前で恥をかかせたわしが悪い、と言い合《お》うて、ふたりで笑える日が来たかもしれんぞ。

大将、あの名刺、破ってしもて下さいと、駄々っ子が物をねだるみたいに、なんでわしに直接頼まんかったんじゃ。それができたら、お前という人間は大きくなれたのに。

蛹《さなぎ》から蝶《ちょう》へと変われたのに……。

熊吾は地下鉄の座席に坐っているあいだ、海老原太一に語りかけ、自分を慕ってどこへ行くにも伴《とも》をしたがった若いころの太一の、その折々の顔を思い浮かべつづけた。

地下鉄の梅田駅から出て、雨のなかをバス停へと歩いて行くうちに、熊吾は、もういちどあの鷺洲《さぎす》の土地と事務所を借りる交渉をして、あそこで中古車を売ってみようという心が定まってきた。

家主が敷金をどうしても下げなければ、言い値で借りるしかあるまい。月に五台のところを六台売ればいいのだ。三十代で初めて会社をおこしたときも、自分はそうしたではないか。太一も、そんな俺の若いころを真似《まね》て、神戸の三ノ宮に小さな店舗を借り、ひとりでわずかな品物を売ることから始めたのだ、と。

九州と四国の一部で梅雨が明けたと気象庁が発表した日の午後、鷺洲の店舗とその横の土地の持主から電話があり、敷金を安くする代わりに、少し家賃を上げさせてもらうということで手を打とうと持ちかけて来た。

近畿《きんき》地方も梅雨明けしたのではないかと思うほどの強い日差しのなかを、熊吾は鷺洲へと歩いて行き、空家の店舗で待っている家主と逢って契約書に必要事項を書いて署名捺印《なついん》し、すぐにその脚で電話局へと向かった。

電話は一週間後に取り付け工事をして使えるようになるという。

熊吾は、電話局での手続きが終わると、雀荘《ジャンそう》の丸栄で知り合った看板屋へと行き、そこの主人に事情を説明して、一週間後の開店の日の朝に、大きくてよく目立つ看板を店舗の屋根のあたりに取り付けてくれと頼み、その場で紙に「中古車の」と書いて、さて店名は何としようかと考えた。

松坂という名は使いたくない。いずれ柳田元雄には話さなければならないが、自分の店舗を持っての中古車販売にある程度の見通しが立ってからにしたい。

自分たち一家が暮らしていけて、伸仁がこれからさらに上の学校へと進めるだけの収入が得られるという目算がつくまでは内緒にしておきたい。

熊吾は、シンエー・モータープールでの管理人の仕事を辞めてこの近くに家を借りるとなると、家賃や水道代や光熱費などは自分たちの負担となるのだから、勢いで見切り発車をしてしまって、目論見《もくろみ》どおりに中古車が売れずに、にっちもさっちもいかなくなることだけは避けたかった。

「大将、『中古車の』だけでっか?」

と看板屋の主人は、汗とペンキまみれの顔に笑みを浮かべて訊《き》いた。

「店の電話番号も書いたほうがよろしおまっせ」

「そりゃあそうなんじゃが、電話番号もまだ決まっちょらん」

そう言って、製作中の看板が立てかけてある作業場の扇風機の前に行き、熊吾は「井筒」という能の演目を屋号にしようかと思った。

きのう、京都の能楽堂の係員から電話があり、八月末の公演で「井筒」をやることになったと教えてくれた。

どうしても伸仁に「井筒」を観《み》せたくて、熊吾は能楽堂の係員に、「井筒」を公演するときはしらせてくれと頼んで、自分の名刺を渡しておいたのだ。

井筒かァ。亡霊の話を店名にするのはどうもゲンが悪い。伸仁に初めて観せた能は「羽衣」だ。カタ仮名で「ハゴロモ」。十三《じゅうそう》にそんな名のアルサロがあったような気がするが、「羽衣」は縁起が良い演目だ。志ん生がよく正月の寄席《よせ》で「羽衣の松」を噺《はな》すではないか。

熊吾はそう考えて、店名はハゴロモにすると伝えた。

「中古車のハゴロモ」と手帳に書き、主人は電話番号のところはあけておくとして、あと何か付け加える文言はないかと訊いた。

「安く売ります　高く買います。これを店名の隣に、横に二段で書いてくれ。緑色がええ。店名と電話番号は赤じゃ」

熊吾の言葉に、

「サイズは、現場を見んと決められまへんで」

と主人は言い、妻君が持って来たサイダーを勧めてくれた。

「わしは糖尿病じゃけん、こういうもんは飲んじゃあいけんと医者にきつく言われちょる。麦茶がありがたいんじゃが」

「へえ、大将も糖尿病でっか。わたいもでんねん」

「そんなら、こういうもんは飲んじゃあいけんぞ。わしはこの一ヵ月以上、ビールも飲んじょらん」

「酒、やめはりましたんか？」

「焼酎《しょうちゅう》を冷たい水で割って飲んじょる」

「焼酎も酒でんがな」

「ビールや日本酒よりも、焼酎のほうがええと医者が言うんじゃ」

麦茶を持って来てくれた妻君に礼を言い、熊吾は汗を拭《ふ》きながらそれを飲み、鷺洲の店舗の場所を教えた。

「えっ！　隣はミシン屋で、その隣は洋服の仕立屋の、あの空き店舗でっか？」

と主人は訊いた。

そうだと答え、主人の表情が気になって、どうしてそんなに驚くのかと熊吾は訊き返した。

「あそこは、前はチョコレート屋でしたんや。菓子屋で売るチョコレートやおまへんねん。ケーキとかビスケットとかの表面に塗ったりするコーティング・チョコレートっちゅうやつで、わたいとおない歳《どし》くらいの男がひとりで作ってましたんや。電話番の女事務員をひとり置いてました。まだ二十二、三の、いやに背の高い女でしたけど、たぶん、ふたりはできてたんですな。その女、あそこで首を吊りましてん。男は機械ごと、どっかへ移って行きよって、それ以来、借り手があらわれんままになってましてん」

「幽霊でも出るっちゅうのか」

「まあ、そういう噂もちらほらと」

「そんな落語みたいな話、本気で聞いてたまるか」

これからあそこで商売を始めようとしている俺に縁起でもない話をしやがってと腹が立ち、熊吾は港区の弁天町へ行くために看板屋から出た。

開店の日には上質な中古車を三台は並べたかったので、死んだ河内善助と懇意だった中古車業者を訪ねて援助してもらおうと思ったのだ。

「中古車のハゴロモ」の開業日が、予定よりも大きく遅れて八月五日になったのは、熊吾の気に入る質のいい中古車が揃《そろ》わなかったのと、新しく電話を取り付けるための手続きに洩《も》れがあって工事が大幅に遅れたせいだけではなかった。

開業のための諸経費や当座の運転資金は、熊吾がエアー・ブローカーをして蓄えた金では足りなくて、その調達に思いのほか時間がかかったのだ。

自分ではかなり稼いで、小さな中古車店の開業に要する費用は賄《まかな》えると思っていたが、伸仁のために小谷医院に毎月支払った金額は多く、その後の自分の糖尿病に必要なインシュリン注射に要する薬代も高額だった。

大久保五郎という七十歳の金貸しを紹介してくれたのは、大工の棟梁《とうりょう》の刈田喜久夫だった。

少し利子は高いが、十万円までなら用立ててくれるらしいという噂のある老人が自分の家の筋向かいに住んでいる。自分は去年の暮れにその老人の平屋の家の屋根を修繕して以来親しくなったので相談してみようか。

刈田がそう言って、熊吾を大久保にひきあわせてくれたのは七月半ばだった。

生まれてこのかた太陽の光に当たったことがないのではないかと思えるほどに色が白く、七十歳なのに豊かな髪は銀色で、細くて虚《うつ》ろな目と端正な鼻筋や、薄くて赤い唇が少々異様なものを感じさせる無表情な老人は、熊吾の話を聞き終えると、考えておくとだけ答えて、それきり数日間連絡がなかった。

あんな年寄りの町の金貸しをあてにして待ってはいられない。松坂商会の時代に親交のあった幾人かに借金を申し込むほうが話は早い。昔の自分を知る者に、たかが十万円ごときで頭を下げたくはないが、この歳で一から出直すのだから、恥も見栄《みえ》もあったものではない。

さしあたって、河内の善さんが亡《な》くなったあと「河内モーター」を引き継いだ元番頭のところに行ってみよう。

熊吾がそう決めたところに、大久保五郎から電話がかかってきて、十万円をお貸しすると言った。ただし、息子さんを保証人にしてくれという。

「私の息子をですか？　まだ十三歳。中学二年生ですが」

熊吾はそう言って、他の者では駄目かと訊いた。

「息子さんが保証人になってくれるんなら、十万円お貸ししまひょ」

と大久保は低い抑揚のない声で言った。

なぜ十三歳の息子でなければならないのか。その真意は何なのか。熊吾はそれを訊こうとしてやめた。いっときも早く「中古車のハゴロモ」を開業したかったし、十万円くらいはすぐに返してやると思ったのだ。

夏休みに入ったばかりの伸仁にわけを話し、熊吾はふたりで歩いて玉川町の大久保五郎の家へと行き、すでに用意されてあった借用証に判を捺《お》した。

伸仁も、保証人の欄に自分の住所と氏名を書き、判を捺した。捺す前に熊吾に不安そうな目を向けたが、その伸仁の表情を見るともなしに見ていた大久保は、

「お父さんがこの金を返せんときは、あんたが返しまんねんで」

と言って、十万円を伸仁に手渡したのだ。

もう出来あがって看板屋の作業場に置いてあった看板の取り付け作業を見ながら、熊吾はきょうから「中古車のハゴロモ」の事務所となった小さな建物と、その隣の空地とを行ったり来たりして、三台の中古車が運ばれてくるのを待った。

「ここで女が首を吊ったんです」

看板屋の主人は、取り付け作業を終えると、脚立《きやたつ》の上にまたがったまま、事務所の裏側を指差した。四畳半ほどの空地が、事務所と裏側の民家とのあいだにあった。そこには青桐《あおぎり》が一本だけ植えてある。まださほど大きくない青桐の厚い葉が、狭い空地に木陰を作っていた。

「この木にぶらさがったのか？」

「いや、ここも事務所でしたんや。事務所というよりも作業場でんなァ。砕いたカカオの豆を細かく擂《す》りつぶす機械が置いてありましてなァ。そのココアの細かい粉と砂糖とカカオバターっちゅう白い脂《あぶら》とを湯煎《ゆせん》しながら混ぜる機械が、ここにありましてん」

看板屋の主人は、中古車を置くための土地に目をやって言った。

「チョコレート屋が使うちょったときは、ここも裏側も空地やなかったのか」

「そうです。どっちもチョコレートを作る機械が動いてました」

「なんでその建物を取っ払ったんじゃ」

「さあ……、裏側は、女が首を吊ったとこやから、なんや気色悪うて、家主が壊してしまいよったんでっしゃろ。こっちはなんで取り壊したんか……。家主に訊いてみなはれ」

「この青桐は、まだ二、三年の木じゃぞ。家主が植えよったのか？　またなんで青桐なんじゃ。あの家主の趣味とは思えんのお」

看板屋は、脚立を事務所の壁に立て掛けながら、それも家主に訊いてみてくれと言い、空地の地面から突き出ている水道の蛇口をひねった。長く使われていなかった蛇口からは、しばらくのあいだ茶色の水が出たが、すぐに透明なものに変わった。水道局の係員が元栓をあけに来たのは一時間ほど前で、水の出方を調べたのは事務所のなかにあるふたつの蛇口だけだったのだ。

女が首を吊ったのはいつごろのことかという熊吾の問いに、ことしの夏で丸三年になると答え、看板屋の主人は頭を覆《おお》うように巻きつけてあったタオルを取り、空地の水道で顔や首や腕に噴き出た汗を洗い流した。

熊吾は、看板代を現金で払い、房江が魔法壜《びん》に入れてくれた冷たい麦茶をコップに注いで、それを看板屋の主人に勧めた。

四台の乗用車がやって来たのは昼前で、そのうちの三台は「中古車のハゴロモ」の空地に並べる売り物だった。

自動車を運転してきたのは、元番頭が跡を引き継いだ「河内モーター」の社員たちで、車検証や仮ナンバー・プレートの使用届などの書類も揃えてくれていた。

男たちは、三台の中古自動車を空地に並べると、もう一台のライトバンに乗って帰って行った。

さあ、「中古車のハゴロモ」の出発だ。そう思いながら、熊吾は、きのう丸尾千代麿《ちよまろ》が届けてくれた古い事務机と、脚に小さな車の付いた事務椅子《いす》の背を軽く手で叩《たた》き、店に面した広い通りに目をやった。頭上の真夏の太陽がアスファルトの道を白く光らせていて、通りの向こう側に軒を並べる店舗の者たちがこちらを見ているのがわかった。

その道は、東は大阪駅の北口へ、西は国道二号線の海老江の大きな交差点へとつながっている。

熊吾は、道を渡って、幾つかの店舗に一軒一軒に挨拶《あいさつ》をして、出来あがったばかりの名刺を配って歩きながら、やっと開業にこぎつけた自分の中古車販売店を眺めた。

看板屋の助言で、いくらなんでも大き過ぎるのではないかと案じながらも事務所の半分以上もありそうな看板を取り付けたのだが、確かに助言どおりそれはよく目立つ。道を歩く人にも、自動車で通行中の者にも、「中古車のハゴロモ」という赤い字は、いやでも視界に入って来る。

あの看板屋の言うとおりにしてよかったと熊吾は思い、荒物屋に入ると、度の強い眼鏡をかけた、自分とおない歳くらいの主人に、

「きょうから、あそこで中古車業を始めた松坂です。ご近所づきあいっちゅうことになりますけん、どうかよろしくお願いいたします」

と言って名刺を渡した。

荒物屋の主人も、自分の名刺を探して持って来て、

「大きな看板で、よう目立ちまんなァ」

と言った。川井浩という名だった。

体は小柄なのに大きくてよく響く声だなと驚きながら、熊吾は、あの中古車を並べてある空地と歩道のあいだにロープを二本ほど張れるようにしたいのでロープとそれを取り付けるための金具をみつくろってくれと言った。

川井は、店から出て、広い通りの斜め向かいの、「中古車のハゴロモ」を見つめながら、ロープを二本張るくらいでは自動車泥棒を防ぐことはできないと言った。夜中に、あそこに置いてある中古車を盗むくらいは簡単だ。ドアのロックを外す道具など幾らでもあるし、エンジンをかけるには銀紙一枚あれば充分だ、と。

「荒物屋さんにしては、自動車のことに詳しいですなァ」

「上の息子が海老江で自動車の修理屋をやってまんねん。下の息子は、そこのうどん屋

です」

川井浩は笑顔で言い、「中古車のハゴロモ」から五軒東にあるうどん屋を指差した。

「ちょっと高うつくけど、頑丈な扉を付けはったらどうです。うちの店でタワシや洗面器が二、三個盗まれるっちゅうくらいでは済みまへんやろ」

「扉……。それはちょっと費用がかかり過ぎますなァ」

熊吾の言葉に、ロープを張っても何にもならないから、そんな無駄はしないほうがいいと言って、川井荒物店の主人は店の奥に戻ってしまった。

扉か……。開け閉めのできる塀のようなものでもいいとすれば、刈田喜久夫に頼んでみようか。刈田なら、支払いを二、三ヵ月待ってくれるだろうし、工賃も安くしてくれるにちがいない。

だが、刈田が早急にとりかかってくれたとしても、二、三日はかかるだろう。その二、三日のあいだ、売り物の中古車は、夜は空地に無防備に置かれたままなのだ。

自動車泥棒は相変わらず横行している。タイヤ専門の連中もいる。そんな手合以外にも、車体に釘《くぎ》で字を書くいたずらを楽しむ者もいる。お陰で、モータープールという新しい商売が成り立つようになったのだ。

熊吾はそう考えながらハゴロモの事務所に戻った。

自動車置き場と歩道とのあいだに、店主以外は開け閉め出来ない遮断物を設置するまでの数日間、この事務所で誰かが寝泊りしなくてはなるまいと考えた。誰かといっても、自分か房江か伸仁しかいないではないか。

自動車の窃盗団は、最近、手口が荒っぽくなったという噂《うわさ》だ。房江と伸仁にもしものことがあれば、何のためにこの商売を始めたのかわからない……。

熊吾は、取り付けたばかりの新しい電話機で刈田喜久夫の家のダイヤルを廻した。仕事で出かけているだろうから、刈田の妻に伝言を頼んでおくつもりだったが、電話には刈田が出た。

「きょうは休みか？」

「きのう、鑿《のみ》で足の親指をぐさっとやってしまいまして……。恥かしいて、これから棟梁やなんて呼んでもらわれしまへん」

「この暑さじゃけんのお、疲れとったんじゃろう。猿も木から落ちる、ムカデも転ぶ、じゃ。怪我《けが》はひどいのか」

「軽いとは言えまへんなァ。ちょっと太い血管が切れたそうで、血が潮みたいに顔にかかりました。骨も切ったみたいで、病院で縫うてもらうのに、えらい時間がかかりました。二、三日入院したほうがええと医者には言われましたんやけど、先延ばしでけへん現場で、きのうのうちに施主《せしゅ》さんに引き渡さなあきまへんでしたんや」

「無理をしちゃあいけんぞ。もう若うないんじゃ」

熊吾はそう言ってから用向きを話した。刈田は、あすの朝になるが、うちの若いのを行かせると言い、モータープールの二階に柳田商会の社員寮を造る作業は、九月一日から始めたいがそれでもいいかと訊《き》いた。

「ああ、九月十五日に住めるようになりゃあええんじゃ。柳田商会の引っ越しは九月二十日になるけん」

熊吾が刈田と話している途中に、大通りの向こう側から荒物屋の主人が何台もの自動車のあいだを縫うようにしてやって来た。

電話を切り、熊吾は売り物の中古車に見入っている川井浩に、

「信号はすぐそこじゃけん、ちょっと面倒でも信号のところから道を渡らんといけませんでなァし。ここは自動車がスピードを出しやすい道じゃけん危ない」

と言った。

川井は、松坂さんのお国言葉はどこのものかと訊いた。

「わしは愛媛県の南宇和郡一本松村っちゅうとこの出身で、初めて大阪に出て来たときからかぞえると四十三、四年もたつのに、いなか言葉が抜けませんのじゃ」

「そこのガソリン・スタンドの社長が松山出身で、酒が入ると伊予《いよ》弁になりよるけど、松坂さんのお国言葉とは違いますなァ」

「おんなじ愛媛県でも、松山と南宇和とでは言葉が違いますんじゃ」

川井は、真ん中に置いてある日産ブルーバードのボンネットをあけてくれと頼み、値段は幾らかと訊いた。

仕入れ値に五万円上乗せした金額を口にして、熊吾はボンネットをあけた。

まだ八千キロくらいしか走行していなくて、かすり傷ひとつついていない質のいい自動車だったが、熊吾は「中古車のハゴロモ」では仕入れ値に五万円を足した金額というのを売り値の基本にしようと決めていた。

「名義の書き替えとか、自動車取得に必要な法的費用は別に頂戴《ちょうだい》しますが」

その熊吾の言葉に頷《うなず》き返しながら、エンジンをかけてみてくれと川井は言った。

事務所の机の抽斗《ひきだし》からキーを出し、熊吾は運転席に坐《すわ》るとエンジンをかけ、この車の持主は商売に失敗して郷里に帰らなければならなくなり、どうしてもまとまった現金が必要だからと安く売り飛ばしたので、新しくて質も高いのに、こんな値段で売れるのだと正直に話した。

川井は、電話を使わせてくれと言って、事務所に入って行った。誰かと話し始めると、すぐに受話器を熊吾に渡し、自分の従弟《いとこ》で、いい中古車を欲しがっているので、あのブルーバードの説明をしてやってくれという。

熊吾は電話を替わり、川井に話したことを相手に話して聞かせ、自分の目で見て、試し運転をしてはいかがかと勧めた。

川井の従弟は、自分は淀川大橋の南詰めで電気工事店を営んでいると言った。すぐにもそのブルーバードを見たいが、仕事があっていまは行けない。夕方の六時ごろはどうか、と。

夕方の五時から七時といえば、シンエー・モータープールが最も忙しい時間だ。黒木と関のデコボコ・コンビが必ずいるとは限らない。その時間帯に自分がいないとモータープールの正門周辺は混乱をきたす。

熊吾はよわったなと思ったが、開業して初めての客は捉《とら》えたかった。何事も出だしが肝心だ、と。

「それなら六時にお待ちしちょりますけん」

電話を切り、熊吾は川井に礼を言った。

店を閉めて帰るとき、仮ナンバーのプレートを外し、バッテリーも外して、どこかに隠しておいてはどうかと川井は提案した。

「こんな安普請《やすぶしん》の事務所の鍵《かぎ》をこわして入るくらいは、自動車泥棒には朝飯前ですけんのお」

「裏の青桐の向こう側に、バッテリーを隠す方法を考えたらどないです？　三つのバッテリーに、使い古した茣蓙《ござ》とか藁縄《わらなわ》とかをかぶしとくんです。そんなもんやったら、うちになんぼでもおまっせ。捨て場所に困るほどや」

そう言って、川井は「ハゴロモ」の前から道を渡って自分の店へと向かった。西からやって来たトラックがクラクションを何度も鳴らし、運転手が怒鳴った。川井は慌《あわ》てて戻りかけ、東から走って来たタクシーをよけようとして転んだ。

熊吾は、やって来る自動車の群れに両手を高くあげ、川井のいるところへ走り、体をかかえて「ハゴロモ」の前に走り戻った。

「信号を渡らにゃあいけんと言うたやろが。タクシーにはねられる寸前やったぞ。大阪の自動車の数は、三年前の十倍なんじゃぞ」

強い口調で言い、信号で西行きの車が停まったのを確かめてから、熊吾は道の真ん中に落ちている川井のゴムサンダルを拾いに行った。

川井荒物店の店先では、川井の妻らしい女が心配顔で見つめていた。

シンエー・モータープールの夕方の忙しい時間が終わった七時過ぎに、「ハゴロモ」に行っている伸仁から電話がかかってきた。

川井さんの従弟の足立という人にブルーバードのキーを渡した。足立さんはブルーバードを一時間ほど試し運転してさっき帰って来て、この車を買うと決めたので名義変更等の手続きをしてくれ、代金は車の引き渡し時に支払うとのことだ、と伸仁は嬉《うれ》しそうに言った。

「そうか、売れたか。わしの店で最初に車を売ったのはお前じゃ」

横に立っている房江の顔を笑顔で見やりながら、

「もう三十分ほど留守番をしちょってくれ。わしはちょっと一杯ひっかけてから、そっちへ行く。お前も腹が減っちょるじゃろう。鷺洲の商店街に洋食屋がある。タンシチューをご馳走《ちそう》してやる」

と熊吾は伸仁に言った。

「あそこはタンシチューはないねん」

伸仁の言葉に、どうしてそんなことを知っているのかと熊吾は訊いた。

「あの洋食屋さんの子ォ、ぼくとおんなじクラスやねん。うちの店は大阪一まずいって、そいつが言うてたでェ」

あきらかに声変わりが始まったとわかる声で伸仁は言った。

笑いながら電話を切り、熊吾は二階の自分たちの部屋に入ると、房江がウィスキーの水割り専用にとデパートで買ってきた縁《ふち》の広いグラスにウィスキーを三分の一注ぎ、水で割り、冷蔵庫の製氷器から氷を出して入れた。

テレビの前に坐り、それを半分ほど一気に飲んでから、煙草《たばこ》に火をつけ、熊吾は、朝から夕方までに起こったことを房江に話して聞かせた。

笑みを浮かべて夫の話を聞きながらも、房江の表情にどこか浮かないところがあるのに気づいて、こいつもモータープールの仕事と「中古車のハゴロモ」との両立は難しいと案じているのだなと熊吾は思った。

黒木と関をいつもあてにするわけにはいかない。彼等にも自分たちの商いがある。朝と夕の忙しい時間に自動車を運転できる者がいないと混乱して、シンエー・モータープールに車を預けている客たちから文句が出るだろうし、九月に柳田商会が引っ越してくれば、松坂熊吾はいつも留守をしているとたちまち柳田元雄の耳に入るだろう。

しかし、もう少し目処《めど》が立つまでは、ここから出て行くわけにはいかない。

「ハゴロモの営業時間を、十時から五時までに変えたほうがええのお」

と言って、熊吾はウィスキーの水割りをもう一杯作った。房江に頼むと、夫の体を気遣って、ウィスキーの量を少なめにするからだった。

房江は、ムクとジンベエのために、魚肉ソーセージを細かく刻み、それをご飯に混ぜながら、

「中学に入ったときに買《こ》うた制服のズボンが、もう穿《は》かれへんようになったから、膝《ひざ》のところで切って半ズボンにしてたら、ノブの背が急に伸びたことに気がついて……」

と言った。

「うん、確かに背が伸びてきよった」

「心配なことがあるねん」

「なんじゃ」

「いやに胸を隠すから、どうしたんやろとそっと見たら、おっぱいが腫《は》れてるねん。女の子のお乳がふくらみ始めたときみたいに。ノブが女なら、ああ、そういう歳《とし》になったんかと心配なんかせえへんねんけど、あの子は男やから、これはいったい何事やとびっくりして……。そやけど本人が隠してるんやから、こっちから訊いてええもんかどうか……」

熊吾は笑って、ウィスキーを飲み干し、ハゴロモへ行くために靴を履きながら、

「男の子も、思春期の初めにはおっぱいがふくらむんじゃ」

と言った。

「えっ！　それ、ほんま？」

「両方ふくらむやつもおるし、片方だけのやつもおる。自然に元に戻っていくんじゃが、ふくらんじょるときは、固いしこりみたいなのがあって、相撲を取ったりしたら、男の子同士がお互いに胸を押さえながら、いたたたっちゅうてうずくまったりする」

「私、そんなこと、ぜんぜん知らんかったわ。男の子のおっぱいもふくらんでくるなんて」

「わしは二、三ヵ月で元に戻ったがのお。遠い昔のことじゃけん、よう覚えちょらん。ただ、わしはこのまま女になっていくんやあらせんのかと本気で心配したぞ」

心配事が一気に消えたといった顔つきで、房江は熊吾を正門まで送って来た。K塗料店の桑野忠治が七本のドラム缶を載せた二トントラックを運転してモータープールに戻って来ると、

「きょうは、ほんまに死ぬかと思うほど暑かったですねェ」

と日に灼《や》けた顔に深い皺《しわ》を作って笑顔で熊吾に言った。

「奥さんが、いっつも玉子とハムのサンドイッチを作って持たしてくれますねん。三時に食べることにしてるから、夕方に眩暈《めまい》を起こしたりせえへんようになりました」

「そうか。クワちゃんはほんまによう働くのお。将来有望じゃ」

そう言って、熊吾はハゴロモへと歩きだした。

まだ空には夏の西陽の名残りがあり、アスファルトの道に沁《し》み込んだ熱が、あかずの踏切りのあたりに赤黒い陽炎《かげろう》を作っていた。

踏切りの手前の家の屋根に鳩《はと》がいたので、熊吾は目を細めて見入った。灰色の、どこにでもいる鳩だったので、熊吾はほっとして警笛が鳴り始めた阪神電車の踏切りを走り渡ったが、国電の踏切りの遮断機は降りてしまった。

鳩がいると、クレオではないかと案じながら見る癖がついてしまったなと思い、近いうちに城崎《きのさき》に行って、麻衣子と逢《あ》わねばならないことを思い出した。

伸仁がクレオを余部《あまるべ》鉄橋から放した日以来、「ちよ熊《くま》」の電話には誰も出ない。店を

閉めたとしか考えられないが、それならそうと麻衣子から連絡があるはずなのだ。

自分や千代麿に何の相談もせずに店を閉めたりはしないはずだから、麻衣子の身辺に何かが起こっていると推測するのが自然だ。何か、とは「男」だ。麻衣子はそういう宿命のようなものを持っているのだ。

熊吾はそう考えながら、いったい最後尾はいつ通過するのかと苛々《いらいら》するほどに長い貨物列車を見ていた。

そうしているうちに、盆休みの前に亀井周一郎を見舞っておかなければ、あとで後悔することになりそうな気がした。

「中古車のハゴロモ」の前に川井が立っていた。昼間、熊吾は川井荒物店で、軍手、箒《ほうき》、ゴムホース、柄の付いたブラシなどを買った際、簾《すだれ》を四つ取り寄せてくれと頼んだのだ。

ハゴロモの事務所には、大通りに面して窓があり、青桐《あおぎり》を植えてあるほうの壁にも、風通し用の窓が設けられてある。その大通り側の窓からの西日の強さは耐え難くて、熊吾は、こんな暑いところで真夏の午後をすごすことは出来ないと思ったが、簾を取り付ける以外には何の方策もなさそうだった。

「さっき届きましてなァ。とりあえず取り付け完了やけど、効果のほどはあしたになってみんとねェ」

と川井は言った。

房江が作った膝までの丈《たけ》の半ズボンを穿き、素足に運動靴を突っかけて、格子縞《こうしじま》の半《はん》袖《そで》シャツを着た伸仁は、川井の従弟に書いてもらった契約書を熊吾に手渡し、

「おっちゃんが、もうじき雨が降ってきて、あしたの朝まで降りつづけるって予言しはってん」

と言った。

ラジオの天気予報では、雨は夜中から降りだして、あしたの午前中にあがりそうだとのことだったと伸仁が言うと、川井は、気象庁の予報が当たるか、自分の背中の傷跡の痛みが当たるか賭《か》けようと、百円札を一枚、机の上に置いたという。

熊吾は、伸仁が左手を突き出したので、百円札を渡し、川井に簾の代金を払った。

「夏の雨の夜には、出るでェ」

芝居がかった口調で伸仁にそう言い、川井は信号機のあるところから大通りを渡り、自分の店へと帰って行った。

首を吊《つ》った女の幽霊のことだなと思ったが、

「何が出るんじゃ」

と熊吾は伸仁に訊《き》き、三台の中古車のバッテリーを取り外していった。

モータープールでは、バッテリーが上がってしまう車が多く、そのたびに別の車のバッテリーとつないでエンジンをかけねばならないので、伸仁はその作業には慣れていた。

「女の幽霊」

と伸仁は怒っているのか笑っているのか判断のつかないような表情で言った。

「油断しちょると感電するぞ。ゴムを塗ってある軍手をはめてバッテリーにさわれ。机の抽斗《ひきだし》に入っちょる」

熊吾の言葉で、伸仁は事務所に入り、指と掌《てのひら》の部分に厚くゴムが塗られた軍手を出し、

「これ、高瀬のおっちゃんとこで作った軍手や」

と大声で言って走って来た。

小指の根元のところに小さくⓉという字が捺《お》されてあるのは、「高瀬ゴム軍手工作所」の印なのだ。

熊吾は、伸仁にそう教えられて、シャツの胸ポケットから老眼鏡を出した。確かにそのマークがゴムに捺されていた。

「それはほんまか？　高瀬の作るゴム塗りの軍手に間違いないのか？」

「うん、ぜったい間違いないでェ。五寸釘《くぎ》くらいの鉄の先にⓉと彫ってあって、ゴムの表面がちょっと乾きかけたときに、小指の根元にそれを捺すねん。ぼくもときどき手伝うたから知ってんねん」

そうか、高瀬のゴム塗り軍手は、大阪にも流通するようになったのか。いろんな商売を試みて、どれもうまくいかなかったが、あの渋柿面《しぶがきづら》の高瀬にも、やっと日がさしてき

たのかもしれない。

熊吾はそう思い、伸仁とふたりで取り外した三個のバッテリーを青桐の根元に置き、半分腐りかけているような汚ない莫蓙と藁縄をかぶせた。それを手伝いながら、今夜ここに来て幽霊を見ようと伸仁が言ったので、よしお前の度胸を見せてもらおうと熊吾は応じた。

雨が降ってきたのは、伸仁が晩ご飯を食べるためにモータープールへと帰って一時間ほどたってからだった。

熊吾は、戸閉まりをしたら帰るつもりだったが、晩ご飯を食べている途中の伸仁からの電話で、バッテリーを事務所内に隠すのに時間がかかってしまった。

バッテリーを雨に濡《ぬ》らしてはいけないのではないかと言うために伸仁は電話をかけてきたのだ。

少々の雨ではどうということはない。そうでなければ雨中での走行は不能になる。しかし、莫蓙と藁縄で覆《おお》ってあるにしても、強い雨が何時間もつづけば、青桐の周りの土は水びたしになる。バッテリーも損傷する。

そう考えて、熊吾は伸仁の言うとおりに三個のバッテリーを狭い便所に移したのだ。

あの伸仁が、そういうことに気づいて父親に電話で助言してくれるようになったのか……。

去年の春に買ったズボンが穿けなくなるほどに背が伸びだしたのか……。

熊吾はそう思いながら、雨のなかで仮ナンバー・プレートを外していった。ナンバー・プレートのことはすっかり忘れていたのだ。

雨の予想は当たったなと感心しながら帰路についたとき、それは降りやんでしまったので、川井と伸仁との賭けは引き分けだなと熊吾は思い、商店街で立ち止まって夜空を見上げ、

「幽霊と伸仁とのご対面は日延べじゃのお」

と声に出して言った。すれちがった若い女が気味悪そうに歩調を速めたのがわかった。


日本中が盆休みに入って、福島西通り界隈《かいわい》も自動車の通行は少なく、通り過ぎる市電の響きがいつもより大きくて、かえって街全体を閑散とさせているような朝、熊吾は伸仁を伴なって宝塚市で最も大きな病院へ向かった。

阪大附属病院に入院していた亀井周一郎は、手術の傷が癒《い》えると退院し、いったん家に戻って静養していたが、熊吾が「中古車のハゴロモ」を開業した日に容態が悪くなり、自宅から近い病院に入院したのだ。

宝塚の逆瀬川の畔《ほとり》の瀟洒《しょうしゃ》な家から、大阪の堂島浜通りまでは遠くて、亀井の妻が毎日通うのは不便だったたし、もはや治療のために打つ手はなく、癌《がん》末期の激痛が始まれば、

それを抑えるモルヒネの注射以外は為《な》す術《すべ》がないので、なにも阪大附属病院でなくてもいいということになったのだ。

その病院は亀井の家から歩いて十五分ほどのところにあった。

阪急電車の宝塚駅で降りると、熊吾は駅の近くの果物屋で冷えた西瓜《すいか》を買い、ビニール製の網に入れて伸仁に持たせ、病院への日盛りの道を歩いた。

「ああ、この人はもうじき死ぬんやっちゅう目で亀井さんを見るんやないぞ」

と熊吾は伸仁に言った。

わかっていると答え、

「亀井のおじちゃん、西瓜は食べれるのん?」

と伸仁は訊いた。

「さあ、どうかのお。昔、おんなじ病気で死んだ人が、最後に西瓜をうまそうに食べたんじゃ。もう秋なのにきょうみたいな暑い日じゃった」

「昔って、いつ?」

「わしが三十八のときかのお。上海《シャンハイ》におったときじゃ」

蟬《せみ》を獲《と》ろうと木から木へと走っている十歳くらいの男の子たちのひとりが落とした麦《むぎ》藁帽《わらぼう》を拾ってやり、

「お母ちゃん、このごろ、夜中にウィスキーを飲んでるねん。寝る前に便所に行って、そのあと事務所に隠してあるウィスキーをコップに一杯、水で薄めんと飲みながら、煙草《たばこ》を吸うねん。みつからんように、事務所を真っ暗にしたまま」

と伸仁は言った。

そのことは、すでに熊吾も気づいていた。

五日前に、夕食のあと熊吾が安保条約に関しての自分の考えを話しながらテレビを観《み》ていると、戦前の華族の娘で、若いころイギリスに留学し、いまは何かの財団の理事長をしながら評論家としても活動しているという、房江と同年代の女がインタヴューに答えていた。

英語だけでなくフランス語も堪能《たんのう》で、日米新安保条約についての持論も説得力があり、なによりも論理の展開のための語彙《ごい》が豊かなのに感心して、若いころの教育というものがいかに大切であり、女といえども男をしのぐ判断力や分析力や、理路整然とした論陣を張る言語力を養うのだと房江に言ったのだ。

ただその女に感心してそう言っただけで、熊吾には他意はなかった。それなのに、

「そんなら、こんな高い教育を受けた女の人を奥さんにしはったらよかったのに」

と房江は言い返し、私は小学校もろくに行くことができず、五十になろうというのに読めない漢字がたくさんあり、いまごろになってペン習字を習いだしたのに、少しも上手な字が書けない。そんな女房に、安保条約がどうのと難しい話をしても仕方があるま

い、とつづけ、さらに挑むように、

「私は、お膳《ぜん》の上にいつまでも食べ残しや使うた食器を置いたままにしてるのがいややねん。早《は》よう片づけて、洗うて、きれいにしたいねん。そやのに、一時間も二時間も、お父ちゃんの話の相手をせなあかん。片づけをしとうて苛々してたら、わしが話をしちょるんじゃから、洗い物なんかあとまわしにして聞け！　って怒鳴る。そっちはお酒が入って気分がええ。私はあとかたづけがしとうて落ち着けへん。そんな話し相手をさせたいんなら、私も飲むわ」

　と言い、熊吾のウィスキーを自分の湯呑《ゆの》み茶碗《ぢゃわん》についだのだ。

「こういう女を奥さんにしたらええじゃと？　字が下手じゃとか、読めん漢字があるとかは教養のあるなしじゃないんじゃ。そういうふうに言い返すことを、教養がないというんじゃ」

　売り言葉に買い言葉というやつだったが、結婚して以来、熊吾は房江にとりたてて不満はなかったものの、ただひとつ、自分がまともな教育を受けたことがないということへの病的な劣等感に辟易《へきえき》してきたので、房江の突然の逆上としか言いようのない言葉に腹を立て、卓袱台《ちゃぶだい》の下に置いてあったペン習字の練習帳を破り、それを房江の胸に投げつけたのだ。

　そこから先はお定まりの夫婦ゲンカへと進み、熊吾は数年前から守りつづけてきた己の誓いを破るはめになった。

熊吾が房江の頰を殴ったとき、父親の怒鳴り声を不安に思った伸仁が事務所から駆《か》けあがって来て、座敷に散乱している破れたペン習字の練習帳を見た。そして、熊吾を睨《にら》みつけた。

「なんじゃ、その目は！　それが自分の父親に向ける目か！」

五杯も飲んだウィスキーの水割りのせいもあったが、伸仁の、憎悪《ぞうお》というしかない目で抑えがきかなくなり、熊吾は立ちあがると伸仁の頭を殴ったのだ。

その夜のことを思い出しながら、あまりの日差しの強さに立ち止まり、熊吾はかぶっているパナマ帽を取って汗を拭《ふ》きながら、

「ペン習字の練習はやめさせたほうがええかもしれんのお」

と伸仁に言った。

「なんで？」

「房江は、字を練習すればするほど自信を失《な》くしていきよる。この歳《とし》になって、ペン習字を習わにゃあいけんのは、自分が小学校を二年で辞めて奉公に出にゃあいけんかったからで、それは自分が生まれてすぐに父親に女ができて姿をくらまし、そのあと母親が死んで孤児になったからじゃ、というところへ考えが進んでいきよる。そこから次から次へとつらかったいろんな場面が浮かんできて、そのつらい思い出で暗い気分になって、

その暗い気分が、酒でさらに増幅する。悪循環ちゅうやつじゃが……」

その熊吾の言葉に何も返さず、伸仁は、右手で持っていた西瓜を左手に持ち替えると、舗装されていない砂ぼこりの道を歩きだした。

盆休みといっても、アパートの暑い部屋で棋譜を見ながら将棋の駒《こま》を動かしているだけだからと、きょうは桑野忠治が「中古車のハゴロモ」の事務所で留守番をしてくれている。

休日は中古車を見に来る客が多いだろうからと桑野のほうから留守番役を申し出てくれたが、自分ひとりではハゴロモの営業は無理であることを、すでに熊吾は思い知っていた。

開店の日に、ブルーバードが売れ、その翌々日には軽トラックが売れた。だが、別の中古車を仕入れるためには、熊吾はあちこちの同業者や、自分の自動車を売りたがっている者のところに出向かなければならない。

そのたびに、事務所は無人になり、客が来ても対応ができないどころか、盗難を防ぐためにバッテリーを取り外して隠さなければならない。

といって、従業員を雇うだけの余裕はまだないのだ。

あれがたぶん病院の屋根であろうと思えるものが見えて来たとき、伸仁は、柔道を習ってもいいかと訊いた。

「学校の柔道部に入るのか？」

「看板屋のおっちゃんが、週に二回、柔道を教えてるねん」

「あの看板屋がか？」

伸仁は首を横に振り、あのおっちゃんのお父さんが、夜、作業場に柔道の練習用の畳を敷いて、道場にするのだと言った。

「小学生も習いに来てるし、近所の商店の若い人らも来てるで。全部で十五人くらい」

「あの看板屋の親父《おやじ》が？　歳は幾つじゃ」

「六十八。講道館の師範をやってはってん」

「そりゃあ、たいしたもんじゃ」

「週に二回だけやねん。中学生は火曜日と木曜日の夜の八時から九時まで。看板屋さんの仕事が忙しいときは休みやねん」

いま体が大きくなってきているときだし、反抗期の、ちょっとしたことで歪《ゆが》みやすい年代に入ったのだから、柔道を習うのは結構なことだと思い、熊吾は了承した。

亀井周一郎は、大きな病院の三階の二人部屋にいた。

熊吾と伸仁の顔を見ると、付き添っていた夫人は、西瓜を切るために病室から出て行った。

点滴の薬が入っているガラス壜《びん》がほとんど空になりかけていて、ベッドの近くにある扇風機がときおり止まった。

「いまの私みたいな扇風機ですな」

と言って、亀井は笑みを浮かべ、横たわったまま伸仁を見つめ、ムクは元気かと訊《き》いた。

伸仁が小さく頷《うなず》き返しただけだったので、

「はい、とか、いいえ、とか、元気です、とか、ちゃんと言葉で答えんか」

と熊吾は叱《しか》った。だが、伸仁は無言だった。

「あいつはとびきり可愛《かわい》い子犬やったから、ノブちゃんに可愛がってもろてるやろかと、最近、妙に気になってなァ」

確かにひどく痩《や》せたが、目には、病気になる前よりも強い光があるし、顔の色艶《いろつや》もいい。

熊吾は亀井の顔を見てそう思いながら、ベッドの横の椅子《いす》に腰を降ろした。壊れかけている扇風機がまた動きだした。

「約束をしといて、あてにだけさせといて、何のお役にもたてんまま、先に逝《い》くことになりました。松坂さん、申し訳ありません」

と言い、亀井は点滴の針が刺さっていない左手を熊吾に差し出した。

熊吾はそれを両手で握り、

「いや、わしと一緒にやろうとしたことが、亀井さんの心に残っちょるのは、わしのほうこそ申し訳ない。わしはわしでちゃんと生きちょりますけん、きれいさっぱりご放念下さい。カメイ機工の今後のことも、あとは野となれ山となれ、です。なかなかそうは割り切れんでしょうが、物事はおさまるところにおさまっていきますけん」

と言った。

「カメイ機工を引き受けてやろうという人があらわれまして……」

熊吾が握っている手に力を込め、

「ほう、それはよかった。安心して治療に専念できますなァ」

そう言って、それはどんな人なのかと訊いた。

「堺《さかい》に工場を持ってる人で、シリンダーのメタルを製造してます。私がカメイ機工を興《おこ》したころに、ちょっと仕事でお世話をしたことがありまして。人づてに私のことを聞いたそうで、わざわざ訪ねてくれて、まあ、とんとん拍子にというわけにはいきませんでしたが、カメイ機工の技術をそっくりそのまま頂戴《ちょうだい》できるなんてうまい話に乗らんわけにはいかんと言うてくれました」

「人のためにするんやない、みんな自分のためじゃ、ちゅう言葉はほんまですのお。亀井さんのお人柄が、大きな助け船を引き寄せたんです。あとは亀井さんが健康を取り戻すだけじゃ」

亀井は笑みを消し、ホンギさんのことは心配しないでくれと言ったあと、どこかが痛むらしく顔を歪めて歯を食いしばった。

いましがたまで穏やかな表情で話をしていたのだから、痛みは突発的に襲ってくるのであろう。だが遠からぬうちに、それは絶え間ない激痛となって亀井周一郎を苦しめ始める。そうなると、医者はモルヒネを使わざるを得ない。それによって痛みから解放される代わりに、意識は朦朧《もうろう》としつづけて、亀井の精神は正常ではなくなり、死期は早まるのだ。

熊吾は、麻衣子から聞いた浦辺ヨネの最後の日々のことを思い、自分たち親子は早々に辞したほうがいいと判断した。

それにしても、看護婦は何をしているのだ。点滴液がいつごろ失くなるかわかっているはずではないか。さっさとこの太い針を亀井の腕から抜いてやったらどうなのか。

熊吾が看護婦を呼びに行こうと椅子から立ち上がりかけると、それを制するように、再び熊吾の手を握り、

「自分でも不思議なくらい、死ぬことへの恐怖っちゅうのはないんです。女房にほんまのことを打ち明けられたときはうろたえました。ああ、やっぱり癌《がん》やったんやなァ。そうかァ、残り時間は長うて半年、早ければ三ヵ月……。たったそれだけしかないのか。カメイ機工をなんとかせなあかんのに、半年や三ヵ月ではどうにもならん。社員が路頭

に迷う。その社員たちには家族がある。歳を取った親をかかえてる社員もおれば、小さい子を持つ社員もおる。カメイ機工をつぶすわけにはいかん。頭のなかはそればっかりで……」

看護婦がやって来て、新しい点滴液の入った罎に取り替えながら、あまり長居はしないでくれといった目つきで熊吾を見てから、別の病室へと急ぎ足で向かった。

自分もシベリア出兵で一兵士として戦場へ行った人間だと亀井はつづけた。

懐《なつ》かしむような表情で幾人かの戦友の名をつぶやき、みんな二十代前半で敵の弾に当たって死んだ、と。

隣にいた大村の胸を撃ち抜いた銃弾は、なぜ亀井一等兵に当たらなかったのか。

あのとき自分の身に起こっていたであろうことが、四十年後に起こるだけで、大村二等兵よりも四十年も生き長らえて、戦友たちが等しく享受《きょうじゅ》したであろうさまざまな楽しみや悲しみを自分だけが味わえて申し訳なかった。しかし、俺もそろそろお前たちのところに行くよ。俺だけ抜け駈《が》けのように長生きさせてもらってすまなかったなァ。

戦地で死んだ同じ部隊の者たちを思い浮かべながら、そのひとりひとりに語りかけていると、死ぬことが恐怖でも何でもないこととして自然に受け容《い》れられるようになった。

亀井はそう言って、こんどは伸仁に自分の手を伸ばした。伸仁はその手を握った。

「みんなに可愛がられる人になるんやでェ」

亀井は笑みを浮かべてそう言った。

妻が切ってきた西瓜を、ひとくち食べただけで、亀井はそれきり口を閉ざした。

熊吾は西瓜を食べ終わると、病室の、あけたままのドアのところに両脚を揃《そろ》え、胸を張り、背筋を伸ばして直立し、亀井に敬礼した。今生の別れの挨拶《あいさつ》を、言葉を使わずに行なうには、最も忌《い》み嫌う旧日本陸軍の敬礼をもってする以外に、熊吾は咄嗟《とっさ》に方法が思いつかなかったのだ。


盆休みが終わって五日ほどたった日、大久保五郎から借りた金の一部を返済するために、熊吾は伸仁をつれて「中古車のハゴロモ」へ行った。

毎月末に大久保が取りに来るということになっていたが、熊吾のほうから電話をかけて、きょう一回目の返済をするので何時に伺えばいいかと訊いた。

大久保五郎は、そちらから返済日を早めたからといって利子が減るわけではないと言い、ちょうど近くに行く用事があるので自分が足を運ぶがそれでいいかと訊いた。

「きょうは、私の店は昼から休業にしますので、十一時までにハゴロモに来てくれるとありがたいんですが」

シンエー・モータープールに来られるのは困ると考えて熊吾がそう言うと、大久保は了承した。

熊吾は少しでも早く町の老金貸しから借りた金を返済してしまいたかった。

毎月、元金の十分の一と二千円の利子を払うのに難儀はしないという目処《めど》はたっていたが、十三歳の伸仁を保証人に指名した大久保のやり方がどうも解《げ》せなかったし、そのことに対して房江が不満と不安を抱きつづけているのが煩《わずら》わしかったのだ。

約束どおり返済してしまえば、何かの災いが伸仁に及ぶことはないのだし、もし仮に返済できなかったとしても、あのじじいが伸仁に何をするというのだ。

熊吾のその言葉に、もし大久保のうしろに筋の悪い連中がいたらどうするのだと房江は言い返した。

確かに、そんなこともなきにしもあらずだと熊吾は思い、返済を急ぐとともに、保証人を伸仁から房江に替えてくれるよう談判するつもりだった。

十時にハゴロモに着くと、熊吾と伸仁は事務所の窓をすべてあけ、日が差し込むところの簾《すだれ》を降ろし、店の前に水を撒《ま》いた。京都の能楽堂での「井筒」の公演は午後二時からだった。

河内モーターの社員が電話をかけてきて、日野ルノーの質のいい中古車を売りたがっている男がいるが、これからそちらに行ってもらってもいいかと訊いた。

走行距離は一万二千キロほどで、いちど小さな事故をしている。事故といっても板金塗装で済んだ程度で、シャーシーやエンジンなどには何の支障もないという。

「いつもお世話になりますなァ。ありがとうございます。きょう、私は出かけますので、あしたにしてもらえるとありがたいんですが」

それならばあしたにという返事を聞くと、熊吾は電話を切り、さっき店先の歩道に撒いた水がもう乾いてしまっているさまを指差して、

「焼け石に水、っちゅうのはこのことじゃ。いまはなんぼ打ち水をしても無駄じゃ」

と伸仁に言った。

返事がないので振り返って伸仁を見ると、海老江の交差点へと向かう大通りに顔を向けていた。

まだ十時半なのに真昼のような太陽が眩《まぶ》しくて、熊吾は目を細めて伸仁の視線を追った。

「写楽が来よった」

と伸仁は言った。

銀髪で猫背の老人が、日傘をさして歩いて来ていた。

なるほど写楽の浮世絵だ。大久保を初めて見たとき、誰かに似ていると思ったが、それが誰なのかどうしてもわからなかった。そうだ、写楽の描いた役者絵の髪も眉《まゆ》も白くしたら、そっくりそのまま大久保五郎になる。

熊吾は、事務所に入り、扇風機の風を強くして、一万円と利子の二千円とが入ってい

る封筒を開衿《かいきん》シャツの胸ポケットから出した。

大久保は緩慢な動作で日傘をたたみ、無表情な顔のなかの細い目で伸仁を見てから、事務所に入って来ると、

「きょうは久しぶりに夕立ちから本降りに変わりますなァ」

と言い、熊吾が木の台の上に設置した長椅子に腰を降ろすと、扇子をひろげた。

長椅子は、佐古田が解体した旧式のシボレーの後部座席で、熊吾はそれを貰《もら》って、坐《すわ》りごこちのいい高さに合わせるために木の台を造って置いたのだ。

「一回目の返済です。利子も入っちょります」

熊吾は魔法壜に入れた冷たい麦茶をコップに注ぎながら言った。

大久保は封筒を受け取り、扇風機を止めてくれと伸仁に頼み、十二枚の千円札をかぞえ始めた。

かぞえ終えると、次に一枚一枚の紙幣の皺《しわ》を丹念に伸ばし、それからまたそれぞれの四角《すみ》の折れを直していった。一ミリか二ミリほどの折れも見逃がさなかった。

すっとんきょうな目というのは、こういうのをいうのであろうと笑いだしそうになるのをこらえながら、熊吾は、大久保の指先の動きに見入っている伸仁の目と表情をそれとなく観察した。

口元にふたつ小さなニキビができている。花火で剝《む》けた眉は完全に元どおりに治った。

頭や顔が小さいのは生まれつきで、それは背の伸び方ほどには大きくならないようだ。思春期に入った男の子特有の穢《けが》れが、顔のどこかにわずかにあらわれ始めている。

しかし確かにこの三ヵ月ほどで急速に背が伸びた。雨後の筍《たけのこ》のような伸び方だ。薬代の工面には苦労したが、小谷医師に託してよかった。だが、人間としての教育はこれからだ。これからが勝負だ。人間として大きくなってもらいたい。

大きな人間とは具体的にどんなものなのか言葉にできないなと熊吾は考えながら、大久保が、

「確かに」

と言って、古い革製の手提げ鞄《かばん》から受け取り証を出すのを見ているうちに、亀井周一郎の「みんなに可愛がられる人になるんやでェ」という言葉が甦《よみがえ》った。

熊吾が、息子を借金の保証人にしておきたくないと言おうとしたとき、

「世の中を渡っていくっちゅうのは苦労なもんです。あんたの食べるもん、着るもん、学校へ行く費用……。それを自分の親が、下げとうもない頭を下げて作ってるんや、っちゅうことを知っとかなあきまへん。お父さんの借金の保証人として署名捺印《なついん》したら、そのことがわかりますやろ？」

と大久保は伸仁を見つめて言った。

口から出かけていた言葉が行き場をなくし、熊吾は煙草《たばこ》を吸った。

冷たい麦茶を飲み、

「ああ、甘露、甘露」

と言い、受け取り証に判を捺《お》して、大久保五郎は帰って行った。

「おい、急がにゃあいけんぞ。『井筒』は二時からじゃ。昼飯を食う時間はないかもしれんが、『井筒』だけ観《み》たら能楽堂から出て、どこかでうまいもんを食おう」

熊吾の言葉で、伸仁は簾を巻き上げ、窓を閉めた。

うまい具合に空のタクシーが海老江のほうからやって来たので、熊吾はそれを停めた。

大阪駅から国鉄の東海道線に乗って京都駅に着いたのは一時前だった。

そこからまたタクシーに乗り、これなら充分に間に合うと安堵《あんど》して、熊吾は伸仁に「井筒」について語りだした。予備知識なしでいきなり「井筒」を観ても、伸仁には皆目わからないだろうと思ったのだ。

「もうその話、五回も六回も聞いたでェ」

そう伸仁は言い、「秘すれば花なり、秘せずば花なるべからず」というのはどういう意味かと訊いた。

以前「羽衣」を観たあと、学校の図書館で百科辞典を借り、能について説明しているところを読んだ。そこに、世阿弥《ぜあみ》の「花伝書」という書物に関して詳しく触れてあって「秘すれば花なり」という言葉が載っていたが、それについての説明はさっぱりわからなかった……。

　伸仁が喋《しゃべ》っているあいだ、熊吾は自分のひとり息子が体だけでなく頭脳も成長していることを知って、嬉《うれ》しくてたまらなくなった。

「お前はえらい」

　と熊吾は伸仁を褒めた。

「世阿弥っちゅう名前も、花伝書っちゅう書物の名も、『秘すれば花なり、秘せずば花なるべからず』っちゅう言葉も、全部暗記しちょった。たいしたもんじゃ。『秘すれば花なり』っちゅう言葉を知っちょっても、その次の言葉も知っちょるやつは少ないけんのお」

「ぼく、もう中学二年生やで」

　機嫌悪そうな口調で言い、伸仁は父親が問いに答えてくれるのを待つように熊吾を見やった。

「言葉では説明でけんのじゃ。『井筒』を観て、お前が感じるしかないんじゃ。何を秘してあるのか。なぜそれを秘したのか。秘すことで観る者の心に何が生じるのか。どう感じようが、お前の自由じゃ」

　誤魔化したのではなく、そうとしか答えようがなかったのだ。

「井筒」が終わると、次の演目を観ないまま、熊吾は伸仁を促して能楽堂を出た。そして、以前、ホンギと入った蕎麦屋《そば》の格子戸《こうしど》をあけた。

冷たいものは食べないようにという小谷医師の言葉を守って、伸仁は夏になっても、冷やしうどんやざる蕎麦を食べなくなり、熱い天麩羅《てんぷら》蕎麦を註文《ちゅうもん》した。

熊吾は、きょうくらいはいいだろうと思い、ビールとざる蕎麦を頼んだが、店の主人は熊吾を覚えていて、あの伏見の酒を冷たく冷やしたのはいかがと勧めた。

「また『井筒』だけを観に来まして」

熊吾が言うと、あれは滅多にやりまへんよってに、と店主は応じ返し、小さな木桶《きおけ》に切り子の徳利《とっくり》を入れて運んで来た。木桶のなかには砕いた氷が敷かれてあった。

熊吾は伸仁に「井筒」についての感想を訊《き》こうとしてやめた。

伸仁は熱い茶をひとくち飲み、

「ああ、甘露、甘露」

と大久保五郎の声音で言った。顔まで似せようと唇をへの字にさせていた。

朝飯を食べたのは八時半ごろだったのだから、さぞかし腹が減ったことであろうと思い、熊吾は腕時計を見た。三時半だった。

三ヵ月ぶりに飲む日本酒はうまかった。表から見ればどこにでもありそうな蕎麦屋だが、切り子の徳利も、それと対《つい》になっている猪口《ちょこ》も、小さな木桶も、砕いた氷の敷き詰め方も、心が行き届いている。さすがは京都だ。能楽堂の近くで店を持って七十年というだけはある。

熊吾は感心しながら、ハゴロモにせめて電話番の若い女でも雇えないものかと考えた。

「けさの新聞に載っちょったが、ことしの大卒の初任給の平均は一万四千円ほどやそうじゃ。銀行、電機メーカー、自動車メーカー……。大手企業の平均じゃから、中小企業も含めると一万三千円とちょっとじゃろう。高卒が一万円から七千円のあいだ。中卒はぐっと下がって、五千円から三千円のあいだ。人生のスタート台でこれだけの差がつきよる」

熊吾が言うと、額から伝い流れる汗を手の甲でぬぐいながら、日産ブルーバードの新車は幾らかと伸仁は訊いた。

「六十八万円から七十万円ちゅうところじゃ」

伸仁は何かを考え込み、海老の天麩羅を口に入れてから、麻衣子ねえちゃんに電話をかけたかと訊いた。

「何回かけても『ちよ熊』は留守じゃ。誰も電話に出てこん。しかし、店を閉めたとは思えん。閉めたのなら、電話を手離すじゃろう。あそこから電話がなくなったのなら、電話局の交換手がそう言うじゃろう」

もう帰路につかないと、モータープールの夕方の忙しい時間に間に合わない。そう思って、熊吾は冷酒を飲み、ざる蕎麦を急いで食べた。

蕎麦屋を出て、タクシーを停め、京都駅に向かっていると、あの日、麻衣子ねえちゃんは円山川の近くの家にいたのだと伸仁は言った。

「あの日っちゅうのは、お前がクレオを余部鉄橋の上から空へと放り出した日か？」

「うん。そのあと城崎へ戻って、先に『ちよ熊』へ行ったけど閉まってたから家に行ってん」

こいつ、親に嘘《うそ》をつきおったのか。そしてその嘘を三ヵ月間もばらさなかったのだ。

烈《はげ》しい雨のなかをずぶ濡《ぬ》れになって大阪駅から歩いて帰って来た伸仁の姿を思い浮かべながら、熊吾は話のつづきを聞いた。

雨が降り始めたので、自分は城崎駅から麻衣子ねえちゃんの家へと走った。小学校と路地のあいだの空地に、ブルーバードの新車が停まっていた。運転席には、見たことのある男がいて、助手席に坐っている麻衣子ねえちゃんと話をしていた。男は、自転車のうしろに麻衣子ねえちゃんを乗せて温泉町から駅への道を急いでいた人だ。

自分は、新車のブルーバードの窓ガラスを叩《たた》こうかどうか迷い、小学校の横の小さな旅館の軒下に隠れた。

麻衣子ねえちゃんはしばらくすると自動車から出て来て、家へと小走りで歩き始めた。自分は男がそこからいなくなってから麻衣子ねえちゃんの家に行こうと思い、ブルーバードが動きだすのを待った。

だが、その車はずっとそこに停まったままで、十分ほどたつと、男が出て来て、麻衣子ねえちゃんの家へと歩きだした。

自分は少し遅れてそのうしろをついて行った。男は麻衣子ねえちゃんの家に入った。

なかに入りにくくて、城崎駅に戻らずに城崎大橋の下の、ヨネおばちゃんの骨を細かくした場所で時間をつぶした。

十分おきくらいに空地の見える場所に行ったが、ブルーバードは置かれたままだった。

一時間くらいそうしていたが、もし男が麻衣子ねえちゃんの家にずっといつづけたら、自分は泊めてもらうことはできないと思い、城崎駅へ行って駅員さんに大阪駅へ帰るための列車のことを訊いて、教えてもらったとおりに京都まで戻り、大阪駅へ行く電車に乗り換えたのだ。

伸仁が話し終えると、熊吾は、なぜあの夜帰って来てすぐにそのことを正直に言わなかったのか、なぜ三ヵ月も黙っていたのかと叱《しか》りかけてやめた。城崎大橋の下で待ちつづけながら、伸仁はいろいろなことを感じていたのであろうと思ったのだ。

「あの写楽の天気予報も外れたのお。夕立ちどころか、なんじゃこの暑さは。もう五時半じゃっちゅうのに地獄の釜《かま》のなかみたいな暑さじゃ」

熊吾は国電の福島駅を出て、浄正橋の交差点を西へ曲がり、シンエー・モータープールへと歩きながら、周縁部がほんのわずかに朱色を帯びているだけで、その巨大な膨みをいっこうに衰えさせそうにない入道雲を見あげて言った。

京都駅からずっと黙りこくったままの伸仁の横顔を見て、熊吾は、三ヵ月前の城崎で見たものを喋ったことを後悔しているのかもしれないと思い、

「夜、雨が降りだしたら、幽霊を見に行くぞ」

と言った。

「えっ！　ほんまに？」

「出よったら、とっつかまえて、もうどうかお許し下さいと泣いて謝るまで説教してやる」

「ぼくも行ってもええ？」

「度胸があるなら、ついて来い」

熊吾は言い、福島西通りの交差点を渡った。正門のところで数珠《じゅず》繋《つな》ぎになっている車と、それを誘導しようと走り廻っている房江が見えた。

熊吾と伸仁だけが遅い晩ご飯を食べ始めたころ、雨が降ってきた。最初は大粒だったが十一時を過ぎるとこぬか雨に変わった。

早くハゴロモに行こうと伸仁がしつこく促すので、

「幽霊は丑《うし》三つ時と決まっとるんじゃ」

と言いながらも、熊吾は半ズボンに下駄《げた》履きでモータープールの事務所へ行った。関

京三と黒木博光がまだ将棋を指していた。

「一台、ハゴロモに置かしてくれまへんか。売れたら、儲《もう》けは半々ということでどないですやろ」

関京三が、水槽の向こうに停めてある古いルノーを指差して言った。

「一台なら置いてやってもええが、程度の悪い中古車はハゴロモでは売らんぞ」

「古いけど、あんまり乗ってまへんねん。車検も先々月に受けたばっかりです」

「値段は？」

「八万円とつけたんですけど」

熊吾は、あした持って来て、ハゴロモの空地に並べてくれと言い、自転車にまたがった伸仁とハゴロモに行くために正門へと歩きかけ、屋根付きガレージのコンクリートの床を箒《ほうき》で掃いている房江に近づいて、

「お前にウィスキーはようない。飲むなら日本酒にせえ。ウィスキーはアルコールが四十度以上ある。日本酒はせいぜい十五、六度じゃ」

と言った。

房江は箒を使う手を止めないまま、熊吾と目を合わさずに、ただ頷《うなず》き返しただけだった。

「いつまでむくれちょるんじゃ」

ペン習字の練習帳を破られたことをねにもって、あれ以来、房江は口をきこうとしないだけでなく、毎夜のウィスキーの量も増えていた。

返事ぐらいせえと言いかけたが、そうすればまた先日の繰り返しだと思い、

「お前の酒は暗いのお」

とつぶやいて、熊吾は傘をさした。

ふたつの踏切りを渡り、聖天通り商店街を西へ歩きながら、熊吾は、父親の歩調に合わせて自転車を漕《こ》いでいる伸仁に、

「丑三つ時っちゅうのは、丑の刻の三つめじゃ。丑の刻は夜中の一時から三時ごろまでで、それを四つに分けて、昔の人は時刻を出した。二時間を四つに分けたら、三十分ずつじゃけん、丑三つ時っちゅうのは、夜中の二時から二時半くらいじゃのお」

と教えた。

「井筒の亡霊もその時間に、あの井戸のとこで昔を思い出してたん？」

「あの亡霊と、うらめしやァと出てくる幽霊とは、ぜんぜん意味が違う」

「どう違うのん？」

「世阿弥はそこも秘したんじゃ。秘せずば花なるべからず、じゃ」

こればかりは言葉で説明できない。中学二年生の少年に、わかりやすく説明できないのは、つまりはこの自分がよくわかっていないからだが、こういうものは、なんとなく

わかるだけでいいのだ、と熊吾は考えながら歩を進めた。

「幽霊にはおあつらえむきのしとしと雨でも、濡れたら風邪をひくぞ」

熊吾にそう言われて、伸仁は自転車から降り、それを押して歩きながら体を傘のなかに入れた。

「中古車のハゴロモ」の事務所は、昼間の熱気がこもっていて、熊吾と伸仁は慌《あわ》てて窓をあけた。涼しい風が裏側の窓から道に面した窓へと抜けたが、一緒に蚊も入って来た。

青桐《あおぎり》の木の向こうには、古い板塀があり、裏の家との境界を作っている。板塀は、その家の裏庭に植えられた蘇鉄《そてつ》の長い葉に乗りかかられていて、少しこちら側に傾いていた。

こっちの青桐といい、裏の家の蘇鉄といい、おかしな取り合わせだと思いながら、シボレーの後部座席で作った長椅子《ながいす》に寝転んで大きく伸びをした伸仁に、

「こら、寝るなよ」

と熊吾は言った。

うんと返事をして起きあがった伸仁は、線香の匂《にお》いがすると言いながら、裏の窓のところに立った。

確かに、その匂いは蚊取り線香ではなく、仏事に用いる線香のものだった。

「しとしと雨に、どこからともなく線香の煙……。お膳《ぜん》立《だ》ては揃《そろ》うちょるのお」

そう芝居がかった口調で言い、熊吾は伸仁の横に立って、暗闇《くらやみ》のなかの青桐を見つめた。そして、たぶんこの木の植えてあるあたりで女が首を吊《つ》ったのだと伸仁に言った。

「そんな気色悪い言い方、せんといてェな。ぼく、やっぱり帰るわ」

「いま来たばっかりじゃろが。丑三つ時までまだ二時間以上もあるぞ。お前も男じゃろう。幽霊を見たいというたのもお前じゃ。きょうはここで夜明かしじゃ」

熊吾は、逃がさないぞといった表情で伸仁のシャツの衿《えり》をつかんだ。

そのとき、あけてある窓の向こう側の、青桐の根元あたりから、何か青白いものがふいにあらわれて、

「えらい、すんまへん」

と言った。

うわァっと叫び声をあげたのは熊吾のほうで、伸仁は無言で真うしろに吹っ飛ぶようにして倒れたあと、逃げ出そうとして長椅子につまずき、こんどはうつ伏せになって床にずり落ち、泳げない者が水のなかでもがいている姿そのままで事務所から逃げ出そうとしつづけた。

熊吾は履いている下駄を手に持ち、それを男の頭めがけて打ち降ろした。

男の姿が消えた。

どこへ逃げたかと、熊吾は伸仁の衿をつかんで立たせると、事務所から出て裏側に廻

った。男は裏窓の下で、頭を両手でかかえ込むようにして尻餅《しりもち》をつき、

「すんまへん、すんまへん」

と謝まりつづけていた。

下駄での脳天への一撃はかなりの手ごたえがあったが、熊吾は刃物でも隠し持っているかもしれないと用心して、うしろから男の首に腕を巻きつけて締め、

「伸仁、パトカーを呼べ。一一〇番じゃ」

と言った。

男は、雨でできた水溜《た》まりに尻餅をついたまま、

「私は泥棒やおまへん。警察は堪忍《かんにん》して下さい。私は、墓参りをしてただけですねん」

と言った。

「墓参り？　どこに墓があるんじゃ」

「とにかく、首をしめんといて下さい。坊っちゃん、一一〇番はやめて下さい。とにかく、説明させて下さい」

下駄の一撃で頭のどこかが切れていたら、自分の体が汚れると思い、熊吾は伸仁に、工具箱からスパナを出すよう言って、窓越しにそれを受け取ると、男の衿をつかんだまま、ひきずるようにして事務所の入口にまでつれてきた。

男は両手で頭をかばうようにしたまま立ちあがり、よろめいて事務所のなかへと倒れ

た。

「頭がくらくらしますねん。ちょっとこのままにさせといて下さい」

と男は顔を歪《ゆが》めて言い、濡れて泥まみれになったズボンのうしろポケットから財布を出した。

刃物でも出したら、このスパナで手の甲の骨を砕いてやると身構えながら、熊吾は伸仁に、事務所から出ていろと言った。

伸仁は男をまたいで外に出た。

「これが私の運転免許証です。名刺も入ってます」

革製の折り畳んだ財布を熊吾に渡し、男は頭頂部をおさえたまま起きあがって長椅子に腰を降ろしかけた。

「泥だらけのズボンで坐《すわ》るな」

「へえ、すんまへん。そやけど、くらくらして立ってられまへんねん。坊っちゃん、その新聞紙を椅子に敷いてくれまへんか」

「人の息子を使うな。自分でやれ！」

男は、熊吾に言われたとおりに、事務机の下に束ねて置いてある古新聞を長椅子に敷き、その上に坐った。

男の頭のどこからも血は出ていなかった。熊吾は運転免許証を見た。木俣《きまた》敬二という名で、現住所は大阪市阿倍野《あべの》区、生年月日は大正八年五月十二日となっている。

薄くなりかけた頭髪が乱れて、それが色白の顔に破れた簾《すだれ》のようにかかっている。目尻が垂れていて、下駄で殴られたところが痛むはずなのに笑っているように見える。

人の良さそうな愛嬌《あいきょう》のある顔立ちだが、肩幅が広く背も高くて、体格だけは屈強な肉体労働者のようだ。

どう見ても、自動車泥棒には見えない。雨で濡《ぬ》れ、泥にまみれているが、着ているものはこざっぱりとしている。

「わしの事務所の裏庭で何をやっとったんじゃ。墓参りをしちょったなんて落語みたいなことをぬかしやがったら警察に突き出すぞ」

「ほんまに、私にとっては墓参りですねん」

「どこに墓があるんじゃ」

男は、裏の窓の向こうの青桐を指差し、

「あれは、私が苗木を買《こ》うて来て植えた青桐です。ここで死んだ女のお墓代わりに植えましたんです」

と言った。

「あんたは、ここでチョコレートを作っちょった人か」

熊吾の言葉に、男は、そうだと答え、自分のせいで首を吊った女の供養《くよう》のために、ここから引っ越したあとも、ときおり夜中にやって来て、青桐の根元で線香をあげるのだと言った。

「なんで青桐なんじゃ」

「女が青桐が好きでしてん。名前も桐子で、優しい、ええ子でした。女房にばれかけたころに、桐子が妊娠しまして、私は、子供をおろして、俺と別れてくれと冷たいことを言うたんです。そしたら、またとびきり優しい目で笑うて、心配せんでも、子供は産まれへんよ、って。そのあくる日、首を吊ったんです。ああ、あいつはあのとき、子供は産めへんよ、って言うたんやない。子供は産まれへんよって言いよったんや。俺の冷たい言葉を耳にしたとき、死のうと決めよったんやと、あとになって気づきました。ほんまに優しい子ォやったんです」

「お前、それは作り話やあらせんじゃろうのお」

「ほんまです。ほんまに気の優しい、可愛《かわい》い女でした」

「そんなのろけを訊《き》いとるんじゃないんじゃ。あの青桐を女の墓にみたてて、線香をあげに来たっちゅうのは、ほんまかと訊いとるんじゃ」

木俣敬二は、ズボンのポケットから線香の入った小さな箱とマッチ箱を出した。

「盆に来るつもりやったんですけど、女房の実家に行かなあかんようになって、それできょう来てみたら、ハゴロモさんは店を閉めてはりましたんで、こっそりと裏庭へ入らせてもろたというわけでして」

熊吾はスパナを工具箱にしまい、男の頭頂部を見てやった。下駄の歯型の瘤《こぶ》ができていて、少し内出血もあるようだった。

「それで、墓参りは済んだのか」

「いえ、線香に火をつけたときに、おふたりがお越しになったもんやさかい、傘をたたんで木の向こうに隠れてました」

「心ゆくまで墓参りをせえ。まさかあの青桐がお墓やとは思いも寄らんかったのお」

熊吾が伸仁を見て苦笑したとき、傘をさした房江がやって来た。ブラウスとスカートという普段着なのに、雨用の下駄を履いていた。

よほど急いで歩いて来たらしく、房江の息は弾んでいた。

木俣は、深く一礼して事務所から出ると、小さな裏庭へと行った。

昼間、自分が買い物に出ているあいだに、松坂熊吾宛《あて》の配達証明付きの郵便が届き、林田が受け取ってくれた。

配達証明付きの手紙なのだから本人に直接手渡そうと思ったが、社長から、すぐに出かけるから車を会社の玄関まで廻せ、急用だから急げと電話がかかって、慌ててモータープールから出た。手紙を自分の背広の内ポケットに入れたままなのをすっかり忘れてしまったと謝りながら、さっき渡してくれたのだ。

房江はそう説明し、裏窓の向こうを見やりながら、

「お客さん？」

と訊いた。

「井筒」

と伸仁は小声で言った。

熊吾は、差し出し人の名前を見た。山田一郎と書かれていて、住所は山口県下関市だった。手ざわりで中味が一枚の名刺だと推測できた。

「その人、だれ？」

房江の問いに、仕入れた中古車の元の持ち主で、大事な書類を一枚忘れていて、それでわざわざ配達証明付きで送ってきたのであろうと熊吾は答えた。雨音が大きくなってきた。

もう一時過ぎで、シンエー・モータープールにはムクとジンベエしかいない。自分は正門を閉めて鍵《かぎ》をかけ、裏門から出て来た。出るか出ないかわからない幽霊を待って夜を明かすのはやめて、一緒に帰ろう……。

そう促されて、

「幽霊、出たようなもんやねん」

と伸仁は言い、自転車を押して、房江とひとつの傘のなかに入って帰って行った。

熊吾は、青桐の横で傘もささずしゃがみ込んで手を合わせている木俣敬二の様子をうかがい、

「ええ雨じゃ。雨がお前の涙の代わりをしてくれよる。嘘泣きにうってつけの雨じゃ。もう帰ってくれ。二度と来るなよ」

と言ったあと、手紙の封を切った。

海老原太一の名刺以外、何も入っていなかった。

一銭にもならなかったし、これから先もこの名刺を使って稼ごうという気はないと伝えるために、観音寺のケンはあえて郵送してきたのだと思いながら、熊吾は名刺の裏に書かれた海老原太一の字を見た。

「熊おじさん、お願いですけん、これは世の中には出さんでやんなはれ」

二十歳になるかならないかのころの太一が甘えた口調で頼んでいる気がして、熊吾はマッチを擦り、名刺に火をつけると、燃え尽きてしまうまで見ていた。

あとがき

「流転《るてん》の海」の第六部を「慈雨の音」と題したのは、とりわけこの時代の松坂熊吾一家を取り巻く物語の周辺と細部に、人間への慈《いつく》しみというしかないものが横溢《おういつ》していたと感じるからである。

それは、主人公の松坂熊吾が、元来の資質、もしくは気質として持ち合わせていたものではあるが、数多くの人生体験によって鍛えられもしてきた美質であったと思う。

「慈雨の音」の時代背景となった一九五〇年代の終わりから六〇年代の初めにかけて、日本は烈《はげ》しい変化の渦のなかに入っていった。

敗戦から十五年がたって、高度経済成長という浮かれ気分の片隅で、無名の庶民たちの運命の展転もいかんともしがたく始まったのだ。

そのようなときに、松坂熊吾一家の周りには、慈しみの雨が、しずかに、ときには音をたてて降っていた。無論、小説ではあるが、私はそのそれぞれの雨を決して忘れない。

「新潮」に連載中は、編集部の松村正樹氏に、単行本化に際しては出版部の鈴木力氏にお世話になった。深く感謝の意を添えさせていただく。

平成二十三年七月五日

宮本　輝

引用文献『限りなく　なお　かぎりなく』王鞍知子（探究社）

解説

川西政明

宮本輝は少年時代を描いた「泥の河」(「文藝展望」昭和五十二年七月号)、富山時代を描いた「螢川《ほたるがわ》」(「文藝展望」同年十月号)に、大学生時代の青春を描いた「道頓堀川《どうとんぼりがわ》」(「文藝展望」昭和五十三年四月号)を加えて三部作と呼ぶ。

宮本輝の年譜を読むと、彼の少年時代が非常に波乱に富んだものであったことが分る。この少年時代を表現することで、彼は作家となり、その素質を開花させたあとで、改めて父と子、母と子で成り立つ一族の歴史に取り組む決意をかためたと言えよう。そうして書かれたのが「流転《るてん》の海」である。「流転の海」は「海燕」昭和五十七年一月号から連載を開始し、「新潮」平成二十五年十二月号をもって第七部「満月の道」を完成したところである。ここに来るまでにすでに三十一年の歳月がかけられており、完成の暁には、宮本文学の集大成たる風格をもつ大作となるだろう。

北杜夫《きたもりお》の「楡家《にれけ》の人びと」(「新潮」昭和三十七年一月号〜三十九年三月号。第三部は書き下ろし)は斎藤家の一族の歴史を描いた大河小説である。明治、大正、昭和の時代の変遷《へんせん》が、ある脳病院の年代記のかたちで描かれる。近代化した日本に登場した庶民の家庭の生活が再現され、庶民の視点で歴史が語られる。昭和二十年の東京大空襲で楡家は焼失する。三島由紀夫は「この小説の出現によって、真に市民的な作品をはじめて持った」と評価した。

「流転の海」は何もかもが廃墟《はいきょ》と化した敗戦後の日本を舞台に、新生日本誕生の活力の源泉を担《にな》ってきた関西の庶民の家庭生活が再現され、庶民の視点で歴史が語られる。

輝は昭和二十二年三月六日、兵庫県神戸市灘《なだ》区弓木町二丁目六番地で、父宮本熊市、母雪恵の長男として生まれている。

父は明治三十年前後に愛媛県南宇和郡一本松村大字広見で生まれた。大阪に出て自動車部品を中国に輸出する事業を手がけ、戦前戦中と事業を拡充したものの、昭和二十年三月十四日の米軍による大阪大空襲のため大阪の御堂筋《みどうすじ》の東側に建つビルを失い、同年五月十一日に米軍の投下する焼夷弾《しょういだん》によって兵庫県武庫郡御影町（現在の兵庫県神戸市東灘区御影町）にあった家が焼失した。

熊市は二十五歳の時、同郷の幼馴染《おさななじみ》と結婚した。その妻とは二年で別れた。その後、二度妻をもったが五年と長つづきしなかった。雪恵は四人目の妻で、昭和十六年に結婚した。熊市が四十四歳、雪恵が三十歳の時であった。

放蕩者《ほうとうもの》の父をもち、一歳の時に母を失った雪恵は、養女に出された上に小学校二年生で学校をやめさせられ、神戸の新開地の料理屋に住み込みで働いた。漢字が読めない彼女は、強い学力コンプレックスに陥っている。いろいろな職業を転々とし、不幸な結婚に敗れたあげく、大阪の新町の茶屋で仲居として働きはじめた。そこで女将《おかみ》の信頼を得て帳場にすわり、店の切り盛りをつとめるようになった。この店で熊市に出会い再婚した。雪恵は別れた夫山下則夫のもとに男の子を残してきていた。

熊市は三人の妻との間にも、妻以外の愛人との間にも、子供はできなかった。雪恵は五年間に一度も妊娠の兆候をみせなかった。そのため熊市はもう子供に恵まれないと信じてきた。その熊市が五十にして子供に恵まれた。それが輝である。

父は息子の誕生を非常に喜んだ。息子の軀《からだ》が丈夫でないと知ると、昭和二十五年四月、自分の事業を畳んで故郷の一本松に帰った。日本は無謀な戦争に敗れ、国民が食糧難で苦しんでいた時代である。熊市にとりいったん事業を手放してでも息子を健康に育てあげることが人生の第一義であった。

昭和二十七年、大阪市北区中之島七丁目七番地に帰り、事業を再開する。三階建のビルに中華料理店、雀荘《ジャンそう》、テントパッチ工業の三つの商売をはじめる。その事業が中華料理店の食中毒事件、共同経営者の杉野信哉の脳溢血《のういっけつ》、うつ病の症状をともなった妻の更年期障害と不幸が続出して破綻《はたん》する。心機一転を図るため、大阪を離れ、富山の業者高瀬勇次と組んで新しい事業を開始しようとしたが、高瀬の覇気のなさに失望して大阪に帰る。

父の事業の不如意《ふにょい》のため、雪恵と輝は富山市豊川町に取り残された。一家が二つに生き別れの状態にされる。

昭和三十二年三月、富山にも居られなくなり、輝は父の妹を頼って兵庫県尼崎《あまがさき》市の日本人と朝鮮人とが共生している集合住宅に起居することになる。

ここまで宮本輝の伝記的事実を再現しつつ「流転の海」の世界を漂流してみた。以下は「流転の海」の記述をもとに書く。父熊市は松坂熊吾、母雪恵は房江、輝は伸仁《のぶひと》であり、尼崎で住む集合住宅は蘭月《らんげつ》ビルである。

蘭月ビルは阪神電気鉄道の尼崎駅から歩いて五、六分の距離にあり、大阪と神戸をむすぶ阪神バスの東難波《ひがしなにわ》の停留所の前に建っていた。

住民二十五世帯のうち大韓民国（韓国）籍の人と朝鮮民主主義人民共和国（北朝鮮）籍の人をあわせて十世帯の朝鮮人が居住していた。

朴《ぼく》さん、妻の州本《すもと》姓を名乗るもう一人の朴さん、仕立屋の金静子さん、鉄工所の経営者の李《り》さん、本姓を尹《ユン》というが伊東姓を名乗る若い夫婦、金村の夫婦、張さん、ヤカンのホンギこと洪弘基は侘数寄者《わびすきしゃ》である。

妹の家には寺田権次《ごんじ》が夫婦気取りで居ついており、息子は働きに出ている。津久田家は父、母と悟、咲子、香根《かね》、清之介の兄弟がいる。悟は秀才で、中学二年生の咲子はだれもが眼を見張るような絶世の美女である。香根は生まれつきの盲目であった。月村敏夫は伸仁のクラスメイトで、夕刊を売った金でたこ焼きを買い、それを妹の光子と自分の朝食にしている。母は売春婦である。土井敦《あつし》は友だちで、その母とその弟と祖母と暮している。唐木鉄兵は六十歳だが、その妻は二十一歳で神戸のキャバレーで稼いでいる。新井は京大卒のインテリだが、蘭月ビルでは変人扱いをうけている。

宮本輝はこの蘭月ビルをこう表現している。

蘭月ビルは貧乏の巣窟《そうくつ》というだけではない。自分たち一家がこれまで縁しなかった人々の巣窟なのだ。

宮本輝は「流転の海」の第一部を書き終わった時点で、メインに据えていた「父と子」というテーマは消え去りつつあると断った上で、「私の中には、身の程知らずの大望が取って代わりました。私は、自分の父をだしにして、宇宙の闇《やみ》と秩序をすべての人間の内部から掘り起こそうともくろみ始めたのです」と書いた。その「大望」が第二部、第三部、第四部とすすみゆき、第五部でほぼ全開になっているのが分る。第一部の性的に放縦で、暴力を秘めた、反道徳的な、おそるべき男だった父が次第に変化し、伸仁は船がいきかう大阪の川の町でいきいきとした少年に育ってゆく。川とともにある少年の姿からは、川が汚染され、周囲のどこもかしこも死の匂《にお》いのする空間が、子供にとっての祝祭的な空間だったことが分る。この熊吾に象徴される近代の父親像から伸仁に象徴される現代的な人間像への転換を、日本人の歩んだ戦後の歴史を踏まえて創造するところに「流転の海」の真骨頂があると思われる。そこで注意しておかなければならないのは、宮本輝が「宇宙の闇と秩序」とを「すべての人間の内部から掘り起こす」と断言していることだ。主人公の伸仁は「貧乏」であることで蘭月ビルの住人と同じ「縁」がある人間である。ではそれまで「縁しなかった」蘭月ビルの「人々」の共生の場所から伸仁はなぜ排除されなかったのか。それは伸仁の内部にも宇宙の闇と秩序があり、その闇と秩序が蘭月ビルの人々がもつ闇と秩序と同じ呼吸をする生き物だからではなかろうか。伸仁の内部にある闇と秩序が、父熊吾の発する生の慈力と微妙に背反してくる。そこに子と父の格闘と離反のドラマがあらわれる。蘭月ビルとは、その内的なドラマの実験場なのだ。宇宙の闇と秩序の力を持つことで、伸仁は父を離れて、独りで新しい世界を切り開いてゆく。

宮本輝は「流転の海」に登場するすべての人間の内部から宇宙の闇と秩序に関係するものをすべて掘り起こして書く意思を固めた。蘭月ビルに住む人々はもとより城崎《きのさき》に住む人々もみな固有な闇と秩序をもって息づいている。

この伸仁と蘭月ビルの住人と城崎に住む人々との交歓を書く作家の筆の先に、闇を突き出て発する光が見える。

第六部では一家は大阪に住み、熊吾は明治の男の破天荒な生き方を保ちながら老いのかたちも見せるようになった。

世の中は皇太子ご成婚、日米安保条約、東京オリンピックのニュースに沸き返っていた。

中学生になった伸仁は思春期を迎えるが、相変わらず身体《からだ》が弱いため、父の命令で幾種類ものビタミン類の静脈注射をして丈夫な身体になる。

印象的な場面を三つ書いておきたい。

一つは浦辺ヨネが亡《な》くなった時、ヨネの遺言によって遺骨を余部《あまるべ》鉄橋から撒《ま》くことになる。その時、伸仁は父から骨を砕くことを命じられる。骨を灰にしなければ、余部鉄橋から撒けないからだ。城崎大橋の下で砕骨していて、伸仁は誤って一片の骨を流してしまう。このことでヨネは城崎大橋を墓にすることができた。その後、熊吾、房江、伸仁の家族はヨネと一緒に暮していた麻衣子とともに余部鉄橋から遺灰を撒く。この場面を読んでいると、宇宙の闇と秩序がありありと見えてくる。

二つ目は伸仁が伝書鳩を飼い、飼い犬の産んだ子犬の眼が開くよう努力する場面である。親鳥が死ぬと雛《ひな》は死ぬという。飢えていた鳩を伸仁は必死になって介抱して生き返らせる。その鳩が伝染病にかかっていることが分り飼えなくなる。その鳩をどうするかを、父と子が話し合う。親は子に決断をまかせる。子は決断し、思い出の余部鉄橋から日本海に向かって鳩を解き放つと父に伝える。そして一人で余部鉄橋へ行き、鳩を解き放つ。この場面の伸仁の行為と決断を読むとき、小説を読む以上のなにか得体のしれぬ感動をうける。眼が開かない子犬は硼酸《ほうさん》でひたした脱脂綿で瞼《まぶた》を拭《ふ》きつづけているうちについに眼が見えるようになる。この鳩と子犬の動物たちもまた人間同様に万物の営みによって充《み》たされる宇宙の闇と秩序を表象する。

三つ目は伸仁が一時お世話になった蘭月ビルの住人が北朝鮮へ帰国する場面にある。大阪駅でお別れしたいが、帰国賛成派と反対派が入り混じって混乱が予想される。その時、父の発案で淀川《よどがわ》の鉄橋を列車が渡る時、竹竿《たけざお》にむすんだ鯉幟《こいのぼり》をふって見送ることに決める。大阪駅を出た列車はすぐに淀川を渡る。その時、進行方向に向かって右側の堤を見ろ。そこで我々が鯉幟をふるからと帰国する人々に伝えた。淀川の川辺で必死に真冬の鯉幟をふる伸仁、その鯉幟を懐中電灯で照らす熊吾、再婚した母の夫となった男に連れられて、父の故郷である北朝鮮へ還ってゆく敏夫と光子。ここにも宇宙の闇とその闇を照らす一条の光が現出している。

商売に長《た》けた熊吾は大酒を飲みながら店を大きくするが、糖尿病が進行し、このままでは死ぬと宣告されている。彼は老後を自覚し思い切って自分の生き方を変えようとする。

昭和三十年代の大阪の下町の生活が父と子、母と子の濃密な絆《きずな》のもとで生き生きとした筆致で描かれる。宮本輝は生活の細部に調和的な小宇宙を創《つく》り上げてゆくのがうまい。

敗戦前のことではあるが、宮本輝とよく似た環境で過ごしたことのある筆者は、「泥の河」や「流転の海」で描かれた大阪の風景にある懐《なつ》かしさを覚えてしまう。

戦後十五年たち高度経済成長で浮かれる世間の片隅に生きる熊吾一家のまわりには、人間への慈《いつく》しみが沁《し》み出してきている。これは宮本輝の成熟にほかならず、同時にそれは乱世の時代を生きた父の生のゆるやかな崩壊の予感にほかならないものであろう。崩壊する父は、いつもわれらの時代の先導獣だったことを確認しつつ。

（平成二十六年一月、文芸評論家）

この作品は平成二十三年八月新潮社より刊行された。

宮本輝著
流転の海
第一部
理不尽で我儘で好色な男の周辺に生起する幾多の波瀾。父と子の関係を軸に戦後生活の有為転変を力強く描く、著者畢生の大作。

宮本輝著
地の星
流転の海 第二部
人間の縁の不思議、父祖の地のもたらす血の騒ぎ……。事業の志半ばで、郷里・南宇和に引きこもった松坂熊吾の雌伏の三年を描く。

宮本輝著
血脈の火
流転の海 第三部
老母の失踪、洞爺丸台風の一撃……大阪へ戻った松坂熊吾一家を、復興期の日本の荒波が翻弄する。壮大な人間ドラマ第三部。

宮本輝著
天の夜曲
流転の海 第四部
富山に妻子を置き、大阪で事業を始める松坂熊吾。苦闘する一家のドラマを高度経済成長期の日本を背景に描く、ライフワーク第四部。

宮本輝著
花の回廊
流転の海 第五部
昭和三十二年、十歳の伸仁は、尼崎の叔母の元で暮らしはじめる。一方、熊吾は駐車場運営にすべてを賭ける。著者渾身の雄編第五部。

宮本輝著
螢川・泥の河
芥川賞・太宰治賞受賞
幼年期と思春期のふたつの視線で、人の世の哀歓を大阪と富山の二筋の川面に映し、生死を超えた命の輝きを刻む初期の代表作2編。

慈《じ》雨《う》の音《おと》

流転の海 第六部

新潮文庫　み－12－55

平成二十六年三月一日発行

著者　宮《みや》本《もと》輝《てる》

発行者　佐藤隆信

発行所　株式会社 新潮社

郵便番号　一六二―八七一一
東京都新宿区矢来町七一
電話 編集部(〇三)三二六六―五四四〇
読者係(〇三)三二六六―五一一一
http://www.shinchosha.co.jp

価格はカバーに表示してあります。

乱丁・落丁本は、ご面倒ですが小社読者係宛ご送付ください。送料小社負担にてお取替えいたします。

印刷・大日本印刷株式会社　製本・憲専堂製本株式会社

ISBN978-4-10-130755-8 C0193